邵家有女 上

薄慕颜 著

重庆出版集团 重庆出版社

图书在版编目（CIP）数据

邵家有女 / 薄慕颜著 . — 重庆：重庆出版社,2016.7
ISBN 978-7-229-11075-8

Ⅰ.①邵… Ⅱ.①薄… Ⅲ.①长篇小说 – 中国 – 当代
Ⅳ.① I247.5

中国版本图书馆 CIP 数据核字 (2016) 第 059582 号

邵家有女
SHAOJIA YOUNÜ

薄慕颜 著

责任编辑：张德尚
责任校对：郑小石　刘小燕
装帧设计：九一设计
封面插图：@ 曾想乃

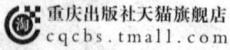
重庆出版集团
重庆出版社　出版

重庆市南岸区南滨路 162 号 1 幢　邮政编码：400061　http://www.cqph.com
重庆国丰印务有限责任公司印刷
重庆出版集团图书发行有限公司发行
E-MAIL:fxchu@cqph.com　邮购电话：023-61520646

重庆出版社天猫旗舰店
cqcbs.tmall.com

全国新华书店经销

开本：700mm×1000mm　1/16　印张：33.5　字数：750 千
2016 年 7 月第 1 版　2016 年 7 月第 1 版第 1 次印刷
ISBN 978-7-229-11075-8
定价：55.00 元

如有印装质量问题，请向本集团图书发行有限公司调换：023-61520678

版权所有　侵权必究

目录

01	两房嫡妻	001
02	姐妹较量	018
03	暂胜一筹	034
04	郡王解围	051
05	阴谋算计	067
06	暗流涌动	082
07	自食其果	088
08	天生缘分	101
09	阴差阳错	119
10	改变命运	137
11	宫闱斗争	154
12	心狠手辣	171
13	新婚燕尔	189
14	迷雾重重	205
15	步步惊心	222
16	钩心斗角	241

上

01 两房嫡妻

仙蕙自幼在乡下长大，父亲早年走散，全靠母亲沈氏勤劳持家，养活了她和哥哥姐姐。现如今哥哥娶了媳妇，并且有了侄女，一家三代过得其乐融融。

只可惜贫苦了一些。

"娘！"门外响起邵景烨的声音，"明蕙、仙蕙，我回来了。"

仙蕙出去开了门，诧异道："今儿怎地回来这么早？"

"你们知道吗？"邵景烨激动道，"我打听到爹的消息了！"

"你爹？"沈氏不可置信，"当真？"抓住儿子的袖子，一连串道："快说，快说！你爹在哪儿？他……他真的还活着？他人可好？"

哥哥找到爹了？仙蕙很是意外。

十几年前，本朝举国大乱。

在战火纷飞的乱世中，母亲带着祖母和哥哥、姐姐，以及刚刚怀上的自己，不幸和父亲走散了。当时到处都是流离失所的难民，战火将亲人隔绝，生死不明，母亲等人一路仓惶逃遁，最终在这仙芝镇上落脚。

这以后，母亲再三打听父亲的消息，但是人海茫茫，犹如大海捞针一般，哪里打听得到？慢慢地，母亲不再提起寻找父亲的事，大概已经当他死了。

没想到，父亲居然还活着！

仙蕙怔怔呆住了。

"真的？找到元亨了！"邵母欢喜得不行。

邵景烨笑道："今天我在镇上干活儿，帮着掌柜收皮毛，刚巧遇到赵大！他自幼和爹一起长大，一看就认出了我。"

"没错。"沈氏看了看儿子，眼里带出回忆之色，"你和你爹年轻时候一个样儿。"

邵母亦是点头，"简直一个模子刻出来的。"

饭桌上另外几个都插不上嘴，明蕙离开父亲的时候才两岁，哪里还记得？至于邵大奶奶和才两岁的琴姐儿，更是不可能知道的了。

仙蕙问道："那爹现在做什么呢？"

邵景烨道："听说爹现在手下铺子好几个，生意做得很大。回头我跟着爹学学，等有了体己，先给祖母买一杆上好的水烟枪。再给娘、两位妹妹……"看向妻子，"给你们每人打一套金头面戴。"

邵大奶奶是做媳妇的，赶忙自谦："我就不用了，给琴姐儿做几身新衣裳就行。"

琴姐儿欢呼，"我有新衣裳咯。"

沈氏笑道："都有，都有。"

一家子，欢天喜地的好似过年。

仙蕙有些担心。

既然父亲已经成了大富大贵的人，又和家人分别十几年，会不会另外娶妻生子啊？总不能做大老板的，还是单身一人吧。

在心里估算了下，仙芝镇去江都有七八天路程，一来一回，要半个月时间。不如去庙里烧香，问问此次路途的吉凶也好。

没想到，占卜出来的卦象却不大好。

仙蕙不知道凶卦会应在哪件事上，不免忧心忡忡。

她想来想去，只要能保住性命别的都不怕。

于是打算去买点仙灵芝。

仙灵芝长在陡峭的崖壁上，叶子状若灵芝，因此得名。每年春天开花，秋天结果，果子晒干以后，里面小小的籽可以入药。前几年江都瘟疫蔓延，仙灵芝被哄抢。原本只要二两银子一斤的药材，后来二百两银子都买不来，并且还是有价无市。

所以，有备无患。

仙蕙发愁的是，即便眼下仙灵芝没有被人抬价，也得二两银子一斤，要到哪里去变出银子呢？或许，等去了江都有了月例银子，再派人回来买？不行，不行，得先把今年的仙灵芝囤一些，明年再买，后年就该哄抢涨价买不到了。

她犹豫了很久，最后拿钥匙打开了小抽屉，里面放着两个盒子。这是沈氏早年的嫁妆剩下的，现在仅剩一对金手镯，两对金耳环。

阳光下，陈旧的金子发出昏暗微黄的光芒。

仙蕙在金手镯上恋恋不舍地抚摸，还套在手腕上，比了比，舍不得……却没有别的值钱东西了。最终狠了狠心，把自己的那份金手镯和金耳环，都用帕子包起，戴上细布帷帽出了门。

去了药铺，掌柜的告诉仙蕙，"去年的仙灵芝差不多卖光了，今年的还没收上，姑娘再等十天过来问问罢。"

仙蕙有点郁闷，等十天倒是没关系，但就怕时间不准，回头自己都去江都了。因而再三嘱咐掌柜，"早点收，回头我都要了。"

掌柜笑道："姑娘，你有那么多银子吗？"

仙蕙没跟他细说，转身出门。

她心绪不定，走路的时候不免恍恍惚惚的。一不留神，在酒楼门口和人撞上，惊慌下还踩了对方一脚，"对不住，对不住。"

对方是一个身穿宝蓝色长袍的年轻男子，身量挺拔，足足比她高出大半个头，身上有一种矜贵清雅的气质。

仙蕙还没看清楚那人长什么样儿，他便一语不发，转身上了马车。

上

后面跟上一个小厮，不悦道："你怎么走路的？踩着我家四公子的脚了。"

仙蕙忙道："对不住，靴子给我拿回去洗洗罢。"

"洗？"小厮哼道，"你把鞋拿走了，让我们四公子光着脚啊？再说了，你洗得干净吗？洗坏了怎么办？"

周围众人纷纷起哄，"是啊，是啊，洗坏了怎么办？"

有人笑话道："小姑娘，你说什么要给人洗鞋子，那可都是婆姨干的事儿，可不是想要赶着给人做媳妇儿吧？哈哈……"

仙蕙窘迫得脸色涨红，咬牙道："那我赔一双新靴子。"

"赔？"那小厮长得眉清目秀的，声音清脆，"你看清楚，我们四公子的鞋，那是绣娘们精心做的，不是随随便便就能赔的。"

马车里，年轻男子似乎微有不耐，"啰唆什么？走罢。"

仙蕙不服气道："你去打听打听，在仙芝镇上，谁不知道邵家娘子刺绣第一？别说是做一双靴子，就是更精致的活计也难不倒。"

"姑娘口气倒是不小。"那年轻男子忽然改了口，语调淡淡，有一种漫不经心的轻视之意，"既如此，那倒要见识见识了。"

仙蕙带了三分火气，把帷帽上细布撕了一截，走上前，放在马车踏板上，"烦请阁下在上面踩一个脚印，好比着大小做靴子。"

车帘一晃，里面伸出一只男人的脚。

青底粉面小朝靴，做工精致，上面刺绣隐隐暗纹，奢华但不花哨。再往上看……雪白的绫裤，宝蓝色的锦缎长袍，显然对方是富贵人家的公子哥儿，从头到脚，就没有一处不讲究的。

他踩了一脚，留下一个淡淡的脚印。

仙蕙拎起细布起身，"敢问公子住在何处？十天后，我亲自把靴子给你送过去。"

"十天？"小厮啧啧道，"十天后我们都走了，你想耍赖啊？"

"当然不是。"仙蕙虽然是小女儿养得娇，但是自有骨气，耍赖的事做不来，飞快琢磨了一下，"三天！那就三天时间，不能再快了。"

"姑娘。"年轻男子再次开口，似在轻笑，"你先说十天，后说三天，要么是开头没有诚意，要么就是后来在吹牛皮。"话锋一转，透出几分凌寒之意，"你若是存心戏耍，那……，我可是不会怜香惜玉的。"

仙蕙当即分辩，"我起先说十天，是想着我自己一个人做。后来说三天，是想着你很快就要离开，让母亲和姐姐帮着我做。"不悦反问，"何来戏耍？"

"三天后，同福客栈天字房。"年轻男子道了一句，不再多言。

仙蕙狠狠盯了那靴子几眼，还想再看，那人已经把脚收了回去。

她闭着眼睛，赶紧在脑海里面回忆了一遍，又默默记了一遍，——方才海口都已经夸

出去了，绝不能出错！对方不像是好相处的，必定要做一双靴子比他的更好，才叫他没话说。

赶紧回了家，拿了纸笔，把那靴子的纹样一一画下。

然后找到母亲、姐姐和嫂嫂，说道："今儿我在街上踩着了一个人，那人说我弄脏了他的鞋，非得让赔一双新的。"

"还有这样的事？"邵家的女眷们都吃了一惊。

"你们看看。"仙蕙拿出鞋样子，给大家看道："就这鞋……我们四人合力，三天时间能赶出来吗？"

沈氏拿起鞋样子看了看，估摸道："这鞋做得挺精细的，掐了牙，还绣了好些暗纹，得费一点时间。三天……怕是得熬夜才行。"戳了她额头一下，"你呀，好好的怎么踩着人家脚了？"

可是埋怨归埋怨，到底心疼小女儿，动起手来，却是比谁都要干脆利索。

沈氏先赶紧买了青缎裁好料子，然后分了工，她和邵大奶奶各人纳一只鞋底儿，这是费手劲的力气活。明蕙和仙蕙各负责一只鞋子刺绣，这个考眼力，更考心灵手巧，两姐妹配合默契，做出来的两只鞋花纹才会一模一样。

最后鞋底合一，是需要经验的熟手活计，依旧留给沈氏。

如此婆媳姑嫂四人合力，加上熬了夜，总算在三天时间里完工了。

仙蕙顾不上补瞌睡，就包了靴子，急匆匆地赶到同福客栈，喘气道："我……我找天字房的客人。"

掌柜的让伙计上去找人。

不一会儿，上次那个小厮下楼，"哟嗬，你还真敢来啊。"招招手，"赶紧上来。"表情不屑地撇撇嘴，"等下四公子不满意，有你好看的！"

仙蕙没工夫跟他磨嘴皮子，跟着上了楼。

小厮捧着包袱进去，带上门，"四公子，那姑娘送鞋来了。"

年轻男子漫不经心地拨茶，吹了吹，喝了一口，才去看地上打开的包袱，里面放着一双新做的靴子。和他脚上的那双一模一样，而且，不论鞋子弧度，还是刺绣，看起来似乎都要精致不少。

小厮惊讶道："倒是有几分本事。"只是心下仍旧不服气，"光是样子差不多也不行，合不合脚，还难说，她们又没有给四公子做过鞋。"

"那就试试。"

"哎？"小厮看了看主子的眼色，赶忙蹲下去褪靴子，再换新靴，"四公子，这靴子夹不夹脚？大了，还是小了？"

年轻男子淡声道："不大不小，正好一脚。"

小厮没话了，耷拉着脑袋不吭声儿。

"让她走罢。"年轻公子挥挥手，拿起旁边的账册一页页翻了起来。

上

小厮卷了包袱皮儿出来，摔到仙蕙手里，"算你走运！我们家四公子大人大量，不跟你一个小女子计较，走罢，走罢。"

"等等。"仙蕙不肯走，"那……你们公子的旧靴子呢？我赔了他新的，他也该把旧的给我吧。"

"啥？旧的给你？"

"难道不对？"仙蕙心疼做靴子用掉的好料子，还有母亲、姐姐和嫂嫂的人工，"正好你家公子的脚，和我哥哥的一般大，他有新的，旧的自然用不着，给我拿回去让哥哥穿也好啊。"

小厮啐道："呸！你想得美。"

仙蕙偏了头，朝里面喊道："公子，你把旧靴子给我吧。"

屋子里没有动静，过了会儿，年轻男子才道了一句，"但凡是我用过的东西，从来不送人。"

这都什么人呐？仙蕙恼火，忿忿不平转身就走。

哪知道刚走到楼梯口，后面又传来一串脚步声，那小厮飞快追了过来，"等等！这个给你。"满脸不情不愿，塞了一个荷包过来，"我们家四公子说了，他不占人便宜，那双靴子只当是花钱买的。"

哎？那抠门公子又想通给钱了。

仙蕙掂了掂荷包，"多谢。"里面窸窸窣窣的一阵响动，有一两左右的碎银子，勉强够靴子的人工和成本，至于赚头是没有了。

瞧着那人蛮有钱的样子，没想到，居然是一个小气的吝啬鬼。

仙蕙摇摇头，再次提着裙子准备下楼。

楼梯下面，正好有两个年轻男人上来，一个穿着青布长袍，一个穿着镶蓝边儿的白色布袍。打扮都很朴素，样子斯文，还戴着秀才帽，看起来像是两个读书人，——为免下楼道让不开，于是让了一步。

那两个书生颇为客气，上了楼，都是微微欠身别过。

仙蕙不由多看了两眼。

正在打量，就听年长的那个书生在天字号门口拱手，"宋文庭、陆涧，求见四公子。"

仙蕙的心"怦怦"乱跳，忍不住多看了陆涧几眼。唔，长得好像是不错，眉清目秀、长身玉立的，比中规中矩的宋文庭更出挑。

陆涧像是感应到了有人打量，侧首扫了过来。

仙蕙又是尴尬，又是脸烫不已，慌里慌张下了楼。

回了家，把荷包里的银子倒在床上，呃，怎么掉出一把黄灿灿的金叶子？！赶紧抓到窗边对着阳光看了看。

没错，的的确确是黄色儿的。

哎哟！看来之前自己说错了，那四公子可真是够大方的啊！估计他看也不看，就把荷

包里剩下的金叶子赏了。

仙蕙忍不住偷着乐，拿了三片金叶子出来，出门找到母亲，"那人挺大方的，给了我三片金叶子买鞋子，刚才我称了，一片一钱金子呢。"

"是吗？"沈氏吃惊地放下手中活计，"这么有钱？谁家的公子啊？"

仙蕙摇摇头，"好像不是咱们仙芝镇的，或许是江都哪户有钱人家的公子？"把金叶子塞给母亲，"都是我惹出来的事儿，这几天辛苦娘和姐姐，还有嫂嫂，你们三个一人分一片，算是手工钱。"

明蕙在旁边打趣妹妹，"瞧瞧，仙蕙越发懂事了。"

"懂事就好，懂事就好。"沈氏笑道，"金叶子我就不要了，你们三个一人一片，回头打一个带花的金戒指，或者一对小巧的金耳环。正好，回头去了江都用得上，在外头好歹打扮体面点儿。"

仙蕙数着日子过，一到时间，就又赶忙去了一趟药铺。

一共买了八斤仙灵芝回来。她怕母亲和姐姐发现要问，干脆做了一个枕头，回头有人问就说是荞麦枕头好了。

接下来的日子，就等着父亲来仙芝镇接人。

邵元亨花了整整二十天时间，才赶到仙芝镇。

邵母一见儿子就是泪流满面，"元亨，元亨啊……"又是笑，又是哭，"没想到，我、我还能活着再见你一次。"

"娘。"邵元亨俯身要跪下去，看了看泥土地面，再瞅着周围根本没有蒲团之类的东西，无奈皱眉忍了，"儿子不孝，这些年让娘你受苦了。"他马马虎虎磕了一个头，并未碰到地，然后便直起了身体，"儿子这就接你去江都享福。"

"好、好好。"邵母激动不已，热泪盈眶地拉着儿子问长问短。

沈氏赶了过来，激动不已，泪光莹然地敛衽行礼，"夫君……你来了。"

邵元亨回头一怔。

仙蕙又是冷笑，又是心痛，父亲肯定是被人喊老爷喊习惯了，很多年都没人喊他夫君，感到陌生了吧？呵呵，真是可笑！

仙蕙上前扯了扯母亲，"娘，爹现在可是做大生意的，在江都有头有脸的人物，外头必定尊称一声老爷。"委婉地提醒道，"娘往后在人前，也别落了爹的脸面，一样喊老爷罢。"

沈氏正在激动之际，含泪笑道："那是你爹，还能计较这个？"

邵元亨已然打量起小女儿来，"这是……"对比明蕙看了看，"你是明蕙。"再将视线落在小女儿身上，"你是仙蕙吧？长这么大了，当年分开的时候，我都不知道你母亲怀了你。"目光透出几分赞许，"瞧着是一个伶俐聪明的。"

"见过爹。"仙蕙行了礼，甜甜笑道，"难怪了，母亲常说我和爹爹像呢。"

虽然是拍马屁的话，但拍得好。

邵元亨原本微微皱着的眉头，散开了些，笑道："看来你母亲把你们教得好，一个个都听话懂事。儿子能干，女儿乖巧……"看向儿媳和她怀里的小孙女，"这就是琴姐儿吧？哎，当年明蕙才这么大一点儿。"

邵大奶奶忙推琴姐儿，"快，叫祖父。"

琴姐儿表情怯怯的，紧紧抓着母亲的袖子不放，小小声道："祖父。"

孙女不是孙子，邵元亨根本就没有放在心上，笑着应了一声，然后让下人捧了一个盒子进来，打开说道："我给你们带了一点表礼。"

邵母得了一杆翡翠烟枪，沈氏是一整套的足金头面，金手镯、金耳环、金戒指，还有一支嵌宝石的金钗，两个女儿和儿媳则是每人一支珠花，以及一对金耳环。轮到孙女琴姐儿，是一个小巧的长命百岁金锁，"拿着，祖父给你的。"

琴姐儿小小的脸上尽是欢喜，奶声奶气道："好好看啊。"

邵元亨看向儿子，正色说道："你是家中的嫡长子，是男丁，我就不给你这些玩意儿了。"颇有几分自得，"往后跟着爹一起，学做生意，这才是爹给你最好的礼物。"

邵景烨高兴道："爹说得是，儿子也正是这么想的。"

"走，到堂屋说话。"邵元亨道。

邵母下了床，"是啊，我这屋子不够宽敞，也不亮堂。"欢欢喜喜的，拉着儿子的手出门，替儿媳说着好话，"元亨啊，咱们一家子老的老、小的小，这些年多亏了沈氏贤惠、能干，吃了不少苦，才把这个家给撑起来。等去了江都，你记得买几个丫头给她使唤，让她也享享福。"

沈氏忙道："我年轻走得动，还是给娘买几个丫头使唤才是。"

"都有。"邵元亨没把这点小事放在心上，心头沉甸甸的，是另外一件事，出门便先朝妻子感激，"辛苦你……"他的目光，落在她明显的眼角皱纹上，"娘说得没错，这些年家里没个支撑门户的男人，的确是辛苦你了。"

沈氏赶忙自谦，笑道："应该的，都是应该的。"

仙蕙看着父亲眼底那一抹隐隐的嫌弃，和微皱的眉头，不由愤怒难抑！

一家人进了堂屋。

"爹。"她上前道，"听哥哥说，爹在江都赚了很多很多钱，铺子开了好几个，可威风，可能干了。"又软又糯地撒娇，"爹，你能不能给我们买点好料子，做几身新衣裳啊？我长这么大，还没穿过缎子做的衣裳呢。"

她豆蔻年华，长得又是水灵灵的花苞儿一般，说不尽的明媚娇妍。

邵元亨一时怔忪，仿佛见到沈氏容颜盛极年轻的时候，不，二女儿还有几分像自己，真是占尽了父母的优点，而且嘴甜、乖巧、会说话。这样的女儿，哪个做爹的又会不喜欢呢？再说那点要求又不是难事，当即点头，"行，爹给你们买。"

仙蕙眉眼弯弯地笑："谢谢爹，爹你最好了。"

沈氏含笑嗔道："你这孩子，哪有一见到爹就要东西的？"

"没事。"邵元亨摆摆手，大方道："孩子找爹要东西，那还不是天经地义的？"从怀里摸出一包银子，递给儿子，"你去，多买几匹好料子回来。"

"知道了。"邵景烨笑着接了，"我这就去，很快的，正好再给掌柜道个别。"他是一个利索的人，当即脚步匆匆地就出了门。

仙蕙喊道："哥哥，记得给祖母挑一份紫棠色万字纹的。"

邵景烨在外面应道："记得，都记得。"

"哎哟。"邵母拉了孙女，乐呵道，"瞧瞧我们家仙蕙多懂事，多贴心，还记得我这老婆子的喜好。"她除了爱抽水烟和打叶子牌，别的，倒是没有什么毛病，对媳妇和儿孙辈都很和气。

"是啊，仙蕙挺懂事的。"邵元亨笑得心不在焉，端起儿媳奉上的茶水一喝，觉得又涩又苦，勉强下咽，因而抬头道："大伙儿今晚休息一夜，明儿早点走。"

仙蕙心里冷笑，是嫌家里太破旧住不得了吧？

沈氏不知内里，也道："老爷才刚赶路过来，累得慌，不如多歇两天。"

"不累，不累。"邵元亨摆了摆手，然后道："明蕙、仙蕙，还有老大媳妇，你们都先回去收拾东西。"

仙蕙和姐姐回了屋。

明蕙关上门，长长了松了一口气，"我的神仙菩萨！仙蕙，你今儿可真能说啊。"好奇地打量着妹妹，"要说我这么多年没见过爹，不记得他长啥样，心里都十分胆怯，你咋一点不害怕呢？当年娘和爹分开的时候，你还是一个水泡儿呢。"

仙蕙淡淡道："怕啥？自家亲爹。"

"你说得轻巧。"明蕙抚了抚心口，"到现在，我这心还扑通扑通直跳呢。"继而有点小小失落，"我好歹是做姐姐的，反倒上不得台面，表现得还不如你一个妹妹，父亲想必对我失望了。"

"怎么会？"仙蕙劝道，"话多有话多的好处，安静也有安静的好处。"

"你瞧……"明蕙毕竟还是未出阁的少女，加上头一次见到亲生父亲，又得了好东西，眼里是掩不住的小小兴奋，"这珠花，好生漂亮。"再拿起妹妹的看了看，"你和我的还是一对呢？爹可真是细心啊。"

细心什么？仙蕙心下嘲笑。

父亲若是真的细心，又怎么会只记得给妻女买首饰，不买衣服？

"呆丫头。"明蕙把珠花给妹妹戴上，好笑道："你在父亲跟前伶俐得很，怎么回屋又发呆了？我不跟你说了，先收拾东西，连你的一块儿给收拾好。"

"就这样吧。"仙蕙胡乱地把几件衣服一包，反正今后用不着了。

上

两姐妹正在收拾，就听见母亲在里面拔高声音，"邵元亨！你停妻另娶，你可真是做得出来啊！"

糟糕！要吵了。

仙蕙顾不得许多，急急忙忙冲到堂屋门口，推开门，"爹、娘，你们这是怎么了？好好儿的，怎么拌起嘴来？"

邵元亨脸色尴尬，而且因为难堪而面色不悦。

明蕙和邵大奶奶听得动静，也围了过来。

"你们来得正好！"沈氏是看着柔和，实则是要强硬刺儿的性子，指了丈夫，目光凌厉恨声道："当着女儿们和儿媳的面，你再说说，你是怎么停妻另娶的？！"

仙蕙当即怔住。

明蕙和邵大奶奶皆是目瞪口呆。

邵元亨当着一众晚辈们，下不来台，索性挺直了腰身，"什么停妻另娶？当年的举国大乱谁不知道？死了多少人，拆散了多少家？你们几个妇孺老小没了音讯，我怎知道你们是死是活？难道要我一辈子打光棍？"他心虚地嘀咕，"难道就不为邵家的香火着想，留个后儿……"

"别叫我恶心了！"沈氏针尖对麦芒，毫不客气讥讽，"谁让你一辈子打光棍？可就算我死了，你也该为元配守一年吧？可你告诉我，荣氏给你生的那个女儿，居然和仙蕙是同一年生的？也就是说，当年我怀着仙蕙和你走散，你一扭头，就不管我的死活娶了荣氏！"

邵元亨脸色铁青，烦躁道："你到底想要怎样？还要不要安生过日子了？"

"别吵了。"邵母左右为难，劝道，"媳妇啊，你就退让一步吧。"

沈氏把脸侧向一边，咬紧牙关。

仙蕙上前拉了拉母亲，小声道："娘，你消消气。不看僧面看佛面，看在祖母的面子上，你就少说几句气话罢。"

邵母连声道："是啊，好歹……元亨还活着啊。"

还不如死了呢！沈氏气得心口都是疼的，直哆嗦，硬咬牙不让自己掉泪。

邵母朝儿子递了个眼色，邵元亨上前，缓和了口气，"好了，咱们十几年都没有见面了，一见面就吵，让孩子们见了笑话。"为了讨好发妻，喊了她的闺名，"芷清，有什么话都好好说，行吗？"

芷清？沈氏忆起新婚时候的恩爱情景，微微一怔。

邵元亨又劝了几句，但劝来劝去，都没提过一句休了荣氏的话。

沈氏心下冰凉，看来丈夫和那荣氏已经感情深厚，绝对不会休了她的。心中怨念可谓滔天，可是转头看看儿女，再看看身后破旧失修的屋子，都已经吃了十几年的苦了，难道还要儿女们一辈子都苦下去吗？她闭上眼睛，忍住恶心，"行！好好说。"

邵元亨面上一喜，"那……"

009

沈氏深吸了一口气，抢先道："既然荣氏都为你生儿育女了，我也没话说，总不能把她和孩子给撵出去。但先来后到得讲一讲，我先进门，按规矩她就是妾，她得磕头敬我一碗茶……"

"不可能！"邵元亨断然拒绝，"荣氏是我明媒正娶的妻室，不是姨娘，怎么能伏低身段去做小？这十几年来，我在外头做生意，她在家辛苦照应，我和她相互扶持经历风雨不说，她又生了一儿一女。"他负气道，"我不能没有良心！"

"良心？"沈氏断断没有想到，自己的退让，竟然换来丈夫的得寸进尺！她先是凭着一口气撑着，此刻心一酸，眼泪顿时止不住，"你只知道跟她说良心，那我呢？你怎么不跟我说说良心？"

明蕙上前搀扶母亲，哽咽道："娘，你别哭。"

仙蕙也红着眼圈儿过去，一左一右，两个女儿陪在母亲身侧，护着母亲。

沈氏的眼泪簌簌而落，又是恨，又是痛，"邵元亨！我十几年含辛茹苦的煎熬，到底为了什么？"她心痛质问，"难道，就是为了让你停妻另娶吗？！"

"够了！"邵元亨彻底失去了耐心，看看周围，"当着长辈和晚辈的面，你这么又吵又闹，又哭又骂的，像个什么样子？"不欲再纠缠下去，飞快道，"你们两个都是邵家明媒正娶的妻室，没有妾，分不了大小，所以你和荣氏都是嫡妻！"

"什么意思？"沈氏含着泪，一脸震惊不解地问道。

"等去了江都，以后府里下人唤她荣太太，唤你沈太太，往后彼此平起平坐。"邵元亨侧了脸，多少有点不敢看发妻的眼睛，"也就是说，……并嫡！"

呵呵，并嫡。

仙蕙在心里轻嘲，这样的安排看起来很是公平允正。可实际上，那还不是先进门的母亲吃亏？况且爹的心早就已经偏了，一个名分，能顶得上多大用处？接母亲过去当嫡妻养着，不过是顾全他不弃糟糠的脸面罢了。

"并嫡？"沈氏一脸不可置信，"你是说……，我是妻，她也是妻，我的儿女是嫡出，她的儿女也是嫡出？邵元亨，要是这样的话……"

仙蕙知道母亲的倔强性子，怕她说出难听的，让父亲下不来台，以至于夫妻之间反目成仇。当即扶额，"哎哟，我的头！"干脆一头晕了过去。

"仙蕙，仙蕙……"沈氏和明蕙一起上前搀扶小女儿，看看双目紧闭的小女儿，眼泪直掉，"你别吓娘，啊……，你要是有个三长两短……"

邵元亨也变了脸色，上来道："怎么晕过去了？"

"都是你！"沈氏回头看向丈夫，一双眼睛好似要喷出火，怒斥道："都是你干的好事儿！你看看……，把仙蕙都吓坏了。"

"你们在做什么？"刚巧邵景烨买了缎子回来，见状赶紧放下缎子，上前抱起妹妹，朝妻子喝道："还愣着做什么？快去，请个大夫过来。"

上

邵元亨止住儿媳，接话道："我去，我去。"他正愁场面尴尬难堪，想回避，当即拔脚就出了屋子。到门口，原本想吩咐个下人去的，犹豫了下，与其留在这儿听沈氏吵闹，不如亲自去找大夫，躲了清静，而且还显得自己关心女儿。

走到大街上，他长长地吁了一口气。

而屋里，邵母坐在床边连连叹气，发愁道："菩萨啊，这都是什么事儿啊？好好儿的，仙蕙怎么就晕过去了？"一拍大腿，"对了，快快快，给她掐人中啊。"

沈氏上前，刚摸到女儿的脸她就醒了。

"娘，……我没事的。"仙蕙缓缓睁开眼睛，状若虚弱得很，细细声道："刚才不知道怎么回事，眼前一黑，人就栽过去了。"

沈氏摸了摸小女儿的头，"好些没？缓过来没有？"

仙蕙喘气，"好些了。"

明蕙又哭又骂，"你这丫头，刚才真是吓死人了！"嘴里骂得凶，手上动作却比谁都温柔，给她掖了掖被子，"老实躺着，别再乱动了。"

见她没事，屋里的女眷们都松了一口气。

邵母叹道："仙蕙，你乖乖地躺着，等下你爹就请大夫过来了。"

仙蕙点头，"祖母我没事的，你也累了，你先回去歇着吧。"然后让姐姐去把门给关上了。

沈氏是关心则乱，可是眼下一看，还有什么不明白的？她本来就又恨又气又怒，眼见女儿没事装病，不由斥道："好好的，你吓唬人做什么？"

仙蕙叹道："娘，我有话说。"

沈氏的眼睛又红又肿，忍了火气，训道："以后不管你想说什么话，再不许这样捣鬼了！那病是好装的吗？吓唬家里人。"

"娘，我错了。"仙蕙坐了起来，"回头你再骂我。"先看向哥哥，把荣氏的事简略说了一遍，不等他说话，又朝着母亲问道："娘，你是不是不想去江都了？"

沈氏现在还在怨愤和气头上，毫不犹豫，"不去！我只当他死了。"

屋子里众人面面相觑，表情各异。

仙蕙叹了口气。

一个人的骨气和清高固然可贵，但……哪有性命可贵呢？

"娘，你可要想清楚了。"仙蕙正色道，"你若是赌气待在仙芝镇，受苦的是你，享福的是那荣氏。你可是爹的元配发妻，凭什么便宜了别人？你不去，岂不正好称了她的心意？"

沈氏闻言一阵愕然。

屋子里，众人都静默下来。

过了许久，沈氏才揉着胸口道："你爹停妻另娶，还要那荣氏和我平起平坐，叫我如何咽得下这口气？留在仙芝镇，虽然清苦一些，倒也眼不见心不烦。"

"娘，你别赌气。"仙蕙劝道，"你在仙芝镇吃苦受穷的时候，想起他们穿金戴银的，

011

就不心烦？不过是自欺欺人罢了。"

"仙蕙！"邵景烨斥道，"怎么跟娘说话呢？没大没小的。"

沈氏却没怪女儿，黯然摇头，"我这的确是自欺欺人。"

仙蕙往下说道："娘你想想，这十几年来没有爹的时候，咱们在仙芝镇吃苦受穷，不是一样过得好好的吗？现如今是去江都享福的，有钱花，有大房子住，穿金戴银、呼奴唤婢的，难道还不能过得更好？"说到此，语气一顿，"请容女儿，说一句遭天打雷劈的话。"

沈氏脸色微变，"你这丫头，要说什么？什么天打雷劈。"

"娘你若是真的恨爹，恶心他……"仙蕙冷冷道，"就只当他不在了。"

沈氏闻言一怔。

邵景烨和明蕙则是吃惊，想说妹妹，又不知道从何说起。邵大奶奶是做儿媳的，不免浑身不自在，赶紧低了头。

仙蕙又道："娘，你就不要再去管爹，不要管荣氏了。他如今赚了钱，你只当是找了一个金主，能给银子，能让你不再吃苦，让你的儿女有好日子过。"

邵景烨听不下去了，皱眉道："仙蕙，咱们不希图荣华富贵……"

"哥哥。"仙蕙打断他，"若是旁人发了财，就算是封侯拜爵，那都与我不相干。咱们是他的亲生骨肉，凭什么不能跟着过好日子？非得在这儿吃苦受穷的，让别人享福。"

此言一出，屋里的人都目光复杂起来。

是啊，凭什么让自己和儿女们受苦？反而便宜别人？沈氏闭上眼睛止住泪意，半晌过去，方才缓缓睁开，眼里一片说不尽的清冷恨意。

如同女儿说的那样，只当他死了。

吃晚饭的时候，邵元亨才从邵母的正屋里面出来。

他冷眼瞅着，沈氏虽然面色淡淡，倒也没有再面红耳赤地哭闹，几个儿女和儿媳都闷声不说话，并没有想象中的鸡飞狗跳，不由松了口气。

为了缓和气氛，说道："既然仙蕙病了，那就多休息几天再走。"

——他这是在做小小让步。

沈氏冷着脸，不言语。

仙蕙打起精神，接话笑道："多谢爹体谅女儿。"

接下来，也没什么可说的了。

邵元亨沉默，沈氏也沉默，邵母夹在中间亦是无言，一边是亲生儿子，一边是孝敬自己十几年的好儿媳，说啥都不合适啊。而仙蕙、明蕙和邵景烨，也都不想多开口，至于做媳妇的邵大奶奶，搂着女儿喂饭，一直连头都没敢抬。

一家人默默无声地吃完了饭，各自回房。

仙蕙不喜欢这种压抑气氛，说道："早点睡，明儿还要打起精神赶路呢。"

上

"明天？"明蕙惊讶道："爹不是说了，可以停几天再走吗？"微微蹙眉，"去了江都，母亲和咱们都得心烦，还不如在仙芝镇多待几天呢。"

"罢了，爹的心早就待不住了。"仙蕙心下另有打算，拍拍姐姐的手，"快睡，这件事我自有主张，你先别问了。"

倒惹得明蕙笑了起来，"哎哎哎，我才是姐姐，你是妹妹，瞧你这老气横秋的样儿，还要反倒照顾我了不成？小丫头，心思还挺大的。"

仙蕙替她掖了掖被子，目光疼惜，"姐姐，睡吧。"

次日天明，沈氏眼睑下面一圈淡淡青色。

仙蕙瞅着心疼，对嫂嫂道："煮个鸡蛋，给娘滚一滚眼圈儿。"又出门找哥哥，"眼下无事，最快也得吃了午饭才动身。辛苦哥哥去街上走一趟，买点上等的胭脂水粉，还有眉黛，再挑几朵戴得出去的绢花。"

"做什么用？"邵景烨不解地问道。

仙蕙拉他到旁边，压低声音，"哥哥你想，那荣氏比娘年轻，又是整天过好日子养得娇，会打扮，不定怎么光鲜亮丽呢。我不是要让娘跟她比美，但是到时候府里还有下人，大家瞧着，总不能让娘被比下去差太远吧？"

邵景烨挑眉，"我们娘哪里比别人差了？"

"我知道娘不比别人差。"仙蕙叹了口气，"可江都邵府的人都过着富贵日子，上上下下一双势利眼，岂能不狗眼看人低？咱们穿着寒素，肯定不够人看的，就算配上金银首饰也不搭，反倒遭人笑话儿。"

邵景烨没有做声，眉宇间，隐隐透出强压下的怒气。

仙蕙又道："刚巧昨儿我缠着爹买了几匹好料子，等下就跟母亲她们说说，咱们动手一人做两套新衣服，到了江都，再用胭脂水粉打扮一下。不说多鲜亮，好歹得体体面面的啊。"

"你别说了。"邵景烨目光微凝，"我明白。"掂了掂荷包，"昨儿爹给的银子还剩下不少，我这就去买，胭脂水粉、绢花、眉黛，全都给你们买最好的。"

到了下午，邵家一行人开始动身启程。

原本从仙芝镇去江都要七八天路程，因为邵母上了年纪，不敢走快，所以路上又耽搁了几天，花了整整十天时间才抵达江都。

街面上楼馆林立，车水马龙，小贩的叫喊声此起彼伏，一片热闹繁华景象。

邵家的马车队伍在街上缓缓行走，拐了几拐，约摸走了两刻钟工夫，停在一座青瓦白墙、红漆金环的大宅院门口。门口立着几个小厮，一个飞快进去通报，另几个手脚利索地拆了门槛，马车继续往里走。

到了内院，邵母搭着丫头的手下了车，连连捶腰，"哎哟，连着十来天的马车赶路，我这一把老骨头啊，都快给颠散了。"

邵元亨赶紧跑了上去，亲自搀扶，"娘，儿子扶你上轿。"然后朝着后面道："我先

送娘去后院歇息，你们各自回屋，喝口茶、换身衣服，等吃晚饭时再一起说话。"

他跟着老娘，丢下仙芝镇的这一房人不管，很快便走远了。

仙蕙心下冷冷一笑，父亲可真会躲啊，把第一次见面的战火扔给两房妻儿，他自个儿当起了缩头乌龟！

"沈太太，请下车吧。"

"大小姐、二小姐，请下车……"

"大爷、大奶奶……"丫头婆子们纷纷忙碌起来，搬条凳的，搀扶主子的，接包袱的，院子里头一通热闹喧哗。

"给沈太太请安。"一个中年仆妇上前来，长脸膛，穿着体面，头上发髻梳得一丝不乱，看着就颇为精明能干。她笑着自我介绍，"奴婢姓丁，荣太太派过来帮衬的，负责约束小丫头们……"

丫头打起车帘，沈氏从马车里面缓缓下来，淡声道："好，知道了。"

丁妈眼里闪过一丝错愕之色。

旁人不明白，仙蕙却明白她在错愕什么。

丁妈是见母亲穿着体面，打扮合宜，所以吃惊了吧？当即走了过去，含笑招呼，"丁妈。"

"这位是……"丁妈眼里的惊讶更浓。

不，甚至可以说是惊艳！

仙蕙大方一笑，"我是仙蕙，这是我姐姐明蕙。"又指了指旁边，"这是我哥哥，还有我嫂嫂和大侄女儿。"

丁妈赶紧矮了矮身子，口中道："给两位小姐请安，给大爷、大奶奶请安，给大姐儿请安。"

"丁妈不用客气。"仙蕙指着院子，"哎哟，这院子瞧着好新啊。"佯作什么都不知道的模样，好奇问道："这该不是才修好的吧？几时修好的？一共几进几出啊？娘住哪儿？我和姐姐都住哪儿？"

问题一个接一个，主子问话，丁妈又不能不答，只得挨个回道："这院子是今年年初才修好的，一共是四进四出。沈太太住二进院的正屋，大小姐和二小姐住……"

一个穿桃红比甲的小丫头跑了进来，正是坠儿。

"这是哪儿来的丫头？混跑什么？"仙蕙声音清澈似水，呵斥道，"没看见太太和我们都在这儿啊？撞着人了怎么办？"

坠儿还没开口就被呵斥，而且仙蕙又点明了身份，原先准备故意喊沈氏为婆子，羞辱她，现在却说不出来了。只得灵机一变，改口道："荣太太从老太太那边出来，叫、叫我，过来报个信儿。"

"哦。"仙蕙似不耐烦，挥手道，"行，那你下去吧。"

坠儿看了看丁妈，不敢多言，神色紧张地退到一旁。

上

少顷，荣氏从院子门口进来。

她穿了宝石红的琵琶襟袄儿，绣以金边，配一袭缕金百蝶穿花云缎裙，盛装丽服地出现在众人面前。特意穿了红，无非是要告诉这一房的人，她也是明媒正娶的嫡妻，不是二房。

荣氏见了沈氏，微微皱眉，"这位就是沈太太吧？"上上下下打量了一番，笑容勉强，"我领着彤云刚给老太太磕完了头，所以来迟了些。"

沈氏淡淡含笑，"不急，反正我们都已经到了。"

后头进来一个穿绯色裙袄的俏丽少女，五官精致，长得和荣氏颇为相像，自然是邵彤云了。上来便先行礼，"见过沈太太，两位姐姐……"目光落在明蕙和仙蕙身上，惊愕掩都掩不住，竟然一时卡了壳儿。

荣氏推了推女儿，"彤云，你怎么呆了？"

邵彤云这才回过神来，赶紧补笑，"两位姐姐长得可真好看，性子又温和，一看就是好相处的人，往后啊，我可就多了两个伴儿了。"她的语气诚恳自然，好似真的很喜欢两位异母姐姐，"刚才我心里实在是太过欢喜，就忘记说话了。"

仙蕙听得笑了，"我这一见到三妹妹啊，也欢喜得很。"

邵彤云和气地笑，"看来，我和二姐姐想到一块儿去了。"

"是啊。"仙蕙接了话头，又道："在仙芝镇的时候，爹就说了，说我和三妹妹有几分相像，性子伶俐讨喜，嘴甜、爱说话……"抿嘴儿一笑，模样无比天真娇憨，"我哪有爹说得么好？倒是三妹妹你，和爹说得差不离呢。"

"是吗？"邵彤云的笑容有些僵，"看来爹很喜欢二姐姐啊。"

仙蕙笑笑，等于变相承认。

邵彤云一口气噎在心口，脸上笑容，差一点儿就挂不住了。

邵景烨领着妻儿上来，招呼两位妹妹，一起行礼，"见过荣太太、三妹妹。"他举止不卑不亢，颇有一派淡定从容的气度。

仙蕙和明蕙亦是落落大方行礼，无可挑剔。

甚至就连琴姐儿，虽然胆怯，但被母亲教得老实听话，也乖乖地弯了一下腰。

沈氏看着一对娇花软玉的女儿，俊朗出众的儿子，恭顺听话的儿媳，以及粉雕玉琢的大孙女，心中自是骄傲。因而越发挺直了腰身，以主人的姿态道："走吧，都进屋子里说话。"

荣氏怔了怔，继而温婉笑道："是啊，都进去再说。"

沈氏原本只是客套一句，心下揣度，她肯定不愿意跟这一房人打交道，过来打个招呼全了礼数，便该走了。没想到她还真的要进去，……是热情周到，还是不惧自己？只怕后者居多罢。

她不惧，自己也没什么好怕的。

沈氏转身上了台阶。

邵景烨是成年男子，借口换衣裳先回避了。

015

沈氏领着众人进了正厅，和荣氏并坐正中太师椅，一右一左，正好平起平坐，颇有几分两相对峙的意味儿。

"三妹妹，我坐你旁边儿罢。"仙蕙笑眯眯的，径直走过去坐下了。

邵彤云微有惊讶，但是很快笑道："二姐姐坐。"

荣氏一派当家主母的姿态，吩咐丫头，"赶紧上茶。"算是小小地反击了一下，似乎在说，沈氏自充主人不算数，她才是邵府真正的女主人。

沈氏表情平静，只做什么都不知道的模样。

丁妈悄悄地溜了出去。

她避开人，找到小丫头坠儿，细细吩咐了一番，"快去。"

坠儿忙不迭地拔脚跑了。

大厅里面，荣氏正在问起家长里短的闲篇，"听说这一路走了十来天，而且没有水路，都是马车，想必沈太太累坏了吧？方才老太太直喊着骨头疼，连话都不想多说，就先睡下了。"

沈氏淡淡道："娘是上了年纪的人，难免受不住。"

她这是从嫁进邵家的门起，就管婆婆喊娘，喊惯了，一时改不了口。

但荣氏听了，却觉得她是有意显得和婆婆亲近，心中本来就不快，——丁妈和坠儿坏了好事，正窝着火儿呢。现如今又再添一分不快，越发胸闷，得拣一件顺气的事儿来说说，"对了，你们今儿没见着景钰。"

邵彤云赶忙搭腔，笑道："景钰去庆王府上学了。"

荣氏自然得意，"原本啊，以为沈太太你们前天就能到的，景钰在家等了整整一天，也没等着。"她故意叹了口气，"我想着，孩子们多读读书总没错，到底还是学业要紧，不能耽搁了。"

沈氏侧首看了一眼，心下了然。

荣氏这是在炫耀她的儿子在庆王府念书，有体面，欺负自己在乡下受穷，没让儿子一直读书是吧？不由淡淡一笑，"读书好，这老话不是都说了吗？人从书里乖，多读点书有了见识，也就学乖了。"

荣氏一拳打在棉花上，还被刺了一下，脸上的笑容都有点挂不住了。心中恼火，蹙眉道："茶呢？怎么半天都不端上来？"

丁妈忙道："我去催催。"

仙蕙若有若无地扫了她一眼，无事献殷勤，非奸即盗！心下提起谨慎，丁妈和坠儿坏了荣氏的好事儿，肯定怕被主母责备，说不定在捣鼓什么幺蛾子。

丫头们端了热茶上来，挨次奉上。

荣氏揭开茶盖儿，一拨，手上动作顿时停住，她的目光闪了闪，心下很快明白过来。怕女儿不知道，坏了好戏，当即深深地看了她一眼。

邵彤云笑了笑，也是漫不经心地拨起茶来。

上

明蕙一直都是提着心弦的，见她们母女俩眼风乱飘，不明所以，心里有点七上八下的不安宁。正在疑惑之际，忽地听见妹妹大声问道："三妹妹，这是什么茶啊？闻着好香，上面还飘着几朵花儿呢。"

邵彤云笑了笑，"是挺香的。"

仙蕙"哦"了一声，又道："今儿这茶，是特意拿出来招待我们的吧？一定是你们平时喝的好茶了。"

她说话声音又清脆，又高，不光明蕙停住了，沈氏和邵大奶奶也看了过来。

谁平常喝这个了？邵彤云蹙了蹙眉，"不是。"

"三妹妹。"仙蕙刨根究底的，问个没完，"这茶叫什么名字？多少银子一两？贵不贵啊？"她腼腆一笑，"我们在镇上茶喝得少，只认得几样，三妹妹你告诉我，往后我就知道了。"

邵彤云眉头一挑，这……这人怎么这样？问个没完。

"三妹妹，你怎么了？"仙蕙一头雾水的样子。

"彤云啊。"荣氏见女儿被人逼得说不出话，好戏肯定是没有了，再僵持下去，还要让女儿跟着落个难看，赶紧插嘴，"你怎么不吭声儿啊？仙蕙问你话呢。"

邵彤云和母亲心意相通，知道这是局面坚持不了，母亲松了口，因而脸色转变得飞快，当即笑了，"二姐姐口齿伶俐得很，一个接一个地问，好似大珠小珠落玉盘，叫我都不知道该先回答哪一个了。"

她脸上露出疑惑之色，"二姐姐，你方才问这些不是开玩笑？是真不知道吗？"

仙蕙眨了眨眼，"真不知道。"

"二姐姐，我告诉你。"邵彤云笑得温柔大方，"这可不是喝的茶，而是专门用来漱口的花茶，喝完含一含，说话时就呵气如兰。"朝小丫头看去，"怎地这么慢啊？还不赶紧把青花盂端上来。"

"哦，是漱口的茶啊。"仙蕙一脸恍然大悟之色。

沈氏手上的茶盖"叮咛"一合，若有所思。

丫头们陆续捧了青花盂上来，服侍主子们漱口，然后上了正经喝的茶。

沈氏又不是傻子，方才的情形，细想想如何还不明白？心下冷笑，这是一进门，荣氏就要给自己下马威呢。

——人善被人欺，马善被人骑。

既然她荣氏存了心挑事儿，没必要忍着。

手中慢悠悠地拨着茶，看向邵彤云，"听老爷说，你和仙蕙是同一年生的。"意味深长地看向荣氏，"荣太太你说，这可真是巧啊。她们两姐妹一般大小，出了门，别人不知道的，还以为是一对双生子呢。"

意思是说荣氏急着赶趟生孩子。

017

邵彤云的脸，刷的一下就红了。

02 姐妹较量

"沈太太可真会说笑。"荣氏鬓角上的青筋直跳，一声冷笑，"彤云和仙蕙不是一个娘生的，长得又不像，哪能让人以为是双生子？"她霍然站起身来，"你们一路风尘仆仆，想是累了。"招手叫上女儿，"走吧，别打扰人家歇息。"

邵彤云咬了咬唇，当即跟了上去。

荣氏一阵风似的出了院子，回了屋，抓起一个茶盅就狠狠摔在地上！

邵彤云见母亲气大发了，不敢靠得太近，在旁边美人榻上坐下。她嘟了嘴，委委屈屈的，"好没意思，别人的笑话没有看到，倒把自个儿闹成一个大笑话儿。"

荣氏的脸色阴沉沉的，似要下雨。

邵彤云郁气难消，起身在屋子里走来走去，嘴里嘀咕，"不是说，她们都是从乡下来的吗？怎么一个个的，都打扮得跟富家太太小姐一样？"

荣氏没好气道："我哪晓得？！"

邵彤云使劲揉搓着手里的帕子，好好的绣花帕子，给她揉成了一窝梅干菜，忽地手上一顿，"我知道了，肯定是爹买的！"她跺了跺脚，"爹心疼她们，事先就为她们准备好了，真是……真是偏心啊。"

思绪一凝，回想起刚才的满目惊艳。

明蕙的美貌还有限，可那仙蕙……，标准的美人鹅蛋脸儿，尖尖下巴，一双又大又长的漂亮凤眼，完全挑不出任何瑕疵。而且她还挺会打扮的，穿了一袭浅金云纹的素面袄儿，配月白腰封，下面撒开烟笼芍药的百褶裙。

衬得她，肤光莹润、殊色照人，——根本就不是面黄肌瘦的乡下丫头！

邵彤云心里酸酸的，堵了一口气，"往常里，只听说别人家爹在外头养小，添了庶出的弟弟妹妹，我倒好，竟然凭空多出一对哥嫂，两个姐姐。还有……还有一个元配出身的嫡母。"

"你说够没有？！"荣氏狠狠一巴掌拍在桌子上，震得茶碗乱跳。

"娘在别人跟前受了气，就拿我来煞性子。"邵彤云红了眼圈儿，哭道，"你不去收拾别人，埋汰自家闺女算什么本事？"她委委屈屈的，当即就拔脚回屋去了。

荣氏揉了揉发胀的额头，朝外唤人，"阮妈进来。"

珠帘一晃，进来一个圆圆脸的中年妇人，身体微胖，头上梳着圆髻，和丁妈的精明外露恰恰相反，瞧着颇为敦厚和善。可是她经过丫头们的身边时，个个都低了头，可见在下人心中分量颇重，上前喊了一声，"太太。"

荣氏恨恨低声，"看来还是咱们太过轻敌了。"

阮妈一直跟着主母，寸步不离，今儿的事自然都看在眼里。心中当然明白主母的火气，劝道："太太，你消消气。"

荣氏咬牙道："原想着她们都是乡下来的，没见识、胆怯，进门给个下马威，落一落她们的面子，臊一臊她们的脸皮，一气儿打压，就把气焰给压下去了。"不甘心地吐了一口气，"没想到是咱们太小看人家，用错了法子，反倒吃大亏了。"

"是啊。"阮妈点头，"那沈氏不是一盏省油的灯，说话含沙射影的。"

说到这个，荣氏心里的火又噌地上来，"说什么彤云和仙蕙一年生的，不就是讥讽我当年着急，急哄哄地就和老爷好上了吗？可是这能怨我吗？"她脸上带出委屈，"当年老爷亲口说妻室没了的，谁知道没死啊？"

"是啊，是啊。"阮妈跟着附和了几句。

荣氏语气抱怨，"是老爷有隐瞒，是他着急，反倒让我成了笑柄！"

阮妈不便多说邵元亨，转口道："我瞧着，那个二小姐嘴里话又多，又伶俐，今儿的事全都坏在她身上。"压低声音，"太太你说，她到底真的傻呢，还是在扮猪吃老虎啊？"

另一边，沈氏正拉着小女儿的手，感慨道："今儿的事多亏仙蕙你问得好，不然的话，咱们娘儿几个可都要出丑了。"

"是啊。"明蕙心有余悸，"差一点儿，我就把花茶给喝下去了。"

邵大奶奶脸色微白，"我也是。"

沈氏冷声道："那荣氏打量我们是乡下来的，没见过世面，就想让我们当众出个大丑，给她看个笑话儿。可笑！也不照照镜子，她自个儿才是一个天大的笑话儿。"

明蕙劝道："娘，你消消气。"

沈氏轻嘲道："想当初，荣氏嫁给你们爹的时候，怎么就不先打听打听，你爹有没有娶妻？妻室死了没有？便是你爹说我死了，几时死的？守了一年孝没有？荣氏瞅着一个……"底下的话，当着两个未出阁的女儿，实在说不出口。

荣氏瞅着一个长得清俊的男人，就扑了上去，得多猴急，多缺男人啊！

其实沈氏这么想，也不算是冤枉了荣氏。

邵元亨就算现在看着，那也是相貌堂堂，更别提年轻时候的风流倜傥了。荣氏肯嫁他一个娶过妻的男人，长得清俊，的确是其中一个理由。

"算了，不说了。"沈氏连着赶了十天路，又才和荣氏打了一场仗，越发觉得疲倦，况且什么男人不男人的话，当着儿媳和闺女不方便说。因而摆摆手，"你们都先各自回去梳洗梳洗，再换身衣服，稍微休息一下。"

仙蕙等人起身告辞，各自回了房。

明蕙小声道："那个彤云，起初我瞧着她还挺温和大方的，没想到，居然和荣氏串通一气，

看咱们笑话儿。"

仙蕙心道，荣氏母女花样儿多得很，坠儿那岔子还没闹出来呢。

"不过后来……"明蕙又抿嘴儿笑，低声道："娘说彤云和你同年的时候，我瞧着她是红了脸的，那个荣氏也着恼了。"

"该！娘又没说错。"仙蕙冷哼，"三妹妹只比我小三个月，不是她娘着急，是谁着急啊？"想起父亲，啐了一口，"……爹也急。"

——怨不得母亲恶心他们。

"大小姐、二小姐。"丫头在外面喊道，"时辰差不多，该起来准备吃晚饭了。"

"知道了。"仙蕙翻身爬起来，朝姐姐笑道："起来，我给你打扮一下。"

因为姐姐长相偏于温婉、大方，给画了长长的微弯柳叶眉，脸上略施薄粉，晕了胭脂，端庄又不失明媚。然后穿上姜黄色的暗花通袖袄儿，配淡杏色裙子，像是一簇开得明媚的迎春花。

仙蕙则是柳绿袄儿，月白裙，好似湖畔的一枝纤细新柳。

两姐妹过去找母亲，沈氏顿时觉得眼前一亮，"不错，干净又清爽的。"再看看穿了石蓝袄儿的儿媳，一袭藏青长袍的儿子，都挺干净清爽，就是，不如之前换洗的那套新衣华丽。

"怎么了？娘。"明蕙问道。

沈氏叹气，"咱们的衣服还是少了一点，来的时候匆忙，只赶出了两套，之前那套绣花有襕边的又换洗了，现如今大家穿得都有些素净。"摇摇头，"早知道，该把那套留着今晚上穿的。"

仙蕙知道母亲在担心什么，接风宴上，荣氏母女必定盛装丽服，母亲担心落了这一房人的面子。不过自己心里另有打算，因而淡淡一笑，"娘，咱们就是要穿得略清减一点儿，等下才好唱戏呢。"

"唱戏？"沈氏不解问道，"唱什么戏？"

仙蕙神神秘秘的，悄笑道："走罢，等下你们就知道了。"

今日的接风宴设在邵母住的院子，离得近，这样老人家不用出门，省得再被外面风雪给冻着了。沈氏和儿女们一直跟婆婆相处，大家共同过了十几年，自是相熟不用说，进门还像以前那样，一起围在火炉边上说说笑笑。

气氛正热闹，就听外面传来一阵动静，有丫头喊道："老爷来了。"

屋里的笑声顿时一凝。

仙蕙扭头看了过去。

果然，父亲还是和荣氏母子几个一起来的，又不是新婚燕尔的小夫妻，非得腻在一块儿吗？真叫人恶心！今儿可是接风宴，父亲都不肯给母亲多留一点脸面。

邵元亨穿了一身暗金色的长袍，披着鹤氅，戴着黑狐皮的帽子，一副有钱富贵老爷的派头。他精神抖擞进了门，笑道："娘，这院子住着可还暖和？要是冷了，叫荣氏再给你添两个炭盆。"回头叮嘱，"娘的屋里，记得一定要用银霜炭。"

邵母连连摆手，"哎……，我一个老婆子没那么娇贵，别折了我的福。"

"看娘说的。"荣氏不甘心在孝顺上头被沈氏比下去，也改口喊了娘，笑得十分亲热，"你老人家可是专门享福的人，哪能折福？别说是银霜炭，就是金炭、银炭、珍珠炭，放在你屋里也使得。"

她拖长了声调，笑靥如花地回头看向丈夫，"老爷，你说对吧？"

邵元亨点头，"嗯。"

沈氏嘴角微翘，透着淡淡讥讽之意。

荣氏却不打算消停，之前几次交锋都吃了瘪，哪能不想赢回场子？不仅炫耀丈夫和自己亲近，还炫耀儿子，"对了，景钰回来了。"推了推儿子，"快过去请安。"

邵景钰今年刚刚十二岁，半大少年，脸长得像荣氏，身量却是遗传了邵家人的高挑颀长，加上瘦瘦的，看起来有点长手长脚。他上前，干巴巴道："给祖母请安。"至于对着沈氏等人，那就更加不情不愿了，懒洋洋道："沈太太、哥哥嫂嫂，两位姐姐好。"

一口气，给敷衍了事过去。

邵元亨皱了皱眉。

荣氏见丈夫脸色不好，赶忙打岔，"对了，老爷。"指了指女儿，"下午景钰回来的时候，给彤云带了一挂红珊瑚手串。听说啊，是四郡王给府里的人捎带的，大郡王妃嫌颜色太艳，想着彤云年轻，就让景钰捎回来给她戴着玩儿。"

邵彤云便献宝似的，捧了上来，"爹，你瞧瞧这颜色和水头。"

"啊呀，这手串可真漂亮！"仙蕙忍了半晌，就等着说到这红珊瑚手串，当即围了过去，一脸艳羡之色，"三妹妹，让我仔细瞧瞧。"

邵彤云不情愿，但还是笑着递了过去，"二姐姐你看吧。"

仙蕙托在掌心里细看。

看着、看着，便上手，直接给套在自己手腕上，殷红的珠子衬着白皙肌肤，好似雪地里开了一枝殷殷红梅。她抬头笑道："三妹妹，这珊瑚手串真是好看，借我戴几天怎样？过几天我就还你。"

邵彤云顿时变了脸色，欲言又止。

沈氏一直盯着这边，见小女儿竟然索要东西，不由斥道："仙蕙，你在做什么？还不赶紧放下东西，给我回来。"

明蕙赶忙过来拉人，赔笑道："仙蕙她年纪小，不懂事，从小被我们惯得不知天高地厚，不用理她。"

"我只是借几天玩玩儿，又不是不还。"仙蕙声音里面带出委屈。

邵彤云缓和神色，温柔道："二姐姐，不是我小气舍不得，可这红珊瑚手串是大郡王

妃给我的，不便轻易借给别人。要不，回头我另外找一个手串，不用借，只当是送给你的。"

"送我？"仙蕙的眼睛顿时亮了，甩开姐姐的手，也不管姐姐有多尴尬，只管上前大声道："那手串什么的我就不要了，你要送，就送你头上这支金步摇吧？往常里只听人说步摇步摇的，我还没有戴过呢。"

邵彤云原本只是想随意找个手串，打发她的，没想到她专挑贵的东西要。自己头上这支嵌三色宝石的金步摇，和耳朵上的坠子、手上的戒指，那是一整套，借？她借了，谁知道啥时候还啊？万一丢了、坏了，自己这一套首饰岂不成了残缺？她、她也太厚脸皮了。

仙蕙盯着她，问道："三妹妹，你又反悔啦？"

沈氏在旁边忍无可忍，呵斥道："明蕙！还不快把你妹妹给拖回来？不嫌丢人呢？东西有就有，没有，不会不戴啊！"

明蕙上前拉扯妹妹，急道："走，跟我回去。"

仙蕙不肯走，委委屈屈道："我是想着，都快、快过年了，万一来个客人，都不能体体面面见人。我……"声音带出哭腔，"我才不要被人笑话。"

邵景烨也过来了，"听话，赶紧回去。"

仙蕙眼圈儿一红，哽咽道："凭什么三妹妹都有金步摇戴，我不能有？"一副任性不懂事的口气，"哥哥，你给我买。"

邵景烨知道妹妹这样不好，可到底心疼她，软和了口气，"好，回头哥哥挣了钱就给你买，别哭了。"还给她擦了擦眼泪，"听话。"

邵元亨的脸上有点挂不住了。

爹还在呢，哪里轮得到儿子挣钱给女儿买东西？左右看了看，两房的人一对比，荣氏母女是盛装丽服、珠翠满头，沈氏那边的确显得寒碜了点儿。

再瞅着沈氏怒火中烧，荣氏又一脸得意，担心两边吵闹起来场面难堪，因而喊了仙蕙道："好了、好了，别哭了。不就是想要几样首饰吗？爹让人给你打，多打几样，不会让你被人笑话的。"

仙蕙把沾了葱汁儿的帕子拿开，"真的？爹，你不骗我？"等父亲点了点头，顿时破涕为笑，"还是爹你对我最好了。"喜笑颜开地拍马屁，"刚才是我急糊涂了，光想着哥哥，怎么就忘了爹你才是大财主呢。"

"什么大财主？"邵元亨被她逗乐，摇头笑道，"你这丫头。"

真不要脸！邵彤云在心里狠狠啐了一口。

仙蕙哪里有空管她？只顾缠着父亲，又道："爹，光是给我一个小辈打首饰，不太好吧？干脆你多破费点儿，给祖母、娘，还有姐姐和嫂嫂，也都打一份儿。"

沈氏再次呵斥，"仙蕙！你别说了。"

邵元亨则是闻言一怔。

要说给女儿打首饰还说得过去，只当是给她们添置嫁妆，沈氏……现在似乎用不太上，再说给媳妇打首饰又算啥事儿啊？可是这海口都已经夸出去了，再收回去，那也太丢脸了。

更不用说，二女儿还把母亲也给绕进去了，——总不能不孝顺母亲吧？

邵母瞅着场面有点冷，忙道："元亨啊，沈氏和孩子们这些年吃了太多的苦，你不是说了，要好好弥补一下的吗？我看仙蕙的主意挺好的，大过节，都打点首饰，都打扮打扮给你长点脸面，至于我老婆子就不用了。"

"娘，看你说的。"邵元亨是一个八面玲珑的生意人，反应很快，出神不过是一瞬间的事儿，当即笑道："我能舍不得给娘你花钱吗？少了谁的，也不能少了娘的啊。"他看了看荣氏母女，"过年了，你和彤云也再添几样。"

荣氏和邵彤云都高兴不起来。

仙蕙甜甜道："谢谢爹。"

事情就这么拍了板。

仙蕙赶着拍马屁，亲自端了一碗茶过去，忙前忙后的，"爹，可我不知道首饰该打什么样儿的？要不，回头我去荣太太和三妹妹那里看看，看她们首饰什么样儿，然后叫人照着打，这样就不会出错了。"眨巴一双大眼睛，"到时候，我跟三妹妹打一模一样的，你说好不好？"

邵元亨笑道："行，你们打一样的。"

邵彤云气得脸都发白了。

心下恨得简直想砸东西，这……这都是什么无赖啊？厚脸皮缠着父亲要东西不说，还要给她娘打，她姐姐，还有她嫂嫂！甚至，还要跟自己打一样的首饰，呸……谁要跟她一样了？她也配！

刚要说话，被荣氏拉住递了一个眼色，只得忍气不言。

"好了，好了。"邵元亨挥挥手，"都坐吧。"只想快点结束眼前场面，两房妻儿凑一堆儿，自己夹在中间滋味儿不好受，吩咐丫头，"赶紧上热汤热菜。"

荣氏笑容难堪地入了座。

心下气得肝疼，那个小丫头片子得寸进尺，贪得无厌！自个儿要了东西不算，竟然还拉扯上一大堆人！老太太、沈氏，两个丫头，还有一个乡下媳妇儿，加一起整整五个女眷，每个人都要打首饰，那得花多少银子啊？

可是丈夫已经答应了，再驳，就是驳了丈夫的面子。

——不能因小失大。

接风宴后，两房的人各自回了屋。

荣氏那边如何肝疼胃疼且不说，沈氏一进门，就让儿子儿媳孙女都先回去，然后关了门，沉脸斥道："仙蕙！你真是太胡闹了。"

"娘……"

沈氏一副恨铁不成钢的脸色，指着小女儿，"今儿要不是当着外人，我当场就想教训你了。你说你……怎么能为了要点儿首饰，就连脸面都不顾，低三下四地去找你爹要东西？咱们的脸都被你丢光了。"

明蕙也埋怨道："你啊，这次真是太胡闹了。"

仙蕙却道，"我没有胡闹。"

"你没有？"

"是的。"仙蕙目光坚定，回道，"我就是要趁着现在，趁着爹对咱们愧疚之心最浓的时候，努力争取更多的东西。"

沈氏气得笑了，"就为了几根簪子？"

"几根？当然不！"仙蕙冷笑，"凡是荣氏有的，娘得有！邵彤云有的，我和姐姐一样得有！还有嫂嫂和祖母，嫂嫂不能比邵彤云的差，祖母不能比荣氏的差了。"

她此言一出，沈氏和明蕙都怔住。

和荣氏母女的一模一样？一共五份首饰，有两份不能比荣氏的少，有三份不能比邵彤云的少，那得……那得多少首饰珠宝？绝对不是一个小数目啊。

明蕙不由咂舌，"这……荣氏肯定不依啊。"

"我不管，反正爹都已经答应了。"仙蕙精致秀丽的下巴一仰，淡淡嘲讽，"回头他大出血的时候，别怪我要得太多，要怪……就怪荣氏太会贴补自个儿了。"

沈氏摇了摇头，似乎还是不赞成这么做。

"娘。"仙蕙正色看向母亲，"就算我为了骨气，不管面子，可将来我和姐姐总要出嫁的吧？我们的嫁妆丰厚一点，难道不好？姑娘家若是嫁妆丰厚，吃穿用度一概不靠婆家，才不会受人搓磨！到了万急的时候，要用钱了，还能兑个银子花花呢。"

沈氏终于动容，再也说不出反驳的话来。

次日一早，仙蕙领着丫头出了门，"去西院。"

邵府分为西院和东院。

仙芝镇的这一房人住了东院，荣氏母子住在西院。

穿过角门，西院已是一派热热闹闹的景象。

这个时候，荣氏正在忙着安排一天的大小琐事，和管事妈妈们说话，仙蕙是专门挑这个时候来的。一进门，先笑吟吟地行了礼，"给荣太太请安。"她有一副好嗓子，又清又脆，"我今儿过来，是想看看荣太太的首饰样子。"

屋里屋外的妈妈们、丫头们，都敛气屏声。

厅堂里，荣氏一袭玫瑰紫的刺绣妆花褙子，襕边裙儿，粉面含威坐在正中，手里抱着一个鎏金小手炉。闻言挑眉看了她一眼，目光颇为锐利，"何必那么麻烦？回头我让人打几样好的就是了。"

言下之意，就是婉拒不答应了。

气氛顿时尴尬起来。

仙蕙知道事情不会顺利，不说荣氏舍不舍得银子，单是她在自己一个小丫头手里吃了瘪，这口气她肯定就咽不下去。

所以，今天必定是要为难自己的。

听她说什么打好的，便含笑问道："荣太太，听你的意思，是想照着最好的首饰给我们打？是吗？"

荣氏微微勾起嘴角，"是啊。"

"那怎么好意思呢？"仙蕙笑道，"爹在外头冒着风雪挣几个钱，不容易，我们得替他省着点儿，不能全都拣贵的来。好的首饰要打，一般的也打，东西不在贵贱，只在爹对我们的一片心意。"

荣氏抿着嘴，心下冷笑，看你能说出个什么花样儿来！

仙蕙搓了搓手，"怪冷的。"干脆在旁边坐下，对丫头道了一句，"一路上风雪大得很，冷飕飕的，去端一碗热热的杏仁茶来。"

一副不着急走，打算填饱了肚子，然后再慢慢长谈的架势。

丫头怔住，不敢擅自挪步。

荣氏皱了皱眉，斥道："还不快去？！"

丫头飞快地去了。

"多谢荣太太。"仙蕙一脸好说话的样子，又道："想来是荣太太怕首饰贵重，我不知事，会不小心给碰着了。"连连摆手，"不会的，不会的，旁边有屋里的姐姐们看着，我就是瞧一瞧，记个样子，到时候连摸都不用摸的。"

荣氏心里的气噌噌乱蹿，什么"怕首饰贵重给碰着了"，什么"我连摸都不用摸的"，这都是什么歪派话？难道回头自己花了银子，还要再落一个小气吝啬的名声吗？真没见过这么讨人嫌的丫头！

仙蕙往外看了看，"杏仁茶呢？怎么还没有端上来？"

等着小丫头端了杏仁茶来，像是嫌烫，小口小口地吹着，慢条斯理地喝，还抬头对荣氏笑道："心急吃不了热豆腐，不能烫着嘴。"

荣氏的眼风跟刀子似的刮过，一声冷笑。

门外雪花纷飞，寒风飕飕的，廊子上立着等回话的几个妈妈，搓手跺脚的，不时向里面张望，眼里面都流露出焦急之色，有事等着要回不说，还冷啊。

荣氏忍了半晌，终于忍无可忍开口，"仙蕙，我这儿还有事忙着……"

"那行啊。"仙蕙赶忙接话，笑道："荣太太你忙你的，不用管我，叫个姐姐领我去看首饰就行了。"

荣氏见她如此油盐不进，越发上火肝疼。

"太太。"阮妈劝了一句，"你还忙着，哪有空和二小姐闲聊家常？不如让人领她去看看，

见识见识，回头仔细地打几样首饰好了。"

意思是，回头首饰上的珠宝小点，金子少点，少打几样省下银子就是了。

没必要在这儿多费口舌。

荣氏揉了揉胸口，到底不能直接把人给叉出去，再不打发人走，管事妈妈们还怎么进来回话？眼下马上就要过年了，人情来往的，不知道多少事儿，实在没有工夫跟个丫头片子磨叽，因而一声冷哼。

阮妈服侍主母多年，知道她落不下脸，只能装了僭越之人，吩咐道："要不太太你先忙着，我送二小姐过去，一会儿再回来。"

荣氏挥手，厌烦道："去吧。"

"多谢荣太太。"仙蕙道了谢，总算起身走了。

等人走远了，荣氏狠狠地啐了一口，"没教养！到底是乡下来的。"端起热茶喝了几口，顺了顺气，"外头的都进来。"

另一边，仙蕙都已经走到抄手游廊上了，自然听不到荣氏的啐骂。再者，便是听见了，她也不会当一回事儿的。反正骂两句又不会掉一块肉，得了东西，那才是落在自己口袋里的实惠呢。

阮妈在前面引路，"二小姐，往这边走。"

很快到了正屋。

"二姐姐。"邵彤云的声音响起，来得这么快，自然有人去通报了，她含笑穿过水晶珠帘，"你来了，也不跟我说一声。"

语气娇嗔，带出几分亲密无间的责怪。

仙蕙收回心思，笑道："正说喝了这口茶，就叫丫头去喊三妹妹呢。"

邵彤云今儿穿得颇为素雅，浅蓝色的素面袄儿，月白襕边裙，一头乌黑如云的青丝上面，只简单别了两支长长的碧玉簪，点缀几朵小珠花。

仙蕙看得好笑，这算什么？是说她也没多少好首饰吗？

"外头风大雪大，没啥玩儿的。"邵彤云寒暄道，"正好，今儿二姐姐过来了，咱们姐妹两个说说话，也算有趣。"

"是啊。"仙蕙笑了笑，暂且按兵不动。

阮妈领着两个丫头从里屋出来，捧了两个红漆大盒子，一脸郑重之色，先铺了一块大绒布在桌上，然后才轻轻放下。

仙蕙淡淡瞅了两眼，故意问道："荣太太就这些首饰吗？"口气颇为轻视。

邵彤云心下恼火，又不是石头，难道还能用马车来装？暗自忍了忍气，仍旧笑得温温柔柔的，"二姐姐，你看，娘这个首饰盒子一个三层抽屉，一个四层，里面能装好多东西。"

"是啊，能装不少。"阮妈为了给主母挽回面子，赶忙开了锁。

好家伙！半抽屉鸽子血，半抽屉绿翡翠，再一抽屉五颜六色的各色宝石，还有黄澄澄的足金凤钗，雪白浑圆的珍珠足有龙眼一般大小，顿时满室华彩耀目。

仙蕙仔细扫了几眼，荣氏珍爱戴得多的几样首饰，大部分都在，少了的那几样，估摸是这几年添置的。毕竟首饰盒子里面整整齐齐，没有挪动的痕迹，想来仓促之间，阮妈也不敢随便乱动。

心里有了数，不动声色笑道："三妹妹，那你的首饰是拿过来给我看，还是……"顿了顿，"还是等我先看完了荣太太的，然后再看你的？"

邵彤云本就反感，哪里还耐烦陪她看两次？当即笑道："大雪天的，怎好叫二姐姐跑来跑去？回头再给冻着就不好了。"侧首吩咐丫头，"你带着人过去拿了过来，仔细点儿，钥匙记得搁在手里头，别弄丢了。"

没多会儿，丫头们捧着红漆盒子进来。

阮妈也松了一口气，人多点儿，大家眼睛都在一起，免得等下丢了什么。再者有三小姐在跟前盯着，万一出了什么岔子，也好分辩。当即笑问："三小姐，你的也一起打开吗？"赶紧完事，然后好早一点交差。

邵彤云点点头，"开吧。"

她年纪不大，戴首饰的时间自然不长，东西数量只得荣氏的三分之一，上头宝石的大小和成色，亦有所不及。当然这是和荣氏的首饰相比，要是和仙蕙、明蕙比，随便挑一样，那都要甩出几条街去。

阮妈亲自动手，小心仔细，把一样一样的首饰摆在细绒布上。

阳光下，真是一片彩绣辉煌。

仙蕙看着那些流光溢彩，花了眼。

这些珠宝首饰，一件又一件，一年又一年，有多少次父亲疼爱荣氏的身影？有多少次他们夫唱妇随的欢笑？而那个时候，母亲在灯光昏暗的破旧小屋子里，熬夜为别人赶制衣裳，赚几个钱，好给家里换回几斤便宜米面。

说起来，荣氏母女的所作所为固然可恨，但对她们来说，东院的人都是不相干的人，甚至是站在对立面的人，也不难理解。

只能说是人性恶，和感情是完全没有半分关系的。

可父亲呢？母亲是他的元配发妻，自己和哥哥姐姐是他的亲生骨肉，祖母是他的亲生母亲，在他享受荣华富贵、娇妻陪伴的时候，可曾想到过这些亲人？他才是最最凉薄无情的那个人。

所以，凡是父亲的东西，自己都要狠狠地咬下一块儿！

"二姐姐……"邵彤云疑惑地打量着她，怎么不是见了珠宝艳羡，而是恍惚，眼角还隐隐有了泪光？哦，是嫉妒难过了吧？这么一想，不由快意地笑了，"好好儿的，你怎么发起呆来？"

仙蕙收回心思，抬头敷衍了一句，"这些首饰都太好看了。"懒得理会她眼里闪过的得意，

朝丫头吩咐，"准备纸墨笔砚，再多拿一点儿纸。"

"要纸笔做什么？"邵彤云诧异道。

仙蕙嫣然一笑，"拿纸笔，好把首饰的名字都记下来啊。"

邵彤云的笑容顿时挂不住了，挑眉问道："阮妈，娘是怎么说的？"

阮妈不敢乱担责任，回道："三小姐，是太太让奴婢领二小姐过来，不过太太没说让二小姐记下来。"顿了顿，"但是，我看记下也好。"

"也好？"邵彤云睨了她一眼。

阮妈朝她递了个眼色，"记下来，回头正好拿给太太过目啊。"

邵彤云眼珠子转了转，明白过来。

记就记呗，首饰记下来就能戴了啊？母亲才是邵府的当家主母，银钱支出，最后都得她拍了板，肯拨银子才行。

因而定下心来，让丫头去拿了纸墨笔砚，介绍道："这一支满池娇的分心钗，上头是红宝石，石头大概有六分，金子估摸至少十四两重。"一会儿又道："这一支赤金观音凤钗共有三尾……"

极尽炫耀之能，颇有些"让你眼馋一回却得不到"的快意。

仙蕙心下好笑不已，面上连连点头，"今儿多亏有了三妹妹指点，不然的话，我也不能懂得这么多，知道得如此仔细。"一五一十地，全都按照她说的浮夸之话，给写了上去，——回头对质起来，可不是自己胡编乱造的。

邵彤云说，仙蕙写，忙了大半个时辰才搞定。

最后又誊抄了一份，才道："这一份誊抄的墨迹还没有干，我放在这儿了，留给荣太太看。"将起初的那份收起，"这份我拿走，回头首饰店的人送来东西好比对，免得记不住弄错了。"然后便起身告辞。

"二姐姐慢走。"邵彤云笑容温柔地送她出门，回了屋，一声嘲讽，"难道抄了的就都能打啊？想得倒是挺美的，白做梦！"

仙蕙一路冒着风雪，回了东院。

进门便把首饰单子递了过去，笑道："瞧瞧，我厉害吧？"

明蕙惊诧道："这是？"一页一页往下翻，抬头问道："这么多，她们，居然肯耐着性子让你一样样地记？没为难你吧？"

"没有。"仙蕙淡淡摇头，然后道："首饰名录，我是想法子给抄回来了。可是现如今荣氏管着后宅，所有银子要过她的手，她肯定舍不得给咱们添东西的，更不用说添这么多了。"

明蕙点点头，"那是肯定的。"

沈氏看着越来越懂事的小女儿，目光唏嘘，真是说不尽的感慨。

仙蕙压低了声音，"这件事，得想点法子才有可能办成。"

上

沈氏露出端凝之色，"是得想点法子。"小女儿好不容易才拿回名录，总不能让她白忙活一场。

母子三人，在屋里嘀嘀咕咕了大半天。

半晌后，仙蕙和明蕙回了屋，找了一双才做好的新靴子出来。

明蕙一面包起靴子，一面担心问道："等下，当真你自己一个人去？"

"嗯。"仙蕙知道她这是不放心，笑了笑，"别担心，我就是去给爹送双靴子，又不是去杀人放火，一会儿就回来了。"

明蕙想想也对，颔首道："那你路上当心一点儿，别滑倒，早点回来啊。"

"知道了。"仙蕙甜甜一笑，裹上披风，迎着漫漫风雪迤逦而去。

到了月洞门，往前便是九曲十八折的水上桥，桥的尽头就是书房了。

仙蕙提着裙子正要过去，瞧见书房的门忽地打开，父亲从里面走出来，紧跟着，又出来一个江水蓝长袍的年轻男子，足足比父亲高了半个头，不知道是谁。

不知怎么回事，远远瞅着，竟然觉得那人有一点点眼熟，但这怎么可能？自己根本就不认识外男，一定是想多了。

仙蕙没时间细琢磨，不管如何，都得先回避了才是正经，当即藏在花篱后面。

那边说话的声音越来越近，到了月洞门口，竟然停下说起话来。

"这些年来……"邵元亨道，"邵家一直都想把生意做到京城去，只是事关重大，不敢轻易冒进，所以这些年一直没有安排妥当。若是能有人帮着引荐引荐，那可真是，不胜感激，不胜感激啊。"

"举手之劳。"一个年轻男子的声音响起，清澈凛冽，好似冬日里的薄薄冰片，有种清凉韵味，"等明年开春，我去京城的时候帮忙问一问……"

仙蕙闻声吓了一跳，天哪，这声音不就是、就是……那个人吗？怎么会在这儿遇到他，这也太巧了吧？

她隔着花篱，悄悄地往对面看了一眼。

果然是在仙芝镇遇到的那位贵公子，十七八岁的年纪，穿了件海蓝色的暗纹锦缎长袍，风雪吹动，露出一线雪白的绫裤颜色。这人似乎里面只穿白色，难道是有点洁癖？不过倒是很衬他那清冷高华的气质。

他肤色白皙如玉，剑眉星目、线条分明，尤其是一双眸子微微闪动，好似暗夜里的星子，竟然长得出乎意料的好看。不过他身上有一种睥睨天下的气度，光华湛湛，反倒比他的容貌更加耀目，看起来不怒自威。

天哪！此人到底是什么身份？

听父亲的口气，对他十分尊重有礼，估摸是一个有头有脸的人物。

"到时候……"那年轻男子似有察觉，语音一顿，转头朝着花篱这边看了过来，目光

好似能够穿透一切，带出迫人的威仪。

仙蕙吓得心口"咚咚"乱跳，赶紧低头。

"谁在后面鬼鬼祟祟的？！"邵元亨呵斥道。

仙蕙赶忙应道："爹，是我！过来给你送东西的。"

邵元亨闻声一怔，继而斥道："老实待着！"回头赔笑，"小女年幼不懂事，胡乱淘气，等下我好好训斥她的。"

"令爱？"年轻男子似有轻微惊讶，但没有多问，"既然令爱找你有事，刚才那件事就改日再谈，反正不急，回头再找时间商议。"

"是是。"邵元亨笑道，"这边请，这边请……"

两人说着话，渐渐走远听不见声音了。

仙蕙长长地松了一口气。

过了片刻，邵元亨送了客人回来，喊道："仙蕙，是你吗？"

仙蕙从花篱后头走出来，指了指丫头手上的包袱，笑道："我和姐姐给爹做了一双鞋子，想着亲自送过来，顺便逛逛后花园，再折两枝梅花回去摆放。"

邵元亨领着她进了书房，颔首道："放下吧，辛苦你们了。"

——不是很有谈兴的样子。

仙蕙瞅着父亲的神色，这会儿明显没有心思听自己表现孝心，因而说了几句嘘寒问暖的话，便乖巧告辞，"爹你忙着，我先回去了。"

邵元亨没有留她，"行，回吧。"

他忙了半上午，直到下人来催用午饭，方才把账本合上。准备出门的时候，瞅到旁边的新靴子，顺手拿起来试了试。唔……刚刚好一脚，穿着走起来也挺舒服的，两个女儿果然心灵手巧，不愧是沈氏生养的。

——沈氏的针线一向很是出挑。

再想起二女儿明媚娇艳的笑容，以及伶俐，忽然生出一个大胆的想法。

四郡王人物出众、年轻有为，又是天潢贵胄出身，但却尚未婚娶。仔细想想，满江都城的年轻姑娘，论长相、论伶俐，能把自家二女儿比下去的，可以说几乎没有。

特别是仙蕙的美貌，比沈氏年轻盛极时还要明艳几分，真是殊色照人。

若是仙蕙能做四郡王妃，岂不比借大郡王妃的裙带关系更强？要知道，四郡王可是庆王妃嫡出的小儿子，仙蕙若是能够嫁过去，肯定不会吃亏的，对邵家的生意更是大有好处。

等等，不对。

荣氏和大郡王妃都不会同意此事的，她们只愿意撮合彤云。

可是这些年，彤云经常在庆王府出入，庆王妃早就相熟，却没有一点要娶回去做儿媳的意思。不知道彤云在哪儿出了错，没得庆王妃的青眼。

或许……可以让仙蕙嫁去刺史家？只不过官员不比王公贵戚有忌讳，讲究门当户对，他们娶妻很少娶平民女，邵家在门第上面低了一点儿。

但是自家女儿人物出挑，不做宗妇，攀一个小儿媳什么的总不过分吧。

对于仙蕙本身，邵元亨还是很有自信的。

而另一头，仙蕙就不是太有信心了。

毕竟要给东院的人打整整五份首饰，还是比着荣氏母女的打，花费实在惊人，少说也得二三万两银子，父亲会不会答应？说实话，心里面还真是没个底儿。

自那天以后，又去了父亲书房三次，一次送袍子，一次送帽子，还有一次送了几个荷包、玉坠儿，总之，让父亲抬眼就能看见东院的东西，想起东院的人。

这点动静，自然是瞒不过荣氏的。

她知道以后，在屋里和阮妈嘲笑道："老爷什么好东西没有见过？稀罕她们做点破衣服、破鞋袜？哪怕就是再送一百回，也不管用。"

阮妈附和道："是的，太太不用理会。"

正说着话，外头来人送新打的首饰过来。

荣氏瞅了瞅自己新打的珠钗，又看看女儿的，宝石又大又华丽，金子黄澄澄沉手十分满意。然后瞄了几眼东院的首饰，神色不屑吩咐丫头，"送过去，记得在老太太跟前说几句讨喜的话。"

丫头去了没多会儿，又回来，神色畏畏缩缩的。

荣氏见她手里还捧着首饰盒子，诧异道："你怎么又拿回来了？"语气一顿，旋即明白东院那边出了岔子，不由粉面含威，"什么意思？她们不要退回来了？"

"太太。"丫头苦着脸道，"二小姐一听说首饰到了，就去拿了她抄录的单子，然后比对着，说是金子分量不够，石头大小也不够，肯定是首饰店的人弄错了，黑了咱们家的金子和好石头……"

"放肆！"荣氏简直怒不可遏，气得捶桌，"我出银子给她们母女打首饰，居然还敢挑三拣四？"连着啐了几口，"呸！真是给脸不要脸。"

丫头为难道："那……这些首饰怎么办？"

荣氏冷笑，"搁着，留着我回头赏人。"

阮妈劝道："太太消消气，她们不要是她们傻，她们吃亏，回头过年的时候没有首饰戴，也怨不得太太。"

荣氏一声冷哼，"活该！"

外面有丫头喊道："太太，老爷来了。"

荣氏赶紧收起怒容，换了笑脸，亲自迎了上去，"老爷今儿回来得早，是不是年下快忙完了？要我说，也是时候该歇一歇了。"

"嗯。"邵元亨一进门，便朝丫头仆妇们挥手，"出去。"

"老爷有事？"荣氏笑问。

邵元亨在太师椅里面坐下，捧着热茶，一面喝，一面问道："听说，你给东院那边打的首饰出了岔子？怎么回事？"

荣氏顿时变了脸色，"老爷这是什么意思？兴师问罪？"

邵元亨皱眉，"我不能问？"

荣氏知道丈夫的脾气，吃软不吃硬，只得忍了气，"没出岔子。"撇了撇嘴，"首饰我让人打了，才给东院送过去。可是她们横竖都不满意，说这不好，那不好，就是不要……"指了指盒子，"东西都在那儿呢。"

邵元亨打开盒子瞧了一眼，果然，金钗都有点细，宝石也小，心下大抵明白是怎么一回事。不用多说，必定是荣氏让人偷工减料了。

抬头看向荣氏，笑道："听说你给东院送去的首饰数目不对，说是连十分之一都不到。你啊，分量上头少一点还罢了，数量上怎么也少？实在是太不会做人了。"

"数目不对？"荣氏气得起身，去抽屉里面翻出一沓纸，"老爷你瞧瞧，你仔细瞧瞧，仙蕙都写了多少东西？她这是添首饰呢？还是办嫁妆啊？要都打，那这个家都会给她搬空了。"

邵元亨一页一页翻着，笑容微敛，"这是，仙蕙写的？"

"不是她，还能有谁？！"

邵元亨没理会荣氏恼火的口气，而是落在上面字迹上，工整娟秀、干净利落，所谓字如其人，没想到二女儿看起来花骨朵儿一样，内里却是……和自己想象中的有点不太一样。

不仅外有美貌，而且内有铮铮风骨，倒是发现了她的另外一面。

他心思微动，问道："首饰的名字是哪里来的？"

"说到这个，我就生气。"荣氏原本不想说自己吃瘪的事，可丈夫问了，便添油加醋地说了一遍。当然了，重点在仙蕙的胡搅蛮缠上面，"你不知道，仙蕙那丫头有多难缠，我怕老爷生气，所以一直忍着都没有说。"

邵元亨当然明白荣氏为啥没说，不过是怕丢脸罢了。

但他关心的不是这个，倒是为二女儿一步步的谋划吃惊。她先在接风宴上佯作不懂事，缠着哥哥买首饰，然后诱使自己开了口出钱，当时没有在意，是想着随便打几样哄哄她，哄哄东院的人。

没想到，她说要打一模一样，居然是要在数量和分量上一模一样？！

仙蕙……小小丫头，心思和头脑都不简单呐。

"老爷，你说说。"荣氏还在不停地抱怨，"真是的，不知道沈氏平日怎么教导女儿的，竟然惯得比祖宗还大！"

邵元亨觉得吵得脑子嗡嗡的，摆手道："你别说话，让我想一想。"

"想想？"荣氏先是怔住，继而脸色沉了下去，"老爷，这有什么好想的？你的意思，

上

不仅不责备仙蕙，还要……"声音不由尖锐起来，"难不成，你还真的要照单给她们都打？"

"你嚷什么？"邵元亨在外头被人奉承惯了，习惯居于上位，除了面对不得不低头的那些官员之流，受不得别人说话高声，"我说让你静一静。"

荣氏脸色煞白，还想争执……到底还是怕惹得丈夫恼怒，强力忍住了。

邵元亨心中自有一番思量。

二女儿不仅外有美貌，而且内有心思和算计，这样的女儿……不配庆王府或者刺史家，真是有点可惜了。甚至……他心念一动，想起四郡王说起明年春天的那件大事。三年一选，仙蕙很是适合走那条路啊。

他看看手里的首饰单子，心里一合计，再比着东院的人头算了算，都打下来，大概得花上三万两银子。这……可真不是一个小数目啊！

花三万两银子，买一个家宅安宁值得吗？不，还不能买个安宁。

若是自己给东院花了大笔银子，东院安宁了，西院能不怄气？摁下那头，又翘起这头，回头花了银子，最后还不能两头落着好儿。可要是不花这银子……，瞅了瞅桌上被退回来的首饰盒子，东院的态度很明显，要么一碗水端平，要么就彻底决裂！

东院，可还有一个嫡长子邵景烨啊。最近大儿子跟着自己跑前跑后的，看得出来，是一个很能干的年轻人，有做生意的头脑。

再看景钰，不仅岁数还小，能力和为人方面也差了不少。

细想想，自己不管挣多大的家业，将来都是要分给儿子们的，沈氏不会再生，荣氏估计也难，大抵就是分给这两个儿子了。

既然迟早这家业都要分东院一半，何必落个不痛快？自己老了，总还是要靠两房儿孙孝敬的。再说人活着，不就图个儿孙满堂、膝下承欢，将来后继有人吗？只当是提前分出一部分好了。

再说了，二女儿有殊色，又有心计，的确很适合走那条路。若是自己女儿能做一个皇妃，往后说不准，邵家的生意就能做到京城去了。

罢了，只当为了生意，买女儿一个心甘情愿罢。

邵元亨原本有五六分愿意大出血，因为仙蕙，不免又添了三分。他是一个算计得失已成本能的生意人，很快……便做了决定。

荣氏见他眼里闪过一抹决断之色，心下便觉得情况不妙。

如果丈夫只是想教训仙蕙，谈不上什么决断，父亲教训女儿那还不是天经地义？那他是在决断什么？难道是……

"老爷……"荣氏声音都是抖的，"你别吓我。"

"好了，你也别猜来猜去的。"邵元亨既然做了决定，要给沈氏那边大补偿，自然还是要安抚一下荣氏的，"我想好了，这一碗水总归要端平，你和彤云有的，沈氏母女她们也

应该有……"

"什么？！"荣氏一声惊呼，"一碗水要端平？要是东院那边，比着我和彤云的首饰照样打，那得花多少银子啊？咱们整个邵府不都给赔进去了吗？"

"大过年的，你会不会说话？"邵元亨是常年做生意的人，最听不得人家说什么赔不赔的，当即脸色不虞，"我自己赚了多少银子，心里没数？刚才我算了一下，全部照单打下来，满打满算得花上三万两银子，我出得起。"

荣氏连连后退，脸色惨白，"不行！我不同意！"

邵元亨知道她是心疼银子，耐起性子劝道："我知道你心里不痛快。可是你有的，沈氏凭什么不能有？彤云有的，仙蕙和明蕙又为何不能有？你这话就算是拿出去说，也站不住道理。"

"我不管。"荣氏简直气得心口疼，极力分辩，"我陪着老爷十几年风风雨雨，没有功劳，也有苦劳，沈氏有什么？"

邵元亨沉色，"她替我赡养了十几年的亲娘，替我养大了一个儿子，一双女儿。"

"那也值不了三万两银子！"

"你放肆！"邵元亨彻底恼了，"我的亲娘和妻儿，那是用银子来算的吗？你又值几两银子？"捏着首饰单子起身，"你若不打，我就拿出去让赵总管安排。"他习惯了决策家中一切，语气威胁，"你可想清楚，后宅的事不由你办，而是让外院管事去办，丢的可是你做主母的脸面！"

荣氏怎么可能答应？又气又恨又怒，这些天积攒了多日的怨气，一下子就爆发了出来，尖声道："休想！别说三万两银子，就是三千两、三百两，三两银子……也都休想从我手里出！"

"你手里出？"邵元亨被荣氏闹出火气，动怒道，"邵家的生意是我做的，银子是我挣的，我想怎么花就怎么花，跟你有何关系？用不着你来指手画脚！"一拂袖，径直摔门出去了。

荣氏气得浑身发抖，止都止不住。

阮妈赶紧冲了进来，喊了一声，"太太……"

"老爷他……"荣氏上气不接下气，手上直抖，"他、他……疯了，疯了！他居然要给东院打首饰，全部都打，整整三万两银子……"

她话没说完，便一头栽了下去。

03 暂胜一筹

而此刻，邵元亨已经到了东院，喊了一个丫头问道："仙蕙呢？"

上

丫头忙道："二小姐在大小姐的屋子里。"不敢让主子等，赶紧引路，然后立在门口喊了一声，"大小姐、二小姐，老爷来了。"

屋子里，明蕙和仙蕙都吃了一惊。

明蕙端了热茶上来，"爹，你喝茶。"

"你也坐罢。"邵元亨对大女儿不太关心，印象里，就是一个长得明丽温柔的老实姑娘，喝了一口茶，随口问道："你们两姐妹在忙什么？"

"爹你瞧瞧，怎么样？"仙蕙拿了一根腰带过来，笑着介绍，"我寻思着爹常在外头行走，冬天又冷，所以想了一个取巧的法子。给这腰带里缝了一层狐狸毛，剪得短短的，不外露，往后爹束在腰上保证暖和。"

被人用心讨好，自然是一件值得心情愉悦的事。

"好法子。"邵元亨颔首笑道，"这份心思很是细巧，你有心了。"说着，把首饰单子递过去，"嗯，你的字挺不错的。"

什么意思？仙蕙心下吃不太准，这是夸自己字好，然后就不管首饰的事儿了？尽管担心不已，脸上笑容还是不减，"是吗？爹不嫌弃我鬼画符就行。"

邵元亨见她如此沉得住气，心下又多了几分赞扬，对二女儿将来攀龙附凤更添了几分把握，因而痛快道："你放心，爹让人全部给你照单打。"

真的？！仙蕙瞪大了一双眼睛。

自己费尽心机谋求的大事，如此顺遂，惊喜得好像有点不真实了。

邵元亨看在眼里，不由轻笑，看来这丫头也没有十足的把握，让自己答应，所以才会如此吃惊。不错……有心思、有算计，还有分寸，不是那种不知天高地厚的，自己果然没有看走眼，没白疼她。

明蕙一脸激动不已之色，推了推妹妹，"仙蕙，爹说全部都打。"

"看我……"仙蕙回了神，不好意思笑道，"都高兴得傻了。"想起父亲才答应都打首饰，算是大出血了，怎么也得讨好他几分才是，因而赶忙甜甜道："谢谢爹，还是爹你最疼人了。"

邵元亨笑了笑，打量着二女儿，还真是一个标准的美人坯子。

正是豆蔻梢头二月初的年纪，长得亭亭玉立，五官精致无可挑剔。一双又大又长的丹凤眼，黑白分明，清澈似水，让她整个人都活色生香起来。特别是笑起来的时候，眸子里好似夜空里的繁星一般，烁烁生辉。

"爹……"仙蕙被他看得浑身不自在，讪笑道，"怎么这样看我？"

邵元亨敷衍道："就是瞧着你，长得特别像你娘年轻的时候。"

"我也像爹啊。"仙蕙故意说起奉承的话来，笑道："所以说，我的福气特别好，像爹又像娘，爹和娘就都喜欢我啦。"

"谁让你如此乖巧、懂事，又有孝心？"邵元亨目光满意地看着二女儿，笑着道了一句，"爹这心里，也忍不住要多偏疼你几分了。"

035

偏疼自己？仙蕙脸上笑着，心里却打了一个突儿。

这……可不像是什么好话啊。

院子里，一个丫头气喘吁吁跑了过来，"老爷！荣太太刚才下台阶没有站好，一不小心……滑下台阶摔倒了。"

邵元亨当即去了西院。

明蕙和仙蕙互相对视了一眼，去找母亲，把事情都说了。

沈氏沉默不语。

明蕙细声道："西院那位……多半是气病了吧？"

"应该是。"沈氏轻轻点头，"我没有想到，你爹……还有几分良心，居然真的能做到一碗水端平。"语气里带出几分唏嘘，轻叹道："罢了，既然已经都这样了，还能如何？只要他肯待我的儿女们好，我也没话说了。"

"爹对我们，还是不错的。"明蕙点头，又含笑看向妹妹，"而且……爹好像特别喜欢仙蕙。今天爹还夸仙蕙懂事、乖巧，讨人喜欢，说是忍不住要偏疼她呢。"

"是吗？"沈氏笑问。

仙蕙干笑了笑，"不过随口说说罢了。"

心里有点隐隐不安——父亲的喜好，大都跟利益得失有关系。

他偏心西院那边，除了荣氏会哄人，为他生育了一双儿女以外，不就是因为庆王府的大郡王妃能帮忙吗？可自己有啥值得父亲偏疼的啊？嘴甜？字写得好？给父亲做了衣帽鞋袜？长得像母亲年轻的时候？

这些……似乎都站不住脚啊。

有一种说不出来的古怪呢。

次日一早，沈氏领着女儿和儿媳去了西院探病，却没有见到荣氏。

阮妈迎接出来，面带为难，"太太刚敷了药，睡下了。"

"那让荣太太好生休养，我们先回去了。"沈氏闻音知雅，反正也不是真心想过来探望的，领着人回了东院。

仙蕙觉得母亲礼数到了，是荣氏不见的，就算父亲知道也怪罪不得，便让母亲暂时不用过去探望。第二天，叫哥哥买了一些红枣、桂圆，和姐姐再次过去探病——要是还见不到荣氏，那就随她，反正礼数已经做得足足的了。

刚到西院正屋，就见父亲和邵彤云从里面走了出来。

仙蕙笑道："爹，我们来给荣太太送东西。"

"哦。"邵元亨目光微闪，转头看向邵彤云道，"我还有事，你娘又腿脚不方便，你好好地陪着仙蕙和明蕙说话。"脸色略有几分严肃，"她们冒着风雪过来一番心意，不可辜负了。"

仙蕙瞅在眼里，觉得父亲的神态口气不太自然。

邵彤云的目光更不自然，似乎……有一瞬间的闪烁回避，然后才笑，"爹你放心好了，便是两位姐姐平常过来说话，我也不会怠慢的啊。"

邵元亨点点头，"你们说着，我有事先去书房那边了。"

他背负双手下了台阶，既没有和仙蕙、明蕙打招呼，也没有视线交接，便好似外头有人等着一般焦急，匆匆走远了。

仙蕙重活一世，心思敏感，心底不由浮起一抹疑云。

邵彤云笑道："两位姐姐，外头冷，进来喝杯热茶暖和暖和。"

仙蕙打量着她，不对，不对……昨天和母亲一起过来的时候，荣氏没见着，邵彤云却是见着了的，她虽然没有口出恶言，但是一直绷着脸，眼里有着明显的敌视和憎恶，今儿怎么突然就好转了？就因为父亲的几句叮嘱？可是父亲都走了，她完全可是做做面上情，敷衍几句，用不着再请自己和姐姐进去。

明蕙扯了扯她的衣袖，小声道："……进去吗？"

仙蕙没有回答姐姐，而是笑问："荣太太好些了吗？"往里探了探，"要是今儿精神好些，我们就进去瞧瞧……"

邵彤云犹豫了下，"我进去瞧瞧，看娘睡下了没有。"片刻后，出来说道："娘刚才和爹说了会儿话，有些累，已经脱了衣服躺下了。"又笑，"娘说，让我陪着两位姐姐说说话，也是一样的。"

荣氏这么快就不生气了？让女儿陪着东院的人说话？仙蕙越想越深，越想……心里头就越觉得不安。但是又不好露出情绪，只得耐着性子，跟着邵彤云去侧屋喝了一会茶，不咸不淡地说了几句闲话，然后方才告辞。

回了屋，明蕙说道："看来荣氏还是挺沉得住气的，我还以为……三万两银子那么大的气，她且得'养'一段儿日子呢。"

仙蕙揉着眉头，没搭话。

明蕙自己琢磨了下，点了点头，"也对，她本来就不是真的摔着了，眼下马上就要过年，人情来往的不知道有多少事儿，自然不便耽搁太久。"推测着，"最迟……年三十前应该会养好的。"

仙蕙随口应道："是啊，她这日子不赶巧儿了。"

心里忽然间闪过一道灵光！对了，因为快过年，荣氏不能一直"病"着，可是给了东院三万两银子的窝囊气，她又咽不下去。所以……父亲着急了，就说了什么话，解了荣氏母女的心结，然后她们才会突然转变态度。

照这样推测，一切才变得合情合理。

心下忍不住自嘲起来，别人家的父亲偏心偏疼一点儿，肯定都是欢喜不尽。恐怕只有自己，不仅不敢轻易欢喜，还心惊胆战的，说起来真是荒唐又可笑！

第二天，邵彤云突然过来了。

"三妹妹。"仙蕙觉得奇怪，不管父亲跟荣氏说了什么，许诺了什么，都最多是压一压荣氏母女的火气，让她们对东院留着面上情儿。

三万两银子，那份恨……肯定一辈子都解不开了。

而眼下，荣氏"病"着，父亲举动怪异，邵彤云居然还过来找自己，而且……她眉眼间又是那种看似温温柔柔，实则暗藏危险之色，只怕不会有什么好事儿。

之前强行压下去的那些担忧，再次浮了起来。

邵彤云穿了件半新不旧的烟霞色通袖衫，配粉色裙儿，比之平日更多了几分温柔可亲，脸上还带出些许憔悴之意，看起来楚楚可怜的。

她说话也很客气，笑道："今儿我过来，是向沈太太和两位姐姐、嫂嫂道谢的，娘摔着了腿，多谢你们挂念和探望。还有你们送的红枣、桂圆，挺不错的，娘让人炖鸡汤喝了。"

东院送的东西，荣氏真的喝得下去？仙蕙可不敢信。

当然这话不能问出来，只笑，"三妹妹真是客气，荣太太病着，我们过去探望是理所应当的。"一连串关心地问，"荣太太的腿可好些了？精神如何？"

"好多了。"邵彤云笑容平静如水，看不出端倪，寒暄客套了一番，然后转入了正题，"今儿过来，顺道有一件事要跟你们说。"

"哦？"仙蕙心下提起了弦，"三妹妹你说。"

"是这样的。"邵彤云神态自然，笑道，"明儿庆王府做周岁酒，大郡王要给长子权哥儿过生，到时候啊，咱们家的人都得过去道贺。娘让我过来说一声，明天大伙儿都打扮体面一点，好歹别落了咱们家的面子。"

仙蕙当然不想去庆王府。

她故作腼腆害羞，"那……那什么庆王府的，听起来就不是一般人能高攀的。"一脸上不得台面的表情，"我还是不去了。"

"二姐姐，你想多了。"邵彤云劝道，"庆王府虽然尊贵不同一般人家，但我表姐是大郡王妃，邵家就是庆王府的转折亲。既是亲戚，红白喜事当然应该走动一下。"她笑得温柔和气，"到时候啊，二姐姐一路跟着我就好了。"

跟着你？那可就要命了！

等等，难道她们想把大郡王的事提前上演？！仙蕙不由心下一沉。

"二姐姐，你怎么不说话？"邵彤云说了半天，不见她应声，有点不耐烦了，"你到底有没有在听啊？"不过想起父亲说的那件大事，哼……一定要促成，回头有她们母女一起哭的日子！

因而又耐下性子，继续劝说，"二姐姐，我跟你说……"

谁知道仙蕙油盐不进，仍凭她说得口干舌燥，茶水都连喝了两碗，最后还是断然拒绝，"不行，不行，我真的不想去。"

上

邵彤云到底还是太年轻，即便再沉得住气，也是有限。

见她再三拒绝，忍不住火气蹿了上来，"行！看来二姐姐是不给我这个脸面，那也就算了。"她恼火道："反正这都是爹的意思，回头若是爹怪罪下来，二姐姐自个儿去解释吧。"

仙蕙只低着头，一副含羞带臊见不得人的样子。

邵彤云咬着嘴唇带气走了。

到了下午，有一部分新首饰送来，还有新衣裳。来人是赵总管，"老爷说了，明儿东院西院的人全都去庆王府，记得好生打扮，不管是谁都别疏忽了。"

居然真是父亲的意思？邵彤云没有撒谎？！仙蕙吃惊不已。

如果不是荣氏母女算计自己，而是父亲……如果是他非要让自己去庆王府，那么会有什么事呢？她看着新打的首饰出神，心里乱成一团麻。

面前最耀眼的，是一支赤金镶红宝石的双尾凤钗。

仙蕙拿起凤钗，在鬓角边比了比，有点茫然地看着镜子——里面倒映出一张姣好容颜，长长的远山眉，明眸乌黑，鼻子秀气又挺又直，脸庞白净细腻宛若莹玉一般，仿似吹弹可破。

母亲年轻的时候是个大美人儿，父亲亦是高大清俊，自己占尽了父母的一切优点。

等等……长得好，年轻，尚且待字闺中，自己又在父亲跟前太打眼了。难道说，父亲瞅着自己还算拿得出手，就准备把自己嫁进庆王府？可是让自己去和庆王府联姻，就算父亲同意，荣氏也不会同意的。

思路又绕回了原点。

入夜，仙蕙翻来覆去地睡不安生。

可是思来想去，却没有办法拒绝父亲的安排。

反正躲得过初一、躲不过十五，不如就去一次，看看父亲到底在唱什么戏，心里不由浮起一片悲凉，那人……是自己的亲生父亲啊。

希望这一切，只是自己胡乱猜疑而已。

否则，父女反目的日子就不远了。

次日天明，仙蕙洗漱完毕，丫头捧了昨儿送过来的新衣裳过来。上衣是鹅黄色的宝相花袄儿，缎面光滑如水，花纹精美，先不说各种精巧的绣工，单是料子就已经非同一般了。

最稀罕的，是下身那一袭十六幅的阴阳湘水裙。

一幅绿色、一幅白色，八阴八阳交错用金线勾勒绣在一起，穿在身上不动时，看起来是绿色的裙子，走几步，又摇曳多姿露出一些白色。再在腰间挂一串红珊瑚珠，一会儿落在绿色里面，一会儿落在白色里面，好似繁花荡漾在白云碧水之间。

明蕙轻声惊呼，"了不得！好漂亮的裙子啊。"

丫头们也是纷纷围了过去，笑着打量，一个道："这么好看的裙子，便不是二小姐如此出挑的容貌，换做我穿，也是极好看的。"另一个啐道："呸！你看看这裙子的绣工和针

线，把你卖了，都不够买这条裙子的。"

仙蕙心下轻叹，看来事情果然有蹊跷了。

若不然，父亲怎会给自己如此华丽的衣裳？而且自己有，姐姐却没有。

到了西院会合的时候，留心看了一眼，邵彤云的裙子也比不上自己华丽，且她没有任何意见，心下越发沉了沉。

一路上顺顺利利，邵家的马车队伍很快到了庆王府。

女眷走不了王府的正门，而是走侧门——庆王府宏大非凡，堪称江都小皇宫。进了侧门，下马车，然后又是软轿前行，曲曲折折行了不短距离，最后还得步行一段才抵达花厅。

已经来了不少女眷，有庆王府的各家亲戚们，也有像邵家这样攀龙附凤的，还有一些当地官员的妻女，热热闹闹一屋子的人。

仙蕙一直低头不语。

可奇怪的是，有道目光在自己身上扫来扫去。

她觉得心里有点发毛，抬眸看去，落入眼帘的是一个中年仆妇。可是那人穿着打扮体面，神态高傲，又不像是一般的管事妈妈，看不出是什么身份。因为不便一直盯着对方看，只好暂时收回视线。

过了会儿，等到再抬头去看的时候，那妇人却不见了。

——真是奇怪。

"大郡王妃到。"门外边，有侍女高声唱诺。

花厅里的女眷们，顿时"哗啦啦"地全都站了起来。

门口进来一个富贵雍容的年轻妇人，头上珠翠环绕，穿着大红色葫芦多子纹妆花褙子，配百蝶穿花裙，显得一派精神奕奕的好气色。她未语人先笑，头上金步摇的红宝石滴珠一摇一晃，"今儿来的贵客多，里里外外都是人，若有招待不周的地方，还请大家见谅。"

女眷们里，便有人奉承辛苦之类的话。

大郡王妃笑道："谈不上辛苦，都是我分内应该忙碌的。"

仙蕙心中满满都是恨，恨不得冲上去撕烂她虚伪的笑脸，把她和邵彤云丑陋面目公诸于众！可是……却什么都不能做。

只想快点结束眼前的场面，离开庆王府。

很快大家入了席，桌子上，流水一般地呈上各种美味佳肴。

仙蕙吃得没滋没味儿的。

好不容易熬到宴席散，那些当地官员和女眷们都已经告辞，邵家的女眷却都留了下来，转而准备移去戏台，还得消磨半下午看戏时光。对她来说，真是烦不胜烦，但也没有办法只能忍耐。

而且还得提起心弦，提防一不小心就有什么乱子出来。

不知怎地，又感觉到有人在打量自己。

上

　　她抬头看去，见着了之前那个身份不明的中年妇人，眉眼精明，表情带着审视，甚至在自己看过去的时候，目光都没有丝毫回避。

　　这到底是什么人啊？仙蕙浑身不舒服，感觉自己好像是一个花瓶，正在被买家打量评估值多少银子，浑身都是毛毛的。

　　正想抓个小丫头试试问一下，谁知道有人上茶，人影一多，那中年妇人又不见了。

　　"二姐姐。"邵彤云的声音在旁边响起，她笑，"快过来，戏台子那边正在试戏，还要等会儿才过去呢。"她十分亲热，过来拉人，"咱们几个先打两回花牌。"

　　仙蕙被拉进了小姐们的圈子。

　　里头身份最尊贵的，是庆王府尚未出嫁的孝和郡主，次之，则是舞阳郡主的女儿周峤，再次是王府一些亲眷家的小姐。论亲戚关系，最差的就是邵家这种转折亲，在这圈子里，完全就是给别人陪衬的。

　　偏生邵彤云年少轻狂，不觉得，还像半个主人一样主动帮着发牌。

　　明蕙不好意思，"我不会玩这个，就在旁边看你们打罢。"

　　邵彤云笑道："来嘛，来嘛，大家打着玩儿的。"看向孝和郡主和周峤，"谁还认真天天打牌不成？不过是消磨时间罢了。"

　　孝和郡主自恃身份，微微一笑。

　　周峤却是一个活泼爱玩的性子，加上年纪小，没有那么多身份差别的念头，反倒最喜欢和邵彤云一起玩儿。她配合地拍着跟前桌子，嚷嚷道："快点，快点，给我来几张好牌。"

　　邵彤云婉声道："放心，给你的都是最好的。"

　　明蕙实在是不适应这种场合，也融入不了这个圈子，悄悄起身，往旁边坐去了。

　　邵彤云回头喊道："哎，大姐姐……"

　　"我来罢。"仙蕙不想让姐姐局促为难，接了她的话头，对着众人笑了笑，"只是我也不太会打，等会儿出错了牌，大家可别笑话我。"

　　周峤忙道："不笑，不笑，谁还不是从刚学过来的。"

　　另外几位小姐也跟着附和，心底看不看得起邵家那是一说，至少场面上，大家都没有流露出轻视之意，一派和睦亲密的气氛。

　　邵彤云发完了牌，笑道："咱们今天打多少的？一钱银子？"

　　"一钱太少了！"周峤不满意道："五钱，五钱！咱们赶紧把银子花完，赢了的人买东西给大家吃，等下还要过去看戏呢。"说着，让丫头拿了一锭二两的银子过来。

　　孝和郡主也让丫头拿了二两银子。

　　另外几家小姐自然要配合，没有多话，都是纷纷找自家丫头拿了银子。

　　轮到仙蕙，则是微微一怔。

　　难怪邵彤云非得拉着自己过来打牌，邵家是月初发月例银子，东院的人是月中才到邵府的，还没得发。偏生今儿出门什么都准备了，仔细检查了，就是忘了找母亲或者哥哥要银

041

子。这会儿当然不能找哥哥，也不能找母亲，太太们都在外面大厅说话，难道要去嚷嚷得让所有人都知道，自己连二两银子都拿不出？月例银子还没有发？那得闹多大一个笑话啊。

邵彤云……就是等着自己出这个丑罢。

仙蕙转头看向她，目光清明闪烁，好似冬日里的冰芒一样耀眼。

邵彤云微微有些不自在。

偏生周峤不知内里，喊道："你们两个怎么呆了？"

仙蕙忍了心头火气，解了荷包，摸了一片金叶子出来，与众人笑道："今儿出门匆忙，没带银子，只带了这个，我就压一片金叶子吧。"

孝和郡主看了一眼，目光惊讶。

周峤则是趴上去，直接伸手拿了金叶子，她惊呼，"啊呀！这不是王府打造的金叶子吗？今年才下来的新样式，留着赏人用的，我娘还笑话今年的金叶子圆乎乎的，不像叶子，倒是像一个佛手瓜呢。"

场面顿时尴尬起来。

众人的目光都落在了仙蕙身上，仿佛……她是个贼。

庆王府的金叶子？！仙蕙怔住了。

邵彤云又气又恨，紧紧咬了唇。

原本只是想让仙蕙出个丑儿，拿不出银子，自己再给她补上，顺便表现一下大方体贴的，谁知道竟然闹出这种丑事！庆王府今年才打造的金叶子，自己都没有，她居然拿出来了，不是偷的，又是哪儿来的？

想到此，不由狠狠地瞪了仙蕙一眼。

仙蕙这会儿根本就没心思管她，想起那人，小厮喊他四公子——如果金叶子是庆王府的，那他自然是庆王府的主子，仔细一想，岂不就是四郡王？

静默中，孝和郡主忽然"咏"的一笑，"你们怎么了？"看向邵彤云和仙蕙，"依我看啊，这金叶子多半是大嫂给了彤云，然后彤云又转给了仙蕙罢。"

周峤正在后悔闹了尴尬，闻言忙道："是了，是了，一定是这样。"

在场的其他小姐互相交换视线，都没出声儿。

"好了。"孝和郡主笑道，"一点误会罢了。"嘴里这么说着，眼睛却往外看，"不如把大嫂叫进来问一问，就清楚了。"

邵彤云闻言大急——孝和郡主是庶出，和嫡出的长房一向都合不来，特别是跟自己表姐大郡王妃，姑嫂矛盾由来已久。她这根本就不是在解围，而是要叫了表姐，把事情闹大，让表姐和邵家都跟着丢脸！

心下着急，赶紧朝孝和郡主笑道："何必呢？既然是一场误会，再认真叫表姐进来问话，反倒越描越黑了。"

孝和郡主淡笑道："误会只会越说越清楚，怎么会越描越黑？"不理她，转而吩咐侍女，

上

"快去，把大嫂请进来说话。"

那侍女一溜烟儿地出去了。

邵彤云根本拦不住，也不敢拦，只得眼睁睁地干着急。

外面大厅，响起侍女清脆的声音，"大郡王妃，邵二小姐刚才拿出一片府里的金叶子。郡主说，想必是你给邵二小姐的，请你进去解释一下，好证了邵二小姐的清白。"

邵彤云顿时眼前一黑，这番话……岂不是嚷嚷得所有人都知道了？今儿宾客满堂全都是人，回头一传，整个邵家的脸面都丢光了。

孝和郡主不疾不徐地拨着茶，颇为悠闲。

"你们不用猜疑。"仙蕙突然站了起来，冷声道，"这金叶子的来历，我自然说得清楚。"转身拉起脸色发白的姐姐，"走，我们出去说。"

"二姐！"邵彤云见她不仅不知道回避，还要出去，急得上前拉人，"有什么好说的啊？刚才孝和郡主说了……"

"三妹妹，金叶子不是大郡王妃给我的。"仙蕙不想和她一起撒谎，直接打断，免得等下她一套说辞，自己一套说辞，更是叫人看笑话，"你放心，我的金叶子来路正正经经的，没什么见不得人。"

她一甩手，不管邵彤云，拉着姐姐的手出去了。

孝和郡主是看戏不怕台高，挽了周峤，笑道："走，我们也去瞧瞧。"招呼另外几位小姐，"都别干坐着了。"

她一开口，其他几家小姐岂敢不从？众人都纷纷出去了。

邵彤云怔了一会儿，又恨又悔，但也无法，最后不得不跟着去了大厅，眼瞅着一屋子的宾客女眷，众目睽睽，简直恨不得找条地缝钻进去！

"怎么回事？"庆王妃淡声问道。

仙蕙上前福了福，"给王妃娘娘请安。"

心下知道今天已经惹上了麻烦，若不证明自己的清白，往后都要背上一个贼名，误了自己不说，还会误了姐姐，误了整个东院的人。

庆王妃打量着她，笑道："这是谁家的姑娘？声音好似黄鹂出谷似的。"

仙蕙回道："民女是邵家的二姑娘，今儿来王府做客的。"

庆王妃转头看向大郡王妃，"原来是邵家的人。"招了招手，"过来，让我仔细看看。"眼里露出惊艳之色，"好模样，许久没见过这么齐整的丫头了。"

大郡王妃干笑，"是啊，仙蕙长得是很水灵。"

"叫仙蕙？"庆王妃目光蔼蔼，一袭紫棠色的万字连绵纹对襟通袖袄，姜黄色的撒花裙，衬得她颇为雍容华贵，"好名字啊。"转头看向沈氏，"果然女儿肖母，你这个姑娘出落得很好，另一个也不错，一对姐妹花。"

沈氏担心地看着两个女儿，心神不宁道："王妃娘娘过奖了。"

043

"这是实话。"庆王妃笑容温和，仿佛把刚才的事儿给忘了，"我们上了年纪的人说话，家长里短，你们小姑娘不爱听，还是回去打你们的花牌罢。"

邵彤云忙笑，"好，那我们回去了。"

孝和郡主心有不甘，但也不敢当面违背嫡母的话。况且无所谓，反正事情都闹了一半出来，回头大家一打听，还有什么不知道的啊？大郡王妃和邵彤云照样丢脸！转身挽了周峤，"我们走吧。"

原本事情到此就算结束了。

"等等。"仙蕙看得出庆王妃是在解围，但是不能就这么糊里糊涂地走了。上前一步，裣衽道："王妃娘娘，民女先谢过你的爱护之情。但容民女放肆，今儿的事，还得跟大家说一个清楚明白。"

庆王妃见她目光清明，不由疑惑，难道真的只是一场误会？犹豫了下，"你说。"

"是这样的。"仙蕙口齿清晰，转头看向众人解释道，"我和母亲等人原本住在仙芝镇，在来江都之前，我们家靠做针线活计赚点小钱。"打开荷包，掏出剩下的几片金叶子，"之前有位公子买了我家的靴子，这是他买靴子的钱。"

给人做鞋固然不算光辉之事，但凭手艺挣钱，清清白白，总比做贼好多了。

庆王妃静了片刻，思量道："老四之前出去了一趟，算算日子，倒也对得上。"

众人都是若有所思，窃窃私语。

有人已经打圆场笑道："原来如此，看来真的是一场误会。"

庆王妃颔首，"看来是了。"

"王妃娘娘。"仙蕙朝她福了福，"还请王妃娘娘宽恕民女的固执，事关名声，民女实在不想让人误会，一丁点儿也不愿意。"她声音清朗，"民女有一个法子，可以证明所言不虚。"

那些宾客们看起来好像相信，心里面肯定还是不信，不过是给庆王妃面子罢了。

回头一样流言蜚语。

荣氏皱眉道："仙蕙，你到底还想怎样？还不赶紧退下？"

"荣太太勿急。"仙蕙不理会她，转头道："王妃娘娘，请给民女一个解释的机会。"

庆王妃皱了皱眉，的确觉得这个小丫头过于执拗。不过如她所言，一个人的名声是顶顶要紧的，也难怪她非要如此坚持。倒是奇怪，她能有什么办法证明清白？心下三分不信，三分好奇，"你说说看。"

仙蕙转身，清朗道："上次我去给四郡王送靴子，虽然不曾见过，但是隔着门，曾经和他说过几句话，所以……"

她条理清楚、神色镇定，三言两语说清楚了自己。

众位女眷都是纷纷点头不已。

庆王妃听了亦是赞许，吩咐丫头，"叫老四过来一趟。"转目看了仙蕙一眼，但愿她说的都是实话，不然等下证明不了，又闹这么大，那场面可是没法收拾了。

没多会儿，外面传来丫头的通报声，"四郡王到。"

此刻大厅里，早已经搬来一架十六扇的落地绡纱屏风，男女有别，四郡王当然不便见到在场女眷。门外面，一个高大俊朗的年轻男子进来，仿似一道明光，顿时令整个大厅明亮起来。

他躬身行礼，"儿子给母亲请安。"

那声音清澈微凉好似一道冷泉，天生镇定人心。

"过来坐下说话。"庆王妃虚抬了下手，打量着小儿子，一连串关心问道："今儿酒菜吃着如何？你有没有多喝酒？"又叮嘱道："记得劝一劝你大哥，别多喝，尤其是不能喝冷酒。"

庆王一共五子二女，其中长女舞阳郡主和长子高敦、次子高曦、四子高宸为王妃嫡出。在这三个嫡出的郡王中，大郡王有些偏于平庸，二郡王已经故去，只剩下四郡王年轻有为、人物出挑，乃是庆王妃最最钟爱的小儿子。

高宸回道："母亲放心，大哥和我都有分寸的。"然后对着屏风方向微微欠身，"诸位太太小姐，今日特意过来为权哥儿生辰道贺，我替兄长和侄儿谢过了。"言毕，方才施施然地坐下。

众女眷纷纷都道"不敢"，原本还应该再多客套几句的，但是今儿有事，谁也没敢贸然地多说什么，很快静默下来。

庆王妃指了屏风的另一边，说道："今儿来的客人里面，有一位小姐，说是在仙芝镇的时候，你曾经买过他们家的靴子，所以给了一些金叶子，可有此事？"

高宸目光平静无波，回道："有。"

庆王妃松了口气，又道："这件事，有关那位小姐的清白名声，等下你好好地做个见证，给她洗了嫌疑也是一桩善事。"

"母亲请讲。"高宸对母亲说话，自然没有平日里的矜贵傲慢。

庆王妃解释道："据那位小姐说，你们之前隔着门说过几句话，既如此，你自然记得她的声音。等下会有几位小姐一一跟你说话，你听一听声音，仔细分辨，若是能够认出那位小姐的声音，自然她就不是在撒谎了。"

"好。"高宸颔首，眉宇间闪过一丝淡淡的无聊。

屏风后面，一个少女声音响起，"公子，你把旧靴子给我吧？"

高宸摇摇头，"不是。"

"公子，你把旧靴子给我吧？"又一个稚气的女声响起，语气调皮，"你若是不给我，我可要叫娘吵你了哟。"

高宸皱眉道："小峤，不要胡闹。"

周峤的笑声在屏风后面响起，只得一声，便被她娘舞阳郡主给呵斥了，"你捣什么乱？"

赶紧回来，不然回头让你抄一百遍《女诫》！"

再次有人隔着屏风道："公子，你把旧靴子给我吧？"

高宸仍是摇头，"不是。"

大厅里的气氛渐渐紧张，对于身居后宅的女眷们来说，很少有这般紧张之事，众人都提起了心弦。片刻后，一个清澈似水的少女声音响起，"公子……"

高宸根本不用听完，就已经分辨出这位就是正主儿。

他目光灼灼，往屏风那边看了一眼。

这是她第一次来到庆王府，只要自己认得出她的声音，便能证明她所言不虚，然后顺理成章解释了金叶子的来历，还她一个清白。

——想的办法不错。

只不过，她怎么知道自己一定会来？万一自己不来，或者一时记不住她的声音，到时候她挂在半空悬着，又打算如何下台？心底一声冷笑。

小丫头，胆子倒是不小！

高宸心念飞快，思绪几乎就是一闪而过。

他分辨认出了仙蕙的声音，却没急着指证，而是眉头微微皱起，"这位姑娘，方才的话还请再说一遍。"颇有几分郑重其事的模样，不着痕迹地，加重了等下说话的可信度，做得一派自然。

仙蕙又道："公子，你把旧靴子给我吧？"

"是了。"高宸终于点头，"就是这位姑娘，我能认出她的声音。"先对着母亲欠了欠身，然后朝屏风女眷那边说道："上个月去仙芝镇的时候，买了一双靴子，正是这位姑娘送来的，因为外出手头不便，所以就给了她一些金叶子。"

屏风后，响起女眷们窃窃私语的声音。

庆王妃则是另有一番思量。

按理说，小儿子出门时东西都是带得足足的，根本就不需要去买靴子。无缘无故地买靴子就够奇怪的，又怎地想着去邵家买靴子？这里面……指不定有些什么瓜葛。

想起那个邵家二姑娘的惊人美貌，又伶俐，又会说话，像今儿这般惊人的场面，她都能迅速想出法子化解，不可谓不聪慧机敏。

难不成……小儿子看上她了？

可惜眼下没有工夫细细思量，思绪一转，便接话笑道："看来仙蕙之前说的话，都是真的，的确是一场误会……"语音一顿，有些尴尬把人家姑娘闺名说了，看向众人笑了笑，"既然虚惊一场，等下都多喝一碗甜汤压压惊。"

众女眷都纷纷笑着客套。

而沈氏和明蕙、邵大奶奶等人，都是长长地松了一口气。

"初七。"高宸喊了一个小厮进来，他天生便是周密严谨的性子，做事也力求做到最好，既然给人作证，那就要尽量证明到无可辩驳，吩咐道："你去把两双靴子都拿过来，给大伙儿看看。"

"哎。"一个爽快的少年声音应了，飞快远去。

初七？仙蕙想起在仙芝镇的时候，那个长得眉清目秀，但却难缠的小厮，原来名字叫做初七？名字怪怪的。

高宸又道："当时我的靴子弄脏了。"自然没说是怎么弄脏的，略过不提，"想着在小镇上面买一双，又担心做得不好，所以便让人比着我的靴子去做。"

庆王妃心思微动，果然……里头另有一番曲折，只怕小儿子还没有言尽。

不一会儿，初七拿了两双靴子过来。

庆王妃自然了解小儿子的心思，配合地瞧了瞧，笑道："两双靴子真是做得一模一样。"让丫头递过去，给几位儿媳也看看。

三郡王妃"哎哟"一声，"你们瞧……虽然花纹和样式一样，但是这一双要更加精致漂亮，刺绣功夫不一般呐。"思量道："好像不是咱们家的针线手法。"

"是吗？"大郡王妃看了看，笑容有些勉强。

庆王妃点头道："没错，还是老三媳妇眼尖。"

高宸淡淡扫了一眼，"母亲，你们夸赞的那双，便是我从邵家买回来的鞋子。"他的口气，好似真的很赞许一样，"在仙芝镇，人人都知道邵家娘子刺绣第一。"

"原来如此。"庆王妃对着屏风这边笑道，"难怪沈太太的针线这么好，原来竟是名声在外，刺绣第一，这可是非同一般呐。"

沈氏赶忙自谦，"谈不上名声，不过是针线做得多些罢了。"

庆王妃有意缓和今天的气氛，又看向仙蕙，"方才你姐姐说，这靴子是你们几人一起做的？看来你们母亲教导得好，你们两姐妹针线女红亦是不错。"

仙蕙微笑，"是，让王妃娘娘见笑了。"

庆王妃乐呵呵的，"那容我仗着年纪大是长辈，说句放肆的话，得了空，你们姐妹替我做一双鞋子，让我也见识见识。"又道："放心，回头我拿好东西给你们换，吃不了亏的。"

女眷那边，便响起一声声轻呼。

要知道，以庆王妃的身份根本不可能缺鞋子，她让仙蕙和明蕙做鞋子，回头这一对姐妹女红好的名声，肯定会传遍整个江都。

对于待字闺中的小姐们来说，这份好名声，可是挑选婆家的一个优势。

邵彤云在庆王府蹭了那么多年，都没得庆王妃的青睐，没说让她孝敬一个荷包，一方手帕，心里不免酸酸的不是滋味儿。细想想，今儿一圈儿事绕下来，不仅没有让仙蕙出丑，反而帮着她在江都扬名了。

真是又悔又恨。

众人七嘴八舌地议论起来，目光都看向明蕙和仙蕙，颇有打量之意。

仙蕙赶忙笑道："王妃娘娘好东西见得多了，肯赏脸，那是我们姐妹的荣幸。再说今儿不仅给王妃娘娘添了不少乱，还给四郡王添了乱，我们正想做一双鞋子，报答王妃娘娘呢。"

　　庆王妃见她聪明伶俐，会说话，目光多了几分满意，"嗯，是个懂事的丫头。"

　　"母亲，既然已经无事，那儿子就不打扰你们说话了。"高宸躬身行礼，再次朝着屏风那边客套了一句，"外面的戏马上就要开始，还请诸位夫人小姐尽兴观赏，恕我先告辞了。"

　　他转身，大步流星地出了门。

　　走到连廊尽头转弯时，回头看了一眼——仙蕙？

　　要不是因为今儿是给侄儿过生，闹剧又发生在庆王府，担心落了王府体面，自己哪有耐心跟一群妇人周旋？算了，没必要跟一个小丫头计较。

　　冬日阳光清冽，给他高大颀长的身影染上一层寒霜，渐渐走远了。

　　而大厅里，已经是一片热热闹闹的气氛。庆王妃领头说笑，大郡王妃和舞阳郡主等人跟着搭话，宾客女眷们更是纷纷捧场，尽是笑语喧哗。仿佛刚才四郡王根本就没有来过，仙蕙没有被人误会，只是一场幻梦罢了。

　　很快时辰到了，大家皆纷纷起身，你谦我让地往戏台子那边过去。

　　出了门，沈氏上前握住了小女儿的手，关切地看了一眼，"跟着娘。"心里有诸多话要说，眼下不方便，只能紧紧地把人带在身边。

　　明蕙和邵大奶奶亦是一脸紧张，到现在……心情还没缓过来呢。

　　好在之后一直平静无波。

　　入座看戏，戏班子演得还不错，有插科打诨的滑稽戏，也有热闹的武戏，还有唱词婉转的文戏，每一出戏都表演得颇为精彩。不过在今儿宾客们的心里，只怕还是仙蕙方才唱的那一出戏，要更精彩一些。

　　作为之前的主角，仙蕙这会儿老老实实地坐在姐姐身边，一语不发，眼睛盯着戏台子上面，心思有点恍恍惚惚的。正在走神之际，忽然间，先前两次被人打量的奇怪感觉又来了。

　　她不动声色，然后猛地扭头看去，还是之前那个中年妇人。

　　"这位妈妈……"她故意朝那妇人笑道，"替我拿一碟子酸梅吧。"

　　那中年妇人一语不发，扭头就走了。

　　仙蕙朝旁边的小丫头问道："你知道那位妈妈是谁吗？"

　　小丫头摇头，"不认识。"

　　仙蕙心下有点奇怪，便是父亲和荣氏母女要把自己给卖了，找人来相看，那妇人又是如何认得自己的呢？她低头，看到身上绿白相间的十六幅湘水裙。再看看在场的小姐们，不是穿红，就是着紫，再不然也是杏色之类的娇嫩颜色。

　　自己打扮得好似一支碧绿新柳，独树一帜。

　　——原来如此。

　　不由轻嘲，这就是父亲特意给自己做新衣裳的原因吧？不由自嘲一笑。

上

等戏台子一散，今儿来赴宴的客人们便互相寒暄，互相客套，然后渐渐散了。

上了马车，走了一段儿，明蕙才敢低声说话，"天呐！今儿可真是要吓死我了。"忍不住搂住妹妹，"还好你反应机灵，好歹把金叶子的来历给解释清楚了。"

"没事了。"仙蕙拍了拍姐姐的手，心不在焉。

真正的大事只怕还没有来临。

明蕙着恼道："我真是没有想到，那位……"指了指邵彤云的马车，"她怎么那么坏啊？若是在家里拌个嘴也还罢了。在外面，居然也不给你留一丁点儿脸面？要不是她有心让你难堪，又怎么会……"

"当心！"马车外面，响起一个年轻男子的声音，周围有人惊呼。

仙蕙听得那声音十分耳熟。

明蕙则是起先的心绪还没平复，又被吓了一回，更是惊魂不定，当即问道："丁妈，外面怎么了？出什么事了？"

丁妈回道："有两位书生走路不当心，差点撞上马车。不过人没事，只是划烂了衣裳，两位小姐不用担心。"

"你们也太不讲理了！"有人接话道，"分明是你们马车忽然走歪了道儿，撞着了我的朋友，怎么说是我们走路不小心？"

那人声音醇厚，有一种斯文书生的儒雅气息。

仙蕙心下惊讶，真没想到，今儿居然会和姐夫宋文庭遇上？她很了解未来姐夫的性子，不是那种无赖，更不会撒谎骗人，于是朝外面说道："丁妈，既然是咱们的马车走歪了道儿，划烂了人家的衣裳，那就给人赔个不是吧。"

丁妈有些迟疑，"二小姐……"

"算了。"外面宋文庭已经缓和了口气，"你们的马车也不是有心走歪的，我们没打算争执。"他顿了顿，"只是我朋友的袍子是新做的，被你们的马车刮烂了，须得赔他一件袍子。"

丁妈在邵府多年，随着邵府的势头水涨船高，不免也添了几分刁奴气息，哪里把两个文弱书生放在眼里？当即一声冷笑，"我说你们两个书呆子，好不识趣，我家小姐好言好语相让，你们反倒越发得寸进尺了。又要赔礼，又要赔衣服，我们还没找你们赔惊吓费呢。"

"你……"宋文庭被气得噎住。

"罢了，宋兄。"另外一人劝道，"破了就破了，回去找人缝一缝便罢。"他的声音和宋文庭不同，更清澈，更单薄，只闻其声不见其人，便能勾勒出一个清瘦如竹的书生模样，"还是少与人口舌争执的好，我们走罢。"

是陆润吗？仙蕙心口猛地一跳。

"不行！"宋文庭的性格里面，有几分固执，更有几分为朋友出头的仗义，"分明是他们不对，怎地还要我们忍气吞声？真是不讲道理。"

"哎哎……"丁妈不乐意了,"怎么说话来着?谁不讲理?来人,赶紧把这两个书呆子撵走。"骂了一句,"呸!好狗还不挡道呢。"

"丁妈!"仙蕙本来就是满心火气,更被丁妈乱骂姐夫火上浇油,斥道:"我的话,你不听了是吗?赶紧闭嘴!"

丁妈这才没了声音。

仙蕙心里又是上火,又是紧张,心口"怦怦怦"一阵乱跳——那被划烂了袍子的年轻男子,到底是不是陆涧呢?鬼使神差的,她掀起一点车帘往外看去。

不偏不倚,正好撞上陆涧投来的清澈目光。

仙蕙顿时脸红了。

她赶紧放下车帘,对自己刚才的冒失行为后悔不已。

明蕙扯了扯妹妹的袖子,悄声道:"你做什么呢?往常说你稳重懂事,方才怎么又忽然淘气起来?外头的人也是好瞧的么?"

仙蕙低头,一声儿不吭。

明蕙见妹妹已经臊了,怕她脸嫩,再说下去脸上挂不住,只得打住话头。心下好气又好笑,伸手捏了捏她的脸,"疯丫头。"

"怎么回事?"邵景烨策马赶了过来。

他一直在前面骑马,方才听得后面惊呼,扭头又见妹妹的车停了下来,担心出了岔子,赶紧过来询问。

"哥哥。"仙蕙镇定了下起伏的情绪,回道:"我们的马车刮烂了别人的袍子,你道个歉,再把买新袍子的钱给赔了。"

邵景烨回头,看了看那两个书生,的确有一个人的袖子给刮烂了。

他没有那种飞扬跋扈的脾气,既然理亏,那就大大方方地作了个揖,"抱歉,让这位兄台受惊了。"打量了下对方的袍子,估算了下,"敢问买一身同样的新袍子,二钱银子够不够?"

"不用那么多。"陆涧淡声道,"这身布袍只值一百二十文铜钱。"

邵景烨见对方是性子正派纯良,没有乱讹诈,点了点头,从怀里摸出一块一钱多的碎银子,递给了他,"抱歉了。我们还要急着让女眷们回家,得先赶路,你自个儿去买一身新袍子吧。"

"不碍事。"陆涧点了点头,退让一步。

明蕙低声道:"外头那人,还挺诚实本分的呢。"

仙蕙"嗯"了一声,心不在焉。满脑子都是陆涧的样子,他的声音,马车晃晃悠悠地继续前行,心情依旧起伏不定。

而陆涧,还留在原地微微出神。

他回想起方才那惊鸿一瞥。

上

那是一张令人惊艳的少女脸庞，玉做肌肤、花为容，一双乌黑眼眸里，有着湖水般潋滟明媚的光芒。她探究地朝着这边看了过来，目光灵动如珠，表情娇羞，配上之前沥沥如水的声音，可谓清丽绝伦。

"陆贤弟，怎么发起呆来？"宋文庭不解问道。

"哦。"陆涧收回心思，淡淡一笑，"就是想着那些人，奴才虽然刁钻，主子们性子都还不错。"看了看手里的碎银子，"走吧，我去再买一身新袍子。"

宋文庭开玩笑道："怎地？你瞧着人家小姐温柔良善，就动心了不成？"

"怎么会？"陆涧目光清澈，摇头道："我不过是一介清寒书生而已，岂能有那种高攀的念头？"做人得有自知之明，不可高攀的，就不要去痴心妄想。不低头，至少还能留得一份清白骨气。

像她那样明珠美玉一般的千金小姐，又良善，又温柔，自会嫁得如意郎君的。

他摇了摇头，"走吧。"

宋文庭本来就是开玩笑的，因而大方爽朗地笑了笑，抬手道："走！咱们赶紧买了衣裳，回去温书，好生准备明年的秋闱。"

陆涧眼里掠过一丝淡淡惋惜。

入夜，仙蕙在床上翻来覆去地睡不着。

明蕙给她盖了盖被子，问道："你还在生气呢？"她犹豫道："要不，爹一向偏心你，这事儿你跟爹说一声，回头让他管一管荣氏和三妹妹？让她们也收敛一点儿。"

仙蕙父亲怎么可能偏心自己，训斥邵彤云？顶多是不痛不痒说几句罢了。

"姐姐。"她侧首叹了口气，"这么大的事儿，哪里能够瞒得住父亲？他若是有心管教荣氏母女，根本不用我去说，也肯定会管教的；他若是存心偏袒她们，我就算说破了嘴皮子，也没有用。"

"倒也是。"明蕙眼里闪过一丝黯然。

仙蕙不想再讨论这个烦心的话题，扯了被子蒙住头，"我睡了。"可是闭上眼睛，脑子里的思绪却停不下来。

一会儿琢磨父亲到底有何图谋，一会儿又想起陆涧的眼睛，不知道父亲会不会在自己婚事上插手，又能不能顺利嫁给陆涧？想到嫁人，不由脸有点烫起来。

04 郡王解围

仙蕙在床上翻烙饼翻到半夜，迷迷糊糊中，梦见她穿了大红色的绣花嫁衣，头戴凤冠、

身披霞帔，被一群人簇拥着拜了堂。周围都是欢声笑语，有人起哄要新郎官挑开盖头，下一瞬，她的眼前忽然猛地一亮！

映入眼帘的，是一张清冷俊朗的年轻男子脸庞。

他是谁？怎么不是陆润？！

正在惊诧，就听那人清冷道："往后你就是四郡王妃了。"

高宸？对了，眼前这人是高宸！可是……他怎么会娶了自己？不、不不，自己要嫁的人是陆润，不是他啊！仙蕙惊吓过度，转身就往后面跑去，绊着门槛，一下子摔了下去。

下一瞬，猛地醒来，才知道原是梦一场。

仙蕙大口大口地喘着气，心口咚咚乱跳，她满腹庆幸，还好、还好……只是一个梦而已。高宸虽然身份矜贵不凡，但自己并没有想过要嫁给他啊。

自己和他身份不般配，他的脾气又冷又难以接近，更不用说，他还是大郡王妃的小叔子，自己不乐意嫁给他，当然了，他肯定也看不上自己。

再说了，高宸还有一些不好的传闻。

据说他好男风。

仙蕙忽地想起了初七，那个眉清目秀、说话刁钻的小厮，天哪！该不会，和高宸是那种关系吧？不然的话，他怎么会那般纵容一个小厮？啧啧……真是想起来就一阵恶寒，浑身起鸡皮疙瘩。

几天后，仙蕙和姐姐一起做好了绣花鞋。

按理说，让荣氏派管事妈妈送去庆王府，是最方便的。但若是她沾了手，谁知道会不会在鞋子上面做点手脚？因而转交哥哥，让他亲自送过去。

邵景烨到了庆王府，先报家门，再说事情原委，然后小厮传话给婆子，婆子去找里面小丫头，小丫头转告大丫头，层层传递，最后才送到庆王妃面前。正赶上庆王妃在和高宸说话，她看也没看，便道："放起来吧。"

让邵家姑娘做绣花鞋，不过是为了缓和当时的气氛，并非真的缺鞋子穿，便是邵家女眷的刺绣好一些，也算不上什么稀罕的。倒是因为这个，想起之前心头的疑惑，撵了丫头，朝儿子问道："上次那个邵二小姐，你瞧着可好？"

高宸身姿如松坐在椅子里，怔了一瞬，才明白母亲话里的意思。

庆王妃略有一些紧张，又问："如何？"

"母亲。"高宸将茶盖轻轻放好，他手指修长，配合着优雅从容的动作，透出几分养尊处优的清贵，"我只听邵二小姐说过几句话，连面都没有见过，还能如何？母亲不用多想了，没有的事，儿子对她没有别的念头。"

庆王妃眼里闪过一丝失望之色。

不是急着要娶仙蕙，而是……忍不住叹了口气，"你怎地如此挑剔？这个姑娘也不好，那个也看不上，到底要娶个什么样的天仙啊？依我看，回头不用问你，直接定下亲事便是了。"

高宸不仅没有异议，反而正色道："婚姻大事，自古都是父母之命、媒妁之言，儿子听从母亲的安排。"

"每次你都这么说，可我真要随随便便挑一个，你不喜欢怎么办？"庆王妃嗔怪地瞪了一眼，故意道："要不，就娶邵彤云吧。"

"她不行。"高宸没有丝毫犹豫，当即拒绝。

庆王妃"扑哧"笑了，忍俊不禁，"我的儿，你不是才说听母亲安排？又反悔了。"

"母亲。"高宸并没有丝毫窘迫，反而神色凝重，"儿子娶妻，虽然不打算挑三拣四，但总要娶一个品行端方的女子。否则娶一个麻烦回来，不仅搅得家宅不宁，将来更不能胜任养育孩子的重任，那还不如不娶。"

庆王妃眼里露出惊诧之色。

小儿子一向话不多，更不喜欢背后说人是非，他这话分明就是在说邵彤云品行不正了。可是邵彤云一门心思扑在小儿子身上，那种仰慕的目光，以及渴望嫁进庆王府的心思，只有瞎子才看不出来。

按理说，邵彤云肯定不会得罪小儿子。

那么能让小儿子如此厌恶，到底发生了什么事？想到此处，不由慢慢止住笑意，"彤云怎么了？惹得你如此厌恶。"

高宸斟酌说辞，回道："今年我过生辰的时候，大哥送的礼物里有一块玉佩。有一次我路过花园子，无意中听得两个小丫头说话，才知道那玉佩是邵彤云送的。"

庆王妃并非看起来那样和蔼，她是平民出身不假，但是嫁到庆王府做了三十年的女主人，早已经是一个合格的王妃。不然的话，庆王府里有妾室，有庶子庶女，如何能够相处得一派和睦？自然都是主母的手段了。

小儿子的话，她略一思量就变了脸色。

若是小儿子一直不知道玉佩来历，想着是兄长送的，多半是要戴一戴，用以表示对兄长的关怀道谢。可若是小儿子真的戴了那玉佩，回头有心人一传，流言四起，便成了邵彤云和小儿子私下传递。

到时候，庆王府为了不毁邵彤云的名声，加上大儿媳的劝说，多半就顺理成章地将人迎娶进府，让邵彤云成为四郡王妃。

邵彤云如何能把玉佩夹到大儿子的贺礼里？自然是大儿媳在捣鬼了。

"母亲，你别动气。"高宸劝道，"大嫂性子一向有些急切，你是知道的，再为这个生气不值得。她们有她们的想法，咱们只当为了大哥脸上好看，还是装作不知道好了。"

庆王妃脸色沉得好似一潭古井水。

大儿媳就是仗着这一点，才敢肆意妄为！

过了半晌，她才压住怒意叹道："哎……你大嫂嫁进庆王府快十年，一直没有生育男丁，袁姨娘又养下了权哥儿，她便开始沉不住气了。所以，想着给你娶了彤云，有个好姐妹做妯

053

娌帮衬，以免动摇她在王府的地位。"想着大儿媳算计小儿子，甚至把自己也给欺瞒过去，实在忍不住上火，"倒是打得一手好算盘！"

若是大儿媳光明正大地说清想法，小儿子又不拒绝，或许还有几分可能。但是大儿子和邵彤云联手耍花招算计，如何还能再纵容了她们？一个心术不正的儿媳就够了，再来一个，庆王府岂不给闹翻了天？

母子俩又说了一会儿话儿。

高宸安抚了母亲一番，拣了外头的新鲜事说与母亲听，倒比平时逗留得久，挨到天色快黑方才告辞离去。他去了书房，初七迎上来端茶倒水，然后道："方才王爷让人送来一份东西。"

"拿来。"

初七手脚麻利，去书案上取了一本册子过来。

高宸打开看了两眼，是明年江都范围报选的秀女名单。

现如今，只是大概把参选秀女的名字录上，回头变数还很大。因为能从秀女里面脱颖而出，成为妃嫔主子的，可以说是万里挑一，大部分的秀女都是下场凄凉，甚至有可能送了性命。很多不想参选秀女的人家，便会四处花费银子为女儿打点，用以避开参选，没钱打点的就自求多福了。

所以，现如今这份名单是虚的。

高宸随手翻了翻，便合上册子，"放回去……"他话音未落，忽然觉得刚才好像看到一个名字，有点印象，又打开多看了一眼。

——邵仙蕙。

她的名字怎么会在上面？邵家连这点银子都拿不出来打点？当然不可能了。

高宸往椅子背里靠了靠，目光微凝。

想起邵元亨说过，打算把生意做到京城去的想法，所以……他这是打算送个女儿进宫探路？万一女儿混得好，做个娘娘，邵家没准儿还能成为皇商，在京城开家分店不在话下。

——胃口倒是不小。

不由想起那个伶牙俐齿的少女，有点可惜。刚从乡下来到江都，就要被送到京城皇宫去了。不过也难讲，邵元亨就是为了这个，才把元配和儿女们接回来的。

这些纷杂的念头，在高宸的脑海里一闪而过，很快便划入不用在意的范围，他把册子递给了初七，"放回去吧。"继而找了一本兵法古籍，认真地看了起来。

但……今天似乎有一点心绪不宁。

仙蕙想着送了绣花鞋过去，就算完事儿。没想到庆王妃真的回了礼，另外还有一份是周峤的，来的婆子道："我们小姐说了，前几天的事儿都怪她嘴多失言，以至于给邵二小姐惹出麻烦，还望不要见怪。"

上

仙蕙心下明白，周峤年纪还小，就算心里真的过意不去，只怕也未必想得如此周全，多半是庆王妃的意思。毕竟周峤是她的亲外孙女，心肝宝贝儿，当然要帮着全一全好名声，不过是顺带多送一样东西罢了。

但面上情还是要做的，一面赔笑，"周小姐真是太客气了。"一面翻了旧日绣的一方手帕，权作回礼，"替我向周小姐道个谢。"

她并没有把这事儿放在心上，转眼撂开了。

过几天，第二批打造的首饰送了过来。比起第一次更多，更华丽，好似没日没夜连着赶出来的，一下子多了几倍——似乎有点着急。

仙蕙之前的怀疑又冒了出来。

她拿起一只九转玲珑坠红宝石的步摇，左右转动摇晃，金子闪着黄灿灿的光芒，宝石殷红似血，简直美得让人头晕目眩。心里的疑惑也是迷迷糊糊的，没有答案，不知道究竟会有什么等着自己。

明蕙见她最近心事重重，担忧道："又有心事了？"

仙蕙抬起眼眸，或许自己可以和姐姐商量一下？不，不行，肯定会吓坏姐姐的，她断然不会把父亲想得那样凉薄，因而还是抿了嘴儿。

"闷葫芦。"明蕙以为妹妹是小儿女心思，无故爱发发愁，没放在心上，转身吩咐丫头们，"东西都收好，每一样都是上了册的，遗失损坏，可都是你们的罪过。"

"是。"丫头们神色紧张，都应下了。

"二小姐。"坠儿在外面回话，"周小姐说上次二小姐送的手帕很好，她很喜欢，特意让人送了一碟子带骨鲍螺，说是让二小姐尝尝。"

仙蕙微怔，却没时间细细思量，"让人进来。"

明蕙笑着眨了眨眼睛，悄声道："你可真厉害，这么快就交上朋友了。"眼里不免露出一丝艳羡，不是羡慕妹妹结交了周峤，而是觉得妹妹越来越聪慧能干，自己也该多努努力，得像个姐姐的样子。

门外进来一个圆脸丫头，将食盒放在桌子上，先福了福，"给两位小姐请安。"然后才道："邵二小姐，我们小姐还有一句话让单独转告你。"

仙蕙不觉得有啥悄悄话值得说，周峤是一个无忧无虑的小姑娘，想来多半是一些咬耳朵的话，只当听着玩儿，因而笑道："你说。"

圆脸丫头看了看四周，不肯开口。

明蕙见状站起身来，领着丫头们出去了。

难道还能是什么机密不成？仙蕙心下好笑。

"邵二小姐。"圆脸丫头很是郑重的样子，先关了门，然后才回来低声道："我们小姐说，京城的早春还是很寒凉的，二小姐多准备一些棉衣服，免得回头去选秀的路上给冻住了。"

055

仙蕙顿时脸色大变，"什么？！"

圆脸丫头再次福了福，不肯多说一字，"奴婢回去了。"

仙蕙脸上的血色一点点褪去。

之前一直猜测，父亲会在自己的亲事上做文章，但是想着嫁去庆王府荣氏母女不会答应，嫁去刺史家又不能让父亲赚回三万两银子，所以思绪便卡住了。

原来……父亲是要自己进宫！

之前破碎的片段，隐约的谜团，在这一刻全都清晰地串了起来。

荣氏的病突然好了，邵彤云又温柔客气起来，父亲不敢看自己的眼睛，他还特意给自己做了华丽的裙子，自己在庆王府被选秀的嬷嬷打量……原来如此。

父亲肯定告诉荣氏母女，自己是要被送进宫的——之前那三万两银子，是为了安抚东院，算是给的安抚费。得了这个解释，荣氏母女才会消了气，幸灾乐祸地等着看自己的悲惨，看东院的生离死别！

难怪荣氏母女最近又神气起来，还处处谦让。

一切都解释得通了。

仙蕙心口哽噎，像是堵塞了一团棉花般难受。

明蕙从外面进来，打趣笑道："周小姐跟你说什么悄悄话了？"忽地发觉妹妹脸色惨白，不由疑惑，"仙蕙，周小姐到底说了什么？"

仙蕙抬头看向姐姐。

没错，明年春天就要举行三年一选。

仙蕙难以自控地哽噎着，喘不过气，她一把拉起姐姐，咬牙尽量让自己的身体不要发抖，去前院正房找到母亲，"娘，我有话要跟你说。"头也不回，撵了丫头，"你们全都退出去。"

沈氏微微惊讶，"仙蕙……"

邵大奶奶立在屋里不知所措，一脸茫然。

沈氏打量着两个女儿，猜疑道："你们姐妹俩拌嘴了？"

"不，没有。"仙蕙转头，看向嫂嫂道："你在门口守着，谁也不要让进来。"拉着母亲和姐姐去了里屋，再也忍不住，热泪似喷薄洪水汹汹涌出，"娘……救我！赶紧给我定一门亲事吧！"

沈氏瞪大了眼睛看着女儿，吃惊道："仙蕙，你在胡说什么？！"

明蕙一脸焦急担心，忙道："刚才周小姐让丫头送了一碟吃食过来，那丫头单独跟仙蕙说了会儿话，不知道说了什么，就把她给吓成这样了。"

"周小姐说什么了？"沈氏郑重问道。

"她说……"仙蕙看着母亲和姐姐，纤长的睫毛上，还挂着几点细小泪珠儿，无数个念头在脑海里飞速闪过，话到嘴边又迟疑了。

刚才的情绪实在是太过激动，慌了神，哭过之后，慢慢冷静下来，才想起事情没有那么糟糕——明年的选秀，最后会因为出了一件大事，继而被取消。

仔细想想，自己的名字即便报了上去，顶多就是跟着秀女们一起，被送往京城，路上风尘仆仆吃点苦头，转悠一圈儿，还是会被遣回原籍的。

自己当然不想吃这份苦头，可是……能不能从中获取点什么呢？父亲他如此凉薄无情，不把自己当做亲生女儿看待，只当是攀龙附凤的资本，那么自己算计他，良心上也没什么过不去的。

"仙蕙？"沈氏等了半晌，急了，"你倒是说话啊。"

明蕙亦是催促，"你这丫头，说了，我和娘才能帮着你想法子。"

"刚才……"仙蕙暂时没想好主意，临时改口，决定先掩盖一部分真相，"周小姐的丫头说，明年春天就是三年大选，像我和姐姐这样的适龄女子，都很有可能被选为秀女。"这个谎言，听起来半真半假也算合理，她扁了扁嘴，"娘……我不想进宫，你快给我定一门亲事！还有，还有，给姐姐也定一门亲事。"

沈氏脸色渐渐变了，"选秀？！"

明蕙轻声惊呼，"是啊，我和仙蕙的年纪都在适龄中间。"心下虽慌，但还是上前搂住妹妹，轻拍她的后背，"别怕，别怕，娘和哥哥一定会想出办法的。"

在她心里，母亲和兄长的庇佑可以挡风遮雨。

而此刻，仙蕙已经完全冷静下来。

不知道周峤是从哪儿得来的消息，准不准确？如果她只是道听途说，中间有什么误会，父亲并没有送自己进宫的意思，那就听听算了。反正让母亲提前定下陆涧，也没啥不好的，自己早点嫁给他，到时候救他便是顺理成章。

只不过……这种可能微乎其微。

如果周峤的消息可靠，父亲真要送自己进宫，那么在母亲给自己定亲之前，这段时间里，自己应该还能办成一件大事。等到事成之后，母亲、姐姐和哥嫂侄女，包括自己，往后就再也不用为生计发愁了。

仙蕙心里一一盘算妥当，恢复理智，倒是腾出空来琢磨，周峤是从哪里得知消息的呢？庆王府负责江都州县的秀女采选，这个自己知道，好像……隐隐有点印象，四郡王高宸有一年去了京城。

莫非此次护送秀女进京的人就是他？所以，周峤是从他嘴里得知消息的。

仙蕙想起那个好似冰山雪峰般的身影，那么清冷，他会突然心生怜悯，让周峤来给自己通风报信？怎么想，都觉得不太可能。

第二天，仙蕙一大早就出了门，不让丫头跟着，"我自己去逛逛。"

她披了一件秋香色的织金披风，戴上兜帽，踏雪往后花园而去。每当她驻足假装欣赏景色时，就会听见耳畔传来一两声动静，细细的，碎碎的，像是有人蹑手蹑脚地跟在后头，

猛地停住脚步。

心下了然地笑了笑。

自从父亲给东院拨了三万两银子打首饰，丁妈和坠儿就慌了神，整天鬼鬼祟祟的不说，每次自己去哪儿，坠儿都悄悄地跟在后头。自己早就发现此事，只做不知，不是忍气吞声，而是为了找机会收拾她们！

今天便是开始挖坑了。

仙蕙找了一个僻静的角落，立在一树梅花前，装模作样地看了看，又假装谨慎地向四周打量一圈儿。停了片刻，折了一枝梅花在手，然后便回去了。

隔着琉璃窗户，看见坠儿在院子里头一拐，去了丁妈的耳房。

明蕙也看了几眼，回头道："你一出门，坠儿就悄悄地溜了出去，等你回来，她也回来了。"压低声音，"你说得没错，坠儿的确一直在跟着你。"

仙蕙轻笑，"跟吧，我还怕她不跟呢。"

明蕙道："你捣什么鬼？跟我说说。"

"过来。"仙蕙扯了姐姐在耳畔，细细嘀咕了一阵。

明蕙惊道："这……这太冒险了。"忍不住犹豫道："坠儿虽然讨厌，可也没做什么伤天害理的事，咱们是不是有些过了？"

"过了？"仙蕙轻笑，"我做了一个圈儿，她若是好的，根本就不会跳下去！若是她跳下去了，只能说明她本来就心术不正。"

明蕙觉得妹妹说的像是歪理，可又不好辩驳，犹豫道："可是闹这么大的动静，就为撵一个坠儿，还要担风险，似乎并不划算啊。"

"只为坠儿当然不划算，不过……"仙蕙附耳低声，窃窃私语了一阵。

"你又……"明蕙瞪大了一双明眸，乌黑瞳仁里，倒映出妹妹坚定的影子，让她有些震惊，更有震动，"你总是这么出人意料，尽办一些我想都不敢想的大事，好像都快不认识你了。"

仙蕙握紧了她的手，"这件事，须得姐姐配合才行。"否则的话，自己根本不想把姐姐牵扯进来，说好要一直护着她，不让她担惊受怕的。

第二天，仙蕙又去了昨天的梅花树前，仍旧四下环顾，一派谨慎的模样，然后还是折了一枝梅花回去，并没有其他动作。而坠儿，依旧一路跟着她，之后偷偷地去找丁妈说话。

第三天，第四天……

在沈氏操心女儿们的婚事时，在邵景烨忙着为两个妹妹奔波之际，仙蕙每天看起来很是悠闲，日复一日，总是去梅花树前转一圈儿。

直到第五天上头，仙蕙终于从怀里掏出一包东西来，打开帕子，露出一个小小的布制人偶，然后蹲身下去，似乎埋在了梅花树下。她小心翼翼地洒了些泥土在上面，又捧来积雪一层层撒上，弄得好似从未动过一样。

花篱后面的坠儿一直盯着看，吓得白了脸。

等她一走，就赶紧抄近路去找丁妈，慌张回禀，"我看得真真儿的，二小姐把一个布偶埋下去了。"

"什么？！"丁妈大惊失色，"她……她这是想诅咒太太！"顾不得许多，赶紧领着坠儿去了西院，一五一十，全都回报给了荣氏。

荣氏闻言大怒，"巫蛊？诅咒？！"

当即叫了阮妈等人，怒气冲冲朝着后花园赶去。

邵彤云扔下手中针线，喊道："娘，等等我。"

坠儿在前面引路，一行人，浩浩荡荡地来到梅花树前。

"这棵？"荣氏挑眉问道。

坠儿连连点头，"那东西……就是被二小姐埋在这棵梅花树下，我跟了好几天看得真真儿的，绝不会错！"

"挖！"荣氏下令道："给我狠狠地挖！"

这一次，叫那臭丫头不死也要脱一层皮！

有粗使的婆子上去挖东西，正在扒雪，明蕙的声音在后面响起，"怎地这么多人在这儿？"她目光疑惑，打量道："你们有没有看见仙蕙？她说出来折梅花，好一阵子了都不见回去。"

荣氏一声冷笑，"你来得正好，且等着吧。"

明蕙满目迷惑不解，"荣太太，你这是什么意思？"

邵彤云见母亲唱了黑脸，自己便唱了红脸，笑吟吟地拉了明蕙过来，"大姐姐，母亲才得了消息，在这儿找点东西。你既然来了，就陪我们一起看看吧。"

明蕙摇摇头，"不了，我还要去找仙蕙呢。"

"别急。"荣氏凉凉道，"等下她们找着了东西，我和彤云陪你一起去找仙蕙。"

明蕙脸色微变，朝身后的丫头吩咐道："我在这儿等着，你快去找找仙蕙，看她跑到哪儿去了？"不住地递眼色，眉宇间很是着急的样子。

荣氏岂能让她派丫头们去通风报信？回头瞪了一眼，"好好服侍大小姐！"

丫头不敢不听她的话，站着不动。

明蕙在心底轻轻叹了口气。

妹妹说得没错，东院的仆妇和丫头们都是荣氏的人，她捏着卖身契，没有人敢不听她的话。所以东院有多少下人，就有多少条荣氏的眼线，更不用说丁妈和坠儿这种走狗了。

"有了，有了！"一个仆妇惊喜道，"太太，这里埋了一包东西。"

荣氏咬牙切齿呵斥，"赶紧拿过来！"

邵彤云嫌恶地皱了皱眉，"脏东西，别靠得太近了。"

她这么一说，那仆妇便好似拿了一个烫手山芋，想扔又不敢扔，硬着头皮，赶紧一层层掀开帕子，想着快点完事儿。

绣花手帕打开，里面躺着一枚赤金镶祖母绿的戒指，一对南珠耳坠。

——众人都怔住了。

坠儿更是脸色惨白,"不!不对!"她慌了神,东西错了肯定有麻烦,到时候自个儿就是顶黑锅的,赶紧上前扒拉,"一定还有别的东西!"

她拼了命地扒开泥土,指甲断了都顾不上,但是扒了半晌,仍旧只有泥土。

"你们在做什么?"仙蕙捧着一枝殷红如血的红梅过来,看着姐姐,"你是出来找我了吗?"又看向荣氏母女和丁妈、坠儿,"你们……也是来找我的?"

荣氏转头看向她,杏眼圆瞪,眼睛里面快要迸出火星子来!

到这个时候再不知道中计,那就是个棒槌!

仙蕙故意问道:"荣太太,你瞪我做什么?"又问邵彤云,一脸不解,"三妹妹,是不是你们大伙儿出来找我,找急了,所以荣太太生气了?"

邵彤云咬着唇,嘴唇都快要被咬破了。

"不是的。"明蕙接话道,"我是来找你的,我一来,就见荣太太和彤云她们,还有丁妈、坠儿也在这儿。"指了指梅花树,"她们说是找东西的,结果……居然有人偷了你的戒指和耳坠,全埋在了梅花树下面。"

"我的戒指和耳坠?"仙蕙一把扔了手中梅花,上前细瞧,"没错,的确是我的戒指和耳坠。"转头看向姐姐,"是谁?是谁偷了我的首饰?居然藏在这梅花树下面!"

明蕙努了努嘴,看向跪在梅花树前的坠儿。

"坠儿?"仙蕙惊呼道,"我平日里待你不薄,没缺你东西,前几天才赏了你一对金耳环,你怎么能偷我的首饰呢?你……你真是太让我失望了。"

"不!"坠儿一声尖叫,哭道,"我没有偷东西,我是……"

丁妈快步上前,狠狠扇了她一个耳光,"闭嘴!你偷了二小姐的东西,现如今人赃俱获,还敢狡辩?"神色慌张,朝旁边的仆妇呵斥,"赶紧堵了她的嘴!"

仆妇看了看荣氏,神色犹豫。

"还愣着做什么?"荣氏恨得几乎要把银牙咬碎,喝道:"赶紧绑了坠儿!先关到柴房里面去,回头再审!"

仆妇们赶紧动手,塞嘴的塞嘴,绑人的绑人,把坠儿捆成了一个粽子。

荣氏气得手上一直发抖,紧紧握了拳。

不然还能如何?!

即便到了丈夫跟前,让坠儿分辩,说是她发现仙蕙埋了一个布偶诅咒,所以才过来搜查的。好啊……那么证据呢?不仅没有证据,还有仙蕙的首饰被找了出来,仙蕙肯定不会承认是自个儿埋的,道理上也说不通。

然后呢?必然就要牵扯到坠儿跟踪仙蕙的事。

坠儿并不是仙蕙的贴身丫头,为何一直跟在后头?是谁吩咐的?丁妈。丁妈又是受谁指使?哦,是荣太太。那荣太太指使丁妈跟踪仙蕙,到底有何居心?这样扯下去,只会越扯

060

越大越没法收拾。

可恨那仙蕙故意做了圈套让坠儿跳，最后叫坠儿不跳都不行，而且还把罪名都给想好了，真是好生歹毒！甚至连自己和丁妈，为了避嫌，都不得不把坠儿给推下水。

邵仙蕙！就算把她千刀万剐都不解恨。

荣氏母女面含怒气回了西院，下人们鸦雀无声。

荣氏气得摔东西，除了生气，更多还有一种难以释怀的羞辱——自己竟然被一个小丫头耍得团团转！不，那不是一个寻常的黄毛丫头，自己不应该轻敌，而要把她当做头号敌人来对待。

"娘。"邵彤云小声道，"那坠儿……要怎么办？"

"还能怎么办？"荣氏恼道，"卖了！反正也是一个不长心的蠢东西。"

邵彤云叹了口气，想来也是这样的结果了。

倒不是惋惜坠儿，而是心里堵得慌，原本还想抓仙蕙的不是，结果没抓住她，反倒平白受了一回窝囊气。细想想，越想越觉得惊心，"娘，仙蕙她……肯定是一早就发现坠儿跟着她，所以才想了这个圈套！她可真沉得住气啊。"

有种很不舒服的感觉，好像一不小心，就会被那个异母姐姐给算计了。

荣氏恨声道："等着，咱们慢慢走着瞧。"

仙蕙没有让她等太久，到了下午，邵元亨刚刚前脚进了西院，她便后脚亲自登门过来造访，而且还是陪着母亲和姐姐一起。

一番寒暄过后，沈氏问道："荣太太，坠儿招了没有？"

荣氏恨不得喷一口血在她们母女脸上，可是不愿示弱，反倒故作淡定道："坠儿招了，说是一时鬼迷心窍，猪油蒙了心，所以手痒拿了你的首饰。"

哼，不过是一个无关紧要的丫头，卖了就卖了。

自己手里多的是人可以用。

邵元亨诧异道："坠儿偷了东西？"

"是。"明蕙决定像个姐姐的样子，不要事事都让妹妹出头，先接了话，"上午仙蕙出去折梅花，我等了许久……"把上午"坠儿偷首饰"的事说了，叹气道："这人啊，什么不好都行，就怕品行不好啊。"

"姐姐说的是。"仙蕙接着道，"爹，其实东院的下人毛病挺不少，除了坠儿这种偷东西的，还有歪声丧气偷懒的。我和母亲、姐姐都是刚到江都，她们有些不服管教。"

邵元亨挑眉道："此言当真？"

沈氏听了不太高兴，"老爷，仙蕙可是一个老实姑娘，不会撒谎。"

荣氏眉头一挑，老实姑娘？不会撒谎？呸！那仙蕙又奸又诈还叫老实？还有，她们母女是何用意？还想再攥几个丫头不成？！

邵元亨皱眉道："哪个下人不听话，拖出来，交给荣氏打一顿就好了。"

"我们也想过。"仙蕙叹道,"可是荣太太主持邵府,每天不知道有多少大小事情要忙,眼下又快过年,更是比平日还要忙碌了。我们怎么好三天两头为这些琐碎,烦扰荣太太?"

荣氏在她手里吃了好几次大亏,紧紧盯着她,冷笑道:"一件事儿也是办,三五件也是办,以后再有下人不听话,你只管送过来,我叫管事妈妈们去处置。"

"不用这么麻烦。"仙蕙笑道,"依我看,下人们之所以不服管教,都是对主子没有畏惧的缘故。荣太太,我看这样吧。"笑容淡淡似水,"你把东院下人的卖身契都给我们,我们捏着他们的命,她们自然也就听话了。"

明蕙轻轻点头赞许。

沈氏则目光灼灼地看着丈夫,似有深意。

而荣氏,气得鬓角上的青筋直跳,说不出话来。

她们已经攥了一个坠儿还不够,居然要整个东院下人的卖身契?!要是自己手里没有卖身契,那些下人还能听话吗?之前的布置岂不都是白费了?想得挺美,做梦!自己一张卖身契都不会给的。

屋子里像是弥漫了火药味儿,一触即发。

邵元亨惊诧地看向二女儿,聪明,真是太聪明了!荣氏捏着东院下人的卖身契,那点小心思和打算,自己当然是清楚的。可是若不戳破了,东院的人不好意思问,自己懒得管,就那么混着过了。

可眼下不一样,已然都被绕到台面上了,必须做个了断。

荣氏若是再扣着东院下人的卖身契,不就等于明说,原本就没打算给,想把东院下人都变成眼线吗?自己当然可以向着荣氏,可那样……除非是自己想跟东院的人再次决裂!

那之前的三万两银子不是白花了吗?更不用说,还想让二女儿听话进宫呢。

"好了。"邵元亨很快做了决断,看向荣氏,"你把东院下人的卖身契都找出来,交给仙蕙,也算了了一桩事儿。"

"老爷!"荣氏叫道。

"行了,你们先回去。"邵元亨挥了挥手,"等会我让阮妈找齐了卖身契,就给你们送过去,去吧,去吧。"然后沉色瞪了荣氏一眼,示意她不要吵闹。

沈氏淡笑,"多谢老爷。"

她自然是通情识趣的,当即领着女儿们告辞而去。

仙蕙跟在母亲和姐姐的后面,出了西院,勾起嘴角自嘲一笑——看来进宫的事应该是真的,只有父亲对自己有所求,才会如此毫不犹豫地纵容自己。

而另一头,邵元亨和荣氏去了里屋说话。

"老爷!"荣氏气得直抖,"你也太纵着仙蕙了!她要什么,你就给什么,是不是她要天上的星星,你也搭梯子去摘啊?"

上

邵元亨眉头微皱，"你说的都是什么话？仙蕙要东院下人的卖身契，并非什么不合情理的要求，我怎么就不能答应了？"缓和口气劝道："你就别管东院，管好西院不就行了吗？各过各的谁也不相干，难道不好？非得找点气来怄才痛快。"

"各过各的？"荣氏杏眼圆瞪，咬牙道，"她们都骑到我头上作威作福了，我还得忍气吞声？"气极反笑，"呵呵，仙蕙要银子老爷给，要卖身契老爷也给，可怜我在老爷身边辛苦十几年，结果还不如一个黄毛丫头！"

她双手捂着脸哭了起来。

"别哭了。"邵元亨掏了帕子出来，给她擦眼泪，"多大个事儿啊？何必为了几个下人怄气？不值当。"

"你走开！"荣氏气极，狠狠推了一把。

偏生邵元亨没防备，往后退的时候又踩着了自己的脚，一下子就给摔在地上，倒是把他的火气给摔出来了。他阴沉着脸爬了起来，冷声道："你以为，你捏着东院下人卖身契的心思，我看不懂？凭什么你得捏着东院下人的卖身契，怎么不让沈氏捏着西院下人的卖身契？我不说破，那是给你留面子！"

怎么把丈夫给推倒了？荣氏有点怕，又有点被丈夫揭穿羞恼交加，道歉的话便卡在嘴边说不出口，反倒憋得一张俏脸通红，成了煮熟的虾子。

邵元亨掸了掸衣服，"还有，我劝你聪明一点儿。"目光凌厉扫过，"仙蕙进宫，你怎么知道她就一定出不了头？我费了那么大的周折，花那么多的力气，将来还有流水一般的银子去打点，凭着仙蕙的容貌和聪慧不该更上一层楼？你现在只顾着和她作对，难道就不想想将来的后果？"

荣氏闻言一阵愕然。

邵元亨冷冷道："她将来若是出人头地了，你们今日怎样对她，她会不记得？难说会不会双倍奉还给你，回头吃了亏，别怪我事先没有提醒你！"

一拂袖，径直摔开珠帘出去了。

荣氏的脸顿时有点发白，身子晃了晃，腿一软，不自主地坐进了椅子里。她把丈夫的话回想一遍，越想越是惊骇——是啊，谁说仙蕙进宫就是死？也有可能攀龙附凤成为人上人啊？到时候岂有自己的好下场？！

不行，不行！绝对不能坐以待毙！

哪怕可能性只是万分之一。

阮妈推门进来，悄声道："太太，怎么又和老爷拌嘴了？"想要劝说几句，可是瞅着主母脸色惨白，又忍了忍，静立一旁等候示下。

过了好半天，荣氏脸上的血色才一点点恢复。

"太太？"

"是了，是了。"荣氏喃喃自语，忽地抬头，眼中露出刀锋一般锐利的光芒，"仙蕙

那个丫头绝不能留！"她霍然起身吩咐，"快去准备马车。"双目微微眯起，眼里闪烁着暗藏杀机的光芒，"带点东西，我要去给大郡王妃送年货。"

仙蕙不知道荣氏的阴谋诡计，暂时按兵不动。

反正丫头仆妇们的卖身契已经到手，才赢了一局，得暂时收敛点儿。

而沈氏和邵景烨这些天的忙碌，终于有了一点眉目，找到两家比较合适，准备先给姐姐明蕙定亲。因为说到明蕙的婚事，她害臊，躲回自己的屋子去了。仙蕙反而仗着年幼脸皮厚，凑在跟前问道："都哪两家啊？"

邵景烨道："一个姓梁，是桂香坊米店老板的独子，除了父母以外，还有三个已经出嫁的姐姐，家资颇为殷实。明蕙嫁过去以后，既不用和妯娌们争风，吃穿亦是不愁，我觉得这家还不错。"

仙蕙听了不满意。

不行，不行，姐姐得嫁给姐夫宋文庭才行。

"另外一个姓宋。"邵景烨又道，"说来也巧，就是上次被我们家马车划着袍子那人的朋友，他们两个都是秀才，准备明年秋闱考举人。这个姓宋的家中人口简单，只得一个寡母，不过他年纪稍微大些，今年已经二十四岁了。"

沈氏问道："以前可曾娶亲？"

"当然没有。"邵景烨回道，"我岂能让明蕙去做续弦？"

沈氏思量了下，"那他就是家境贫寒一些，耽搁了，所以到这个年纪都没有娶亲。"

"是。"邵景烨点了点头，"不过这个宋文庭，除了年纪略大了点儿，家境清贫，别的倒是无可挑剔。长得高高大大的，面相端方、为人守礼，性子光明磊落，读书学问亦是很不错的。"

仙蕙不自禁地点了点头，明年秋闱，姐夫宋文庭和陆润都会考中举人，姐夫更是拔了头筹，成了第一名解元。

沈氏瞅了女儿一眼，"你点什么头？"

"呃……"仙蕙干咳了咳，"我觉得看人不能只看出身，得看人品。再说了，读书人多好啊。没准儿能中个举人，回头再中个进士，就能做官老爷，姐姐不就成官太太了吗？我看这门亲事挺好的。"

沈氏又好气又好笑，嗔道："你这丫头，怎么就不知道害臊？在这儿竖着耳朵听了半晌不说，居然还浮想联翩说起来了。"

邵景烨亦是训斥，"别多嘴，快回你屋里待着去。"

仙蕙原想多说一点读书人的好处，转念一想，自己再多说，没准儿反而弄巧成拙。因而佯作害羞的样子，起身道："我去找姐姐，给姐姐说一说去。"

她出了门，心思有点恍惚不定。

看来姐姐应该嫁给了宋文庭。可是陆润，为何没在明年春天跟自己定亲？反而拖到了

上

后年？是因为他不急着成亲，还是被别的事情耽误了？心情不免有点怏怏的。

不过继而一想，现在情况已经不同。

父亲执意要把自己送进宫去，就算自己跟陆涧定了亲，也难说不会出什么变故，只怕最后还是不成。自己并不想和陆涧定亲以后再退亲，不仅难以收场，而且也不想让陆涧伤心难过。

自己和他的婚事，还是等秀女的事告吹回来再说。

回头只要母亲和哥哥提起陆涧，自己就把消息透给父亲——若是他并没打算让自己进宫，自然不会阻止。若是他铁了心要送自己进宫，必定不会同意这门亲事，到那时……就是自己和他谈条件的时候了。

算计？！是他先算计亲生女儿，那也就别怪自己算计他这个父亲。

时光静谧无声悄悄溜走。

一眨眼，日子就到了年根儿。

虽然东院和西院的人都不想碰面，但是年夜饭，还是要在一起吃的。因为两边的人都不说话，席面上，只剩邵元亨和邵母说话的声音，颇有几分尴尬。而等宴席散了，又面临一个更尴尬的问题——邵元亨到底陪哪边守岁呢？

邵母看出儿子为难，解围道："好些年都没有见着你，我每次一想起这个，就觉得心里苦得很。今年好了，可算能娘儿俩一起守个岁了。"

邵元亨忙笑，"是，儿子陪着娘。"也就是说，要留在东院过年三十守岁。

荣氏居然没有因此而发脾气，她表情平静起了身，"老太太、老爷。"领着儿女上前告辞，还笑了笑，"那我们就先回去了。"

邵彤云和邵景钰亦很听话，没有异议。

仙蕙看在眼里有点诧异。

荣氏和邵彤云是很能装的性子，装一装不难，但是邵景钰不是啊。他年纪小，自幼娇生惯养的，一向都是直来直去的爆炭性子，今儿怎么深沉起来？难道说，早就被荣氏叮嘱过了。

而能让荣氏忍气吞声退让一步的，大概……就是她又在算计东院了。

特别是要算计她最恨的自己。

仙蕙心中警铃大作，接下来，却一连好几天平静日子。

直到初六响午，阮妈亲自过来说话，"今儿是庆王府办新年花宴的日子，等下都要过去，老爷吩咐大伙儿准备一下，很快马车备好就出发。"

沈氏问道："老太太去吗？"

阮妈笑道："今儿不是给人庆生做酒，就是串门儿，大伙儿过去说几句话就回，连晚饭都不用吃，很快就回来了。"

沈氏点点头，"那好，还是不要辛苦老太太了。"等阮妈走了，不免抱怨，"既然要

065

出门怎么不早点说？昨儿说了，大家也好准备准备，这会儿了才说，倒是弄得慌慌张张的。"

明蕙亦道："是啊。"指了指西院，"怕是心里有点气性。"

"罢了。"沈氏不想在新年伊始置气，摆摆手，"都各自回去打扮打扮，好歹出门别落了邵家的面子。"见小女儿还在发愣，"快去，别磨蹭了。"

"是。"仙蕙起身，心里轻轻一叹。

因为三万两银子的首饰和卖身契，把荣氏给逼急了，很可能打算提前上演丑闻。

春寒料峭，冰雪未消，庆王府装扮得一片花团锦簇。

之所以办新年花宴，主要是因为新年拜访的人太多，又不想一次次招待，干脆搞个花宴，大家凑在一起热闹下便算完事儿。所谓花宴，时间选在晌午饭过后，在待客的厅堂里摆几张大桌，上面堆满瓜果点心、精巧小吃，热茶等等，客人们可以随意取用，不拘谨，方便各自三三两两说话，彼此互不干扰。

仙蕙和明蕙等小姐们，和上次一样，安置在后花厅里面闲聊。

孝和郡主因为上次的事儿，见了仙蕙，略有几分尴尬，但以她的身份还不至于束手束脚，打了个招呼，便扭头跟别人说话去了。

倒是周峤，性子简单明朗，一个劲儿地跟仙蕙嘀咕没完，"你上次送我的那方手帕好看，我娘瞧了，也说花绣得好，叫我空了向你请教针线呢。"

仙蕙淡笑道："没什么，就是用色上头费了点心思。"

旁边有人一声惊呼，"……当心！"

一个丫头不知道怎么端茶的，竟然失手，泼了仙蕙一裙子茶水。

仙蕙起身连连后退。

明蕙惊道："天哪！烫着你没有？"慌忙过去帮妹妹提起裙角。

邵彤云也围了过来，"二姐姐，你还好吧？"对那丫头抱怨，"怎么搞的……"她欲言又止，一副想打抱不平，但是在庆王府不方便说话的样子。

"没事，没事。"仙蕙看了姐姐一眼，又对着众位小姐笑道："不要紧，就是湿了裙子，人没有烫着。"

端茶的丫头伏在地上，连连磕头。

"怎么了？闹哄哄的。"大郡王妃像及时雨一样，从外面进来，听邵彤云说了事情原委，当即朝那丫头啐道："蠢货！端个茶你都不会啊？！要不是今儿是大好日子，就拖下去掌嘴。"叫了管事妈妈，"先记住她，回头过了正月十五再发落。"

管事妈妈应了，当即叫人拖了那丫头下去。

"哎……"邵彤云眉头紧蹙，愁道，"这可怎么办才好？二姐姐的裙子都湿透了。"

大郡王妃笑道："这有什么难办的？换一条好了。"

"去哪儿换啊？"邵彤云叹道，"我们想着今儿不用待很久，没有带衣裙。"

"没事。"大郡王妃笑容和蔼看向仙蕙，"你和我身量差不多高，只是瘦些，我年轻

上

时有几条上好的裙子，后来生孩子发了福，再也穿不上，一直白放在那儿。等下跟我过去换一条好的，也不用还，只当是我送你的，压一压你今日受的惊吓。"

05 阴谋算计

仙蕙眸光闪烁好似星辉，腼腆道："这……不太好吧？"

"有啥不好的？"大郡王妃今儿珠翠满头，梳了牡丹圆髻，穿了一袭海棠红的如意纹通袖大袄儿，颇有庆王府嫡长媳的架势，笑语连连，"想来是你跟我不熟，所以觉得不好意思，就让彤云亲自陪着你过去好了。"

仙蕙只做腼腆害羞，不答话。

"没事的。"邵彤云温柔笑道，"二姐姐，我陪你走一趟。"不等仙蕙回答，便朝着大郡王妃伸手，"把钥匙给我，让我们俩翻了你的箱笼仔细挑一挑，我不管，我送人过去的也要得一条裙子。"

"你也要？"大郡王妃佯作心疼，慢吞吞从腰间取了钥匙给她，"给你。"转头又对大丫头悄悄嘀咕，却让众人都能听见，"给我看着点儿，别让她们把我的家底搬空，一人挑一条就行了。"

周围的丫头仆妇们都笑了，顾及规矩，不敢放肆出声。

小姐们早已笑倒一片。

甚至就连一向温柔端庄的邵彤云，也"扑哧"笑出了声儿。

仙蕙嘴角噙了一丝复杂笑意。

瞧瞧……眼下气氛多好啊。

大郡王妃八面玲珑、说话喜人，不仅纡尊降贵让自己穿她的裙子，而且还大方地送给自己，又逗笑众人化解了自己的尴尬。而妹妹邵彤云娇俏可爱、体贴人意，不辞辛劳亲自陪着自己过去，简直好得跟亲姐妹一样。

她们一面说笑，一面演戏，然后暗藏杀机。

"大舅母。"周峤笑得直揉肚子，大声嚷嚷道，"俗话说，见者有份，今儿我也要去挑一条才是，还要挑最好的。"

大郡王妃笑容微微一僵。

仙蕙讥笑，她是怕周峤过去坏了事儿吧？不敢答了。

"哎呀，你别闹了。"大郡王妃反应很快，又笑了起来，与众人道："我们府里的姑娘成天尽会一些精致的淘气，别家姑娘倒好，特别是仙蕙和明蕙，斯斯文文的。"连连给邵彤云递眼色，"你们去吧。"

067

"二姐姐。"邵彤云满目关切之色，上前拉她，"我们赶紧过去换了裙子，大冬天的，别让你再冻着受凉了。"

仙蕙笑了。

啧啧，多好的妹妹啊。

明蕙觉得人生地不熟的，担心道："我和你们一起过去。"

大郡王妃含笑上前拉住她，热情得很，"坐吧，坐吧，你的宝贝妹妹丢不了。"还故意跟众人笑了笑，"要是丢了，我再赔你一个妹妹。"

赔？你赔得起吗？！仙蕙心底闪过一丝冷冷寒芒。

但是她并不想让姐姐跟着，等下的事儿，那可不是闹着玩儿的，"不用了。"故作怕被姐姐看轻的样子，摆摆手，"我又不是小孩儿，一会儿换好裙子就回来。"

邵彤云神色微松，赶紧上前挽了她一起出门。

这一段路程不算近，不过总有头，两姐妹手挽着手进了院子。

庆王府不仅各个房头复杂，而且人多，加上大部分地方都是亭台楼榭，所以大郡王妃的院子并不比西院大多少。只不过，一进院子，就能感受出王府的气派格局，不是小小邵府可以比拟的。

邵家多少有点暴发户的味道，庆王府却已经传承了三代，百年沉淀下来，讲究的是低调奢华，力求用价值不菲的东西，营造出一种淡雅内敛的氛围来。

仙蕙没有半分心思欣赏。

"走。"邵彤云脚步轻快，笑语盈盈，"我们进去挑裙子。"

仙蕙摸了摸耳朵，将一枚南珠耳坠悄悄扔在草地里。

她跟着邵彤云一起上了台阶。

进了屋，引路的丫头端了热茶上来，说道："那些旧年的箱笼放的位置深，又沉甸甸的，只怕要找一会儿，才能慢慢搬过来。"

仙蕙忽然抬头，"这是什么茶？"

那丫头吓得手一抖，差点把茶给打翻了，"是洞庭碧螺春。"

仙蕙含笑道："碧螺春啊。"

邵彤云想要诱导她喝茶，装模作样道："我先尝尝……"

"哎呀！"仙蕙一声轻呼，"我的耳坠子少了一个。"她反复摸了摸，有些焦急地站了起来，"不行，我得出去把耳坠子找回来。"

"二姐姐！"邵彤云急了，赶紧拉她，"让丫头们去找就好了。"朝丫头连连递眼色，"还不快去找？快去啊！"

"是是是！"那丫头慌忙拔脚出去。

仙蕙不同意，"不行，不行，丫头不知道我那耳坠长什么样子，怎么找得到？"

"二姐姐！"邵彤云是真的急了，算算时间，大郡王马上就要过来，再耽搁事情就办

上

不成了！将她摁在座位上，"你不认识路，胡乱出去，是要走丢了的！"

仙蕙一副要往外走的样子。

邵彤云气得差点跳脚，赶紧拿了她手里的南珠耳坠，"我去！我带着丫头亲自出去找，你在这儿等着我，马上就回来。"

仙蕙犹犹豫豫的，勉强道："那好吧。"

邵彤云心急火燎地冲出门去，一面颐气指使丫头们，"快找，快找！看见没？就跟这个南珠耳坠一样的。"一面琢磨，要是找不到耳坠，该怎么哄得仙蕙把茶给喝了。

偏生情急之下，越急越乱越想不出法子。

正在急得嗓子冒烟儿，忽地草地上有个丫头喊道："找到了，找到了！"一溜小跑过来，献宝似的双手捧着，掌心里躺着一枚洁白浑圆的南珠耳坠，"邵小姐，是这个耳坠吧？白生生的，刚才我一眼就瞅见了。"

"是，是这个。"邵彤云喜不自禁，赶紧回去。

仙蕙故作惊喜道："找到了？真是多谢你啊，彤云。"

"谢什么谢啊？自家姐妹。"邵彤云笑道，"看把你紧张的，不过只是一个坠子罢了。"

"我可舍不得。"仙蕙嘀咕着，侧了身，顺手就去端茶。

邵彤云见状心下大喜。

哪知道仙蕙端起茶盏以后，却不喝，竟然偏头发起呆来。

"二姐姐……"邵彤云忍不住又着急起来，"你在想什么呢。"

"怎么回事？"仙蕙一脸疑惑之色，转头看她，"我们连南珠耳坠都找到了，这么久的时间，那搬箱笼的人却还不来。"放下茶，扯了扯被泼湿的裙子，"凉凉的，穿在身上好不舒服呢。"

邵彤云温柔笑道："二姐姐你别急，我去催催。"喊了丫头进来呵斥，"怎么搬箱笼的人还不过来？"

丫头赶忙赔笑，"这就过去催催，看看她们到底在磨蹭什么？"

"二姐姐，你别着急。"邵彤云将火盆踢过去了些，表情关心，"先用火盆烤一烤裙子，免得着凉了。"然后端起茶，喝道："刚才我在外面一通忙活，弄得口干舌燥，渴死我了。"

仙蕙笑着点点头，"可真是辛苦你了。"

怎么还不喝茶？邵彤云气得快要七窍生烟，却笑道："二姐姐，你也尝尝。"

仙蕙犹豫了下，"那我尝尝看。"低头抿了一小口，摇摇头，"我不太懂茶，你喝出有什么特别的没？"

邵彤云只好再喝了一口，装作细细品味的样子，"唔……口味微微回甜，鲜爽生津，还有洞庭碧螺春特有的花果香气，当得起上品之赞。"

仙蕙当然知道这肯定是好茶，顶尖儿的碧螺春——可惜淬了毒！

"你试试，真的不一般的。"邵彤云笑道。

仙蕙迟疑，"行，我再尝尝。"喝了一口，点点头，"是有一点花果香气。"

邵彤云笑道："我就说嘛。"

"啊……"仙蕙打了一个呵欠，揉揉额头，"自从年三十守岁没有睡好，我这几天都犯困，还有屋里的火盆暖融融的太旺了，更是熏得发昏。"她起身，微微有点摇晃，"哎哟，我猛地一起来觉得更晕了。"

这么快？邵彤云有点诧异，不过没有时间细细琢磨，先把事儿办了再说。

当即上前搀扶，笑道："我也有点困，不如我们到隔壁梢间歪一下。"

仙蕙瞪大了一双明眸，"这不好吧？哪有跑来别人屋子睡觉的？"她打哈欠，摇摇头道："没事，我还撑得住呢。"

"都说大郡王妃是我表姐，不要紧的。"邵彤云上前拉她，笑盈盈的，"走吧，咱们就稍微歪一会儿，等箱笼搬过来，换了裙子就该出去了。"

仙蕙揉着眉头，"那好罢。"跟她一起过去，嘴里还道："我歪一小会儿就好。"

"来。"邵彤云招呼仙蕙上了床，怕她害羞，不肯躺，自己先脱了鞋子上去，"咱俩一人盖一床被子，歪一会儿，等下精精神神地出门。"

"好啊。"仙蕙心里清楚，她是想一人一床被子好脱身罢了。

"你别说，我也觉得有点困……"邵彤云打了个哈欠，揉了揉眼睛，"怎么、怎么回事……"她似乎起了一丝疑惑，但话还没说完，眼皮就沉甸甸地合上了。

仙蕙当即翻身下床，再不走，被赶过来的大郡王撞上就麻烦了。

悄悄穿过绡纱屏风，往后面院子去。

天哪！怎么这边有假山？那边也有假山？眼前的亭子刚才好像是从斜对面路过，怎么又看见了？好像……越走越远，完全听不到花厅那边的喧哗了。

怎么办？仙蕙急得，冷天里鬓角冒出细细的汗。

不行，不行！这样肯定是越走越偏了。

她穿过梅花门，眼前顿时豁然一亮。

面前是一处小型花园，中间是小小湖心亭，四面环水，几个年轻男子正围着火盆坐在亭子内，桌面上摆了瓜果点心、美酒，显然是在此聚会说话的。

她一来，众人的目光齐刷刷看了过去。

仙蕙不胜尴尬，更多则是猛地看见陆涧的慌张，他和姐夫怎么会在这儿？也是来拜会庆王府的？所以，才和四郡王高宸在一起？想退，又不知道往哪儿退。

凉亭内，高宸已经站了起来。

他的身量原比一般人要高些，又兼丰神俊美，穿着奢华，根本不用说话，单是面色稍微一沉，便有一种迫人心弦的气场。

仙蕙慌张道："我、我……我迷路了。"

高宸听得她的声音，缓和了神色，"原来是邵家妹妹。"

上

仙蕙闻言一怔。

不喊小姐，喊妹妹，明显是要用熟人关系做遮掩了。

"你在那边等着我。"高宸道了一句，然后转身对众人解释，有种居于高位的谦和气度，"那是我大嫂亲眷家的姑娘，想是淘气，从前面走岔了道，我先把她送回内院那边，免得家里人担心。"

宋文庭和陆涧，以及在座的五六人都站了起来，纷纷客套道："四郡王请忙，我们在这儿等着便是了。"

"诸位稍候。"高宸略微欠身，然后不疾不徐地走了过去。

他穿了一袭银灰色四爪织金线蟒袍，外罩紫貂皮坎肩，越发显得比平日更加高大挺拔，说不尽英姿出尘。早春清冷阳光洒在他的身上，仿似织金绡纱，衬得他眸光皎然明亮，整个人透出高山雪巅的清冷光华。

仙蕙低头不敢直视。

高宸停在她面前，淡淡道："走吧。"

仙蕙下意识地后退了两步。

高宸挑眉，"不走？"

他声音淡淡，带出一抹冰凉凛冽。

仙蕙心情紧张无比，想躲开，又不敢，下意识地就朝宋文庭看了过去。结果却从姐夫眼里看到惊诧，更是看到旁边陆涧眼里的疑惑——这才想起，不对啊，这会儿姐夫还不是姐夫呢。

高宸顺着她的视线看了过去，疑惑道："你在找人？"

"不是。"仙蕙赶紧撒谎，小声道，"我……我就是担心，这么多人都看见我走迷了路。回头……他们该不会乱说吧？"

高宸淡然地道："放心，不会乱说的。"

仙蕙旋即领悟过来。

对啊，像姐夫和陆涧那些人结交高宸，不论是想做个幕僚，还是谋个官职，肯定都是对他有所求，怎么敢得罪他呢？自己问了一个傻问题。

高宸没有责备她，但也没有多话，大步流星径直往前走去。他自然十分熟悉庆王府的地形，三拐两拐，找到一个守在院角门的粗使婆子，吩咐道："邵二小姐走迷了路，你跟着，等会好送她回去。"

那婆子应了，然后隔了十来步的距离跟上。

原来是为了避嫌。

仙蕙不免又想起之前周峤给自己通风报信，那消息……会不会是高宸透露出来的？觉得不是他，可是除了他，又想不出能有别人了。

"哎哟！"她想东想西的，没留心脚下，一脚踢在假山过道的小台阶上，姑娘家的绣

071

花鞋又不比靴子厚实，顿时疼得眼泪直冒。她停住脚步，"嗞嗞"吸气，然后动了动脚趾头，真是钻心的疼啊。

"踢着脚了？"高宸皱眉。

"不要紧。"仙蕙咬牙，用脚后跟一瘸一拐地跟了上去，"我没事的，能走。"她赔着笑脸，只希望他赶紧把自己送回去，别在这之前翻脸了。

很快，走到内院的角门口。

高宸叫了门口一个小丫头，"去里面找两个认路的丫头，赶紧过来，说是邵二小姐走迷了路，正等人送回前面。"

小丫头平时哪有机会跟四郡王说话？又是欣喜，又是紧张，赶紧拔脚跑了进去。

正在等候，忽见路的另一头进来好些人，花团锦簇、环佩叮当，竟然是大郡王妃领着下人们过来。一行人笔直往前走的，忽地有个丫头眼尖看到这边，惊讶道："四郡王和邵二小姐在那儿。"

大郡王妃扭头一看，"仙蕙？"她目光惊讶，像是活见鬼了一般，惊诧道："你、你怎么在这儿？怎么会和老四在一起？"

仙蕙羞赧道："我想出去逛逛，走迷了路，是四郡王送我回来的。"

高宸轻轻颔首，"大嫂。"

"彤云呢？！"大郡王妃声调拔高，颇为尖锐。

"不知道啊。"仙蕙一脸茫然，明眸带着迷惑的光芒，"我出来好久，她等不到我应该先回前厅了吧？怎么……她没回去？是不是也走迷路了。"

"彤云才不会迷路！"大郡王妃口气很不好。

高宸诧异地看了她一眼。

大郡王妃却顾不得小叔子的打量，心下慌张无比，……怎么回事？怎么回事？这个祸害居然全须全尾地在这儿？不仅没有出事，而且还没有留在自己屋里，等等！彤云并没有回前厅，难道彤云还在屋子里面？！

那岂不是……

大郡王妃张大了嘴巴，继而牙齿打架，要不是强令自己闭上了嘴，几乎要"咔嚓、咔嚓"响起来。她深深吸了一口气，转头就走。

"大嫂？"高宸喊了一声，眼里闪过迷惑不解的光芒。

"扑通！"大郡王妃被自己的裙子一绊，差点摔倒，竟然嫌搀扶的丫头挡路，一把推开，继续跑，好似后头有鬼在撵她似的。

丫头们也都慌慌张张的，全都蜂拥而去。

高宸等了片刻，不见里面有丫头出来，心下微沉，肯定是内院出什么事儿了！眼见四处乱哄哄的，回头看看，那个怯生生的少女低着头，又不好把她丢在半路，"走，我们一起进去看看。"

仙蕙才不想进去看呢。

　　可是不去又会惹得高宸疑心,只得硬着头皮跟上。心情紧张无比,好似马上就要被架到法场上面行刑,死死掐住掌心,才感觉稍微好点儿。

　　高宸轻车熟路,领着她经过几道九曲回廊,穿过月洞门,抄近路来到长房内眷所住的留香洲。刚要上台阶进去询问,"呼哧"一下,里面猛地冲出一个身体微发福的男子,浑身酒气冲天,衣袍头发也有些凌乱了。

　　"大哥?你这是喝醉了?"

　　大郡王高敦抬头一看,"老四啊。"他的身量比兄弟稍微矮一点儿,但是发胖,便显得颇为富态,喷着酒气咳了咳,"是啊,今儿喝得有点多。"

　　高宸心下起疑,朝兄长问道:"大哥,里面是不是出了什么事?"

　　高敦涨红了一张脸,"哎,我喝多了。"

　　"来人,来人!"大郡王妃的声音在里面响起,尖锐高亢,清楚地传了出来,"快点抱住彤云,当心……别碰着她了!当心……"

　　邵彤云怎么了?高宸不明所以。

　　"我、我……"邵彤云哭得哽咽难抑,凄惨无比,"我不要活了!你们放开我,放开……让我去死。"

　　高宸心思反应机敏,思绪略转,很快猜出了里面的大概情况。

　　他心下猛地一沉,邵彤云……她怎么又和兄扯上了瓜葛?大哥脾气好,是出了名的宽厚待人,不可能打骂亲戚家的姑娘。

　　那么,只可能是"那种欺负"了。

　　高敦脸色尴尬无比,"是我喝多了,都怨我……"

　　"大哥!"高宸当即喝止了他,脸色微沉,冷声吩咐丫头,"赶紧进去,叫大嫂和邵三小姐都别哭了。"又回头,冷冷地警告了仙蕙一眼,意思自然不言而喻。

　　仙蕙低着头,人都已经缩到墙根儿去了。

　　高宸心中自有一番思量。

　　方才在路上遇见大嫂,她见了邵仙蕙表情十分怪异,仿佛觉得邵仙蕙不应该出现在那儿,——若只是为了邵仙蕙走迷了路,根本不至于如此吃惊。而后来,大嫂听说邵彤云不在跟前,顿时慌了,急急忙忙就往回赶。

　　这里头究竟是怎么一回事,还难讲……只怕另有蹊跷。

　　所以,不能让大哥就这么担了罪。

　　"老四……"高敦实在尴尬得不行,朝着兄弟摆手,"走走,咱们先出去说话,我头疼得紧,别站在这儿喝冷风了。"

　　高宸上前搀扶兄长,目光凝重,"走。"

　　"彤云!彤云!!"正门外面,荣氏好似疯了一样冲进来,头上发髻都散了,金步摇

松松地挂在一边，看起来狼狈不堪。她根本顾不得仪容，听闻出事，当即用生平最快的速度跑了过来，声音发抖，"我的彤云……"

高宸和高敦不好掉头就走，给她让了让路。

荣氏一双眼睛好似浸血，目光怨恨看向高敦，刚要颤抖着开口，忽地发现站在台阶下面的仙蕙——那死丫头没事，居然安然无恙地站在这儿！是她，肯定是她设下阴谋害了彤云！甚至顾不得先进去看女儿，疯子似的，径直冲了过去，"我……我跟你拼了！"

仙蕙目光大惊，连连往后退了几步。

"荣太太。"高宸一把抓住了荣氏，"有话请说。"他心思清明有如镜台，已经隐隐明白了前因后果，声音寒凉，"不要在王府动手动脚。"

荣氏断断没有想到，四郡王会拦住她，继而醒悟到此刻是在庆王府，惊恐和害怕让她暂时压下愤怒——此处不是撒泼闹事的地方，此时也不合适。再闹下去，再当众死揪着仙蕙不放，恐怕还会引人怀疑。

可是……

想到女儿清白被毁，悲愤交加，眼中热泪一下子流了下来。

"彤云、彤云……"荣氏急着进去看女儿，上了台阶又止步，心中悔恨滔天，当初怎么能让女儿来做这件事呢？就不想想，一个不小心，便会是眼前的悲惨下场啊。

不，这不可能！

怎么会弄错了人？不可能！

"小姨。"大郡王妃从里面走了出来，眼神闪烁，"彤云哭得伤心，我劝不住，你快进去看看她吧。"怕对方不顾场合大闹起来，再泄了底儿，赶紧快步上前搀扶，"小姨我扶你进去。"暗地里，悄悄用力捏了一把。

荣氏最最心疼的宝贝女儿给毁了，眼下又不能杀了仙蕙，还得压抑怒气，所有的怨恨都迁怒到大郡王妃身上，"不用你扶！"她一甩手，咬牙切齿地快步跨门进去。

大郡王妃面色讪讪的，自语道："小姨这是在气头上。"

"走了，走了。"高敦生平从没有如此狼狈过，他喝得醉醺醺的，脑子不清楚，并没有兄弟反应那么快。眼下只求赶紧回避此地，招手道："老四，我们走。"

高宸上前搀扶哥哥，沉默不语。

仙蕙挪了挪步子，似乎想要跟着他们一起走。

高宸看着她，想起荣氏那要撕人的凶狠劲儿，再看向目光不善的大嫂，复又停下脚步。许多片段一一浮过，她一个人在园子里面乱窜，大嫂看到她时的惊诧，大哥醉酒，和邵彤云不清不楚，荣氏二话不说就要找她拼命。

是她一手设计陷害了邵彤云？以她客人的身份，来到王府，大嫂的屋子里又有丫头仆妇，邵彤云也不是傻子，她是怎么做到的？邵彤云又怎么会中计？

不，这不可能！

上

因为就算她有那份本事,在重重包围之下去算计别人,但也没办法,哄得大哥赶巧时间过来。大哥根本就不认识她,她更不可能找个人去叫大哥,大哥就听话地掐着时间过来了。

能让大哥刚好赶回来的人,只有一人。

"四叔?"大郡王妃心虚道,"你们别在风口站着,当心你大哥醉酒吹了风头疼。"

她聪明的小叔子起了疑心。

"嗯,我们先走了。"高宸点头,继续搀扶着兄长,然后扫了仙蕙一眼,"正好我们出去顺路,送你到前面。"

仙蕙赶紧跟了上去。

高敦还醉醺醺的不明所以,哪里……哪里顺路了?可是他头疼得紧,加上满心尴尬和难堪,只想早点离去。再者,又不想当众驳了小兄弟的脸面,因而也没多说,就这么任凭那个小丫头跟着,一路出去了。

大郡王妃愣在当场。

小叔子这是……看出了什么?还是看上了那个美貌的丫头,所以护着她。

她顿时心慌意乱起来,顾不上多想,就慌慌张张转身冲了进去,对荣氏母女道:"不好了,不好了,只怕事情已经败露了。"抚着胸口连连喘气,声线紧绷,"咱们得赶紧合计合计,对好说辞,否则……王妃娘娘和郡王爷都不会饶了我的。"

邵彤云已经哭肿了一双明眸,正在哭得嗓子发干,浑身脱力,小小声地抽泣,闻言猛地抬起头来,"表姐……"她满目不可置信,带出怨恨、愤怒、震惊,以及铺天盖地的浓浓怨念,"你……你的眼里只有自己!"

她哽噎住,再也说不出一句完整的话。

"彤云,彤云!"荣氏又气又急又怒,赶忙给女儿捶背揉胸口,等她缓过来这一口气,方才抬头怒道:"大郡王妃!是你的安排出了差错,害了彤云,你的心里就没有半点愧疚怜惜吗?你太伤我们的心了。"

"我怎么不关心彤云了?"大郡王妃急忙分辩,"出了这样的岔子,难道我还能高兴得起来?我也心痛啊。"指了指外头,"可这是什么地方?庆王府!万一这件事要是闹开了,别说你们,就是我……也担待不起那份后果!"

荣氏愤恨地别开视线,看着女儿,将她凌乱的衣衫裹紧搂在怀里,心疼地抚摸着她的脸颊,"我的儿。"伸出手,拨开泪水粘住的一缕缕青丝,自己的眼泪却止不住,"怎么会是这样,怎么会……"

邵彤云双目无光,像是一枝风吹雨打过后的残花,摇摆不定。

"还有。"大郡王妃可不愿意背了黑锅,又道,"小姨,我知道你生气,也知道彤云这会儿伤心难过,但是你们不能怨我安排得不对啊。"转头看向表妹,"彤云,当时到底是怎么一回事?怎么仙蕙走了,你反而在屋里……"

底下的话,实在是难以启齿说出来。

邵彤云目光茫然，想要回忆起当时的情景，细细地，一遍又一遍地，然后找出到底哪里出了错，可是她做不到，一想，就倒映出那张近在咫尺的面孔，表情狰狞、动作粗鲁，轻而易举地撕碎了自己的衣衫，然后他……

不！不……！她一声尖叫，继而往后一栽晕了过去。

一路上，仙蕙都本能地隔了一小段距离。

没敢抬头看高敦长什么样子。

"老四。"高敦的声音从前面传来，他大着舌头说话，指了指后面，"这丫头是谁家的姑娘？怎么……怎么一直跟着咱们？"因为才闹出那样的事情，不免对女人心有余悸，"孤男寡女，赶紧……呃，赶紧把她送走才是。"

"嗯。"高宸不想再刺激兄长，听到什么邵字，并没有解释仙蕙的来历，走到一个月洞门的岔路口停下。先扶兄长在树荫下的石凳上坐好，然后吩咐跟着的婆子，"去前厅找两个妥当的大丫头过来。"

婆子赶忙应下去了。

仙蕙远远地立在旁边候着，不吭声儿。

高敦正好需要歇息一下，支了手在桌子上，揉着眉头，抬头想跟兄弟说点什么，看了看旁边的少女又忍住了。

高宸端坐旁边，深邃的眼睛中有着复杂闪烁的光芒。

片刻后，一个温柔的少女声音响起，"仙蕙！"随着脚步声走近，假山后，跑过来一个端方明丽的少女，与仙蕙长得有七八分像。她连高宸、高敦在旁边都顾不得，赶紧上来拉起妹妹，"你不是换裙子吗？怎么去那么久？而且裙子还没有换。"

高宸把这话在心里过了一遍。

原先的猜测，渐渐水落石出更加清晰了。

"我迷路了。"仙蕙简略带过，眼下不方便跟姐姐细说，捏了捏她的手，"是四郡王和大郡王领我过来，多亏他们了。"

明蕙听得云山雾罩的，妹妹怎么会迷路？邵彤云又去哪儿了？怎地会和四郡王、大郡王遇上，心下惊骇无比——外男可都是在外院的！

好在她一贯都是性子沉静，不该问的，就不会贸然多问。

"多谢大郡王、四郡王。"明蕙屈膝裣衽，道了谢。

仙蕙想起之前高宸的帮忙，还有荣氏冲过来时他的阻拦，诚心诚意地行了大礼，"多谢大郡王，多谢四郡王出手帮忙。"

高敦揉着脑袋，根本就没有往这边多看一眼。

高宸抬手，"你们去吧。"

仙蕙迟疑了下，还想再多说几句感激的话，又觉得无用，至于送个什么东西答谢更不敢想，让人误会自己想要攀高枝儿就麻烦了。

"仙蕙？"明蕙悄声扯了扯她，"走吧。"

"嗯。"仙蕙赶紧收回心思。

姐妹两个互相挽着手，然后由庆王妃身边的丫头领路，往前面去了。

高宸没有再去管宋文庭那一群人，只让个小厮过去通知，叫他们不用等，然后陪着兄长去了自己的书房。倒也没急着说话，而是先让初七打了洗脸水，又让小厨房准备醒酒汤，一番安排淡定从容。

过了半晌，高敦渐渐清醒过来。

"大哥，今天到底是怎么回事？"高宸凝重问道。

高敦揉了揉头，眼中浮起回忆之色，"我在前面喝酒，结果发现袍子的一角抽丝，觉得不雅观，就想着回来换身衣服，顺便歇一歇醒酒。然后……"那种事即便对着亲弟弟说，亦有点说不出口，简略道："我见被窝里躺了一个人，以为是你大嫂。当时……哎，反正就稀里糊涂的，我也记不清了。"

"难道大哥认不出人？"

"唉，你问这么仔细做什么？"高敦满心尴尬，被兄弟问得有点不耐烦，"弄错就弄错了，回头让邵彤云做个侍妾便是，什么大不了的事儿啊。"

高宸眸光微寒，带出一抹刀锋出鞘的幽寒煞气。

大嫂正是吃准大哥性子稀里糊涂，才敢那样做的吧？真是胆大包天！

另一头，仙蕙和明蕙已经到了花厅后院。

引路的丫头想赶紧交差，笑道："前面进去就是花厅了。"

刚才亲眼见邵二小姐和两位郡王在一起，而且两位郡王的脸色都不好看，谁知道背后有什么事儿？四郡王不仅年轻有为，而且长得人物俊美，江都城待嫁的姑娘们，好些都盼着能做四郡王妃。

——比方说邵彤云。

难说这个邵二小姐就没有那样的念头，只怕也是个不安分的。

仙蕙挽着姐姐进了后门，上连廊台阶的时候，忽然"咝"了一声，"哎哟，不小心踢着脚尖了。"朝那丫头笑道，"我想去旁边的空屋看一下，有没有踢坏脚趾甲。"

明蕙又是心疼，又是埋怨，"你怎么不小心？等下我给你瞧瞧。"

那丫头心下琢磨，这两姐妹指不定要讲点什么悄悄话，只是不好揭穿，总不能当面说她是在撒谎吧？只得引她进去。

进了屋子，仙蕙缓缓脱了鞋袜，露出粉嫩雪白的玉足，可惜大脚趾指甲盖儿上有一小块乌青，月牙儿似的，仿佛美玉有了一点瑕疵。

"哎呀，这么厉害。"明蕙惊道。

那丫头也怔住了，没想到，居然是真的踢着脚了。

"难怪疼得钻心。"仙蕙抬头苦笑,"容我歇歇,你先去前面回禀王妃娘娘,顺便告诉我娘,说我们马上就过来别担心。"

"哎。"丫头急于脱身,赶紧往前面去了。

等人一走,仙蕙朝姐姐递了一个眼色,示意她关上门,然后拉到身边耳语,"你听好,这会儿我来不及细说,邵彤云出事了。"

明蕙吃惊轻呼,"出事?"没有多问,连连点头让她快说。

仙蕙简略道:"我和彤云在屋子里等丫头搬箱笼,因为有些发困,她说要去隔壁梢间躺躺,我歇了一会儿,觉得不妥就悄悄出去了。然后迷了路,遇到四郡王,是他亲自把我送回来的。"接着,声音更低,"邵彤云在屋里睡死了,大郡王喝醉酒回去换衣服,不小心把她当成大郡王妃……"

"……"明蕙张大了嘴,惊吓得眼珠子都快瞪出来了。

天哪!大郡王把邵彤云当成大郡王妃?!那岂不是……连连摇头,那种场面连想都不敢想。继而紧紧握住妹妹的手,又是惊骇,又是庆幸,"还好你走了。"

还好?仙蕙心下冷笑,只是眼下没有时间跟姐姐说清楚。

"回头再细说。"她仔细叮嘱了一番,然后道,"今儿我实在是太出风头,等下回了花厅,大家肯定都会一直留意我。姐姐你找个机会,悄悄地跟母亲说清楚。"

眼下时间紧迫,很多东西都说不清楚,也不敢乱说,但是必须得让姐姐和母亲知晓大概,心里有一个底儿,——因为风暴很快就要袭来!

明蕙连连点头,"放心,我晓得轻重。"

仙蕙复又穿上绣花鞋,之前踢着台阶的那一下,还在隐隐作痛,只是眼下也顾不得许多,拉了姐姐出门,"走吧。"悄声道了一句,"露点儿笑容。"

明蕙赶忙用双手搓了搓脸,恢复点血色,又努力笑了几下。

两姐妹一进花厅,众人的目光就齐刷刷地投射过来。

沈氏目光担心,当着众人又不好多问。

庆王妃笑道:"都回来了。"

"仙蕙。"周峤眼睛尖,为人又有点冒冒失失,惊讶道,"你去了半天,怎么裙子还没有换啊?彤云又去哪儿了?"

仙蕙环顾了一圈儿,只见众人眼里都写着猜疑,于是淡笑道:"方才我和彤云在后面等丫头搬箱笼,她突然有点不舒服,我见她难受,就一直陪着她说话。"扯了扯自己裙子,"弄得我连裙子都没来得及换,不过也不要紧,反正都让火盆给烘干了。"

周峤"哦"了一声,"这样啊。"

众人都露出一脸恍然大悟之色。

庆王妃点了点头,又问:"彤云不舒服?她现在怎么样了?"

仙蕙回道:"可能是昨儿吃了凉东西,凉着胃了,所以有些犯恶心,这会儿已经缓过来了。"笑了笑，"王妃娘娘别担心，大郡王妃和荣太太都陪着她呢。"

"那就好。"庆王妃点点头，眼里露出淡淡的赞赏之意。

方才大儿媳的丫头来找人，只说后院有事，让荣氏和邵大小姐过去一趟。自己隐隐瞧着，荣氏眼里似乎闪过一丝窃喜，——她连什么事儿都不知道，窃喜个啥？总觉得有些不太对劲。

而且荣氏去了很久，大儿媳去了更久，两人到现在都没有回来。若真的只是邵彤云不舒服，没有大毛病，主持中馈的大儿媳就丢下宾客不管，荣氏不顾及庆王府的威严脸面，那也太不像话了。

——只怕后面多半出了什么意外。

仙蕙回来以后，一番话说得大大方方颇为自然，不管宾客们相信几分，至少面子上算是圆过去了。今儿可是宾客众多、欢聚一堂的日子，若是闹得不消停，不光邵家的人脸上不好看，庆王府这个主家脸上亦不好看。

听说邵家两房斗得很凶，仙蕙能够在外面顾全邵家的脸面，同时维护庆王府，足见她的性子大方懂事。不像邵彤云，平日里看着温柔大方，上次居然故意让仙蕙难堪，闹得场面不可收拾，好好的庆生宴都差点给她毁了。

两相对比，自然是高下立见。

庆王妃收回心思，继续和大伙儿说说笑笑，气氛颇为热闹。

不过在场的宾客女眷都是有眼色的，尽管仙蕙解释过了，也说得通，但是大郡王妃和荣氏母女始终不露面，心里难免没有一点儿猜疑。再者见庆王妃虽然笑着，却不是很有谈兴，因而说得差不多，都陆陆续续地告辞而去。

很快，客人们都走光了。

沈氏正要领着儿女起身告辞，一个丫头突然冒了出来，像是在门口等了许久，神色紧张道："沈太太，大郡王妃请你们过去一趟。"

沈氏眼里闪过一丝疑云。

明蕙和邵大奶奶更是不安，互相对视了一眼。

庆王妃笑道："想是因为彤云身子不舒服，让你们过去瞧瞧。去看看也好，要是彤云没事了，正好你们一路回去。"

"是，那我们过去了。"沈氏起身告辞道。

仙蕙、明蕙和邵大奶奶等人，亦是福了福，然后跟了上去。

庆王妃脸上笑容一收，不复方才的慈祥和蔼，吩咐丫头，"去打听，留香洲到底出了什么事儿？"眼里尽是凌厉之色，"快去！"

沈氏等人很快到了留香洲。

一进大厅，就是剑拔弩张的紧张气氛。

大郡王妃坐在厅堂椅子正中，荣氏母女坐在旁边，这还不算，邵元亨居然也在一起坐着，

每个人脸色都很难看，而且目光凌厉刺眼，——那架势，好似迎接杀过来的敌人一般，严阵以待。

刚才来报信的丫头顺手关上门，就退了出去，周围一个下人都没有。

原本沈氏听说邵彤云失了清白，还有几分同情。虽说东院和西院不和，但是也没到你死我活的地步，并没有想过要荣氏母女如何惨死。女儿家的清白多重要啊？邵彤云一遭失足，就算是彻底毁了。

一个年轻姑娘家，落到如此田地也是颇为可怜。

但是眼下一见大厅里的阵仗，不由心下冷笑，这算什么？邵元亨和荣氏、她的儿女才是一家人？而自己和儿女们，都是刨了他们邵家祖坟的仇人？

自己倒要看看，他们到底有什么可以叫嚣的？！

沈氏的性子本来就孤高得很，是因为仙蕙一劝再劝，加上邵元亨表面上做得很是公平，她这才为了儿女忍下一口恶气。此刻见丈夫和荣氏并肩坐着，一副夫妇同心的样子，不由气得肝疼。

她目光寒凉地扫过丈夫，扫过荣氏母女，最后落在大郡王妃身上，"大郡王妃，你们这是什么意思？有话请讲。"

忽然间，邵元亨霍然站起身来。

仙蕙下意识地提起心弦。

邵元亨额头上的青筋直跳，勃然大怒喝道："你这个孽障！"竟然不论青红皂白，就狠狠一耳光扇了过去，"还留着你这个祸害做什么？打死算了！"

"老爷！"沈氏一声尖叫，不顾一切冲了上去，紧紧抓住丈夫的手，"你这是做什么？！"为免女儿被打，用自己的身体拦住了丈夫，丝毫不肯退让。

邵元亨喝道："别拦着我！"

仙蕙早有提防，没被打到，但还是感受到了一阵凉凉掌风。

——她的心也跟着凉了。

方才荣氏母女一直都不过来，自己就知道，她们肯定是在商议对策，甚至也想到她们会在父亲面前告恶状。但是，却没想到，父亲居然连问都不问自己一句，就要动手打自己，急着替荣氏母女出气。

呵，这算什么？好像自己只是外面买来的丫头。

明蕙扯了妹妹一下，将她拉在自己身后，神色警惕地看着父亲。

邵大奶奶也被吓坏了。

沈氏更是愤怒无比，看着丈夫质问道："仙蕙到底做了什么？你怎么无缘无故就要打她？不论对错，总得先问清楚原委啊。"

"还用问？！"邵元亨从未有过如此雷霆震怒，指着仙蕙的脸，"你到底还有哪点不知足？你要首饰就给你打首饰，三万两银子，我连眉头都没有皱过一下。你要东院下人的卖身契，我也给你，没多说一句话。"转过头，一脸心痛地看向邵彤云，"你……你竟然毁了彤云！"

邵彤云捂着脸，梨花带雨，伤心欲绝地哭了起来。

仙蕙压下心中愤怒，一脸委屈问道："爹，你为何说是我害了彤云？无凭无据的，就给我扣如此大的一份罪名。"

"你还装糊涂？！"荣氏红着眼睛跳了起来，声音尖锐刺耳，"你的裙子被丫头给泼湿了，彤云好心陪你过来换裙子。却不料，你……你竟然暗藏歹毒，假意说自己头晕发困，哄得彤云去旁边睡下，然后……"她放声大哭起来，"天呐！就是毒蛇，也没有你这么毒啊。"

荣氏哭，仙蕙也哭。

她拿着早先准备好的葱汁帕子，在眼睛上狠揉，泪水顿时簌簌而下，哽咽道："我不知道，荣太太为何这样颠倒是非黑白，没错，是彤云过来陪我换裙子，可我们等了很久，搬箱笼的丫头一直不来。是彤云亲口说要去梢间歪一歪，不是我……"

荣氏厉声道："你撒谎！"

仙蕙针锋相对，哭道："那你让彤云来说，我有没有撒谎？"声音坚定，"我可以对天发誓，要是这些话有一字谎言，就叫我天打五雷轰不得好死！"

邵彤云只是哭，好像哭得哽咽难言说不出话。

大郡王妃冷着脸指责道："不管如何，你都不该让彤云独自睡下，然后就自个儿偷偷溜走。"一脸心痛之色，"若非如此，彤云又怎么会出事？"

仙蕙抽泣哭道："我叫她了，真的……可是她睡得很沉很沉，叫不醒。"抽抽搭搭的，"我又不好意思去喊丫头，怕有人看见，再臊了她，所以就想去前面花厅找荣太太，结果、结果还走迷了路。"

"你、你……"荣氏气得浑身发抖，"你满口谎话！"

仙蕙心下讥讽，难道你们不是满口谎话？不接招，只是伤心无比地哭。

大郡王妃一脸厌恶之色，"你别狡辩了！说来说去，都是你没有叫彤云一起走的过失，是你害了彤云。"不管三七二十一，先给人定了罪，"还害得大郡王颜面尽失……"

她话未说完，忽然间"砰"的一声巨响，侧厅的门被人狠狠踹开！

众人都是大吃一惊，看了过去。

"郡王爷？四叔？"大郡王妃惊骇无比，他们怎么会一直在偏厅待着？是什么时候进去的？听了多少？他们藏在那边到底所为何故？不由结巴道："你、你们……"

高敦阴沉着脸冲了上去，对准妻子的脸，就是结结实实"啪"的一耳光，——扇得又准又稳，没有丝毫偏差，将她打得嘴角流血倒在地上。

06 暗流涌动

"大哥！"高宸动作飞快，赶紧上前拉住自己兄长，"别动手。"

——后宅的事不是动手能解决的。

原是自己心里有些猜疑，不愿大哥被人算计，稀里糊涂背了黑锅认了错，就把那些疑惑都告诉了他。大哥不相信，觉得大嫂不会糊涂到如此地步，非要过来对质，正好瞧见沈太太等人进了院子，便索性从侧门进了偏厅。

本来想着，让大哥听个清楚明白，免得他糊里糊涂地蒙在鼓里。

不料大哥气极了。

今儿，还是自己头一次见大哥动手打人。

高敦气得抖个不停，他只比弟弟略矮几分，身量更壮，好似泰山压过去一般走到妻子跟前，"你自己做了什么心里清楚！"

大郡王妃花着脸伏在地上，嘴角流血，颤声道："妾身不明白，郡王爷，你这是在说什么啊？"抓着丈夫的袍角哭泣，"郡王爷今儿丢了脸，所以有气，妾身心里都明白，只是，为何打妾身啊？我、我真的不明白。"

"你不明白？"高敦指着她，"好！今儿我就让你明白明白。"转头看向仙蕙，"她们的话我已经听过了，现在换你来说。"声音好似闷雷巨响，"从头到尾！一个字都不许错，不许漏下！"

仙蕙不防他会突然跟自己说话，顿时吓得一哆嗦。

明蕙见状急了，"仙蕙，你快说啊。"

沈氏也是催促女儿，"没错，你都仔仔细细说了，让大家伙儿分辨分辨，今儿的事到底是谁的错？"冷眼看向大郡王妃和荣氏母女，"你们休想血口喷人！"

仙蕙知道自己不能怯场，眼下说不清楚，只会便宜了荣氏母女和大郡王妃，倒霉的反而是自己。她深吸了一口气，低垂眼帘，尽量连大郡王的袍子角都不去看，"我在前面花厅做客，有个小丫头打翻了茶在我的裙子上。大郡王妃过来，说……说她有年轻时闲置的裙子，让彤云领着我过来换。"

高敦一声冷哼，呵斥妻子，"听见没有？是你让人家过来的！"

大郡王妃眼神发虚，但还在试图狡辩，"她的裙子湿了，我……我让她过来换身裙子，也是一番好意。"

"一番好意？"仙蕙反倒被她气得冷静下来，继续道："大郡王妃的丫头说去找人搬箱笼，等了好长时间，都没有过来。屋里火盆熏得暖融融的，我说发困，彤云就说去隔壁梢间歇歇。我说了，这样不好，可是彤云说……"转脸看向邵彤云，"是你亲口说的，说大郡王妃是你的表姐，歇一歇也无妨，所以我才跟你去的。"

上

邵彤云身体摇摇欲坠，凄惨道："我是让你歇一下，可是……可是没想到你会哄得我睡下，自己偷偷跑了。"

还在给自己扣屎盆子！仙蕙恨不得撕烂她的假脸，强忍住了，"彤云，你又不是三岁孩童，我怎么哄你？我让你睡，你就睡？你有那么听话吗？再说了，是你自己睡得沉叫不醒，怎么说是我偷偷跑了。"

"行了，继续说。"高敦摆手，转头呵斥邵彤云，"你也别插嘴。"

仙蕙越说越流利，"后来我见彤云一直都不醒，想着要是花宴结束，前面回来的人看见总不太好。原想出门去前面找个丫头，找荣太太，结果根本没人。"

到底为什么没人？大郡王他们自然会细细思量。

她接着道："我越想越觉得不妥，所以就想亲自去前面花厅找荣太太，有她在，就没什么可担心的了。可惜后来我迷了路……"抬头看向高宸，"再后来的事，四郡王都知道了。"

把球踢给了高宸，他的话，只会更让大郡王高敦深信不疑。

高宸深邃的眸子静谧如水，淡声道："是我送邵二小姐回来的。"看向兄长，"当时本想找个丫头领她去前面，结果院子里乱了，找不到人，我只好领着她进来，然后就遇见大哥你了。"

高敦指着妻子质问："你还有什么话说？！"

大郡王妃仍然不肯承认阴谋，连连摇头，"妾身不知道说什么。"一脸无辜之色，"没错，妾身是让仙蕙和彤云过来换裙子，那又怎么了？难道这也有错？说来说去，不还是仙蕙没有叫醒彤云，所以才……"

她跪着，高敦不好俯身再扇她一耳光，"哗啦"一下，端起一碗凉茶泼了过去！然后指着她狼狈的脸，一字一顿道："你拿本王当傻子看，是不是？！"指了仙蕙，"她的裙子不湿，她怎么会过来？我的袍子不破，怎么会回来？这分明就是你在两头算计！"

刚才邵二小姐说了，她是被丫头泼湿了裙子才过来的，——这和自己袍子被划破何等相似？自然是有人做了手脚，特意引得她过来，然后睡下，好让喝醉了酒的自己认错了人。

妻子应该不会算计邵彤云，而是算计邵二小姐，结果阴差阳错，反倒让邵彤云失了清白，——荣氏简直是一派胡言！妻子更是！

小兄弟说了，之前在外面撞见妻子，她见着邵二小姐就神色慌张，急急忙忙往里面赶。若说她心里面没有鬼，谁信？她们此刻在这儿颠倒是非黑白，把脏水都泼到邵二小姐身上，还死不承认！

高敦想起当时欲火焚身的情景，忍不住怒道："那屋子，你到底放了什么见不得人的脏东西！若不然，我又何至于……"底下的话，实在是说不出口。

这也被丈夫察觉了？大郡王妃眸光震惊，脸色白得好似一张纸。

她眼里闪过一丝绝望，只能连连摇头，"没有，我没有，郡王爷你不要胡乱猜疑。"抽泣哭道："我……我怎么会放脏东西呢？郡王爷，你是不是听别人说了什么，误会……"

"大嫂，你不必含沙射影。"高宸眸光寒冷如冰，正色道，"你嫁给大哥，我敬你是我的嫂子，平日里从未有过不礼遇的地方，但……"话锋一转，"若是有人栽赃我的兄长，别说是对人略有不敬，就算是上刀山、下火海，我也不会皱一下眉头。"

他道："我只说我看到的，我听到的，绝对没有任何添油加醋。"

高敦性子急躁，见妻子只会一味地抵赖，已经失去耐心，又见她怀疑小兄弟暗地中伤她，不由越发暴躁恼怒起来。特别是，听得小兄弟对自己的手足情谊，更不能容忍妻子多言，当即指她道："行了，你不必多说了。"

什么叫不必多说？大郡王妃瞪大了眼睛，凭着直觉，预感底下不会有什么好事。

高敦凉凉道："你一直都没有生育男丁，是为'无子'；之前袁姨娘生了权哥儿，你几次三番为难于她，是为'妒'；现如今又顶撞于我，离间我和老四的手足之情，是为'口多言'。"语气越说越冷，"七出你已经占了三条，看在夫妻一场的分上，我不为难你，给你一封休书吧。"

此言一出，大郡王妃吓得魂飞魄散，"不！不要。"

屋里其他人亦是震惊无比，只有高宸，目光复杂地扫过大嫂，又看看大哥，——作为小叔子，他不能插手兄长屋里的事情，只能保持缄默。

大郡王妃彻底绝望了。

之前担心小叔子怀疑自己，成了现实，丈夫性子看似温和实则固执，认准了的事就难回头。自己越是和他硬对着干，就会越糟，真的把他给逼急了，一封休书扔给自己，那可真的难以回转了。

心中悔恨滔天，当初鬼迷心窍信了小姨荣氏的话。

她说什么，"只要事成，我就给你三万两银子的答谢，邵家的银子与其送给东院，还不如给你呢。那仙蕙生得一脸狐媚子相，大郡王肯定喜欢。不过你别担心，等她怀孕生下了儿子，儿子是你的，棺材板儿就送给她了。"

自己十年无子，之所以在王府里还算站得住脚，多亏手头大方。可要大方，就得从小姨那里拿银子，才有的使，不免当时就有几分心动。

小姨又说，"我们家那个没良心的，说要把仙蕙送进宫去，往后流水似的给仙蕙身上使银子，给她打点，让她做皇妃娘娘。你想想，要是他有了亲生女儿做依靠，还会对庆王府毕恭毕敬吗？所以啊，不如趁早毁了仙蕙，又让你白得一个名声不好的妾，将来还能得个儿子，一举三得。"

自己想着丈夫性子有点糊涂，一时太过自信，结果就生出铤而走险的心思。

——落到如今惨败的田地。

事情肯定是遮掩不下去了！没有退路，没有了。

大郡王妃整个人都颓败下来，无力软坐了片刻，然后她一咬牙、一狠心，跪着上前哭道："郡王爷，今儿的事是我鬼迷心窍太糊涂，都是我的错。"

上

　　高敦本身不是太有脾气的人，吃软不吃硬，见妻子认错，怒气便稍减了几分，况且说休妻不过是气急之语。真要休了妻子，闹出流言，对自己而言难道很光彩不成？不到万不得已的地步，是不会休妻的。

　　大郡王妃和他做了十年夫妻，一个细微的表情，都看得懂。眼见丈夫气焰稍减，便知道自己走对了路子，——虽然不是好路，但是也没有别的路可以选了。因而又连连认错哭道："郡王爷，是我错了，求你给我改过自新的机会。"

　　高敦黑着一张脸，"你给我一五一十地交待清楚！"

　　大郡王妃脸上还沾着茶水茶叶，可怜兮兮的，"我见袁姨娘生了权哥儿，自己又是多年无子，所以，心里就着急了。"顺着丈夫的思路误导他，"我便想着，不如给你纳一房美妾，等生下儿子，再认在我的名下就有了子嗣。"转眼看向仙蕙，"我见她是个百里挑一的美人儿，所以，就起了邪念。"

　　仙蕙目光惊讶地看着她，不是被她的邪念吓到，而是震惊无比，她这是要准备做什么？把过错都揽在她自个儿身上？是疯了吗？

　　大郡王妃哭了起来，哽咽道："我想着，仙蕙貌美，郡王爷你肯定喜欢，就想把她给你收在屋里。"一副贤良淑德为丈夫着想的口气，"我肯定不会亏待了她，自会比对别的姨娘待她更好。可我，又怕她将来不肯把儿子给我，就想着，不如让她有个把柄在我手里。"说得合情合理，"所以，我就一时糊涂办错了事儿。"

　　她连连跪步上前，搂着丈夫的腿大声哭道："郡王爷，我是有一点点私心，可我也是为了给你纳妾才那么做的，都是为你了啊。"

　　一点点私心？为了大郡王？！仙蕙听得简直瞠目结舌。

　　真没想到，这样不要脸的鬼话她都编得出来！而且更要命的是，鼓起勇气抬头看了一眼，高敦脸上的怒气已经开始减缓，似乎信了几分。

　　大郡王妃继续哭道："原本我让丫头在茶里放了点东西，不是害人的，就是让人有点发困而已，说好端给仙蕙喝的。不知道怎么回事，出了错，仙蕙走了，结果却留下了彤云，然后，事情就变成这样了。"

　　让人清白尽失还不是害人的？仙蕙讥讽，她怎么不自个儿喝一碗？

　　邵彤云抬起眼眸，"我们要喝茶的时候……"她之前一副风吹雨打小白花模样，凄凄婉婉的，"她忽然说耳坠子掉了，我就好心出去帮她找。"

　　她好心？仙蕙心下讥讽，她好心要陷害自己才对。

　　邵彤云的清白被毁，伤心不是假的，哭起来自然是梨花带雨，"然后，等我找到坠子回来，没有任何防备就喝了茶。"越想越是愤恨难当，死死盯着仙蕙，像是恨不得把她盯出一个大窟窿，"是你！肯定是你偷偷换了茶，所以才会害了我。"

　　仙蕙没有想到，这种时候她还念念不忘要拉自己下水。

085

当即不甘示弱地哭了起来,"彤云,你这是什么意思?是大郡王妃让我过来换裙子的,她暗藏祸心要算计我,在茶里做手脚,我怎么会事先知道啊?无缘无故的,我为何要换掉你的茶?"

邵彤云只是呜呜咽咽地哭,不回答。

仙蕙环顾屋里众人,声声哭泣,"我既不是神仙,也不是妖怪,怎么可能未卜先知呢?便是栽赃,也没有这么栽赃的。"

邵彤云又是恨,又不甘示弱,"我怎么晓得?谁知道你是不是想捉弄我,故意吐了口水之类,然后换给我喝。"眼泪簌簌而落,"所以,就阴差阳错害了我。"

她翻来覆去,都是要指证仙蕙做了手脚害了她。

——但是却不敢说知道茶有问题。

仙蕙红着眼圈儿,"这话说得可笑了,我要吐了口水,直接往你茶杯吐就是了,何必再多此一举?彤云,你我至亲姐妹,大郡王妃已然承认是她做的手脚,你为何非要揪着我不放?"言辞犀利反问,"难道说,大郡王妃提前跟你说了什么?"

沈氏恰到好处插话,冷声道:"彤云,你们私下里偷偷商议要陷害仙蕙,她侥幸逃脱,你们反倒要再污蔑她不成?这也太荒谬了。"

不只大郡王妃,连荣氏母女也给一起搅和进来。

"你、你们……"邵彤云像是气极了,哭得上气不接下气,说不出话。

"你不要血口喷人!"荣氏当即跳了出来,怒道,"我和彤云什么都不知道。"她转脸,一脸愤恨地指着大郡王妃,"你想要给大郡王纳个美妾,或家里丫头,或外头随便买一个便是,怎么能……"哭得悲痛无比,"怎么能害了我的彤云啊。"

她泪水涟涟,眼里写满了"被大郡王妃欺骗的绝望"。

大郡王妃脸色颓败无比,喃喃道:"对不起,小姨,是我糊涂了。"

仙蕙也看得糊涂了。

大郡王妃是被荣氏母女喂了药,还是傻了?怎么什么过错都往她身上揽?疑惑中,看到神色缓和下来的高敦,看到眼中猜疑不定的父亲,心头灵光一闪,——她这是在向高敦示弱,同时在父亲眼前把荣氏母女给摘出去。

反正大郡王妃一个人有错,是错,再拉荣氏母女下水,也不会让她的错减轻。

毕竟她若是"为了子嗣,给大郡王纳一房美妾",虽然手段阴损,但是也勉强说得过去。但她若是为了荣氏母女等外人,转而陷害丈夫,这罪名只会更大更重,庆王府的人能把她撕成八瓣!荣氏母女亦不会有好下场。

现在她满口谎言把过错都揽在自己身上,不仅罪过的程度小了很多,而且还能救出荣氏母女。虽说邵彤云依然清白被毁,荣氏母女事后不至于对她感恩戴德,但至少欠了一份人情。

将来肯定是要用银子去还的。

更要紧的是,这样荣氏母女就成了无辜受害者。

上

　　纵使父亲原本有些疑心，但是自己并没有受害，又亲眼见大郡王妃认了错，加上荣氏惯会的花言巧语，邵彤云可怜悲惨，——天长日久，疑心也就慢慢地压住了。

　　不仅不会追究她们，反而同情，甚至还会加倍地怜惜疼爱。

　　这是一个置之死地而后生的法子。

　　屋子安静下来，只剩下荣氏母女和大郡王妃的哭声，前二人哭自己识人不清，后者哭自己一时糊涂，原本她们故意毁坏自己名节，陷害大郡王声誉，破坏自己进宫的三大罪过，最终变成一点点小错。

　　反正毁了清白的邵彤云，是大郡王妃的表妹，她给大郡王做了侍妾，那还不是肉烂了在自家锅里，往后就稀里糊涂地过吧。

　　一时之间，仙蕙想不出法子来破这个局。

　　自己当然可以跳出来，说怀疑荣氏母女事先知道，但并无真凭实据，邵彤云肯定会狡辩，说她是为了自己着想，才一起去隔壁梢间休息的。她什么都不知道，她是受害者，而且还是被自己牵连的，多可怜啊。

　　她哭，荣氏也跟着哭。

　　哭来哭去，没准儿，还让父亲觉得邵彤云替自己挡了灾呢。

　　——弱者总是让人同情的。

　　自己若是再咄咄逼人，死死揪着荣氏母女不放，反倒好像得理不饶人，故意欺负失了清白的悲惨妹妹，所以只能保持沉默了。

　　大郡王妃一面哭，一面打量着丈夫的神色，"郡王爷，我已经知错了。"跪在丈夫的脚边，满目楚楚可怜，"往后我再给你纳妾，就像上次给你纳碧晴那样，从丫头里面选好的，而不是……"一副对天起誓的模样，"我再也不敢了。"

　　高敦仍然冷着脸不理她，胸膛起起伏伏的，只是已经没有之前那么剧烈，眼中也没了刚才的熊熊怒火，明显怒气冷却不少。

　　大郡王妃用脸贴着他的长袍，说不尽的可怜、无害、柔顺，好似谁用手指头轻轻一戳，就能把她像嫩豆腐一样给戳出水，戳个稀巴烂！

　　她默默流着眼泪，细声道："郡王爷，一日夫妻百日恩。求你，求你看在一双女儿的分上，不要……"泪水跌落一地，"不要让她们没有了亲娘。"

　　"行了！"高敦一脚把她推开，"哭什么？还嫌我不够烦的呢。"

　　大郡王妃和他做了十年夫妻，虽然如今不得宠，可是对丈夫论了解，却是比任何一个侍妾都要深。别看丈夫很不耐烦的样子，也生气，实则却是过了危险关卡，至少不会再休了自己，因而老实低头不语。

　　屋子里一片诡异的静谧无声。

　　片刻后，高宸淡声地开了口，"大哥，大家杵在一起也没有用，都散了吧。"

　　高敦看了看厅堂里的众人，感觉好像每个人都在笑话自己，越发尴尬难堪，不耐烦地

087

挥挥手，"都走，都走。"

沈氏招呼女儿们和儿媳，行礼道："我们告辞了。"她并非那种蛮横无知的妇人，虽然猜测事情有蹊跷，但是再闹下去显然是不明智的，因而毫不眷恋地就走。

荣氏母女却迟疑不动。

"你们还愣着做什么？"高敦厌烦道，"难道还要在王府住下不成？"因为今儿闹得他很没面子，不仅恼怒妻子，而且迁怒荣氏母女，"就是要做姨娘，也得从你们邵家把人抬出来，过了门儿才算数。"

邵彤云原本是惨白着一张脸的，听了这话，顿时涨得满面通红。

荣氏亦是羞愤难当。

邵元亨心中疑虑重重，但是也不愿意妻女在此继续被辱，当即招呼荣氏母女，行礼告辞而去。

他们人刚走，就有一个丫头跑了过来，怯声道："大郡王、四郡王，王妃娘娘叫你们过去一趟。"

高宸眸光微寒，"怎么惊动得母亲都知道了？"朝那丫头挥手，"马上就去。"

高敦听了更是心烦不已，不想去，可是母亲传见又不能不去。只得狠狠地瞪了妻子一眼，"都是你干出来的好事儿！现在反倒要我去母亲那里领训，你给我等着，看我回来怎么收拾你！"一拂袖，怒气冲冲地去了。

高宸幽邃的眼睛中光芒复杂，大嫂的话不尽其实，里面有着诸多疑点，可是兄长已经做了决定，自己也不好再在大哥和大嫂之间添乱。兄长性子太糊涂，跟他说只怕也是无用，还是回头提醒母亲几句吧。

07 自食其果

兄弟俩到了上房，庆王妃正闭着眼让丫头捶腿，他俩一进来，丫头们就悄无声息地退下去了。"来了？"她缓缓睁开眼，指了旁边黑漆紫檀木的椅子，"都坐吧。"

兄弟俩齐齐行了礼，方才落座。

"说吧。"庆王妃淡淡道。

高宸不能说话，否则就是当着母亲的面，说兄长的不是了。

高敦则是不想说话，尴尬万分，逼不得已才道："是汤氏糊涂，想着要一个有把柄捏的美妾，好给她生儿子，所以就看中了邵二小姐。哪知道阴差阳错，邵二小姐出去找人，邵彤云反倒留在了屋里，儿子喝醉了酒……"

"什么？"庆王妃差点儿给噎得背过气去，"你再说一遍！"

上

"母亲。"高敦脸色难堪，憋得脖子都有些涨红了，"这有什么好说的？过几天，抬了邵彤云进门做姨娘就是了。"

庆王妃一声断喝，"混账！"恨铁不成钢地指着大儿子，"你呀，亏你还是一个做哥哥的，不说给兄弟们做表率，反倒从小到大都是一盆糊涂酱！不管遇到什么事儿，就和稀泥。"

高宸不便听母亲训斥兄长，站起来要告退。

"你坐下！"庆王妃火气大得很，骂了大儿子，连小儿子也一块捎带上，"你怎么又和他混到一块儿了？也糊涂了不成？看上哪个美人儿了？是不是也打算稀里糊涂收了房，做个小星啊。"

高宸不敢争辩一句。

"母亲。"高敦见兄弟无故被迁怒，忙道，"都是汤氏的错，儿子的不是，这与老四有何关系？说起来，要不是老四发现了蹊跷，我还……"

庆王妃打断道："什么蹊跷？把事情从头到尾都说一遍。"

高宸接话，"是这样……"

把事情原委，和之前的疑惑细细讲给母亲听，没有任何遗漏。

庆王妃听了便沉脸不语。

高宸目光微闪，担心道："母亲，你别上火，别气坏了自己的身体。"

庆王妃摇摇头，淡声道："我要是为了这种事上火，早就被人给气死了。"

王府里还有一个次妃，一个夫人，三个侍妾，两个庶子，一个庶女，庶出的儿媳和孙子各一个，自己早就学会了修身养性。

高敦见母亲动怒不敢再坐着，低头站立。

庆王妃缓缓舒了一口气，然后道："汤氏性子坏了，但她已经嫁进了王府，且生了两个女儿，往后我替你看紧一点儿便是，翻不了天！"继而语气一转，"至于邵彤云，恐怕和她那个母亲荣氏一样，不是安分守己的。"

"那……"高敦眼里闪过一丝猜疑，又不确定。

"那什么那？"庆王妃厉声道，"不准邵彤云进庆王府的大门！"

另一头，邵元亨和荣氏等人已经回府。

邵景钰年纪太小，谁都没有跟他提之前庆王府的事，只说是邵彤云不舒服，然后荣氏母女进了里屋收拾、清洗，继而撵了丫头们歇息。

回了家，支撑邵彤云最后的一根弦也断了。

荣氏让她休息，可她怎么睡得着？

满脑子都是那恶心作呕的画面，从前温和可亲的表姐夫，忽然间和自己做了那样龌龊的事。只怕往后一看到他的脸，都要忍不住想吐，比起四郡王，大郡王何止差了十万八千里？可恨，往后还要一辈子都看着他。

邵彤云默默无声地流着眼泪，人都哭干了。

荣氏心疼不已，亲自去给她端温水喝，又担心地问，"还疼吗？"

邵彤云红着眼睛尖声道，"娘！你就别再恶心我了。"她扭头看向东院的方向，仿佛能够穿透一切，看到仙蕙，怨毒道："我是绝不会放过你的！"

荣氏又是心疼，又是后悔，心中亦是铺天盖地的仇恨。

"是她，一定是她。"邵彤云的眼泪簌簌下落，恨声道，"是她偷偷换了茶，所以我才会昏睡不醒，她、她……好毒啊！"

心里只有怨恨，却没有丝毫后悔当初自己先犯下恶毒，若无前因，哪来后果？她和大郡王妃、荣氏不去谋算仙蕙，那么无论如何，仙蕙也不可能促成她和大郡王，只能说是自食其果了。

可惜荣氏母女不这么想，只有愤怒和恨意，只想狠狠地再次报复回去！

而外面，邵元亨独自静坐心思飘浮。

之前荣氏在自己哭诉，把错都推给了仙蕙，说什么，"……仙蕙说她脑子发昏，要去梢间歪一歪，彤云怕她不好意思，就陪她去了。"

"没想到，她竟然存了歹心！"

"彤云原本想着，在梢间稍微歪一小会儿，等丫头搬了箱笼过来，让仙蕙换了裙子就走的。结果她自己偷偷地就溜走了，丢下彤云一人，又不巧，撞上大郡王喝醉回来。可怜我的彤云，就那样被毁了。"

"老爷，你对仙蕙那么好，什么都依着她，可是她的良心呢？她难道不知道女儿家不该在别人家睡觉，便是睡了，要走也应该一起走啊，怎么能丢下彤云不管？若不是她居心不良，彤云怎么会出了那样不堪的事？都是她，是她毁了彤云！"

荣氏一番哭诉，女儿彤云更是哭得气堵声噎，真是好不可怜。

那时想起彤云小的时候活泼乖巧，长大后的温柔懂事，想起她比儿子景钰还会讨自己的欢心，原本捧在手心里的掌上明珠，就这么成了残花败柳！那心痛，简直就好像割肉一般，真是又气又怒又恨，满脑子都被怒火给充斥满了。

在看到仙蕙的一刹那，实在是忍不住要狠狠地教训她，但很快就后悔了。

那一瞬间，自己看到了什么？

仙蕙后退了一步直视自己，她美貌惊人，口齿清晰，这些早就已经知道，不然也不会想送她进宫。可是，当时她的眼睛不一样，那乌黑瞳仁里装着震惊、愤怒，以及怨恨，还有隐隐冷霜一样的锋芒，没有丝毫畏惧。

那样的女儿，不像女儿，更像是一个和自己交锋的对手。

对啊！仙蕙不是明蕙，是自己花了诸多银子和心血捧着，准备送进宫去的。依照她那份不输一般人的心计，和记仇的性子，那一巴掌若是真的打到了她，只怕之前的努力全都白费了。

哎，当时还是太上火太冲动了些。

上

现如今，大郡王妃把过错都揽在她的身上，不管真假，明面上说都是一场误会。既然是自己"误会"了仙蕙，那么就应该趁机弥补她一下，修复父女关系，不然之前和将来的银子不就白花了吗？

彤云已经被毁，不能指望了，还是多多指望仙蕙出人头地吧。

邵元亨在心里盘算着，这次又该出多少血，该满足仙蕙什么样的苛刻要求，才能把那一巴掌的威胁给打消？且得细细琢磨一下。

不过他并没有太过放在心上，想着他是父亲，仙蕙是女儿，所谓"父要子亡，子不得不亡"，不过是误会了女儿，又好言赔礼，又送银子的，她也应该知足了。

可惜他不知道，仙蕙有多恨他。

——无可原谅。

邵元亨思来想去，还是决定等仙蕙自己过来开口。因为进宫的消息一传开，东院那边肯定不情愿，仙蕙只怕也会怄恼。与其现在买点小东西不显山不露水，不如一次给点大的，让她尝到甜头，自然也就乖乖听话了。

若是不听，哼，名字都已经报上去了，谅她也不敢！除非是不要命了。

邵元亨觉得考虑得差不多了。

但是，心中仍旧有一件事放心不下。大郡王妃的话到底有几分真，几分假，只怕还难说得很。而且就算不追究荣氏她们之前是否参与，但现在彤云清白被毁，仙蕙已经成了荣氏她们的仇人。荣氏性子又好强，彤云也是，难保她们不会轻举妄动。

唔……还得找个机会叮嘱一下。

不能让她们坏了自己的大事！

仙蕙不知道父亲的心思，这会儿也没空管他，而是关了门，叫了母亲、姐姐和哥哥在屋里，攥了丫头，让嫂嫂在门口守着以防有人偷听。

邵大奶奶是一个怯懦怕事的性子，二话没说，就忙不迭地避开了。

"竟然出了这样的事？！"邵景烨听得妹妹说完，才知道今天庆王府的后院出了惊天大事，不免震惊道："照这么说，今儿真是险之又险，仙蕙差一点……"不要说妹妹真的出事，就算是假设，也足够惊心动魄的了。

沈氏面色微沉，思量道："只怕事情没有大郡王妃说的那么简单，她无子，想给大郡王妃纳个妾，又想捏住妾室的把柄在手里，这道理是没错。但是何必盯着仙蕙？随便找一个美貌丫头不更省事儿？要我相信荣氏母女全不知情"一声冷笑，"呵……除非我是傻子！"

"是啊。"明蕙点了点头，亦道，"这种事儿是要担风险的，就好像现在，万一弄错了人，毁的可就是邵彤云了。"如今东院和西院斗得厉害，私下里，姐姐妹妹实在叫不起来，都是直呼其名，"大郡王妃冒这么大的风险，就不怕出事儿？她若是没有嘱咐邵彤云，又怎知邵彤云一定会带仙蕙去歇息？又怎知邵彤云会走开？要是她们两个人都睡死了，要怎能办？"

一连串的疑问，都是敏锐清晰地直指要害核心。

仙蕙轻轻点了点头，"没错。"

姐姐本来就是一个聪慧的姑娘，之前不过是因为在仙芝镇生活单纯，没有经历过钩心斗角，所以一时不太适应。可是这几个月时间下来，跟荣氏母女交手这么多回合，便是没吃过猪肉，也见过猪跑了。

邵景烨叹道："太险了，仙蕙真是刚刚从刀口上滑过啊。"

明蕙却是目光疑惑，清澈的眸子里写满怀疑，"仙蕙，你真的是担心邵彤云睡得太沉，去找荣太太的？"怎么想都觉得不可能，可是怀疑妹妹，又觉得不好意思，"我不是责备你啊，只要你没事就好，就是想问问清楚。"

仙蕙淡淡笑了，"当然不是。"

明蕙吃惊，沈氏和邵景烨亦是惊讶。

仙蕙的目光犹如积雪融化一般，透着冰冷之意，"我们才从父亲那里要了三万两银子，又要了卖身契，荣氏母女不知道有多恼恨，大郡王妃又怎么会喜欢我？虽说她为了做脸面，让邵彤云带我过去换裙子，勉强有点道理。可是……"她眼中锋芒一闪，"搬箱笼的丫头久久不来，我就开始起疑心了。"

明蕙轻轻点头，"的确不太对劲儿。"

"后来……"仙蕙清了清嗓子，"后来我的耳坠子掉了，要出去找，邵彤云脸色焦急地再三阻拦，不让我去，甚至主动跑出去替我找。这时候，我就更疑心了。"顿了顿，"所以，我悄悄地换了茶。"

沈氏等人都是震惊无比。

"娘、姐姐，哥哥。"仙蕙没有丝毫怯弱，掷地有声道，"你们或许觉得我做得太过分了，应该走了就是。但你们想想，她们已经有了要毁我的心思，躲得了一次，难道还能躲一辈子？与其下次不知道何时何地被算计，不如将计就计，先下手为强，至少能让她们手忙脚乱一阵子。"

她冷笑，"将来就算再被算计，也不吃亏。"

屋子里静默着，沈氏等人都是各自有一番思量。

仙蕙怕母亲他们因为心地良善，而对邵彤云愧疚，继而放松警惕，不得不赶紧追一味猛药，"你们想想，若是当初出事的人是我，东院会怎样？我被毁了清白，你们心里又该多难受？母亲你必定会和父亲争吵，要他处置荣氏母女，但父亲怎会答应？咱们也就和父亲彻底决裂了。"

仙蕙想起那些惨烈，眼泪就忍不住掉了下来，"到时候我们凄凄惨惨地过日子，父亲渐渐疏远，荣氏母女又该是何等高兴快活？凭什么？！凭什么让那些恶人快活逍遥，而我们遭罪！"

"仙蕙，别哭。"明蕙只当是妹妹给吓怕了，连忙安抚她，顺着她的话道，"你说得对,茶也换得对。难道荣氏母女她们,不知道女儿家的名节有多重要?她们怎么能那样陷害于你?"想起大郡王妃的那一番说辞,就恨不得撕烂她,"这是她们自作自受,咎由自取!"

沈氏想了想女儿描绘的那一幅画面,亦是颇为愤怒,亦道:"人不害我,我不害人,人若害我也不用忍。"

剩下邵景烨一阵静默,愤懑中,又有些许疑惑。

自己跟着父亲跑了几个月,尽管还不知道所有的邵家生意,但也了解大概,作为江都第一富商的邵家,保守估计,也得是上百万的资产。三万两银子固然不是小数,但是对于邵家来说,不是拿不出来,而荣氏母女何至于狗急跳墙到如此地步?

他陪着母亲和妹妹们说完了话,领着妻子回了屋,然后便陷入了沉思之中。

——试图找出背后的秘密。

入夜时分,西院那边忽然一阵巨大的喧哗,吵闹无比,打断了他的思路。

邵景烨叫了丫头,吩咐道:"去看看,到底出什么事了。"

现如今,东院下人的卖身契都在沈氏手里,捏着他们的命,下人比从前听话多了。

被点名的丫头拔脚就走,等了片刻,气喘吁吁跑回来道:"回大爷的话,西院那边灯火通明的,院子里外尽是人来人往,全乱了。"压低声音,"我找了一个相熟的姐姐打听,说是,三小姐投缳自尽了。"

"自尽?!"邵景烨目光震惊。

"是。"那丫头连连点头,又赶紧补了一句,"哦,人已经救下来了。"

这种机密消息,可不是轻易能够传出来的。

邵景烨为人处世通透圆滑,知道这是人家费了一番力气,才打探到的。当即摸了二两银子赏给丫头,"辛苦你了,去吧。"然后只跟妻子说出了一点事要处理,嘱咐她照顾好女儿,在屋里等信儿,自己披了衣服去了母亲那边。

而此刻,西院已经闹得人仰马翻。

荣氏在里屋搂着女儿大哭,又愤恨地骂,"庆王府怎么了?了不得啊?若是逼死了我的女儿,我就上京去告御状!告他们强占民女逼人致死!"

邵彤云又是发抖,又是哭,像是筛糠一样地抖个不停。

"行了,行了!"邵元亨呵斥道,"别嚷嚷!嚷嚷就能解决问题吗?"心里暗暗啐骂妻子,还想上京告御状呢?只怕她人还没有走出江都地界,就香消玉殒了。

庆王算不上是心狠手辣的人,大郡王也不是,三郡王庶出又不成器,五郡王庶出且年纪太小,可是,还有一个年轻有为、手段果敢的四郡王啊!除了他,庆王府养了多年的幕僚也不是吃素的,怎么可能让人去告御状,说庆王府的不是?绝无可能。

只不过心里亦是满满怨恨,这一次,庆王府真是做得太绝了。

说什么彤云是亲戚家的姑娘,不便做妾。竟然让邵家自个儿挑一家合适人家,到时候庆王府保媒,让彤云去做正正经经的平头夫妻。也就是说,庆王府不要彤云,做妾都不要!

他们只同意让邵家依仗王府权势，压制男方，给彤云保一门婚事。

这像话吗？这还是人话吗？！彤云可是被大郡王占了身子啊！

眼下彤云的清白已经被毁，哪个男人会真心喜欢？便是对方畏惧庆王府的势力，勉强娶了，心里肯定也是解不开的疙瘩，一辈子都是怨恨。

一夜过去，荣氏仿佛被摧残得老了十岁。

昨儿她彻夜未眠，也不敢眠。

"彤云。"荣氏守在女儿床边，不住落泪，"你怎么能想不开呢？若是你有个山高水低的，岂不是要摘了娘的心吗？可怜我，半生就得你和景钰两滴骨血。"

"娘，我头疼得很。"邵彤云声音淡淡，透出一抹厌烦之意，"你哭了一晚上，你不嫌累，我还嫌吵得慌呢。"

荣氏闻言一愕。

继而想到，女儿不仅失了清白之身，又被庆王府拒绝做妾，接连两次巨大打击，加上昨夜她没有休息，心里烦躁肯定是在所难免。因而小声道："那我不说话，陪着你。"

"不用。"邵彤云凉凉道，"让我自个儿静一静，别烦我。"

荣氏面色迟疑，自己被女儿呵斥几句不要紧，就怕她……小心翼翼道："彤云，娘出去可以，但是你可千万别再想不开啊。"

"放心吧。"邵彤云不哭不闹，冷静得简直有点不像话，"我都是已经死过一次的人了，没那么大的气性，还会再去寻死觅活第二次。"声音讥诮，"弄得乱糟糟的，吵得大家都心里烦。"

荣氏想要解释，"彤云……"

阮妈在旁边抹脖子递眼色，示意先出去。

荣氏无奈，只得给她披了披被子，目光心疼地看了几眼方才离开。

邵彤云素白着一张俏脸，勾起嘴角，诡异地笑了笑。

哈哈，真是可悲、可笑！

大郡王明明都说好要纳自己为妾的，居然又变卦了？是他觉得自己损他面子，所以后悔了，还是庆王妃那边不答应？抑或是表姐怕自己将来恨她，不肯让自己进门？若是前两者还罢了，毕竟外人，不心疼自己也没办法。

可若是表姐从中作梗呢？平日里说拿自己当亲姐妹看待，一到生死时刻，就完全不管自己的死活，那也太凉薄了。

但是还有一个人比表姐更凉薄，那人，是父亲。

父亲为了邵家的生意，为了他的大计，不敢跟庆王府对抗还说得过去，可他竟然连仙蕙的一根毫毛都不动！因为自己已经是残花败柳了，没了用处，是弃子，所以只配得弃子的待遇。

他们，全都心狠凉薄没有丝毫人情。

上

甚至就连母亲，除了昨天刚知道消息的时候，闹得厉害以外，之后翻来覆去都是劝解自己，希望自己乖乖听话妥协。

"事情已经至此，无力回天。"

"你放心，娘会用心给你找一门好亲事，人物俊俏、性格好，配得上你的，将来给你准备厚厚的陪嫁，让婆家一辈子都仰仗着你，不敢怠慢。"

"你父亲现在一门心思要送仙蕙进宫，不肯动她，还警告我不要对仙蕙忌恨，以免坏了邵家去京城的好路子。我听你父亲的口气，多半是有些疑心我们的，所以，眼下不宜轻举妄动。"

"但你放心，娘一定会为你报仇的。"

"往后啊，你还和从前一样对你父亲，多撒撒娇，别为了仙蕙的事跟他赌气。你已经弄成这样了，若是再失了他的欢心，将来肯定更是寸步难行，甚至咱们西院的人都得跟着被冷落。"

"彤云，娘求你，好歹想开一点儿吧。"

她劝来劝去，不就是担心自己得罪了父亲，会影响她在邵家的地位，影响将来景钰分家产吗？呵呵……说什么好亲事？自己这个鬼样子会有好亲事？肯要一个残花败柳的男人，能是好男人？简直就是痴人说梦！

自己不会再死了，绝不！！自己要好好地活下去，让那些曾经伤害过自己的人，曾经作践过自己的人，全都得到应有的悲惨下场！

邵彤云心中恨意滔天，但最终抵不过沉沉困意，睡了过去。

她迷迷糊糊睡着，因为有如惊弓之鸟睡不安生，耳畔听得动静，就忽地打了一个激灵醒了过来。她无力地侧了侧首，看见兄弟邵景钰站在床边，不知道几时来的，也不知道进来有多久了。

"姐姐。"邵景钰正是半大小子的年纪，在抽条，身量细细长长的，显得脑袋和眼睛都特别大。他的大眼里闪着疑惑，"你到底得了什么病？我看娘守着你哭了一夜，难不成是很要紧的……"语气迟疑，"姐姐，你不会是得了重症吧？"

邵彤云轻嘲，自己得了残花败柳的绝症。

"姐姐？"邵景钰又问，"你怎么不说话？"弯了腰，在她额头上摸了摸，越发迷惑不解，"没有发烧啊。"

发烧？邵彤云心下嘲讽更浓，母亲什么都没有告诉弟弟，一点点都没有，就算她担心那种事不堪，污秽了弟弟的耳朵，也可以说自己被仙蕙欺负了吧？可是她没有，因为在母亲的心里弟弟就是玉瓶儿，所以投鼠忌器。

"姐姐！"邵景钰有点不满，"你说话啊？我可是好心过来看你的。"

邵彤云的目光在弟弟脸上流连不定，心下思绪转得飞快，旋即开口，"你过来。"她声音虚弱，招了招手，"我有话要跟你说。"

邵景钰赶忙俯身过去，"姐姐你说。"

"景钰。"邵彤云心里积攒了一江水的委屈，想哭，眼泪便掉了下来，"我没病，其实我都是……"死死咬唇，不让自己哭出声音，"都是，被仙蕙害的……"

"仙蕙害你？！"邵景钰目光又惊又怒，急道，"她怎么害你的？你快说！"

邵彤云哽咽着，编了一个谎话连篇的委屈段子。

"真的？"邵景钰瞪大了眼睛，不可置信，继而跳脚怒道，"她居然敢把姐姐你推下湖？！简直是吃了熊心豹子胆，好哇……，小爷不会放过她的。"

"景钰。"邵彤云抓住弟弟的手，抽泣不停，"爹偏心，不肯责罚仙蕙，娘又害怕爹爹生气不敢妄动，反倒劝我要忍气吞声。"越说越是委屈，越是伤心，"姐姐能不能报这个仇，就全仰仗你了。"

"仰仗"二字，顿时让邵景钰觉得自己长成了大人，当即拍了拍胸脯，保证道："姐姐你放心，我一定替你报仇雪恨！"

"你这样……"邵彤云拉着他，又细细耳语了一番。

昨天夜里，邵景烨就去告知了沈氏消息。

沈氏想着事关人命太过惊吓，并没有急着告诉两个女儿，直到早起请安，才用和缓的语气跟她们说了，"昨天夜里，邵彤云想不开，差一点儿闹出人命。"

仙蕙和明蕙对视了一眼，都没言语。

虽然邵彤云可恨，但是她已经自食其果得了报应，又差点惨死，用不着再幸灾乐祸地挤对了。只要她不再跟东院过不去，不想再成天盯着她了。

但，这只怕很难。

沈氏亦是担心这个问题，说道："出了这么大的事情，就算庆王府和邵家都可以遮掩，但回头邵彤云去给大郡王做妾，肯定会有人猜疑的。邵家的风评不好，便会影响到你们的亲事，所以我和景烨商议了半宿，打算赶紧给你们把亲事定下来。"

明蕙微微有点羞赧。

沈氏叹了口气，摇头道："这个家乌烟瘴气的不像话，乱糟糟的，你们两姐妹早点嫁了，我也好省一点儿心。"不像儿子已经娶妻生子，影响还不大，两个女儿都是待字闺中，若是亲事找不好就麻烦了。

明蕙红着脸，"女儿都听娘的安排。"

仙蕙则是心思飘飘忽忽的，既担心跟自己定亲的人不是陆润，又担心是他，父亲不会同意自己嫁人的，必定会横生波澜。

"此事宜早不宜迟。"沈氏又道："今儿下午，景烨会带两个朋友回家做客，顺便给我见礼，你们可以躲在屏风后头看一看。虽说婚姻大事全凭父母做主，可娘也希望你们能找着如意郎君，自个儿满意，将来过日子才会恩爱和美……"

她语气一怔，忽地回忆起当年的遥远旧事。

自己的娘也让自己躲在屏风后面，相看未来夫婿，那时候的邵元亨年轻清俊、一表人才，说话大大方方的，当时自己一眼就看上了他。

那个对自己温柔以待的翩翩少年郎，也曾山盟海誓、柔情蜜意，说自己过苦日子跟了他，将来等他发达了，一定要挣一座金山银屋给自己住，不让自己受一点儿苦。而今他真的发达了，有能耐了，金屋藏娇的却是别人。

如果可以回到当年，自己宁愿当初把双眼给戳瞎，不要看上那个负心人！

不，不不！沈氏连连摇头，不能因为丈夫的薄情负心，就认定这世上再也没有好男人，而心胸偏执地苛刻未来女婿。自己已经够不幸的了，女儿们挑丈夫，一定要仔仔细细地睁大眼，不能让她们重复自己的凄凉。

"娘？"仙蕙见她神色不太好，疑惑道，"你怎么不高兴了？"

"没有。"沈氏收回心思笑了笑，不愿破坏气氛，"就是想着你们都要出嫁，我这心里有点舍不得。"一手拉了一个女儿，"你们都是娘的心头肉，娘啊，希望你们姐妹俩都嫁得好好的，一辈子甜甜蜜蜜。"

明蕙脸上飞起一片红霞。

仙蕙却笑着撒娇，"多谢娘的吉言，我和姐姐一定会嫁得好的。"

"厚脸皮。"沈氏笑嗔了小女儿一句，然后道："长幼有序，这次是先给你姐姐相看亲事，下午那个宋文庭会过来，他朋友陪着，两个人一起没那么尴尬。"担心大女儿看错了人，"宋文庭今年二十四岁，比较大，你应该能分辨得出来。"

"娘……"明蕙的脸红得都快滴血了。

仙蕙打趣，"姐姐害臊了。"

"贫嘴！"明蕙去捏妹妹雪白的嫩脸，佯作凶恶状，"回头给你挑夫婿的时候，有你臊的。"说完这句，自己先臊得接不下去了。

到了下午，邵景烨带了两个朋友回家做客，自然就是宋文庭和陆润了。

刚走到二门上，正巧撞见领着小厮要出去的邵元亨，三人都停下脚步来，各自向长辈行礼打招呼，宋、陆二人还介绍了自己。

邵元亨看向儿子问道："你的朋友，也是做生意的吗？"

邵景烨笑道："不是，他们两个都是功名在身的秀才，斯斯文文的读书人，儿子也是机缘巧合才和他们认识的。"

邵元亨当然看得出宋、陆二人不是生意人，那寒素的衣着打扮，又不善言辞，还有身上淡淡的读书人气质，早就猜着了。问儿子，不过是要确认一下。

唔，原来是两个穷秀才，长相倒是都还不错。

只是心下略感奇怪，两人表现得特别拘谨，特别是姓宋的那个，一直恭谨有礼地低着头，还带出了一二分不好意思。而且身上的衣服好像是新买的，熨得平整，连一丝褶皱都没有，

很是郑重其事的样子。

"爹，您先请。"邵景烨去打了马车帘子，礼数周到。

"嗯。"邵元亨点点头，挥手道，"外头冷，你们别站在门口吹冷风，赶紧进去喝杯热茶。"嘱咐儿子，"朋友来了，上点好茶好饭招待一番。"

宋、陆二人忙道："邵伯父客气了。"

邵景烨笑道："儿子会的。"

邵元亨放下马车帘子，从车窗的另一侧招手叫近小厮，指了指东院，示意等下打听一番，然后马车晃晃悠悠地走了。

等邵元亨到了商铺没有多久，打听消息的小厮就赶来回话，"回老爷，大爷的两位朋友进门以后，先去给沈太太请安，说了好一会儿的话。听说那姓宋的秀才，还带了厚厚的见面礼。"然后又道："倒也没说什么特别的，都是一些家常闲篇。"

沈氏是在大厅开门见客的，不能鬼鬼祟祟，这消息不难打听。

邵元亨赏了一块碎银子，心下一琢磨，就悟过来宋、陆二人所为何事。打扮得干干净净、整整齐齐，又带着厚礼，先去拜会后宅女眷长辈，这不消多说，自然是那姓宋的让沈氏相上了。

难怪，他见了自己这个未来的泰山，紧张又恭谨的。

估计是因为彤云出了事，沈氏害怕会影响女儿的婚事，打算早点嫁女儿，所以急哄哄地相看女婿了。想到此，不由微微皱眉，给明蕙赶紧找一门亲事是应当的，沈氏可不要给仙蕙也找了。

不行，这事儿回头还得跟她说一声。

仙蕙愿不愿意进宫还是两说，但依照沈氏的性子，肯定舍不得仙蕙离开她的，不免有点头疼，恐怕鸡飞狗跳的日子要提前开始了。

这是一桩烦心事，另一桩，彤云的亲事才是最着急的，得赶紧定下啊！

对了，今儿另外一个姓陆的长得不错，年纪轻轻，看起来应该还没有娶亲，穿着打扮也不像是有钱人家，彤云虽然失贞，但将来许以厚厚的嫁妆压着便是了。

花开两朵，各表一枝。

再说回之前东院里发生的事。

沈氏坐在正厅中央，等儿子和朋友们一进门便开始打量。

年长的那个应该是宋文庭，长得浓眉大眼的，五官周正，虽然谈不上俊美非凡，但是举手投足间，自有一派大方沉稳的儒雅气质。

他穿一身簇新的湖蓝色三梭布长袍，显得精神奕奕。

而旁边的少年穿了半旧袍子，淡淡翡色，领口和袖口绲了白边儿，他原本就肤色白皙、长相清秀，隐隐有一种璞玉般的光彩。即便衣着简单，又半旧，但是腹有诗书气自华，掩不住的清俊文雅。

沈氏心中忽地一动，远在天边、近在眼前，何不将小女儿许配给这个少年？听说和宋

上

文庭一样都是秀才，而且长相清俊，又斯斯文文的，若是和小女儿并肩站在一起，简直就是金童玉女。

找个机会问问，看那少年郎家中有没有定亲。

唔……不能马上就问，好像显得自己多慌张嫁女儿似的，成双成对地赶着嫁，倒是掉了两个女儿的身价。不如等宋文庭这边定下来，他是未来姑爷，再从他嘴里打听消息，更加顺理成章。

"娘。"邵景烨含笑说着场面话，分别指了二人，介绍道："这是我的两位朋友，宋文庭和陆涧，今儿头一遭到我们家做客，特来给你请个安。"

"沈伯母好。"宋文庭和陆涧都作了一揖，算是行礼。

"好。"沈氏笑着点点头，打过招呼，便专门和宋文庭说话，问起一些家长里短的闲篇，"你母亲身体可好？听说你父亲去得早，你母亲一个人独自拉扯你长大，想来很是辛苦。"

"是。"宋文庭逐一详细回答。

沈氏见他谈吐大方、温和有礼，颇有几分光明磊落的正气，人长得高高大大的，心下先有了三分满意。再瞧着他言辞洒脱又不放肆，有礼有节的，脸上写满了对长辈的恭谨和尊敬，自然是宋母严厉教导缘故。若是婆婆性子刚直不阿，做儿媳的只要守着规矩行事，便不会出错，于是又添了三分满意。

最后听得宋文庭说起学问，说起明年秋闱，谈吐自如、神采飞扬，简直就好像那云端振翅欲飞的大鹏，只待东风便可腾云直上。

沈氏微微点头，给宋文庭打了满满十分。

至于宋家清贫，在她眼里根本算不上问题，之前十几年的清贫日子早过惯了。现如今邵家有了银子，正好可以帮衬女婿几分，使他不用奔波庶务生计，专心读书，以求将来功成名就。

只是眼下不便多说，含笑道："你们年轻人能说到一块儿去，我就不耽误了。"

过了几天，宋家派了一个婶娘过来相看姑娘。

回去以后，十二万分满意地跟宋母说道："姐姐端庄，妹妹活泼，两个小姐都是花容月貌，沈太太看起来是个通情达理之人，没有嫌贫爱富的习性。"

宋文庭赶忙帮腔，"沈太太从前在仙芝镇住了十几年，过得也苦，加上邵老爷又不在身边，说起来和娘你是一样的。"

宋母"哧"的笑了，"我懂，我懂。"

自己见过邵景烨，长得清俊明朗、一表人才的，又是很会说话的一个爽利人。自家这位婶娘性子妥当，说话从不夸张，看来未来儿媳的确俊俏得很，惹得素来稳重的儿子心急如焚，巴不得马上娶了邵大小姐。

宋文庭闹了一个大红脸，干咳了咳。

婶娘笑道："怨不得大郎对这门亲事急切，那两位小姐长得的确出挑，跟那画里的神

099

仙子似的，我都忍不住多看了几眼。"拿了一双寿字鞋出来，"这是邵大小姐亲手做的鞋子，送给你穿的。"

宋母细看了看，"果然好针线。"

如此双方满意皆大欢喜，明蕙的亲事，不过几天工夫就定了下来。

因为眼下情况太过急迫，首先得防着邵彤云的丑事闹出来，次则要应对三月里的民女选秀，三则还有仙蕙的亲事在后面等着安排，当然是早点定亲的好。沈氏委婉地说了选秀之事，说是夜长梦多，希望可以早点定下亲事。

宋家原本还想着照例女方家会拿乔，不磨蹭个几个月定不下来，听了这个，反倒庆幸赶了一个便宜，没有二话就答应了。

正月十二，宋家派了全福妇人过来下聘礼。

虽说宋家的家境颇为寒素，但是娶媳妇，又是娶邵家这样富贵人家的小姐，宋母生怕被人说占便宜、吃软饭，将来挺不起脊梁，因此找亲戚借钱凑了六百两银子，聘礼物件亦尽量办得体体面面。

说句实际一点儿的，宋家亲戚见宋文庭要娶邵家千金，知道是娶一座金山回去，因此借银子都很爽快，有的还生怕赶不上欠这个人情呢。

这天一大早，邵家东院就是热热闹闹的。

明蕙红着脸，躲在屋子里不肯见人。

仙蕙满心替姐姐高兴，笑道："害什么臊啊？上次你不是见了我姐夫，觉得他人不错吗？嗯，我可不能把姐姐这么轻易嫁了，回头得难为难为他。"

明蕙啐道："呸！没见过比你脸皮更厚的。"

两姐妹正在说笑，忽然听得后罩房传来一片喧哗声，还有人的惊呼声，像是出了什么乱子。

一个小丫头慌张跑了进来，禀道："不好了，后罩房着火……"

"着火？！"明蕙吃惊呆了一瞬，顾不上羞涩，"宋家的聘礼不就放在后罩房吗？该不会……"她的声音带出哭腔，"该不会把聘礼给烧了吧？"

不说损失，单说大喜的日子，出这种事儿多不吉利啊！

"姐姐你别急。"仙蕙当即起身，"我去替你瞧瞧。"安抚她坐了下来，"今儿你是不宜见人的，就在屋里等着，应该没事，我去去很快回来，啊。"

明蕙连连点头，催道："你快去。"

仙蕙领着丫头过去，路上人来人往的，丫头和仆妇们都在纷纷忙着端水，地上全给弄得湿漉漉的。穿过抄手游廊往后走，已经隐隐有烟味儿飘了过来，等下了廊口，再穿过闲置耳房，顿时瞧见后罩房的院子里烟雾弥漫，已经乱成一团。

一个仆妇过来，在嘈杂中大声回道："二小姐，没事！火已经扑灭了，这儿乱糟糟的，你快回去吧。"

上

仙蕙高声道："宋家的聘礼烧着了没有？"

"烧着一点，不多。"

仙蕙跺了跺脚，在烟熏火燎中焦急看了两眼，瞅着太乱，没敢上前仔细去瞧，想着自己也帮不上什么忙，只得无奈转身离去。一路走，一路琢磨，等下要怎么跟姐姐说这事儿？真是的，怎么就这么不顺呢。

难不成，是荣氏母女故意捣乱放火，给东院添晦气？心下觉得不安，刚才是为姐姐担心太着急，没有多想，眼下还是赶紧回去的好。邵彤云的亲事还没定，万一她们心中怨恨，再对姐姐做点手脚怎么办？难说得很！

正要走，忽然发觉烟雾中，对面花窗的假山上好像站了一个人。仔细一看，不是别人而是邵景钰，他咬牙切齿的，手里端了一海碗的热汤？好像又不是汤。

仙蕙心生警惕，本能就觉得有危险想要后退。

邵景钰忽然大喝一声，"死丫头！让小爷喂你喝一碗热油！"

他端着海碗往后，准备向前泼！

仙蕙显得赶紧要闪开，还没迈步，就听见一记低沉男声喝道："是谁在那儿鬼鬼祟祟的？给我下来！！"

08 天生缘分

"啊！"邵景钰吓得一哆嗦，脚下踩空，"扑通"一声响，顿时端着一海碗的热油栽了下去！海碗碎了一地，热油洒了他一身！

他杀猪似的惨叫，"啊！啊啊……我的手……"

高宸？！仙蕙惊得呆住，他怎么会在邵家的后院出现？赶忙提裙走到花窗边上，往对面看去，那个身穿海蓝色蟒纹长袍的年轻男子，剑眉微挑、眸光清冷，有一种生人不可靠近的威仪，竟然真的是他。

邵景钰躺在假山下面痛哭流涕，举着一只手，被热油烫出一串燎泡，正在地上滚来滚去的，连声叫唤不已。

高宸脸色阴霾站在旁边，吩咐初七，"去找专治热油烫伤的大夫。"他的目光透过花窗，"谁在那边？赶紧打冷水过来。"

仙蕙有些怕他，当即喊了一个端水灭火的仆妇，"你跟我来。"然后领着过去，并不肯靠近邵景钰，只是远远站着，吩咐仆妇，"快把景钰的手放在冷水里。"

邵景钰哭得眼泪鼻涕一大把，在地上滚来滚去。

仆妇上前，赶忙扯着他的手放冷水桶里。

101

"啊！痛、痛痛……"邵景钰叫得凄惨无比，"痛死我了。"

仙蕙只是静静地看着，清澈明眸里，没有一丝一毫的怜悯之意。

难怪后院会突然起火，故意烧了姐姐的嫁妆。他们知道姐姐不方便出门，知道自己会担心过来，然后邵景钰好给自己泼一碗热油！女儿家的脸多珍贵，毁了容，岂不是一辈子都毁了吗？他们想毁了自己一辈子！

——何其歹毒？！

活该他从假山上面跌下来，反被热油烫伤，这就叫做自作自受！罪有应得！

邵景钰红着眼睛大哭，唾骂仙蕙，"都是你，是你……害了我姐姐！我要给我姐姐报仇！你等着，我是不会就这么……啊……"痛得大口大口喘气，"我是不会放过你的！你、你给小爷等着！"

高宸冷眼看着，怎么荣氏和她的儿女都是一个德性？分明是他们去害人，没有害到别人反害了自己，然后还要怪罪别人，真是可笑！

仙蕙凉凉道："你省点儿力气吧。"

高宸不由多看了她一眼，方才花窗这边逆光，又被假山遮挡了小半边，还以为对面是两个丫头，再没想到是她。她险些被邵景钰用热油毁容，不惊不惧，又被邵景钰胡乱攀诬，不辩不闹，面色平静好似一池静谧湖水。

有一种淡雅恬静的气韵。

于她这个年纪，又是女子，能够如此不慌乱也算难得。

然而仙蕙可以冷静淡定，荣氏可冷静不了。片刻后，她便满面惊容赶了过来，目光四下搜寻，径直朝着心肝宝贝儿子冲过去。"景钰！"上前一看，顿时心疼得大叫，"是谁？！是谁把你的手伤成这样？"

邵景钰放声大哭，"娘，娘……我的手好痛，还有我的腿……"

"别怕，别怕。"荣氏连声哄道，"娘在这儿呢。"扭头恶狠狠地看向仙蕙，"是不是你？一定是你对景钰做了手脚！你……你这条没有良心的毒蛇！"

仙蕙冷笑道："你问问景钰，今儿到底是谁害了他？"

邵景钰只是大哭不止。

荣氏咬牙道："还用问？除了你，还能有谁？"

"荣太太。"高宸表情冷峻，目光凌厉好似寒冰之剑，"不关邵二小姐的事，当时她人在花窗对面，景钰是自个儿端着热油从假山上跌下来的。"平静言辞中，带出不容置疑的威仪，"……我亲眼所见。"

仙蕙眸光吃惊，高宸居然主动开口为自己辩解？或许……他只是面冷心热。

不由悄悄打量了一眼。

客观地说，他的确是一个极为出挑的俊美男子。

今儿大概是出门闲逛，穿了一袭宝蓝色的素面贡缎长袍，外罩织锦镶毛斗篷，腰间挂着白玉环佩，清雅中不失气度高华。他长身玉立地静静站着，一双明亮凤目透着寒冷光芒，天生英气逼人，仿佛才从千军万马之中提剑走来。

即便不言语，身上的威严和气势亦是无法遮掩。

荣氏扭头看向高宸，吃惊之余，竟然生生吓得不敢再说话。

只有邵景钰哭得双眼泪汪汪，什么都不顾，还在又痛又恨地扭动哭闹，"娘、娘……你去告诉爹，是仙蕙他欺负姐姐，又害我受伤，让爹把他们撵出去。"抽抽搭搭哭了一阵，又唾骂，"对了！撵他们回仙芝镇去！"

仙蕙心下恼火，但还不想跟一个半大孩子吵嘴。

"精彩，精彩！"假山背后，走出来一个保养得宜的华服美貌少妇，梳着高高的瑶台望仙髻，金钗玉翠，鬓角簪了一朵碗口大的牡丹绢花。尽管长相只是姣好，但是胜在气质比别人华贵脱俗，再加上动作优雅，周围又是一群仆妇侍女众星拱月，气势上委实胜人一筹。

高宸回头，目光隐隐有点不耐。

早起姐姐说要出门逛一逛，母亲觉得正月里人多乱糟糟的，街上不安全，又不好派太多王府侍卫扰民，免得再把拥挤的路给堵了。所以，就让自己跟着出门一趟。

原本耐着性子，陪着姐姐逛了绸缎铺、珠宝店、几家有名的点心铺子，甚至连胭脂水粉都陪她买了。好不容易熬到她心满意足，逛累了，说要回去，结果正巧看见邵家后院起了烟。

分明隔了一条路，姐姐非得绕道也要过来看热闹。

若不然，自己又怎么会跑到邵家后院？还正好撞上邵景钰鬼鬼祟祟，现在越发没完没了，只怕等下邵元亨等人赶来，还得再啰唆几遍。

"大姐。"他压抑住了不悦的情绪，"这里乱，你和邵二小姐去内院说话罢。"

舞阳郡主伸出一根手指，摇了摇，"不急。"看着邵景钰，"方才不只是老四看见了你，我也瞧见了。"指了指身后的随从，"她们也都看见了。"

邵景钰气得噎住，手上又疼得厉害，无可辩驳只好继续撒泼大哭。

"啧啧。"舞阳郡主嘴角翘起，声音又清又脆，"你也是爷们儿，哭什么？自己做错了事不认，还要诬赖别人，别人揭穿以后就知道哭。"一声讥笑，"还满嘴胡说，居然说什么要……"

正巧邵元亨和邵景烨闻讯赶来。

今儿是宋家给明蕙下聘礼的日子，邵元亨当然要过来，方才正在同宋家的人热热闹闹说话，又是内厅，并不知道后罩房着火的事儿。丫头在外面跳脚了好几次，硬着头皮冲进去，禀了消息，父子二人这才匆匆赶来。

大喜的日子，不便声张，沈氏和邵大奶奶还得留在前面陪客人。

"你们来得正好。"舞阳郡主慢悠悠笑道，"刚才景钰说了，要让邵老爷你把仙蕙她们撵出去，撵回仙芝镇呢。"她声音讥讽，"真是好家教、好门风，难怪和我那大嫂做了亲戚，都是家学渊源啊。"

荣氏脸色大变，心里哪里还不明白？舞阳郡主这是怀疑自己和彤云，为大郡王打抱不平来了。可恨！自己的女儿被他们白白糟蹋，大郡王始乱终弃，他们还嫌不够，还要过来再踩一脚！

可是人家权势太高，奈何不得。

眼下心疼儿子，怕再让丈夫听这话吃了心，不得不急急分辩，"老爷，景钰只是说的小孩子气话。"不敢说舞阳郡主的不是，更怕高宸，只能拣了可怜的说，"景钰刚才从假山上摔下来，手也被烫坏了。"

"见过舞阳郡主、四郡王。"邵元亨先匆匆行礼，然后才上前几步看儿子，瞧着手上被烫起了一串燎泡，猩红猩红的一片，惨不忍睹。

邵景钰握着手，挣扎着，满身是灰爬了起来，哭道："爹，我腿也疼。"

邵元亨心痛地拉着看了看，好歹没有大碍，只是手上烫得有点惨，但也急不来，只能慢慢养着治了。因而哄了他几句，问道："好好的，你去假山上做什么？手上又是怎么被烫坏的。"

邵景钰扭脸不答。

"老爷，还管这个做什么？"荣氏急着离开此地，"景钰赶紧回去，找个上好的大夫给他瞧瞧。"又怕仙蕙挑唆，转头瞪了她一眼，眼神凌厉带出威胁之意。

仙蕙心下轻轻笑了。

若说周峤是一个喜欢看热闹的，她娘舞阳郡主，就是没热闹，也要找点热闹的无聊性子。再者听她刚才说话的口气，显然觉得大郡王被荣氏母女和大郡王妃算计，摆明了是专门过来唱大戏，给她兄弟出气的。

今儿她在场，自己根本就用不着说话。

果不其然，舞阳郡主当即接话道："景钰端了一海碗的热油，爬上假山，准备趁仙蕙路过的时候，泼她一脸。"抿嘴儿笑，"结果被老四发现了，喊了一嗓子，他心虚，就吓得摔了下来。"

邵景烨顿时变了脸色，上前急问："仙蕙，你没事吧？"

仙蕙摇头，"没事。"

邵景烨这才强忍了怒气，没有说话。

而邵元亨环顾了一圈儿，舞阳郡主看戏不怕太高，高宸冷冰冰的，仙蕙满目怨念的冷笑之色，儿子眼中尽是怒火，荣氏和景钰都是脸色心虚。

——自然是真的了。

眼下当着舞阳郡主和高宸的面，怎么好再偏向荣氏和景钰？更不用说，万一仙蕙的脸真的被毁了，那叫她怎么进宫？一则家丑外扬，十分丢脸，二则疑心荣氏不听自己的话，派景钰去暗算仙蕙，反倒弄得儿子受伤，越想越是生气。

不便当众骂妻，呵斥儿子，"你这个孽障！真是自作自受！"

上

邵景钰吓得连哭声都止住了，瞪大眼睛，好似完全没有想到自己会挨骂，"爹，爹你骂我？"他怔了一下，又哭起来，"是仙蕙害了姐姐，我要给姐姐报仇，我没错，你为什么骂我？呜呜……我没有错。"

邵元亨闻言怔住，荣氏也是，可是两口子都不便当众询问。

高宸微微皱眉。

邵景钰满口胡言不说，而且根本不拿她当姐姐看，做了错事，居然还如此理直气壮地叫嚣。可见邵元亨平时有多偏心，有多惯着荣氏和她的儿女，难怪邵府这般乌烟瘴气的，真是站在此地多留片刻，都觉得脏了脚。

因而对邵元亨道："我已经让初七去请了大夫，应该很快就到。"喊了姐姐，"既然事情已经解决，我们走吧。"

舞阳郡主却道："你先回去。"看向仙蕙，"我站累了，去你屋子坐坐喝杯茶。"

仙蕙迟疑，转头看了高宸一眼。

舞阳郡主扑哧一笑，"我去你屋里坐坐，你看老四做什么？难道他不答应，你就不让我去了啊？"

仙蕙毕竟是少女，重活一世，也只是多活了几年的少女。

听了这话，她顿时涨红了脸。

"大姐！"高宸气得脸色都变了，不复平日镇静。

怎么能拿着未出阁的姑娘，随便开这种玩笑？别说她，就是自己都觉得难为情。想要和姐姐争论几句她不应该，可是当着外人，又不便落了姐姐的面子，当即沉着脸转身就走了。

舞阳郡主嬉笑道："哎呀，麻烦了，今儿把我们老四给气坏了。"她这么说着，眼里却没有一丝担心着急，上前朝仙蕙招手，"走吧，为了喝你一口茶，回头我得看兄弟半个月冷脸呢。"

仙蕙知道她的性子，天生就是这么口无遮拦、我行我素，别说旁人拿她没办法，就连庆王和庆王妃都是无可奈何，没见高宸都被气走了么？

心下忍不住有点好笑，高宸一贯都是泰山崩而不变色，还以为就算天塌下来，他都不会皱一皱眉头。没想到，噗……居然也有被人气得跳脚的时候，脸上的冰山都给碎成了一片片，若不是有人在真想笑出来。

看来啊，以后谁要是嫁给了高宸，只消和舞阳郡主搞好关系就行了。

有这么厉害的大姑姐撑腰，还怕什么？高宸惹媳妇生气，媳妇就去找大姑姐，姑嫂联合一起治他，看他跳脚的样子也颇为有趣。

不过说起来，舞阳郡主这么厉害也是有原委的。

她的丈夫死得早，女儿还不足一岁，那倒霉的郡马爷就坠马摔死了。

之后，舞阳郡主一直不肯嫁人，说什么，"何必自找罪受？"她嫌给人做儿媳侍奉公婆辛苦，竟然情愿一辈子守寡。然后借口身体不适，找人算命，说是只有王府的风水才能养

命，就一直在娘家住下了。

庆王和庆王妃都怜惜女儿年少守寡，终生不再嫁，可怜得很，因此越发事事迁就依着她。况且她又占了长姐身份，王府的郡王们都是弟弟，谁敢对姐姐不敬？更不用说那几位郡王妃，以及小辈们了。

所以才说，舞阳郡主在庆王府可以横着走。

仙蕙开头犹豫要不要请她，是担心高宸本来要走的，自己再留着舞阳郡主，会惹得他心里不痛快，却忘了眼前这尊大佛更不能得罪。当即赔了笑脸，"方才多谢郡主替我分辩，天冷，去我屋里坐坐，给你泡最好的茶喝。"

舞阳郡主笑道："那是应该的。"

仙蕙笑了笑，不好说她什么，回头朝哥哥看了一眼然后离开。

邵景烨看着眼前的烂摊子，再想想邵景钰的所作所为，差点毁了妹妹，没把他往死里揍就算好的，哪里还肯多停留？因而推脱道："爹，今儿外头实在忙碌，我先出去招呼客人，忙完再过来。"

"你去吧。"邵元亨挥挥手，等人都走光了，然后狠狠瞪了荣氏一眼，"我的话你都当耳边风了，是不是？回去再跟你好好算账！"

仙蕙领着舞阳郡主去了自己屋子，吩咐丫头，"去跟我姐姐说一声，后面没事，我在这儿陪舞阳郡主坐会儿，等空了再去找她。"

丫头赶忙应了，过去告知。

仙蕙让人拿了最好的茶出来泡，又让拿瓜果点心，松子、梅子之类的小吃，琳琅满目地摆了一桌子；然后笑道："都是一些粗物，只怕郡主是吃不惯的。"

舞阳郡主歪在美人榻的软枕上，好似她才是主人，目光毫不客气地四下打量，把人家的闺房看了个遍，淡淡道："我喝点茶就好。"

然后一面拨茶，一面批评仙蕙屋里各种不好。

屏风的底座不是紫檀木的，窗户上的纱不够翠，水晶珠帘的挂数少了些，屋子里光线不够亮堂，窗台上的美人觚太瘦长了。再喝了一口茶，嫌味儿不够清淡甘醇，转身剥了一粒松子，不好剥，又差点弄坏了她指甲上的蔻丹。

她禾眉微蹙，抱怨道："我今早才染好的呢。"

仙蕙一直好脾气地应付，不予置评。

旁边的丫头们，则是一个个听得快要背过气去。

舞阳郡主说得累了，歇了歇，目光明亮看向丫头们，嘴角微翘，"你们是不是觉得我很讨人嫌？要不是看在我的郡主身份，就恨不得立刻把我给扔出去？"

吓得丫头们白了脸，不知所措。

"都下去。"仙蕙挥挥手，然后回头还是微微含笑，好似没有听到任何尖酸刻薄的批评，而是处于始终如沐春风的氛围。

上

"你的性子倒好。"舞阳郡主看着她笑，懒洋洋地歪在美人榻上，伸手道："再给我一个靠枕，腰有点酸。"

仙蕙把自己的靠枕给了她，放在她的腰下。

舞阳郡主挪了半天求得舒服的姿势，微有感叹，"我也知道我性子不好，讨人厌，可是……"语气带出几分轻嘲，"我就这样儿。"

仙蕙虽然不喜欢她，但也不至于多难以忍受，——反正说说又不掉一块肉，只当是耳边风好了。舞阳郡主说归说，只是过于挑剔，总好过荣氏母女和大郡王妃那种，口蜜腹剑，暗地里下绊子的吧？

再者，想起舞阳郡主的经历也算可怜。

或者说，这世上做女人都不容易。

即便像舞阳郡主这样的尊贵身份，也只能通过不嫁人、一辈子守寡，才能换回做姑娘家的自由。就更不用说母亲，明明恨透了父亲，厌恶已极，但是为了现实生活，最终却只能选择忍耐和妥协。

仙蕙这么想着，看向舞阳郡主的目光便软和了几分。

"你……"舞阳郡主有点疑惑，试图从对方漂亮的大眼睛里看出什么，继而挑了挑眉，颇有几分不屑，"你在怜悯我？呵呵。"

仙蕙低垂了眼帘。

"我有什么好怜悯的？不过是死了男人罢了。"舞阳郡主颇为自傲，只是语气里，有着她自己都没察觉的渐渐低落，"我可是堂堂正正的金枝玉叶，吃最好的，穿最好的，满江都城的人都得让着我，有什么不好？你一个小丫头竟敢……"

仙蕙看向她，微微一笑，露出没有任何恶意的目光。

舞阳郡主要训斥的话，便卡在咽喉，半晌才道："别人都讨厌我，嫌弃我，心里恨不得甩两巴掌在我的脸上，却又不得不奉承我、讨好我。"她轻轻嘲笑，"说起来，我不过是仗着自己命好，投了一个好胎罢了。"

仙蕙不觉得跟她的交情，已经到了可以推心置腹的地步。

她可以说，自己却不能随意插嘴。

"哎……"舞阳郡主忽然叹了口气，"你不懂，她们更不懂，人活在这世上被人讨厌，那也比没人记挂好。像我二嫂那样犹如槁木死灰一般，不动七情六欲，活着，还有什么意思？不如趁早死了。"

仙蕙知道她只是想说出来，不需要人应答，因而只是低头喝茶不语。

"你可真有意思，又是可怜我，又是有耐心，听着我胡言乱语了这么久。"舞阳郡主上上下下打量她，"唔，我瞧你长得不错，性子又好，还有针线活计也出色。上次你送给小峤那方手帕，就不错，我当时还夸你了呢。"妙目一转，"不如……你嫁给我小兄弟如何？"

"噗！"仙蕙赶紧扭脸，呛咳得喷了一地的茶水，"咳，咳咳……"

"哈哈！"舞阳郡主抚掌大笑，"哎呀……"笑得花枝乱颤，止不住，"你要是再没反应，我都怀疑你是聋子了。"

仙蕙算是看出来了，她这是闲得没事儿，拿自己当今天下午在外面的消遣。

自己配合当个玩笑听还行，若是当了真，厚着脸皮求她帮忙，或者忸忸怩怩羞红了脸，那可就要闹大笑话了。试想想，姑娘家的亲事是能随便说的？她开玩笑不要紧，万一传出一点半点风声，庆王府又不娶，那还不得羞死人啊。

只怕这种玩笑，她都不知道跟别的姑娘开多少次了。

——不怪她讨人嫌。

舞阳郡主见对方一直不答话，又道："怎地，你还不愿意？我家老四有哪点配不上你？年纪轻轻，长得风流倜傥，又能干，江都城不知道多少小姐哭着、喊着，都要嫁他做四郡王妃呢。"

仙蕙怕自己一直不说话，她恼了，只得勉强应承了一句，"四郡王人物非凡，不是一般姑娘能高攀得上的，将来肯定有一等一的好姑娘嫁给他。"

舞阳郡主听了这话受用，觉得她是个聊天的好对象，不由起了谈兴，"对了，我跟你说点老四以前的事儿吧？你知道了他的性子和脾气，往后你见了他，也比别的姑娘多一个机会。"

谁要这机会了？仙蕙心下闪过一丝厌烦。

高宸虽然不错，但就算他是金疙瘩、银疙瘩，也没道理人人都爱他啊？可要是自己说对高宸没有兴趣，舞阳郡主又肯定不信，觉得是自己在假装矫情不说，还看轻了她的小兄弟。

只得忍耐听下去，盼着她快点说完赶紧走吧。

舞阳郡主却自顾自地说了起来，"老四小的时候啊，不是这么寡言少语的，性子十分活泼，又爱笑，不知道有多捣乱多淘气，就算是上房掀瓦的事儿，他都干得出来。为了这个，我娘没少着急，父王也打过他好几次。可每次到最后，娘都心疼他是娇宠的小儿子，又护着，闹来闹去还是惯着他……"

仙蕙不知不觉听进去了。

哎……，高宸小时候居然是这样的？混世魔王？怎么长大以后就变得被冰冻住了似的，冷得瘆人，浑身上下都冒着寒气儿。

"那一年……"舞阳郡主的眼里闪过伤痛，"老二失足落水里了，没救上来，他是兄弟里头最出色的，真可惜……"她忽然静默了片刻，仿佛很久没有跟人提起这段尘封的往事，猛地再次掀开，仍旧散发着掩不住的伤痛，"反正啊，就是在那之后，老四突然就变得懂事了。"

她摇摇头，"也不对。"

"老二死了以后，老四忽然就安静下来，再不淘气，再不捣乱，甚至连话都很少跟人说一句。起初大家以为他是伤心哥哥的死，也没在意，可是到最后，他竟然发展到根本就不说话。家里上上下下都吓坏了，担心他中了邪。"

仙蕙听得怔住。

舞阳郡主叹了口气，"你知道吗？老四足足有三年都没有说话，把我娘吓得，天天夜里偷摸地哭，差点没把一双眼睛给哭瞎了。"

"那后来呢？"仙蕙忍不住轻声问道。

"后来有一天啊。"舞阳郡主像是跳过了最伤痛的那段，缓了过来，还笑了笑，"老四他扑到我娘怀里大哭了一场，哭得惊天动地的，自那之后，他就突然好了。不仅和从前一样机灵聪明，还懂事，又听话，简直就好像小时候的老二一样。"

仙蕙摸了摸胳膊，听着发寒，怎么像是二郡王的魂附身高宸了？

"哎……"舞阳郡主摆摆手，"你别瞎想，没有什么闹鬼的事儿，我也不是要跟你说这个。"她说了很多，口干舌燥喝了几口茶，也不嫌弃了，继续说道："我想说啊，老四他性子有点冷，不爱笑，就算笑也笑不到眼睛里去。他独来独往，从来不跟任何人交心，谁都不知道他心里在想什么，包括我们这些亲人。"

她轻轻叹息，"若是有个姑娘能够让他交出心，坦诚以待，走进他的心里，肯定就是他都深爱不疑的人了。"

话题怎么又绕了回来？仙蕙顿时没有了听下去的好奇心。

接下来，舞阳郡主说来说去都没啥特别，无非是别人讨厌她，她不在乎，就是喜欢看别人恨得牙根儿痒痒。再就是高宸好、高宸俊、高宸厉害，天底下只要是个雌的都得扑上去，不扑上去的，那就是脑子有毛病。

仙蕙听得耳朵都快起茧子了。

这位郡主娘娘打着哈欠，终于懒洋洋地伸了个懒腰，"许久都没有这么痛快地说话了，今儿真是够尽兴的。"拔了头上一支九转玲珑的嵌宝石凤钗，"瞧瞧，这支凤钗好不好看？我也不亏待你，这个么，算是今儿凑巧过来给你姐姐添的妆奁，让她婆家知道，回头不敢小瞧了你姐姐。"

"是。"仙蕙起身道谢。

舞阳郡主到菱花铜镜前，捋了捋鬓角碎发，掸了掸衣裙，又是一副来时的高高在上模样，道了一句，"走了。"领着丫头，赫赫扬扬离开邵府。

仙蕙对着阳光转了转，"还不错。"心下失笑，陪着说了一下午的话，就得舞阳郡主的一支贵重凤钗，也不算吃亏。她拿着钗起身出门去找姐姐，把钗给她，倒不是真要压着宋家，反正多一支贵重好看的首饰也好啊。

到了姐姐的屋子，见丫头们都一脸垂头丧气的，知道都是因为后院起火的事儿，不由皱眉，"没事啊，不过是烧了一点不要紧的东西，回头补上就是了。"目光凌厉，"今儿可是大喜的日子，不兴哭丧脸，全都给我笑一笑。"

众人早知道了二小姐的厉害能干，不敢违背她，当即都咧嘴笑了笑。

而西院，可就没有这么好的气氛了。

邵元亨领着荣氏母子回去，朝着下人们一声怒喝，"都退下！"顿时吓得丫头如作鸟兽散，转瞬没了人影儿。他"砰"的一声关上门，一把抓住荣氏，生拉硬拽将她直接拖进里屋，狠狠扔在地上，"你能耐了啊？居然敢忤逆丈夫！"

这话很重，都够得上七出一条了。

荣氏当然不肯承认，况且事情本来也不是她做的，气极之下，更是愤怒无比，"我怎么忤逆老爷了？我做什么了？"

邵元亨骂道："我叫你不要去折腾仙蕙，你不记得？你答应得好好儿的，结果一转脸，就把我的话当做耳边风了。"指着她骂，"最可恨的，你居然还敢让景钰过去？！要不是你，景钰怎么会受伤？"

邵景钰握着伤手的手腕，冲进来喊道："爹！不是娘让我去的。"

"不是？"邵元亨和荣氏异口同声，眼里都有惊讶。

"那是谁告诉你的？"邵元亨问道，"我怎么记得，我和你娘都不曾对你说过。"

邵景钰顿时语塞了。

邵元亨再问荣氏，"真不是你？"见她摇头，再看儿子眼神闪烁不定，隐隐往厢房瞟了一眼，还有什么不明白的？不由怒道："荣氏，你看你教导出来的好儿女！一个个的，全都不知道安分！"

他偏心西院不假，但也是有限度的，荣氏母女、儿子，几次三番破坏他想做皇商的大计，绝不能忍，已经濒于要爆发的边缘了。

气得在屋子里走来走去，恶狠狠道："要是真的害了仙蕙，我跟你们没完！"

"爹！"邵景钰不满叫道，"是仙蕙害了姐姐，害了我！"

"小畜生！"邵元亨见他还敢跟自己顶嘴，还敢叫嚣，当即一个茶盅扔过去，"你自己端了热油去泼别人，还敢顶嘴？来人，赶紧给我拿家法来！"

家法？邵景钰吓得呆若木鸡。

从小到大，别说是被父亲家法教训了，就连重声训斥都很少受过。毕竟之前没有东院的人，他不仅是幼子，还是邵家唯一的男丁。邵元亨和荣氏多有宠爱，加上他又嘴甜会说话，经常出入庆王府，自然过得一帆风顺。

邵景钰本能地往母亲身后躲，"娘，救我！"不小心碰到烫伤的手，顿时杀猪似的惨叫起来，"痛、痛痛，好痛啊。"

"景钰！"荣氏慌忙转身去看，瞅着儿子的手已经烫伤得不成样子，一串燎泡跟葡萄似的，不由哭了起来，"老爷，景钰的手都成这样了，你、你居然还要打他？还有我的彤云，可怜见的。"

心下越想越恨，这一切惨状都是东院惹出来的。

上

在他们来之前,一家四口过得是多么亲热,多么和美!自从他们来了以后,西院就一而再、再而三地吃亏,简直惨不忍睹!因而伤心大哭道:"你别打景钰,赶紧叫人找根绳子过来,一把勒死我们娘儿几个,才是正经。我的命啊,怎么就这么苦啊。"

她哭,邵景钰也哭。

邵元亨听得头疼,见他们母子两个抱在一起痛哭,可怜兮兮的,再想起女儿被闹得失了贞节,儿子烫伤了手,西院这边已经够惨了。而东院,虽说屡屡受了惊吓,好歹并没有损伤到一丝一毫,明蕙的亲事也定下了。

几家欢喜几家愁,何必再给荣氏他们的伤口上面撒盐?况且儿子的手受伤了,还怎么打啊?真的打出一个好歹来,那不是摘了自己的心肝吗?思来想去,没有再说让人拿家法的话来。

可是又担心荣氏母子几个不死心,再生祸端,故而不曾缓和神色,而是冷冷甩下狠话,"没有下次了!往后你们都给我安分一点儿,否则绝不轻饶!"

一拂袖,摔了门去了书房。

荣氏等丈夫走了,冷笑了几声,慢慢儿地也就收泪不哭了。

继而想起女儿挑唆儿子的事儿,不由上火。拖着儿子去了厢房,拉着那双烫起一连串燎泡的手,朝女儿质问道:"彤云,你怎么能让景钰去做那种事?你看看,你看看他的手!"

"怎么烫成这样?"邵彤云见兄弟受伤也是心疼,"小心点,别再碰着了。"

"彤云!"荣氏加重了语气,"我说过,叫你不要告诉景钰的。"

邵彤云心下冷笑,母亲眼里,果然只有宝贝兄弟,那是男丁,是她后半辈子的依靠,自己不仅是女儿,还是一个残花败柳没有用的女儿。

邵景钰替姐姐辩护,"不怪姐姐,都怪仙蕙把姐姐推下了水,是我自己要替姐姐报仇的!"龇牙咧嘴吸着气儿,"嗒……今儿都怪四郡王,要不是他喊了一嗓子,我才不会摔下来,肯定早泼到仙蕙了。"

仙蕙把女儿推下水?荣氏一怔,继而明白女儿撒了谎,不仅如此,她挑唆儿子去惹是生非,结果反倒害得儿子受伤。又听儿子的口气还不知道收敛,不由呵斥,"往后老实点儿,不准再去想什么鬼点子。你是玉,他们是瓷,碰坏了你怎么办?"

邵景钰嘟着嘴,扭脸不语。

荣氏又忍不住埋怨女儿,"要说这事儿都怨你,若不是你跟景钰胡言乱语,他怎么会烫伤了手?你呀。"

"胡言乱语?"邵彤云气得笑了,"那好,我就实话实说!"眼里带出怨怼和恨意,一字一顿道:"我宁愿烫伤自己的双手,也不愿因为你们计谋出错,反倒让我被大郡王侮辱!"

邵景钰吓得脸色大变,"侮辱?什么侮辱?!"

"彤云!"荣氏赶紧捂住儿子的耳朵,可却晚了,忍不住又气又急,"你弟弟都为了你受伤,烫成这样,你还跟他说这些腌臜事儿做什么?你还有没有一点良心?"

111

"砰！"一生脆响，一个青花白瓷的花瓶摔得粉碎。

邵彤云简直愤怒到了极点，"说说就腌臜了？听一听就带坏他了？那我呢，我就是活该被人践踏到泥里吗？"指着母亲的脸，大声喝道，"带着你的心肝宝贝儿子，给我滚！滚得越远越好！"

荣氏脸色惨白摇摇欲坠，说不出话，然后咬牙拉着儿子出去了。

邵彤云一下子软坐在地上，泪水往下坠落。

没有人心疼自己，没有，一个都没有！表姐、父亲、母亲，甚至弟弟，他们全都只顾着他们，而不是对自己怜悯和呵护。她在泪水涟涟中咬牙切齿发誓，要活着，要报复，要让所有人都被自己狠狠踩在脚下！

另一头，邵元亨独自去了书房静坐。

他冷静下来思量了一番，不行，不行，太乱了！现在整个邵家都乱了。自己若是再这么不作为下去，西院的人上蹿下跳，东院肯定也不会一直忍气吞声，不知道还会惹出什么祸事来，得赶紧快刀斩乱麻！

第二天，就让人查出来把纵火小厮打了一顿。那人是邵景钰的奶哥儿，奶娘哭天喊地的央求，邵元亨没有丝毫容情，让人打得那小厮屁股开花稀巴烂，最后连带奶娘一起撵出邵府。

甚至就连跑过来求情的邵景钰，要不是有人拦着，也差一点要挨上几板子。邵元亨又喝令他在屋子里好好养伤，在得自己允许之前，哪里都不准去。

如此一番雷霆震慑，整个邵府上上下下都安静起来。

很快，邵元亨让人打探好了陆家。

没有再啰唆烦絮，而是直接让媒婆找到陆润的伯母，许诺道："有位富家小姐家中资产殷实，穿金戴银、绫罗绸缎的，为了避开今年三月的秀女大选，急着嫁人，愿意出聘礼和嫁妆，只求找一个如意郎君。你们家的陆润是个有福气的，他有功名在身，又年轻俊俏，那家人相中上他啦。"

陆太太心里一琢磨，愿意出聘礼和嫁妆嫁女儿的，只怕不是为避开三年秀女大选这么简单，指不定有点什么毛病，可是那又有什么关系呢？只要对方有钱就行，能省好大一笔银子开销不说，指不定自己还能捞一笔呢。

她眼珠转了转，悄声问道："那家人的聘礼和嫁妆，愿意出多少？"

邵元亨只求早点把邵彤云嫁出去，没时间细挑，仔仔细细打听了陆润的情况。

原本一家子是住在仙芝镇的，父母每天卖豆腐赚点小钱，因为江都有更好的先生和学馆，所以才拖儿带女的过来。可是江都的房子多贵啊，陆润父亲为了省钱，便投奔堂兄，借住在一所空置的小小庭院。

说好了，借住到次年秋闱的时候。若是到时候陆润能高中，陆家砸锅卖铁、咬牙在城郊买一套房子住；若是他考不中，没那个走仕途的命数，江都物价太贵，自然就还是回仙芝镇了。

陆太太为此老大不情愿，只是碍于丈夫，一直没有开口撵人罢了。

而陆润父母欠了堂兄夫妇的人情，自然多有礼让。到时候，只消对陆太太许以锦帛打动她，再由她出面去说和这门亲事，十有七八就成了。

媒婆伸手比了比，笑道："聘礼一千两，嫁妆六百两。"

陆太太一听，顿时喜得心花怒放起来。

要知道，聘礼和嫁妆都是比着分量来的。到时候，只要哄得陆润父母拿出六百两聘礼，自己就能落下一千两银子的好处啊！大发了。

不过那家人如此倒贴也要嫁女儿，只怕毛病也不是一般的大。

不过那又如何？管她是瘸子、是瞎子，还是生不出蛋的，只要侄儿陆润把人一娶，难道还能退货不成？好不好，那是他们自个儿家的事儿。

因而与媒婆细细商议了一番，委婉说道："让女方家倒贴聘礼娶媳妇儿，说出去不好听，你们别声张，回头只管把银子交给我。等我私下找个机会，再悄悄给他们，明面上还是陆家出的聘礼。"

媒婆自然听得懂她的弦外之音，笑着点头，"陆太太言之有理。"

陆太太当即松了一口气。

心下已经盘算着，这一千两银子，回头该贴给小儿子娶亲，还是贴给女儿出嫁？或者是给他们都分一点儿，自己留一点儿，再打一套尽头面来戴戴。

陆太太又问："不知是谁家的姑娘？"

媒婆的脸笑成了一朵花，事情一成，就有一百两银子的好处费到手。抬手指了指邵府方向，笑道："说出来，只怕要让陆太太吃一惊了。不是别家，正是江都第一富商邵家，是邵三小姐要相亲了。"

陆太太果然吃了一惊，怔了半晌，"原来是邵家，难怪道这么有银子呢。"也不管邵彤云有啥毛病，反倒放了心，一千两银子对邵家来说不过九牛一毛。

等陆太太见了陆润的父母，丝毫不提对方补贴聘礼的事儿，只说有个天仙一般的姑娘，家中有钱，人又好，为了回避明年三年大选急着嫁人，看中了玉树临风的陆润，这是一门极好的亲事。

陆润父母本来就感激堂兄夫妇相助，一直心有愧疚，又听她说得天花乱坠，加上想不到会有"失贞女倒贴"这种事儿，自然就信了几分。

陆母犹豫了下，说道："本来我们不想急着给润儿定亲的，怕耽误了他的学业，可既然是大堂嫂你保的媒，想来不会错的。"若是姑娘真的很好，先定下也行，等秋闱过后再成亲，也就不影响学业了。

因而问道："不知道是哪家的姑娘？"

陆太太笑道："满江都城没有不知道他们家的，是江都邵家。"

113

"江都邵家？"陆涧的父母都是惊讶无比，陆母奇道，"他们家那般富贵泼天，怎么会想着和我们家结亲？可不是开玩笑吧？"

"怎么会开玩笑？"陆太太早就被媒婆嘱咐过，准备好了说辞，"邵家虽然有的是钱，可到底占了一个'商'字，士农工商，不比读书人体面清贵。他们家不缺银子，就缺有功名在身的姑爷。"反问道："若不然，邵家大小姐怎么定了宋文庭？"

陆母和陆父互相对视一眼，都点了点头。

陆太太又道："难道我们涧儿比不得宋文庭吗？涧儿比他年轻，比他俊俏，怪不得邵家三小姐愿意。"生怕他们不动心，还道："涧儿和那宋文庭本来就是挚友，若是再做了连襟，岂不更加亲近和睦？说出去，那也是一段佳话啊。"

陆母原本还不是太动心的，听了这些，反而越想越觉得不错了。

陆父亦是连连点头，"这么说，的确是一门好亲事啊。"

再说邵家，不只是邵元亨着急，沈氏这些天也是心急如焚。只要一想到，邵景钰差点用热油毁了女儿容貌，就怒不可遏，更是急得两眼冒金星，恨不得马上把两个女儿都嫁出去！

因而让儿子请了宋文庭和陆涧，到家里串门。

然后问起陆涧，可否定亲？有没有娶亲的意思？委婉地表达了一下，自己还有一个小女儿待字闺中，底下的话就不用深说了。

宋文庭和陆涧都是怔住，半晌才回神。

等到一番阔叙之后，告辞出去，宋文庭忍不住欣喜道："太好了！要是你能和邵二小姐定亲，那咱们可就是连襟了啊。"

陆涧还是有点回不过神来，她，自己能娶她？从前想想总觉得高攀，现如今宋文庭和邵大小姐定了亲，又觉得好像有了几分可能。

"走走走！"宋文庭大笑道，"赶紧回去跟你爹娘说，让他们提亲啊。"

陆涧脚步匆匆回了家。

一进门，就觉得父母的眼神有点不一样。

"涧儿。"陆母笑道，"今儿你大伯母过来，跟你说了一门好亲事。"把陆太太那些话都说了，然后道："之前我们怕你成亲太早，耽误学业，可是现在想想，身边有个知疼知热的人也好，不如给你定下了。"

陆父点头道："不是说宋文庭和邵家大小姐定亲了吗？给你定下邵三小姐，到时候你们俩可就是连襟，都从朋友做到亲戚了。"

陆母忍不住笑了起来，"真是有缘分啊。"

陆涧先是不好意思地点了点头，继而又怔住，刚才好像听到什么"三"，不由吃惊问道："你们说的，到底是邵家哪一位小姐？"

"邵三小姐啊。"

上

陆涧心里顿时"咯噔"一下，猛地下沉，"定了？！"

陆母笑道："你大伯母想保成这门好亲事，心下着急，都把你的生辰八字给要去了。"

陆涧的心越发往下沉，待到他问清楚父母，知晓了整个事情的来龙去脉，确认说亲的是邵三小姐，而不是自己中意的她，赶紧出了门。

陆父陆母一头雾水，不明所以。

陆涧这一辈子，从来没有现在这么慌张过，急匆匆赶到邵家，找到沈氏，然而等见礼过后却是愣住，……话要怎么说？之前自己才说没有定亲，转眼又说父母给自己定下了亲事，还是订了邵三小姐，这不等于是在羞辱她吗？

"怎么了？"沈氏含笑问道，"有话只管说。"

"我……"陆涧在朋友圈里一向口齿伶俐，素有辩才，今儿却是卡了壳，"方才我思前想后，觉得……还是……"撒谎也不对，回头和邵三小姐定亲的事，肯定会传出来的，岂不成了欺骗？

沈氏打量着他，琢磨了下，陆涧于自家还不算什么人，比较要紧的事，那就只能和上午说的事有关了。因为担心女儿的婚事，顾不得许多，问道："是不是和我之前跟你说的事，有了变化？"

陆涧垂下清澈的眼眸，不能撒谎，"是。"

"什么意思？"沈氏脸色不悦，猜疑道，"怎么了，你又不愿意了？"

陆涧张了张嘴，仍旧不知道该怎么说。

沈氏见他默认了，脸色大变，厉声道："陆涧！你当定亲之事是儿戏吗？你若是不愿意，早说，我的女儿也不是非嫁你不可，怎么能先应承，转眼又跑来反悔？"越想越是生气，指了大门，"行行行，你的意思我已经知道了，你走！看在你是文庭朋友的分上，我不骂你，赶紧走！"

"等等！"一个绿衣白裙的少女冲了出来。

早上沈氏叫了一对女儿过来，说是让在屋里等着，等下有事。等到宋文庭和陆涧过来，仙蕙才知道是母亲急着给自己定亲，正在琢磨，自己要怎么委婉地拒绝，既不能让母亲对陆涧心生嫌弃，又不能急着定下陆家亲事，而是等到自己参选秀女回来以后，再提起此事。

却不料，居然偷听到这么震撼人心的对话！

沈氏扭头见小女儿跑出来了，不由更加生气，"你出来做什么？赶紧回去！"

仙蕙顾不上母亲的呵斥，又是震惊，又是难过，"陆涧！"她黑白分明的眸子里含了一汪湖水，看着那个眼神慌乱的清雅少年，不甘心问道："你为何出尔反尔？我到底哪点配不上你？！"

陆涧听了心里一阵难受，连连摆手，"不，不是你不好。"

明蕙也跟着跑了出来，上前拉扯妹妹，"你跟我回去！他不好，娘自然会给你挑更好的亲事，理他做什么？"冷声呵斥陆涧，"赶紧走！不要再碍了我妹妹的眼。"

"为什么？"仙蕙仍旧不死心，难受道，"你就算拒绝我，也总得给我一个理由吧。"

陆洵看着那个清丽绝伦的少女，泪盈于睫，好似一枝雨后带着露珠的白梨花，说不尽的楚楚可怜。眼下她满腹伤心委屈地质问自己，又是怨，又是恼，眼里分明写着对自己的情意，顿时觉得自己做了亏心事，对不起她。

沈氏已经气得脸色都变了，起身去推仙蕙，"进去，进去，脸都要给你丢光了。"

明蕙苦劝妹妹，"傻丫头，你为着这样的人犯不上啊。"

仙蕙只是心痛地喊，"陆洵、陆洵……"

陆洵觉得自己的心都要被她喊碎了，她没错，不该让她承受母亲和姐姐的责备，要错也是自己错了。忽然间，他抱拳单膝跪了下去，"对不住，这件事都是我的错！原本我是想结成这门亲的，可是刚才回去，我爹娘说……"

沈氏不妨他会突然如此作为，惊诧之余，仍是生气恼怒，"你不必惺惺作态，没得跪脏了我的地，赶紧走！"

陆洵一咬牙，"我爹娘给我定下了邵三小姐！"

"轰！"好似一声闷响的巨雷，晴天霹雳，顿时将沈氏母女几个炸焦了。

仙蕙更是不可置信，惊呼道："你再说一遍？！"

陆洵不敢看她伤心的眼睛，低垂眼帘，只看见眼前一团白云似的裙子在飘，声音难过道："对不住，我事先并不知这些事情，是今儿回去忽然听说的。我那大伯母，已经把我的生辰八字要走，找人和邵三小姐的八字合去了。"

他骨子里还是读书人那些清明秉直，不仅没有人心险恶，反而良善，"总不好再伤了邵三小姐的脸面。况且，我不能退了她，再娶你，那样也是对不起你，而且还会让你承受流言蜚语，同样伤了你。"

"你这个书呆子，什么都不知道！"仙蕙又气又怒，要不是男女授受不亲，都恨不得伸手去拉他了，"你赶紧起来，这事儿根本就不是你的错。"脸色难看道："不管你娶谁，都行，但就是不能娶邵彤云！"

沈氏的脸色渐渐凝重起来，也道："陆洵你起来说话。"

陆洵虽然不明所以，但他聪明，感觉出事情似乎有什么蹊跷。

他缓缓站了起来，问道："怎么了？"

"陆洵。"仙蕙摇了摇头，看着他的眼睛认真道，"有些话不能跟你说。"自己无法说出邵彤云清白已毁，牵扯出庆王府，那是会惹祸的，只能用最诚恳的语气道："请你相信我，我可以对天发誓没有任何坏心。你不管娶谁都行，但唯有一条，就是不能娶了邵彤云。"

明蕙跟着道："我也可以发誓。"

沈氏面色肃然端凝，目光清正，"要发誓，算我一份儿。"

"不用，不用。"陆洵连连摆手，诚恳道，"我没有不相信你们的意思，都听着的。"

"陆洵，你不能娶邵彤云。"仙蕙深吸了一口气，平复情绪道，"我不知道该怎么跟你明白地说，有些话也不能说。总之，你娶了邵彤云就会惹出是非、牵扯麻烦，还会有数不尽的烦恼，所以你不能娶她。"

陆涧看着她清澈得好似一泓清水的眼睛，里面干净澄澈，写满了对自己的关心、担心和焦虑，怎么可能再怀疑她？心里微动，生出一圈圈涟漪般的感动。

她心地良善，又柔软，从第一次见面自己就知道了。

只是不明白，邵彤云到底会有什么不妥？会让她们母女如此激烈反对，甚至不惜都要发誓向自己证明。心下隐隐有些猜测，……是邵彤云有恶疾，还是已经有心上人？再不就是别的毛病，不敢妄自断定。

仙蕙知道眼下不是置气的时候，问道："你和邵彤云的婚事是怎么定的？是谁去保的媒，又是怎么说的？都告诉我。"

"是这样……"陆涧便从头到尾说了一遍。

仙蕙想了想，说道："陆涧你应该知道，我那三妹妹是荣太太唯一的女儿，心肝宝贝、掌上明珠，庆王府的大郡王妃又是她的嫡亲表姐，以她的身份，不是我和姐姐这种乡下来的姑娘可以比的。"语气一顿，"说句难听的，她的眼界儿都在天上去了，怎么可能看得上你？"

陆涧闻言思量，这门亲事的确有点奇奇怪怪的。

仙蕙又道："要说三妹妹她不想参加秀女大选，这个没错。可是邵家多有钱？荣太太手里有多少银子？更不用说，她们还有庆王府亲戚这一层关系，随便打个招呼，编个理由，谁敢逼着她去做秀女啊？退一万步说，便是她真的想嫁人了，满江都不知道多少少年才俊，等着她邵彤云挑呢。"

明蕙听着欲言又止，插了一句嘴，"我妹妹不是埋汰你，而是担心你。"

陆涧点了点头。

他看向仙蕙，心里掠过一丝融融的暖意。

仙蕙看了看母亲和姐姐，"虽说家丑不外扬，但是邵家东院和西院一直有龃龉，想来外面的人都知道。"说了之前想到的一处蹊跷，"你想，若是邵彤云跟你成了亲，我姐姐又嫁给了宋文庭，往后岂不是要常来常往？她们怎么可能自找麻烦呢？"

陆涧轻轻颔首。

"所以……"仙蕙担心地看着他，"按照道理，邵彤云是绝不可能嫁给你的，荣太太也不会愿意。而她现在突然要跟你定亲，还这么急，自然……"语气微顿，"自然是她有不得已的苦衷，急着嫁人，连仔细挑人的时间都没有，就选中了作为宋文庭朋友的你。毕竟宋文庭和我姐姐已经定亲，人品、相貌、根基，都是我娘仔细相看过的，你不会有大问题。"

"什么事这么急呢？"陆涧忍不住追问了一句。

沈氏母女几个面面相觑，都是欲言又止，脸上露出难以启齿的表情，最后却都是一阵沉默，没有人说出那个真实的原因。

陆涧看出来是不能询问的，静默了下，"这门亲事的确有诸多不妥，你们说的，我都

117

放在了心里，等我回去跟父母商议一下。"

仙蕙摇摇头，"只怕不行。"

陆涧目光清澈看向她，"为何？"

仙蕙苦笑，"你信我，你的父母和我们素未谋面，又怎么会相信呢？而且即便你能成功说服你的父母，那接下来打算怎么办？"

是啊，接下来打算怎么办？陆涧琢磨，总不能因此和邵家退亲吧。

那可不是闹着玩儿的。

"你别担心。"仙蕙又道，"不是说才要了生辰八字去合吗？事情还没有张扬开，你们家也没有下聘礼，事情还有转圜的余地。"她禾眉微蹙，"我们想个法子，最好能让邵彤云主动拒绝，这事儿就解决了。"

陆涧听得她说"我们"，心头一动，眼里不仅带出一丝温暖笑意。

仙蕙却没有留意，而是看向母亲和姐姐，"你们有没有主意？"

一时之间，沈氏和明蕙哪里来的主意？都是摇摇头。

屋子里一阵静默，大家不说话。

过了片刻，陆涧忽然开口，"那个……"在经过了最初的内疚、震惊，现在反倒镇静下来，特别是一直看着仙蕙眼里的关切，心中倍感温暖。说起话来，声调都不知不觉柔和许多，"我倒是有一个主意，或许能行。"

仙蕙当即道："你快说。"

她的眼睛亮亮的，好似盛夏夜空中最明亮璀璨的星子。

陆涧忍不住多看了她一眼，然后移开视线，"解铃还须系铃人……"声调不疾不徐，缓缓地把自己的法子说了。

仙蕙抚掌道："这个法子不错。"

沈氏和明蕙互相对视一眼，也点了点头。

仙蕙望着那个清雅如竹少年，目光欣喜，忍不住夸道："你可真聪明，这么快就想到了关键的地方，还马上想出了主意呢。"

陆涧微微红了脸。

沈氏咳了咳，瞪了女儿一眼。

陆涧怕仙蕙被母亲埋怨尴尬，赶忙又找了话题，说出心下不安，"只是即便这个计策能成功地退了邵三小姐，可也算是得罪了她，从此两家人结了仇。等将来……"有点不好意思，看向她，"将来我再和你定亲，怕是你们也要跟着受连累的。"

仙蕙不以为然地撇撇嘴，"邵家两房的仇早就闹大了，不差你这一桩。"她潜意识里，就觉得自己本来就是他的人，"谈不上连累。"

而陆涧听她再三透出亲昵之意，不由嘴角微翘。

明蕙却替妹妹不好意思，这丫头，亲事八字都还没有一撇呢，就这么女心外向，一点都不知道害羞是什么，真真厚脸皮。想要嗔怪妹妹几句，当着陆涧又不好说，只得悄悄扯了扯她的袖子。

沈氏也瞧着小女儿的心意太过明显，替她难为情。眼下既然事情都已经说清楚，又商量好了应对的法子，陆涧到底是没名没分的外男，因而开口道："那你先回去，暂时不要和你父母提起详细，等我们这边的消息吧。"

"好。"陆涧心中恋恋不舍，"那我先告辞了。"

09 阴差阳错

眼下早春，外头还零星飘着一些细散雪花。

"你等等！"仙蕙红着脸追了出去，站在台阶上，对他说道，"外头风大雪大的，我叫个丫头领你去前面，把我哥哥的斗篷拿给你。"她的声细若蚊蚋，"别冻着，再闹了风寒就不好了。"

她叫了丫头盼咐，"去前院拿一件大爷的斗篷，借给这位陆公子。"

陆涧看着那宛若珠玉琳琅一般的清丽少女，她追了出来，细声细气地说出关怀，便是铁打的心肠也得融化，更何况早就对她心生情愫，整颗心都化成了一摊水，心跳更是急促起来，"哎、哎……我知道了。"

明蕙追出来扯妹妹，尴尬道："你快跟我进来。"

仙蕙的性子到底偏于活泼俏皮，眼下心情大好，被姐姐扯进门之前，还冲着陆涧喊了一声，"快去啊，别被外头的风吹坏了。"

"吱呀"一声，门被关上了。

陆涧停在台阶下，驻足不舍。

听得里面明蕙斥了一句，"他又不是美人灯，哪会吹吹就坏了？没羞没臊的丫头！"然后是她清脆如铃的笑声，间杂沈氏的嗔怪，母女几个渐渐往里屋去了。

陆涧听得笑了。

他的心情从未像此刻这般明朗愉悦，像是被阳光普照一般。

等他回家，陆母不由疑惑问道："你刚才慌慌张张地去哪儿了？还有，你问邵家几小姐又是什么意思？"

"没事。"陆涧撒了谎，"就是去找宋兄问一问，问那邵三小姐好不好看。"

陆母放下了心，不由笑道："你这孩子。"瞅着儿子眼睛亮晶晶的，满脸愉悦，欢喜都快流淌下来，忍不住打趣，"看你这样子，那邵小姐必定是一个天仙了。"

陆涧想起那个对自己娇嗔软语的少女，微微一笑，"天仙亦不如她。"

陆涧走后，仙蕙就忽然"病"了。

"病了？"邵彤云听到这个消息以后，一声讥笑，"我还没病，她病什么？难不成她也被……"也被男人给玷污了的话，终究没有说出口。

旁边丫头战战兢兢的，虽然不知道原委，但却清楚最近三小姐脾气大得很，连太太和二爷都一起骂了。私下里，已经有人悄悄猜测，三小姐是不是着了魔怔？要不就是被什么脏东西给缠上了？因而都是十分畏惧她。

邵彤云眉头一挑，"去打听，到底怎么回事儿？"

丫头为难道："现在东院那边的人嘴很紧，不比以前了。"

说到这个，邵彤云不免又是一阵恼恨上火。

东院的下人为何嘴紧？还不是因为仙蕙拿走了他们的卖身契吗？可恨！一而再、再而三地算计西院，害得自己到如此悲惨的田地，她还有脸生病？怒气冲冲打开抽屉，摔了一块银子给丫头，"赶紧去打听！"

丫头转磨了半晌，才回来，"听说早上大小姐的未婚夫和他朋友，一起去给沈太太请过安，然后他那朋友又回来了一趟。别的，就没什么事儿了。那之后二小姐不知怎么就病了，请了大夫，闹得东院一团忙乱。"

邵彤云尖刻地讥讽，"是得相思病了吧。"

丫头们都是低了头不敢答话。

邵彤云忽地一怔，……相思病？莫非沈氏急着把两个女儿嫁出去，定了大的，又赶着定小的？结果小的那个没有定成，所以仙蕙病了。

后宅里面就那么点破事儿，她很快猜到了眉目，为了证实猜测，拿了两锭十两的银子给贴身丫头，"够了吧？"然后厉声道："我不管你用多少时间，花多少心思，都去给我打听清楚了，那一位到底是为什么病的？快去！"

虽然不知道仙蕙所为何事病倒，但恨不得她死，当然要打听清楚再做算计。

邵彤云煎熬忍耐等了三天，奈何东院那边的人嘴紧，就是撬不开。直到这天下午丫头一狠心，把二十两银子全给了人，才得了消息，而且不是一般的消息，是吓得她脸色惨白跑回来的消息。

"三小姐，老爷……老爷要把二小姐的未婚夫许给你了！"

"什么？"邵彤云如遭雷劈，发狠扇了丫头一个耳光，"你浑说什么！"

"是真的，我没撒谎。"丫头被打在地上哭，呜呜咽咽的，"沈太太想把大姑爷的朋友配给二小姐，但是老爷从中插手，就、就把那人配给三小姐你了。呜呜，就是因为这个，二小姐才会气病的。"

邵彤云狠狠地瞪着那丫头，再回想了下，她没这么大胆子编这种谎话。可是心里不信，发疯似的跑了出去，找到父亲，"爹，你要把我配人了？"

上

邵元亨皱眉道："你看你像个什么样子！"

"爹！"邵彤云叫道，"什么不三不四的人，你让我嫁啊？我不嫁！"像东院那样寒碜的背景，能找着什么好人？在她眼里，除了庆王府那位尚未婚配的四郡王，满江都城的男子都配不上她。

尽管她已经是残花败柳，却不深想。

"你放肆！"邵元亨上前关了门，低声喝道，"我给你找了一个有功名的秀才，人家年纪轻轻，风华正茂，配你……"语气一顿，"配你绰绰有余！"

邵彤云长大了嘴，想骂，骂不出声，想哭，掉不下来眼泪。

她清楚，自己在父亲眼里已经不值钱了。

最后仅剩的一丝理智在提醒她，和父亲吵架是没有用的，只会把事情闹得更僵，兄弟被禁足就是现成的例子。她深深地吸气，艰难地压下满腔怒火，目光怨恨地看着父亲，然后一步一步退了出去。

邵元亨气得脸色发青，吩咐小厮，"去告诉荣氏，好好地看着彤云，别让她疯了似的乱跑，满嘴胡言乱语。"一巴掌拍在桌子上，"成何体统？！"

然而更不成体统的事还在后面，不过一炷香的工夫，就有小厮慌慌张张跑来，声音发抖，话都说不囫囵，结巴道："老、老爷，不好了！小的去回荣太太的话，谁知一转脸就找不到三小姐，她……她人不见了。"

邵元亨铁青着一张脸冲出书房，找到荣氏，"叫你看着她，怎么没看好？！"

"她去找你。"荣氏已经哭得眼睛浮肿起来，粉光融滑的，"然后根本就没回来，叫我怎么看着她？"说着，哀哀凄凄地哭了起来。

邵元亨又问："陆涧的事，是你告诉彤云的？"

"我没有。"荣氏像是被人抽走了魂儿，哭一阵，呆一阵，泪汪汪地自语道："我的彤云、彤云……毁了，彻底毁了。"

她的心里后悔不已。

这些天，一则是因为无脸面对女儿。毕竟当初女儿在王府出事，说起来，自己也有一部分责任，不该让她以身犯险的。二则因为儿子的手受伤，是被女儿唆使，加上她那天闹得厉害，所以最近就有些回避她。

等到丈夫来说陆涧的事时，自己虽然不愿意和东院扯上关系，但急着嫁女儿，想着陆涧和宋文庭又不是两兄弟，就算走得亲近也是有限。加上不想再为女儿忤逆丈夫，又盼着她快点有个归宿，便认了，一句多话都没有说。

当然了，也就没有跟女儿说，没有好好地细致开导她。

如今不知道她从哪里得了消息，竟然气大发了，人都跑了！这……这还能有个好结果吗？万一被拐子拐去了，被车碰了，简直不敢再想下去。

邵元亨一面吩咐人悄悄打听，一面在屋子里来回踱步，走个不停。

荣氏哭道:"老爷,怎么办啊?彤云要是……"不敢深想,心里却渐渐生出疑惑,"老爷和我都没跟彤云说过,她是怎么知道的?是了,是她们……一定是她们说的!她故意告诉彤云,好让她跑出去……"

"哐当"一声,邵元亨把茶盅砸在她的面前,"你自己没有看好女儿,还好意思赖在别人身上?!难道人家是彤云肚子的蛔虫,所以知道彤云会跑出去?什么她们说、你们说,你哪只眼睛看见了?别在这儿鬼哭狼嚎的!"

心中烦不胜烦,若是女儿闹出丑闻,将来整个邵家的脸面都要丢光了。

荣氏止住了声音,一怔一怔的,双手死死地掐住自己掌心,怨恨像是毒液一样在她心里蔓延,丈夫变了!自从东院的人来了以后,他就慢慢变了。

可怜自己从前居然还相信他?鬼话连篇!全是谎言!

天底下男人心都是一般黑!

大郡王对女儿始乱终弃,丈夫何尝不是一样?自己辛辛苦苦挣了十几年,到头来却是为他人做嫁衣,反害得自己儿女伤残不已,一颗心也给揉碎了。

邵元亨没有荣氏的痴缠怨念,满心琢磨的都是,女儿一个姑娘家能去哪儿呢?偏生不好大张旗鼓地打听,闹开了,女儿的名声不是毁了吗?虽说现在她就没清白,但还能掩耳盗铃一番啊。

东院里,仙蕙也是琢磨不透这个问题。

邵彤云是一个很有心计的人,亦很冷静,甚至要比荣氏都要高出一筹。她之所以被自己反算计,那是因为自己有心算无心,她没有防备罢了。按理说,她死过一次不会再想死,肯定满心都在琢磨如何报复自己。

她怎么会自毁前程跑出去呢?她就这么冒冒失失跑出去,不仅害不了自己,万一消息传开,还会害了她,岂不是赔了夫人又折兵?完全没有道理。

明蕙眉头微蹙,"她怎么这般不安分?闹出事来,大家脸上都不好看。"万一传出邵家小姐被辱之类的流言,自己和妹妹也得受牵连,忍不住着恼道:"她就是想不开,也不该走这条死路啊。"

"是啊,她这样的确像是自寻死路了。"仙蕙点点头,心下又疑惑,那么有没有可能有生路呢?邵彤云跑出去,是否会有柳暗花明又一村的生路?想得头疼,伸手揉了揉眉头,"哎,谁知道她去了哪儿啊。"

确实没有人能猜出邵彤云去了哪儿,因为谁也想不到。

接下来,好几天都没有她的消息。

别说西院被闹得人仰马翻,就算东院,气氛也跟着紧张起来。不说邵彤云出事死在外头,就是被人送回来,闹得满城风雨尽人皆知的,也不是什么好事儿啊。再者,万一邵彤云真的死了活啊的,那荣氏还不得生煎了东院的人啊。

东院的人满腹担心,荣氏却一直没有任何动作。

上

　　这天早上，她领着邵景钰过来给邵母请安，双目无光，精神恍恍惚惚的，那样子一看就很不好。沈氏和仙蕙、明蕙，以及邵大奶奶，都没人敢招惹她，生怕她一下子失控就闹起事儿来。

　　哪知道还算好，和前几天一样她有气无力地应对了几句，没有说别的。

　　沈氏便领着女儿、儿媳向婆婆告辞，"娘你歇着，我们就先回去了。"

　　多和荣氏相处一刻都是难受的。

　　刚到门口，荣氏就像疯了似的扑向仙蕙，拔下早就磨尖的金簪，狠狠朝她娇嫩白皙的脸上扎去，"你毁了我的女儿，我也要……毁了你！"

　　"啊！"仙蕙惊呼，赶忙抬手挡了一下。

　　邵景钰是早得了母亲交代的，不顾手上有伤，用背狠狠一撞，就把离得最近的明蕙给撞开，还乱哭，"打人了，打人了，我的手好痛……"

　　沈氏在儿媳妇的搀扶下，领头走在前面，晚了一步冲上去护着女儿。

　　仙蕙被荣氏猛地一扑，混乱中，不小心踩着谁的裙子，跌倒在地，荣氏骑在她的身上要往下扎，仙蕙紧紧握着她的手不让扎，情势十分危急！

　　沈氏和邵大奶奶上前拉人，邵景钰又冲过去挡着，现场一片混乱。

　　仙蕙气极，——荣氏母子这是疯了吗？先是邵景钰要用热油毁自己的容，现在又是荣氏要划烂自己的脸，简直一对疯子！对疯子也没什么好客气的，一面躲开脸，一面狠狠地踹她，不管是哪儿，下死劲儿地乱踹！

　　"啊！啊啊……"荣氏连连痛呼，却仍旧努力想把金簪扎下去，不肯停手。

　　沈氏将邵景钰推开一旁，上前使劲拉扯荣氏，拼命护着小女儿，高声怒道："你这个疯子！赶紧放手！"

　　偏偏荣氏下了死劲儿，还在不停地朝着仙蕙乱戳，像是要发泄所有的怨恨一样，恨不得把对方给戳成筛子，嘴里骂道："你、你害了我女儿，我要报仇……"

　　仙蕙被她绊住了裙子，几次努力，都没有能够成功地脱身。

　　邵景钰又滚过来，一只手使劲吊着沈氏，嘴里乱喊，"打死人了！我要告诉爹，是你们打坏我和娘的，你们这些坏人。"

　　沈氏又气又怒，推开他，"滚开！"

　　邵母实在是看不下去了，一声大喝，"你们这是在做什么？！"拿起手中的又粗又长的上等烟枪，照着荣氏的手腕狠狠一敲，再敲，使劲儿敲，"你给我松手！"老人家可不是养尊处优的富贵安人，原是十里八村常逛着的，有一把子力气，揪住荣氏的头发往后拖，"下来！下来！"

　　荣氏先是被烟枪敲得尖叫不已，继而又被扯住头发，生疼生疼的，顿时像是杀猪一样惨叫起来，"啊……，啊！放开，不……，快放开我！"她从仙蕙身上滚了下来，被婆婆甩到一旁，捂着脑袋连连呼痛不已。

123

沈氏和邵大奶奶见势趋上前来，将仙蕙和明蕙挡在身后，隔开了荣氏和邵景钰母子俩，都是严阵以待。沈氏气得脸色大变，邵大奶奶则是吓得花容失色，但都是警惕地看着对面，生怕再冲过来人了。

荣氏的发髻都被扯乱了，生疼生疼的，坐在地上放声大哭，"我的命啊，怎么就这么的苦啊。可怜我，……到底是造了什么孽啊。"

邵母气恼不已，呵斥丫头，"赶紧叫元亨过来！"

没多会儿，邵元亨闻讯赶来看着屋里的一团乱。

邵母劈头盖脸骂道："你是怎么挑的媳妇儿？好歹也做了十几年的有钱太太，竟然学那街头泼妇，拿着簪子就要毁了仙蕙的脸，这还像话吗？"挥挥手，一面看似护着东院，一面也是给儿子省事儿，"我年纪大了，受不起这份惊吓，往后除了逢年过节生辰寿诞，西院的人都不用过来了。"

"赶紧给我起来。"邵元亨自然骂了荣氏一顿，"气着了老太太，回头仔细我揭了你的皮！滚滚滚，快滚回西院去。"

荣氏和邵景钰都是哭哭啼啼的，抽搭着，灰头土脸爬了起来。

正在闹得人仰马翻之际，一个丫头飞快跑来，"外头来了一个小尼姑，说是静水庵的人，有要紧事，要跟老爷和荣太太当面说清楚。"

荣氏偷袭仙蕙不成，又被婆婆打了，丈夫骂了，正涌着满心的憋屈和恼火，加上为了女儿找不到而伤心，顿时啐道："不见！给我撵出去。"

沈氏要不是当着婆婆和丈夫的，恨不得撕了她。眼下扭了脸儿，侧身给仙蕙和明蕙掸灰尘，若非还得感谢婆婆相救，早就已经拔脚走了。

邵元亨略一思量，却喊住丫头，"等等，叫人进来。"回头瞪了荣氏一眼，"回去再跟你算账！"又骂，"蠢货！指不定是有彤云的消息，你还撵人。"

荣氏已经鬓角蓬乱、花容失色，听了这话，倒是顿时整肃精神，"彤云？"急忙朝出去的丫头喊道："快、快快！赶紧让人进来。"

邵景钰原本畏畏缩缩地躲着父亲，听到姐姐的消息，也瞪大了眼睛。

没多会儿，一个小尼姑被丫头领了进来，低垂着脑袋道："你们家三小姐现在住在我们庙里，她已经看破红尘，准备削发为尼出家了。"

荣氏肿着一双眼睛，惊吓道："出家？她疯了吗？"

"出家？"邵元亨则是雷霆震怒大喝，"她这是作死呢！"

荣氏再顾不上和沈氏母女等人打闹，当即扯了邵景钰，"走走走！"又看丈夫，"咱们赶紧去找彤云啊！"

"你想嚷嚷得满世界都知道吗？"邵元亨呵斥了一句，然后吩咐下人准备马车，思量了下，打着荣氏去烧香拜佛的借口，急匆匆去了静水庵。

到了地儿，见了人，根本不管邵彤云的死活哭闹，直接将人给绑了回来。等回到家以后，

上

第一件事就是关门，直接先扇了邵彤云一耳光，"啪"的一声脆响，在屋子显得是清脆而又响亮。

邵彤云被父亲打蒙了。

荣氏也蒙了，"老爷？你怎么还打彤云啊。"

"你听着。"邵元亨气得鬓角青筋直跳，手上发抖，指着女儿的脸狠狠骂道，"你想死自己找根绳子，在家里悄悄地死！别再想着出家之类的天方奇谈！你不嫌丢脸，我还丢不起这个人呢。"

好好的姑娘，千金小姐，为什么会去静水庵里出家？这不等于告诉众人，她自个儿出了事吗？那天在庆王府出事的时候，宾客众多，难保没人猜疑，到时候一传十、十传百，流言蜚语满天飞，邵家的脸面就全丢光了。

邵元亨打骂完了女儿，又骂荣氏，"你别护着她！由着她的性子胡闹。"指了指儿子住的厢房，"你想想景钰，要是传出有一个清白尽毁的姐姐，将来他会不会被人戳烂脊梁骨？儿媳妇还怎么娶？邵家的子子孙孙脸又往哪儿搁？"

荣氏听得怔住了，原本还想为丈夫打女儿分辩几句的，也没了声音。

邵彤云捂着火辣辣的脸不做声，看着父母，心底尽是冷笑，尽是怨怼，他们的眼里只有自个儿，没有女儿！根本就不配做自己的父母！

"你给我老实呆着，收点心！"邵元亨厉声训斥，"陆家的婚事，不管你愿不愿意都不能改，都得给我嫁了。你要么死在邵家，要么死在陆家，要么就好好地跟陆涧过一辈子，没有第三条路给你选。"

邵彤云的心都凉透了，但她已经过了发脾气的冲动期，更不想跟父亲顶撞，只做委委屈屈的样子哭个不停。好似真的害怕了父亲，怕了母亲，经过这么一回，已经完全被吓破胆子了。

荣氏看着女儿哭，也是心酸，在旁边默默地掉着眼泪。

邵元亨又指着脸骂荣氏，"你也少给我发疯，若不然，回头连你一块儿打！"气恼不已，狠狠摔门出去。

荣氏眼里闪过一抹怨恨。

邵彤云看着父亲远去的背影，眼里则闪过一丝寒芒和嘲笑，他想就这么把自己搓扁揉圆，门儿都没有！嫁陆涧？呸！自己才不要嫁给一个寒酸秀才，然后再被丈夫知道失了贞，过一辈子的怨偶日子。

她的目光穿过母亲的身影，看向东院。

仙蕙，我是绝不会放过你的！假如你进宫去了，我也不怕，在你有本事成为皇妃娘娘之前，我就要把我所受过的苦楚，全部加在你的亲人身上！让他们痛苦，让你鞭长莫及地看着，让你心里成千上万倍的痛苦！

邵彤云暗暗诅咒，暗暗发誓，心里响起一阵阵狰狞的声音。

125

东院里，仙蕙打了一个喷嚏。

明蕙放下手中绣了一半的牡丹花，打量道："穿厚一点儿，别尽顾着显摆苗条，回头冻着可不是闹着玩儿的。"停下了针，又开始发愁起来，"怎么办？邵彤云又被找了回来，不知道她会不会闹起来，万一她真的老实了，回头再和陆家的亲事成了，那可不是害了陆涧吗？"

仙蕙歪着头想了想，"应该不会成。"

"为何？"

仙蕙不好说太了解邵彤云，只是解释道："你想啊，她若是真心想要出家，必定隐姓埋名，不让人知道才对。哪有好不容易跑了出去，又专门派个小尼姑回来告诉家人的？岂不是自相矛盾？"

明蕙点点头，"是有点古怪。"

仙蕙又道："虽然不知道她到底在捣鼓什么，但我总觉得，她去静水庵肯定是有某种目的，而且目的成功了，才故意让荣氏把她给找回来的。"抬起眼眸，纤长的睫毛落下淡青色阴影，"邵彤云如此折腾一番，若是不能改变爹把她嫁给陆涧，岂不是白折腾了？等着瞧吧，她肯定还有后招的。"

明蕙望了妹妹一眼，觉得她面容镇定，有一种让人不得不信的感觉。

仙蕙在心里悄悄叹了口气。

自己的话虽然道理没错，但主要是安慰姐姐、安慰自己。因为不知道邵彤云在想什么，又做了什么，谁知道她会不会成功呢？实则心里不是很有底儿。

西院里，邵彤云却像是安生下来了。

她不哭不闹的，每天该吃饭吃饭、该睡觉睡觉，不哭不闹的，窝在屋子里面翻开杂书，再不就是找丫头们下下棋，或者随意绣几朵花儿。日子仿佛回到了从前，如同她根本就没有去庆王府出事，仍是从前温柔大方、清清白白的邵三小姐。

荣氏一面放心下来，一面又觉得女儿太过安静老实，担心她再想不开。因此每天都尽量陪着她，和她说话，也不说那些抱怨她的话，更不提起儿子，只拣了无关痛痒的闲篇来说。

邵彤云最近的耐心好得很，不管母亲说什么，都是微笑以对。

甚至还赔了不是，"之前那几天是女儿心情太坏，所以说话口无遮拦，行事也难免有些偏激，还望娘不要见怪。往后啊，我不会再去挑唆景钰惹是生非，也不敢随随便便跑出去，再让爹娘担心。"

荣氏反倒捉摸不定她了。

如此过了十来天平静日子，这一天，终于有点不平静的了。邵彤云贴身服侍的大丫头，悄悄找到荣氏，脸色难堪，"太太，三小姐的小日子已经迟了五天了。"

"迟了五天？"

上

"是啊。"大丫头回道,"起初我怕是日子偶尔有偏差,没敢说,但……三小姐以前从来没有错开这么多天的,有些不对劲啊。"当日在庆王府的时候,虽然没有跟着小姐们进去,但大致出了什么事,还是知道的。

荣氏因为女儿尚未出嫁,先没反应过来,继而瞅着丫头好似死了爹娘的脸色,顿时心头一惊,"你是说……"张大了嘴,却没敢把底下的话说出来。

女儿怀孕了!

次日下午,庆王府突然来人了。

来的还不是别人,正是邵彤云的嫡亲表姐大郡王妃。开口便是,大师给她算命说是子嗣单薄稀少,需要找一个丁酉年春天出生的女子,且还得是她的血亲,方才能够两厢助益、血气调和,为家族诞育下男丁。

恰巧,表妹邵彤云就刚刚合了卦象。

因此千求万求,求姨父和小姨可怜她半生无子,让表妹受些委屈,与她一道娥皇女英地侍奉大郡王,成就一段姐妹佳话。

这番说辞传到仙蕙的耳朵里时,正好喝了口茶,"噗!"差点喷了姐姐一裙子的茶水,然后笑得直咳嗽,撵了丫头出去,"姐妹佳话?血气调和?哈哈,亏她们想得出来。哎哟!真是笑得我肚子疼。"

明蕙还没有反应过来,纳罕道:"这是怎么回事?原先想着邵彤云要去给大郡王做妾的,后来庆王府一直没有动静,爹又把她许配给陆润,自然是庆王府那边不答应了。"一时没有领悟其中的弯弯绕绕,"怎地,庆王府又忽然改了主意?换了嘴脸。"

沈氏到底是过来人了,略一思量,便明白过来。

起初庆王府不答应,自然是怀疑邵彤云参与了算计大郡王,厌恶这种手段下作的女子。如今庆王府又改了主意,不计较她曾经有过手段不堪的往事,必定是因为某种原因,最终不得不妥协。

有些难以启齿,"只怕是,邵彤云有了。"

"有了?"明蕙怔了怔,继而才吃惊地反应过来,"娘是说,邵彤云她怀孕了?所以,逼得庆王府不得不把她纳进门,还编出这么一套鬼话来。"

仙蕙讥讽一笑,"除了这个,还能是什么啊?算她运气好。"

对于自己来说,给大郡王做侍妾是个噩梦,但对邵彤云来说,却是宁愿给大郡王做侍妾,也不愿意嫁给陆润的。

对她而言,当然算得上是好运气了。

明蕙静默了半晌,"还真是巧啊。"

仙蕙也觉得巧,邵彤云都被逼得走投无路了,赌气出去一趟,就"好命"地怀上了大郡王的种,真是无巧不成书啊。至于里头到底有什么鬼,估计只有她自己清楚,将来又会闹出什么乱子,也全看她自己了。

管她呢，反正她马上就要去庆王府做妾，不嫁陆润了，爱咋折腾咋折腾去吧。

眼不见心不烦。

仙蕙轻笑，"挺好的，往后耳根子都要清净一些了。"

庆王妃觉得一点都不好，很不好。

眼下气得脸色发青，叫了大郡王在跟前狠狠骂道："你看看！你那媳妇作的孽，你办的糊涂事儿，往后要叫整个王府跟着一起丢脸。"那套掩耳盗铃的说辞，只要稍微有脑子的人想一想，就会发觉其中的不对劲儿。

毕竟邵彤云出事那天，人太多了，大儿媳和荣氏母女又一直没回来。

试想想，在座的那些夫人太太们哪个不是人精？纵然猜不到那般龌龊的真相，心下也会有所怀疑，至少儿子和儿媳的娘家表妹勾勾搭搭，这份流言是少不了了。

高敦一声都不敢吭，低着脑袋。

自己有什么办法？邵彤云既然有了自己的孩子，总不好叫她带着孩子，然后再嫁给别人，把王府的血脉生到外头去吧？不过是个侍妾罢了，多一个，少一个，也没有多大的差别，只是这话不敢跟母亲说。

被母亲训斥得灰头土脑的，才得离去。

出门撞见在院子里等候消息的兄弟，不由尴尬招呼，"走，走，没事儿了。"想要去一去最近的晦气，"咱们兄弟两个出去喝一盅，解解闷儿。"

高宸披了一袭银灰色的狐皮大氅，内里秋香色的华服，脸色凝重道："大哥，你这会儿喝酒不是惹母亲生气吗？别喝酒了。"他长身玉立地站在哥哥身边，语气微愠，倒显得不像弟弟，反而是一脸严肃的哥哥了。

高敦在能干的小兄弟面前一向没有威严，虽然觉得扫了面子，但是想想，的确不该这会儿出去喝酒，只得道："那走，去我屋子喝杯茶总行了吧。"

"大哥没事就好，我就不去了。"高宸拒绝，将兄长送到了院子门口，然后告辞分开，"秀女的事该忙了，我先去忙，得空再找大哥说话。"

"行，行。"高敦挥挥手，自个儿摇摇头走远了。

蔚蓝澄澈的天空下，高宸修长的身影略微有一点孤单。

他忍不住想，要是二哥还活着就好了。

心里猛地一阵疼痛。

高宸打断了那些不愿翻起的回忆，强制中断画面，然后大步流星去了书房，心绪不宁地翻着秀女册子。不经意间，又看到那个跳出来的名字，……邵仙蕙，听说她的姐姐已经定亲，她也快了吧？

不过这与自己有何关系？高宸把册子在桌上轻轻一拍，合了上去。

他将心思拉回正事儿。

上

三月里，自己就要送江都的秀女去京城了。听闻今上身体不是太好，年纪又大，而且最最要紧的是，膝下没有皇子！自从前年唯一的三皇子病逝以后，皇储就是空悬，这几年朝局有些动荡，便是为着这个原因。

此次去京城，不知道会不会遇到什么宫闱斗争，出什么乱子。

高宸没有办法掌控复杂动荡的朝局，只能掌控自身，他去了江都驻军的军营里，提枪上阵和士兵们捉对演练。在这种热血沸腾的气氛里，感觉胸有成竹，信心满满，比面对后宅的鸡飞狗跳要好多了。

二月初六，是邵彤云"出阁"的大喜日子。

临出门之前，穿戴一新过来拜别祖母，因是做妾，故而不能穿正红，穿了一袭接近的海棠红的遍地金妆花吉服，在蒲团上给邵母磕了头，也给沈氏磕了头。仙蕙和明蕙站在旁边，还有邵大奶奶，全都没有出声儿。

邵母看着孙女去给别人做妾，体面不起来，抬手道："去吧，好好过日子。"

邵彤云神色恭谨无比，毫无不耐，"多谢祖母吉言。"

仙蕙瞅着她，都有点冷静得过头了。

临出门前，邵彤云忽然侧首一笑，"仙蕙，我就要去庆王府了。"她的笑容里面带出一丝诡异，"你我姐妹一场，往后我会日日夜夜惦记你的。"

仙蕙岂能听不出她的怨恨？淡淡一笑，"妹妹一向都对我很好，我早就知道了。"意思是，你的那些阴谋诡计早就清楚，随便，你爱咋咋地。

邵彤云意味深长地笑了。

荣氏狠狠地瞪了仙蕙一眼，然后上前拉扯女儿，"走了，别误了吉时。"母女俩在丫头婆子们的簇拥之下，赫赫扬扬地走了。

"我也乏了。"邵母的兴趣除了抽水烟，还是抽水烟，摆手道："你们回吧。"

沈氏说了几句话，准备领着儿女们回去。

仙蕙想着之前祖母的帮忙，若不是她一烟枪敲住了荣氏，不定自己脸就花了。因而除了之前的道谢以外，这些天都尽量多陪祖母，侍奉她抽了一回水烟，方才告辞而去。

另一头，邵彤云被一顶花轿抬进了庆王府。

大郡王给了她一个夫人的名分，在长房里，算是大郡王妃下面的第一人，把另外几个早年的侍妾都压了过去，甚至就连生了庶长子的袁姨娘，都得低她一头。后宅里，少不得又是一番暗流涌动。

但这些对于高宸来说，一点兴趣都没有，喝了杯喜酒，便又回军营去了。

不过大郡王妃这个主母，却避不开。

邵彤云梳了妇人头，本来端庄大方、略带甜美的长相，多了几分妩媚，眼角眉梢怯怯的，一副娇弱柔嫩的小白花模样。她手里端了一盏茶，高高举过头顶，敬给夫君，"郡王爷，请喝茶。"

高敦端起来，象征性地喝了一口，放了回去。

邵彤云又端了一盏，照样举过头顶，"郡王妃，请喝茶。"

"好。"大郡王妃满面笑容，好似真的为丈夫纳了一房美妾高兴，赏了表妹一对金钗，一支玉簪，一个荷包，取成双成对之意。然后介绍几位妾室，实则完全可略这一套仪式，反正都认识，不过是走走过场罢了。

领头的，是给大郡王生下庶长子的袁姨娘，其余几位侍妾没有正式名分。

袁姨娘嘴角微翘，"给邵夫人请安。"

其余几位侍妾也跟着请了安。

邵彤云的心像是被针扎了一下，还得强打笑容，一一应对。一直熬到仪式结束，被人送进了新房，不用面对那些妻妻妾妾的，才松了口气，脸上笑容顿时松了下来，继而浮起怨念。

她的眼里闪过一抹浓浓的恨意。

仙蕙！你等着，我是绝对不会放过你的！

仙蕙听不到邵彤云的心声，也没空管。

刚一进屋，就见母亲叫了哥哥过来说话，"陆家那边怎么样了？陆涧打算几时跟他的父母说？不能拖了，下个月就是秀女大选，这个月一定得把亲事给敲定下来。"

邵景烨回道："邵彤云突然改弦易张，去庆王府做了妾，陆涧的父母对此很是有些恼火，听说陆太太也多嘴了几句。总之，他们对邵家的印象很不好。我和陆涧商量过这件事，还是稍微缓一缓。"不免皱眉，"实在不行要不换一家？不然的话，只怕不会那么顺利的。"

沈氏有点焦头烂额，揉着眉，"仓促之间，要去哪里找一家合适的呢？"

明蕙担心地看向妹妹，只是她一个未出阁的姑娘家再着急，也不好随便插嘴。

仙蕙却是满心的恍惚不定。

现在陆家不太愿意和邵家结亲，觉得被侮辱了。自己也不能在此刻和陆涧定亲，得放出风声去，看父亲的意思，否则定了又退，自己和陆涧的亲事肯定就黄了。

正在细细斟酌想好的说词，有没有不妥，外头突然来了人。

"二小姐。"丫头隔着门道，"老爷让你过去一趟。"

父亲？找自己？仙蕙心下一沉。

多半是要跟自己说选秀的事情，心里说不出是松了一口气，还是提着一口气，但却缓缓站了起来，"娘、哥哥、姐姐，我先过去一趟。"

明蕙担心道："爹这会儿找你做什么？我跟你一起去吧。"

"不了。"仙蕙大抵猜得到，拒绝道："是爹找我，又不是荣氏找我，你们别弄得紧紧张张的，回头再让爹生气。"福了福，出去领着丫头走了。

沈氏不放心，吩咐儿子，"派个人往书房那边哨探着，看好你妹妹。"心下不免一阵苦笑，丈夫……那人是自己的丈夫啊。

上

居然让自己和儿女们担惊受怕，真是荒唐！

仙蕙却要面对更荒唐的事。

书房里，邵元亨没有遮遮掩掩的，而是开门见山道："今年圣上要大选秀女，你正好赶上三年一选的日子，恰逢适龄，所以已经被选上了。"

已经被选上了？仙蕙心下冷笑，是你亲自把女儿的名字报上去的吧。

邵元亨见她不言语，以为是因为太过吃惊，遂放缓了口气，"你别怕，咱们家不比那些乡野村户，你进了宫，爹自然会花大把银子给你打点的。不仅能让你有机会多遇见圣上，还不会吃苦，吃穿用度不会比家里差的。"

敢情还是一桩难得的美事儿了？

仙蕙气得想发笑，真想跳起脚来，问父亲一句，"皇帝都已经年过半百了，比你岁数都要大一轮，你把自己女儿送给做祖父的人，还说得出如此不要脸的话！"

可是却紧紧咬了牙，忍了气，一句怨言都没有说出来。

邵元亨恩威并施，又道："你别赌气。要知道，你的名字已经在秀女册子上，若是不去的话，那就算是违抗圣旨了。"

仙蕙听他如此吓唬自己，真是扇他一耳光的心都有了。

"怎么不说话啊？"邵元亨问道。

仙蕙怯生生道："爹……事关重大，你容我仔细想一想。"

邵元亨没有反驳，本来就是打着女儿年幼好欺哄、好吓唬的主意，然后再许她一些甜头，事情多半就敲定了。

只要她自己答应了进宫，一切好办。

因而一面打量着女儿的脸色，一面说些进宫的好处，做了皇妃娘娘的荣华富贵，如何如何荣耀。甚至暗示，要是她将来做了皇妃娘娘，有了权力，那就什么人都不用怕了。

这个"什么人"，自然包括了西院的荣氏、邵景钰，以及去了庆王府的邵彤云。

他利用女儿护着东院亲人的心思，下了一剂猛药。

仙蕙根本就不可能相信父亲的鬼话，故作踌躇，不过是有意哄他罢了。犹豫了大半天，才委屈道："爹，我这一去可是回不来了。"

"嗯，怎么了？"

仙蕙一脸难过之色，哽咽道："爹，我放心不下家里的人。"

她原本就是娇花一样的年纪，又貌美，泪盈于睫时，小模样楚楚可怜的。

邵元亨不免起了几分怜悯，好歹是自己的亲骨肉，说话口气越发缓和，"皇宫那种尊贵的地方，自然不是能够轻易出来的。不过只要你过得好好的，做了人上人，家里平平安安的，也就不用太过牵挂了。"

仙蕙的眼泪掉了下来，"可我，就是放心不下家里人。"

"傻丫头。"邵元亨赶忙打蛇随上，"你有什么好放心不下的？那依你说，要怎样才

131

放心得下？你说，爹肯定让你踏踏实实地去京城。"

仙蕙就等着这句话，直接擦了眼泪，一脸认真道："我要五万两银票，往后进宫难免会有花销，母亲和哥哥、姐姐他们也要用一些。还要开在兖州的邵家商铺分号、宅院和六百亩良田，过户给哥哥，这样我就没什么不放心的了。"

"你……"邵元亨瞪大了眼睛，简直不敢相信自己耳朵听到的话。

他万万没有想到，二女儿居然会如此狮子大开口！五万两银票，兖州邵家商铺分号，还有宅院，还有六百亩良田，——这可不是简简单单的要点银子，简直是把邵家分出去了一小半！

"你知不知道你在说什么？！"邵元亨沉了脸色道。

仙蕙目光清澈似水，却隐含坚定，"爹，我当然知道自己在说什么，也知道进宫意味着什么。既然我很有可能一去不复返，不如此，叫我怎么能放心离开呢？我不是不知道天高地厚，也没敢多要不该要的东西。"

她说的都是心里实话，"只是想，如果爹能把这些提前分出来的话，不仅可以风风光光地嫁姐姐，将来万一东院和西院闹得厉害，哥哥还可以带着母亲去兖州住，日子安逸、平稳，也就再没有什么要烦心的了。"

邵元亨听得明白。

女儿的意思，是说这一部分财产本来就是该东院，该邵景烨继承的，并没有索要额外的财产。她的想法也不能说有错，的确是在找后路，把母亲、兄长、姐姐的将来都安排好，想得细致又周全。

简直忍不住要疑心，她是一早就思量好的了。

若不然，年纪小小，这么快就冷静地想好了退路，太过心智如妖。

不过自己正是为了她的聪慧，她的心计，看中她进宫的前途，才舍得一而再、再而三地容忍她，凡事都尽量依着她。

邵元亨长长地吐了一口气。

"爹。"仙蕙柔声告辞，"事关重大，你慢慢斟酌一番吧。"

这事儿不是自己言辞机变，多跟父亲说几句好话就能成的。更不是说说自己受的委屈要补偿，从荣氏母女算计自己开始，再到邵景钰泼热油，还有荣氏前不久又拿金簪扎自己，哭出一缸子眼泪就有用的。

行与不行，全看父亲权衡过后觉得值不值得。

邵元亨看着翩翩然离开的二女儿，心绪一片复杂难言。

她并非那种不懂事的小姑娘，不知道进宫做秀女意味着什么，富贵荣华和死无葬身之地，很可能就在一线之间。但是她却不哭不闹，也不争辩，而是要求巨大的利益作保障，拼着舍了她自己，保住身边亲人的生活安逸。

在她心里，自己这个父亲应该不算亲人。

上

邵元亨嘴角浮起一抹嘲讽笑意。

仙蕙回了屋,心情一直起伏不定。

没错,自己知道此次秀女大选最终会被取消,但是一旦离开江都,谁知道去了京城还能不能再回来?这种意外,不是没有可能的。

有可能自己命好,回来了,最终嫁给陆涧安生过了一辈子。

也有可能,自己留在京城再也回不来。

生死难料。

她拉开装首饰的三层抽屉,赤金嵌玉如意的金项圈儿,足足分了三尾的坠红宝石金凤钗、翡翠戒指、珍珠耳坠、玛瑙蜜蜡头花,绚丽得眼睛都要给晃花了。

很有可能,再没有机会用这些东西做嫁妆。

仙蕙又去找出那个仙灵芝的枕头,细细地摩挲起来,这个,交给姐姐保管,万一自己回不来,也可以救人性命。她拿着绣花枕头找到姐姐,故作轻松笑道:"你一定猜不到,这里面我装了什么。"

明蕙正在做嫁妆里的绣活,抬头看了一眼,又低头,"荞麦?蚕沙?再不就是决明子了,还能有什么啊。"

"都不是。"仙蕙忍着心痛,笑嘻嘻道:"里面全部都是仙灵芝。"

"啊?"明蕙停下手中针线,吃惊道:"那得多少银子啊?"想了想,"当时我们在镇上又没有钱,你哪儿来的钱买这么多仙灵芝?再说,你买了做啥啊?"

"就用四郡王给我的金叶子买的。"仙蕙没敢说曾经想当金首饰,撒谎道:"就是听人说这个睡了清神明目的,想着来江都不好买,就提前做了一个。哎,我用了几个月挺不错的,放你这儿,回头你也试一试。"

明蕙嗔怪道:"净乱花钱!我不要。"

仙蕙只是想给姐姐一个记忆,记得这枕头里面装了仙灵芝,因而也不深劝,"我放在你床上了啊。"还叮叮了一句,"这可是我绣的鱼戏荷叶花样,好看着呢。"等自己选秀走了,姐姐一定会记得今天这段话,好好收藏起来的。

要是自己回不来,三年后,这些仙灵芝也肯定能派上大用场。

等入夜歇息时,仙蕙忍不住搂住姐姐的胳膊,将头贴了过去,因为即将来到的生离死别,而有些恋恋不舍。

明蕙不知内里原委,反而发笑,"你做什么?又撒娇。"

仙蕙笑道:"我想着姐姐很快就要出嫁,舍不得啊。"

"呸!"明蕙啐了她一口,继而又笑,"你还不是一样要定亲?我看陆涧对你挺上心的样子,等着吧,他很快就会劝好父母,向你提亲了。"

仙蕙抿嘴儿一笑。

心下却是迷茫，自己很可能永远都等不到了。

夜幕下，偌大的庆王府也渐渐开始安歇。

今儿是邵彤云进王府的第一夜，按照规矩，大郡王自然是要过来留宿的。

高敦知道她现在怀有身孕，也没打算做什么，想着不过是给新人一个面子，走走过场罢了。一进屋，就见年轻婀娜的美人过来行礼，抬了抬手，"罢了，你现在是双身子的人，不必讲那些虚礼。"

邵彤云温柔一笑，"礼数还是不能废的。"努力给自己做好心理建设，走上前，温温柔柔地服侍着他脱了衣袍，掀开被子，"郡王爷你先躺下，别再冻着。"

高敦半躺在了被窝里，抬头看她。

正是青春少女的花样年纪，眉目姣好、端庄温婉，比起从前的少女模样，现如今的打扮更有女人味儿。头上戴着西瓜碧玺珠花，鲜妍夺目，耳朵上一对玛瑙坠子，红盈盈的，一摇一晃，艳丽中不失小少妇的俏皮。

邵彤云羞赧一笑，声音娇软，"郡王爷，你一直看着我。"

"哎，算了。"高敦收回旖旎心思，到底还是子嗣的念头更重，"赶紧上来睡，别冻着。"还体贴地道了一句，"夜里盖好被子。"

"郡王爷，你真贴心。"邵彤云笑容甜美，语气里是少女不懂事的娇憨直爽，她又是羞涩，又是紧张，嫩柳一样的身段依偎过去，"我……有些害怕，能不能……和郡王爷睡在一个被窝里？"

她的声音越来越小，脸上飞起一片淡淡红霞。

王府的被窝都是熏得暖暖的，说怕冷，就有些不合适了。

至于害怕，这事儿谁说得清楚啊？

高敦正是年富力强的年纪，又有些温柔多情，哪里能拒绝美人的小小要求？当即掀了被子让她进去，"进来吧。"还叹了一句，"你呀，到底小了点儿，孩子似的。"

邵彤云看着那张倒尽胃口的脸，努力笑着娇嗔，"我可不是小孩子。"还往他身边挤了挤，顺势握住了他的手，"郡王爷的手有些凉，我替你焐一焐罢。"一面说，一面往柔软温暖的地方贴去，"暖和些了吗？"

"唔……"高敦的身体轻轻颤了一下。

他情不自禁，伸手替她拨了拨鬓角碎发，然后往下滑，把手指滑进了她嘴里，感受那温暖又潮湿的包裹，再想起那天酒后的意乱情迷，顿时血脉贲张起来！

一夜难描难画……

次日起来，高敦不免有些后悔，"你到底有身孕，今晚咱们还是分开睡吧。"

"郡王爷。"邵彤云一双眼睛水盈盈的，"我知道了，到时候我自己睡一个被窝，不再扰了郡王爷。要是郡王爷还不放心，到时候你先睡，等你睡着我再睡。"她伸手，轻轻扯住他的袖子，"新人都得暖三天的房，郡王爷，你给我留一份体面，可千万不要头三天都留不满。"

"我没怪你，也没说这两天不来。"高敦摆摆手，"晚上我还过来的，别担心。"

"好。"邵彤云温柔似水地笑了。

第二天、第三天，连着三天新人暖房的特权过去。

第四天夜里，高敦还是去了邵彤云的屋子。

大郡王妃的脸色有些不好看了。

她不好说高敦，次日找了表妹说道："不是我吃醋，你到底是有身子的人，还是要避忌一些，莫要莽撞行事的好。"语气十分关切，"你看，咱俩将来的荣华富贵，全都指望你肚子里的孩子了。"

邵彤云温温柔柔应道："好，我劝劝郡王爷。"

可是话说完了，照旧我行我素，一副恃宠而骄不懂事的样子。

不怪高敦有些专宠她，大郡王妃上了年纪自不必多说，另外几个侍妾，都是大郡王妃主动给丈夫纳的，自然是以好生养、人本分为主，哪得邵彤云这般千娇百媚？还是千金小姐养大的，气韵上就高出不少层次，更兼年轻貌美、爱撒娇，自然容易哄得男人欢心了。

她一直留着大郡王过夜，留了十来天。把大郡王妃的话当耳边风，其他侍妾的隐隐抱怨更是不理，直到庆王妃有所耳闻，派了妈妈送滋养身体的药材过来，她这才主动劝大郡王离开。

在高敦面前模样娇滴滴的，说得乖巧，"之前是我年轻不知事，只顾自己想天天见到郡王爷，就忘了别人，是一样想见到郡王爷的。现在想想，还是姐妹们雨露均沾更好，往后大家相处更加和睦了。"

她还盛情推荐，"郡王爷，今晚你去我表姐那里吧。"

不知怎地，这番话七拐八拐传到了大郡王妃的耳朵里。这下子，可把大郡王妃气得够呛！合着表妹一来，丈夫就是她一个人的了？她不过是一个妾室，竟然大言不惭劝丈夫来自己这儿。

呸，用得着她让啊！

大郡王妃脸色阴郁，气得撵了人在屋里半天没有说话。

邵府里，日子一天一天平静地过。

仙蕙并不着急，这可不是上次自己要首饰的时候，没有依仗，眼下自己拿着进宫的大事要挟父亲，胜算应该不小！万一父亲不答应，想白白送自己进宫去给他挣富贵，那自己也就豁出去了。

要么去见一见好妹妹邵彤云，让她求大郡王，免了自己进宫的这档子事儿，她和荣氏肯定是愿意。要么干脆不要脸面，跑去庆王妃跟前哭诉一通，大郡王妃得知消息，也一样会

"帮助"自己的。

她们不敢贸然去闹是怕担罪名，但自己去闹，她们则是"帮"了自己，就可以光明正大不让自己进宫，再狠狠报复自己了。

原来敌人的怨恨还可以这么用？仙蕙不由笑了。

"傻乐什么呢？"明蕙今儿穿了一身樱桃红的妆花大袄，她如今待嫁，沈氏给她做了好些红色的衣衫，衬得她越发明媚动人。轻轻推了推妹妹，俯身过去，悄悄地咬耳朵道："小丫头，是不是想女婿了？"

"呸！"仙蕙啐道，"这也是做姐姐说的话。"

两姐妹嘻嘻哈哈，你推我捏地笑闹了一阵。

"都老实点儿。"沈氏笑嗔了一句，捡起小女儿掉落在美人榻上的芍药绢花，给她别在鬓角，"你淘气，把你姐姐也给带坏了。"

仙蕙嘟嘴，"娘什么都赖我，分明是姐姐先说……"

"不许说！"明蕙急得去捂她的嘴。

正在热闹，邵景烨兴冲冲地从外面进来，撵了丫头，一脸兴奋之色道："爹让我去兖州做分号的掌柜，还说了……"赶紧关上门，压低声音，"说把兖州的铺子给我，记在我的名下，回头过个半年，就可以给两位妹妹添丰厚的嫁妆了。"

"真的？"沈氏很是吃惊，"你没听错？！"

"不能听错。"邵景烨神采奕奕道，"爹说了，这两天准备就带我去衙门，正式把商铺过户给我，往后全部都由我来经营，进出多少都是我自己的事儿。另外还有那边的六百亩良田，一所大宅院，全都过户给我。等开春我去了兖州，不用买房子，直接住在那宅院里就行。"

这感觉，就好像天上忽然掉馅儿饼一样。

明蕙听得呆住。

仙蕙知晓原委但是装不懂，也呆住。

沈氏则是细细思量，"不对啊，你爹怎么突然变得这么好了？再说了，你爹身体硬硬朗朗的，怎么也不该现在分家产啊。"

"是这样。"邵景烨眼中的光芒略淡了几分，补道，"爹说，觉得我是做生意的材料，往后肯定大有前途。又说起西院，景钰从小给荣太太惯得有点任性，不懂事，在生意上头也没兴趣，只怕将来扶不起来。"

"他什么意思？"沈氏的目光渐渐变得警惕，疑惑问道。

"爹说，现如今东院和西院闹得很生分，但总归是同出一脉的邵家人。将来要是他不在了，让我……照看着景钰几分，好歹不能让他把家产败光了，没饭吃，再流落街头多不像话。"

沈氏脸色不虞，自觉看穿了丈夫的心思，"原来他是为了景钰打算，所以提前给你一点甜头？真是可笑！将来就算你们一人一半分家产，景钰也不吃亏，怎么还生出这么些麻烦来。"

心里堵得慌，只要一想起西院做的那些毒辣事儿，就怨愤难消！

虽然生气，反倒相信了丈夫的那一番说辞。

——为了邵景钰嘛。

仙蕙心下轻笑，所以说，自己根本就没必要跟父亲多说。他若是愿意，自然理由借口都比自己考虑得好，万事妥妥帖帖，就等自己心甘情愿地进宫了。

10 改变命运

果不其然，到了下午有丫头来传话，"二小姐，老爷叫你过去一趟。"

仙蕙心里清楚，该是自己回报父亲的时候了。

到了书房，邵元亨第一句话就问："你准备怎么进宫？"

"我想过了。"仙蕙面对这样的父亲，连表面工夫都懒得再做，直接道："此事先不要跟娘他们说，不然肯定生出波澜，不如这样……"她细细地说了自己的主意，"到时候顺顺利利的，在这之前，我也好清清静静多陪他们一段日子。"

邵元亨听了她的主意，看着她冷静的眼睛，觉得之前的大出血总算没投错了人。

他道："如此甚好。"

仙蕙福了福，"那女儿先告辞了。"

"等等。"邵元亨对这个机变冷静的女儿，很是不放心，"千万别要什么花招！你要记得，天地君亲师，父要子亡子不得不亡！"

仙蕙的脸色变了变，鬓角青筋直跳，父亲的意思，就算把财产分了一部分给东院，就算自己进了宫，但自己和哥哥、姐姐永远都是他的儿女。特别是哥哥，他既不能像自己一样进宫离开，也不能像姐姐出嫁去别家，到死都是邵家的人，是他邵元亨的儿子！

父亲拿捏儿子，随便编一个忤逆不孝的罪名，就够哥哥吃不了兜着走了。

仙蕙强压心中喷薄欲出的熊熊怒火，缓缓勾起嘴角，一字一顿道："父亲放心，女儿永远记得你的话。"

永不原谅！

仙蕙回了东院。

有小丫头立在门口等候，"太太让二小姐过去一趟。"

仙蕙点头，"嗯。"进正屋之前，先在外面平复了下情绪。

一进门，沈氏就疑惑问道："这几天，你爹总是找你做什么？"

"还能有什么？"仙蕙故作轻松和淡淡无奈，叹气道："爹说，最近东院和西院闹得厉害，他全都看在眼里，记在心里。又说都准备给哥哥过户兖州的商号，还要给宅院和田地，算是补偿东院，所以叫我多劝劝你们别生气了。"

沈氏面色不虞，沉声道："原来如此。"

仙蕙想着自己就要走了，多劝了几句，"西院那边的人是黑了心肝，可是恶人有恶报，他们要的阴谋诡计不管用，咱们照样平平安安的。"又道："再者说了，之前祖母发了话，平时不用荣氏等人过来东院请安，邵彤云也走了。娘，咱们只管放宽了心过日子，甭理他们了。"

明蕙是多一事不如少一事的性子，接话道："仙蕙说得对，没必要跟那些乌眼鸡一般计较，反倒让自己过得不痛快。咱们已经知道了他们的坏心，往后多提防、少来往，小心别被算计就行。"

"行了，行了。"沈氏忍不住气笑，"你们两个小丫头还来劝我？我难道不比你们见的事多，心看得开些？就是心里咽不下那口气。一想到仙蕙几次三番差点被暗算，晚上做梦我都怕，哎……，早点把你们嫁了才放心啊。"

仙蕙的笑容微微僵住。

不行，这样陆涧的事又要被提起了。

"娘。"仙蕙迟疑道，"依我看，还是先不和陆涧定亲了。"

"你又不愿意了？"沈氏疑惑，"你不是挺……"女儿挺喜欢陆涧的话，实在说不出口，顿了顿，"你不是觉得他挺好的吗？又怎么了。"

"不是他不好。"仙蕙尽力解释，"我就是觉得，这会儿陆家正在生邵家的气，贸然提亲反倒不美。陆家难免会想，邵三小姐定亲又反悔，谁知道邵二小姐会不会？难道陆家的孩子们，就可以随随便便被人挑拣？邵家的女儿想嫁就嫁，想不嫁就不嫁了。"

沈氏叹息道："这事儿，搁谁家都难免生气的。"

明蕙问道："你的意思是等等？那要等到什么时候？"

有关这件事的推托之辞，仙蕙早想好了，说道："我看不如这样，秀女的事，也不一定要定亲才躲得过，花点银子给我报个生病，也是一样的。陆家呢，先冷一冷，等他们家过了这个气头儿，再做商议，或许更容易水到渠成。"

沈氏虽然迟疑，但还是轻轻点了点头。

明蕙忽然笑道："我明白了。"冲着妹妹眨了眨眼，"你呀，是担心急着去说陆家的亲事，反而说黄了，打算稳扎稳打慢慢儿来。"忍俊不禁，与母亲笑道："我就说她是个厚脸皮的丫头，哼哼……，一颗心早就被人偷走了。"

沈氏听了也笑，又是嗔怪小女儿，"哎，到底是平时太娇惯你了。"

仙蕙笑着，心里却尽是即将分别的难过。

她不敢流露出来，故作撒娇，把头埋在母亲的怀里，"娘，让姐姐别说了。"心底是

上

浓浓的难过，只做害羞的样子埋头许久，不肯抬头。

沈氏拍了拍小女儿的背，"好了，好了，我不让你姐姐说。"又道："你方才的话有点道理，还是不急着跟陆涧议亲的好，免得弄巧成拙。等你哥哥回来，我就让他去给选秀的人送点礼。"

仙蕙"嗯"了一声，没有阻拦。

父亲肯定给选秀的人打好招呼了。

等到邵景烨回来，当即去办了为妹妹报病的事儿。他回来，毫不知情地高兴道："起先说的时候，那位公公不愿意，后来我给了一百两银子，人家就喜笑颜开地说没问题了。"

沈氏放心之余，又摇头，"可真够黑的。"

邵景烨也道："是啊，若非咱们来了江都跟着爹过日子，手头哪有这些银子？砸锅卖铁也凑不够啊。"

沈氏长长地叹了一口气。

心道，还是之前小女儿劝说的对，跟着丈夫，至少多了一个财大气粗的金主。要是搁在仙芝镇那会儿，无论如何都凑不出这些银子的。现在总算吃穿不愁，儿子马上就要做大掌柜，女儿们能够准备厚厚的嫁妆，如此也算不错吧。

接下来的日子，十分平静。

仙蕙尽量装作没事儿人一样，侍奉祖母抽水烟，陪母亲说话，和姐姐一起做点针线活计，每天都是强忍苦涩露出笑颜，眷恋每一寸和亲人们相处的光阴。

可惜时光永远都不会停留，一点点溜走。

很快就到了三月选秀的日子。

江都城内外，以及附近州县到处都是鸡飞狗跳，被挑中的秀女们，集中安排在庆王府的一处别院里，层层甄选。仙蕙自然不用这一过程，把家人瞒得死死的，依旧过着平静日子，只等分别时刻来临。

秀女离开江都的头一天晚上，仙蕙让小厨房添了几个菜，只说自己嘴馋。

沈氏眉眼温柔，宠溺地望着娇滴滴的小女儿，"你啊，这淘气的性子，将来嫁人去了婆家怎么办？"又看向明蕙，"你是姐姐，平时好歹多教导妹妹几句。"

明蕙微笑着应了。

邵大奶奶笑道："我看仙蕙这半年懂事多了。"吩咐丫头，把小姑子爱吃的菜放在她面前，又侍奉邵母和沈太太吃饭，然后敬着丈夫、照顾小女儿，这是她嫁进邵家以后每天都做的，已经习惯了。

沈氏笑道："原说天冷，你们小夫妻屋子自己吃的，偏偏仙蕙嘴馋吃这个，所以挤在一起吃，不然吃不完的。"

"这样也好。"邵母慢吞吞吃了一筷子菜，然后说道："一品锅嘛，就是要人多热热

139

闹闹地吃，才有气氛呢。"要是儿子也在身边就更好了，可惜这话不能说。

邵景烨喝了几口热酒，说道："爹说，等暖和了就让我去兖州。"

邵大奶奶露出恋恋不舍的目光。

仙蕙插嘴道："娘，不然让嫂嫂一块儿去吧？哥哥身边，总得有个知疼知热的人照顾着，不然你也不放心啊。"

最好东院的人都走，远离江都，再也不要回来。

沈氏停下筷子，看向儿子和儿媳不言语。

邵大奶奶素来胆小谨慎，一面感激小姑子的体贴，一面又担心婆婆责备，忙道："不用，不用！我是长媳，理应留下来照顾祖母，照顾娘，再说了，琴姐儿还小呢。"

仙蕙却道："嫂嫂，你带着琴姐儿一起去吧。"

沈氏思量了下，"也好。"她的心思和小女儿差不多，说道："我的年纪不算大，吃得走得，做什么都能行的。"看向婆婆，"我呢，留下来陪着娘，再看着明蕙和仙蕙，就让景烨他们一家子去兖州，团团圆圆地过日子。"

婆婆是邵元亨的亲娘，荣氏不会动她，只要儿子、儿媳和孙女都走，回头再把两个女儿一嫁，算起来就只剩自己了。

纵使荣氏拎着刀子过来喊打喊杀，自己也不怕。

邵景烨不愿意，"娘……"

"好了！"沈氏严厉打断，"我的话，你们不听了是不是？这个家，难道还不够鸡飞狗跳的吗？只要往后你们都过得好，就是孝敬我了。"

仙蕙趁机劝道："哥哥，等你在兖州站稳了脚跟，还可以接我们过去玩儿啊？两下里走动不是更好？再说了，兖州和江都又不远，你常回来看看也是一样的，和你平日在外头忙活，没多大区别。"

邵景烨犹豫了下，的确，东院的人自立门户日子会更清净一些。

邵母只管有丫头服侍，有水烟抽，现在每天又有丫头们奉承她陪着打叶子牌，根本就不想掺和东院和西院的事，更不想让儿子为难。心下思量，东院的人要是去了兖州单过也好，大家图一个耳根子清净，也就没有多言。

明蕙一切都听母亲和哥哥的，静默不语。

邵大奶奶则是强压了满心的欣喜，要是能跟着丈夫一起去兖州，过小日子，那该多美啊？只是有点不好意思，这样的念头，到底显得不孝，因而不敢吭声儿。

最后沈氏拍了板，"就这么定了！"

次日清晨，仙蕙穿着打扮和平常一样，笑着出门，"我去掐花了。"

明蕙替她扶正鬓角的一朵绢花，叮嘱道："裹好披风，别贪玩，早点回来啊。"她并没有多加留意，还摇头笑了笑，"没一刻老实的。"

而仙蕙出了门，去到后花园，早有一辆准备好的马车等着她。

邵元亨见二女儿老老实实地来，没耍花样，放下心来说道："上去吧，一路都会有人照顾你，不会让你吃苦的。"

仙蕙低垂眼帘，福了福，"多谢爹。"

父女俩说完了场面上的客套话，再无多言。

马车旋即驶出邵府，由邵元亨的心腹赵总管亲自领着，从花园的后门离开。不过刚出了门，马车就停下，仙蕙正在疑惑外头出了啥事儿，就听荣氏的声音响起，带出几分讥讽，"仙蕙啊，你这是要攀上高枝儿做凤凰去了。"

仙蕙知道她这是在讥讽自己找死，轻轻笑了，"荣太太真是客气，我不过是去做一个小小秀女，算得上什么攀高枝儿？倒是三妹妹，做了大郡王的侍妾，封了夫人，那才是真正的金凤凰呢。"

荣氏气得跳脚骂道："你这个贱……"

"荣太太。"赵总管打断她，"老爷还在那边花园子里头。"

荣氏气得肝疼，回头看了看自家的后花园，怕丈夫没有走远。不敢骂，也不敢多说下去，狠狠撂下一句话，"你等着！回头有你高兴的时候！"

仙蕙呵呵地笑，"我挺好的。"掀了一点车帘，招招手，眼下在外面又有赵总管在跟前儿看着，倒不怕荣氏撒泼，"荣太太你知道吗？父亲为了让我欢欢喜喜地去京城，可是给了大好处的哦。"

荣氏闻言怔了怔，"什么好处？"

仙蕙声音得意，故意气她，"荣太太想知道啊？那就回头自个儿去账房查呗。"她笑得很是开心，"呵呵，反正比上次的还要好，还要多，还要让人心里发甜呢。"

"你胡说！"荣氏柳眉倒竖，一双杏眼瞪得又大又圆。

"走吧。"仙蕙声音优雅，"别耽误了选秀的时辰。"

马夫一扬鞭，马车"嘚嘚"赶紧走了。

荣氏气得怔在当场，不信，又觉得很有可能，赶紧冲去账房查账，打开最近的开支一看，——整整五万两银子支出！顿时眼前一黑，要不是阮妈眼疾手快扶住，差点摔在地上。

阮妈吓得脸色都白了。

荣氏气得差点背过气去，半晌，才结巴道："老爷……老爷他、他这是要挖了我的心啊！今儿三万两，明儿五万两，整个邵家都快给他搬空了。"

这还是仙蕙担心荣氏暗地使坏，干涉哥哥去兖州，只告诉了一部分的结果。

不过没等多久，邵景烨领着妻女一起去了兖州。

荣氏再度心生猜疑，让人去打听，才知道丈夫把兖州分号过户给了邵景烨，还有在兖州买下的大宅院、六百亩良田，顿时气得一病不起。

当然，这些都是后话了。

而眼下，明蕙在屋里等了半晌不见妹妹回来，觉得不太对劲，让丫头去妹妹屋子里瞧了瞧，也没有人。只得亲自领着丫头去后花园找人，哪里还找得到？她担心不已，忽地想起妹妹之前说的那些话，疑惑中，赶紧拆了枕头。

打开一看，顿时被银票和书信吓得魂飞魄散！

再说仙蕙，马车没走多远便驶入一条小路，往秀女聚集的地方飞奔而去。

前路是福是祸？她的心里一片茫然无助。

到了秀女聚集的地方，院子里已经一派热闹非凡。有已经上车的秀女，有等在下面排队的秀女，还有哭哭啼啼小声抽泣的秀女，都是自顾不暇。根本没人留意临时加进来的仙蕙，因而顺顺利利地交接了。

来接仙蕙的人，正是在庆王府打量她的奇怪妇人。看其一身宫装打扮，想来不是在宫里行走的嬷嬷，就是历年来专门负责选秀的人。那妇人自我介绍道："我姓厉，这一路上，由我来教导你们，将你们平安送到京城。"

"你来。"她招手，领着去做一番做秀女必要的检查，是否处子之身。

仙蕙强忍了羞辱，任凭厉嬷嬷折腾了一番。

大约是邵元亨提前打点过，厉嬷嬷检查无误之后，神色还算客气，指向院子里的马车，"等下两个秀女同坐一辆马车，分到谁就是谁，不要挑三拣四的。"临上车前，还让人给她拿了一个软垫子。

仙蕙戴着绡纱帷帽，低头应道："是，记下了。"

很快，秀女队伍就一起出发了。

和仙蕙同车的秀女长得珠圆玉润，白净秀气，看起来不像是吃过苦的，只是神色十分拘谨，估计是小门小户养得娇的姑娘。一路上，仙蕙根本没有心情说话，那姑娘张了几次嘴都接不上眼神，也静默下来。

马车摇摇晃晃的，颠簸着，时间一长很不舒服。

仙蕙闭上眼睛准备睡一会儿。

不是心宽，也不是困，只想一睁眼就已经离开江都，不用难舍难分的了。

正半梦半醒不知身在何处，忽地耳畔传来声音，"唔、啊唔……"睁眼一看，对面的秀女脸色惨白捂着嘴巴，似乎忍不住想吐，鬓角上面，细细的汗珠子都冒出来了。

仙蕙赶忙朝外面喊人，"停下，停下，有人恶心想吐。"

马车很快停了下来。

仙蕙戴上帷帽，朝外头的小太监道："有没有大夫？医婆？请过来瞧瞧。"见那小太监木呆呆的不作声，再看车里那位难受得要死要活，赶紧下了车，喊道："厉嬷嬷？厉嬷嬷在哪儿？"

她声音清脆，高宸骑马在前面隔得不太远，回头看了过来。

仙蕙也看了他一眼。

上

不是惦记他,而是高宸骑在矫健的黑色大马上面,又穿了一身银色盔甲,戴着英气不凡的头盔,腰间还配着一把利剑。这么一副周身戎装的利落打扮,又身在高处,实在是想不看到都难。

阳光下,他的双眉修长有如远山,眸黑似墨,有种光华湛湛的俊美。

仙蕙觉得他似乎在看自己,嘴角还勾了勾,那双清冷的眼睛里,分明露出一丝不屑之意。等等……不屑?他不屑自己什么?哦,他是觉得自己贪慕荣华富贵,一心攀龙附凤,最终还是来选秀了吧。

原先还不确定,周峤的消息是不是他通风报信的,现在倒是有几分确定了。

仙蕙真想跟他分辩,不屑什么不屑啊,你以为我愿意啊?愿意伺候一个年过半百的老头子?真是的,本姑娘不愿意得很呢。

——谁让摊上一个没良心的爹。

"怎么了?"厉嬷嬷走了过来。

仙蕙赶忙回头,指了指车里说道:"她想吐,好像很难受的样子。"

厉嬷嬷面无表情看了看,问道:"吃什么了?赶紧说清楚了,对症下药,你也好少受一点儿罪。"

秀女摇摇头,豆大的汗珠从额头上面滚落。

厉嬷嬷冷笑道:"这些年来秀女们耍的花招,我见多了。"眼里毫无怜悯,"你不说也行,但你记住,没有人会专门送你回家。别说你是恶心想吐,就算你现在是吃了砒霜等死,也得死在进京的路上!"

那秀女脸色惨白,"厉嬷嬷……"

厉嬷嬷看了她一眼,一副你爱说不说的表情,转身就走。

秀女尖声道:"嬷嬷、嬷嬷,我吃了夹竹桃粉!我、我……"像是实在忍不住,"哇"的一声,探出车窗大口大口吐了起来。

厉嬷嬷嫌弃地皱起眉头,等她吐完,呵斥道:"下来!"叫人拿了清水给她,让大夫诊了脉,问道:"如何?"

大夫回道:"没有大碍,只是夹竹桃粉吃得有点过量。"

"死不了就行。"厉嬷嬷指了仙蕙,"你上去。"然后看向那个秀女,上前就是狠狠一耳光,又一耳光,再一耳光,"不识抬举!"一连扇了十来下,扇得那秀女满脸通红才停下,"敬酒不吃吃罚酒是吧?行!"

秀女都被她打蒙了,捂着脸,一句话也不说。

厉嬷嬷冷声道:"不许坐车,跟着走路!"不顾对方眼中的惊讶,转身上了车,还狠狠骂道:"犯贱!走,净耽误大伙儿的工夫。"

那秀女脸色惨白地留在车下,等队伍一走,不得不强忍了难受提裙追上,一路小跑气喘吁吁,慢慢地越落越后面去了。

她路过厉嬷嬷的马车时，里面飘出来一句，"记着，要是你腿软脚软走不动，跟丢了队伍，那就只好给你报一个病故了。"

那秀女咬了唇，赶紧加快脚步拼命跟上。

仙蕙在马车里面舒了一口气，真是够吓人的。就算自己知道选秀的事最终不成，这一路担惊受怕的，也觉得有点吃不消，更不用说其他秀女们了。厉嬷嬷这一招杀鸡儆猴实在厉害，后面的行程，估摸不会有人再闹幺蛾子了。

她有点同情那个可怜的秀女，但也帮不上。

仙蕙歪在厉嬷嬷额外给加的软垫上，轻声叹气，正想闭上眼睛逃避这些纷乱，马车队伍后面又起喧哗，又停下来了。虽然好奇，但是想着事不关己高高挂起，并没有探头出去看，自己可不想惹上什么麻烦。

偏生麻烦就是冲她来的。

后面似乎闹了起来，有人争吵，有马儿惊叫嘶鸣的声音，然后"嘚嘚"一阵马蹄声从前面跑来，掠过仙蕙车窗时，卷起一阵气流掀起车帘。仙蕙瞅着一个身姿挺拔的年轻男子策马过去，不是别人，正是冰山脸的四郡王高宸。

天哪！出什么大乱子了？连他都惊动得跑了过去。

阿弥陀佛，阿弥陀佛……

仙蕙不停地在心中念佛，祈祷一路平安，自己去京城逛一圈儿就顺利回来。

片刻后，一阵马蹄声停在车外。

"邵仙蕙！"有人低低喝了一句，"出来。"

仙蕙打了一个激灵，心下吃惊，高宸突然点自己的名做什么？却不敢迟疑，赶紧戴上帷帽下了车。抬头看了他一眼，他骑在马上位置太高，又逆光，根本就看不清，只能感受到他周身的隐隐煞气。

她怯生生问道："四郡王，……有事？"

"仙蕙！"一个熟悉的声音在旁边响起，语气焦急万分。

"哥哥？！"仙蕙赶忙扭头，在马车后面看到哥哥，正被两个小太监给押着，不由急步冲了上去，"哥哥，你怎么跑来了？"赶紧向高宸和厉嬷嬷求情，"我和哥哥单独说几句话就行，不会走远的。"

厉嬷嬷冷着脸，训斥道："有话在家不早说？要是这么一路上，你说个话，我也说个话的，走到明年也到不了京城。"

"行了。"高宸淡淡道了一句，"给她一炷香的时间。"

厉嬷嬷只得忍气不言。

"多谢四郡王。"仙蕙顾不上多说，急忙扯了哥哥去往旁边的田埂上，不敢走得太远，算着别人听不见的距离停下，气喘吁吁道："哥哥，我……我有话跟你说。"

"说什么？"邵景烨俊朗的面庞上尽是怒火，又是心痛，"说你用去做秀女，换了五万

上

两银子和兖州的铺子吗？仙蕙……"他拉起妹妹稚嫩的双手，眼睛通红，"你怎么这么傻啊？哥哥就是一辈子去做小货郎，也不要卖妹妹的钱！"

"哥哥，你什么都别说了，听我说！一定要先听我说。"仙蕙苦笑了一下，"哥哥，是父亲把我的名字报上去的，我不得不去。"

"什么？！"邵景烨很早就担起家里顶梁柱的重任，一向自认成熟稳重，但却被这个惊骇的消息，给震惊得缓不过神。他难以想象，那个尽管隔了多年才见面，但却一直温情脉脉的父亲，素来偏疼妹妹，怎么会把妹妹的名字给报上去？！

仙蕙鼻子酸酸的，自嘲一笑，"我知道，你们很难想象父亲到底有多无情。他从来不曾偏疼我，按照我的意愿打三万两银子的首饰，让荣氏交出东院的卖身契，以及最近拨的几万两银子和铺子、宅子，这一切的一切，都不过是因为想让我乖乖进宫罢了。"

邵景烨脸色微白，低哑道："也就是说，父亲之前的好全都是假的。"

厉嬷嬷在那边喊道："一炷香的时间到了。"

邵景烨用力握住妹妹的手，不肯松开，心里好似刀割一样难受，"仙蕙！"他无法相信妹妹的说辞，又怎么可能就这么看着她走？只恨自己没有早点看穿父亲！

可是……虎毒尚且不食子啊。

"哥哥，你放我走。"仙蕙努力地往外抽手，深深吸气，努力平复声音道："你现在是不可能带我回去的，劫持秀女，整个东院的人都不会有好下场，放开……"忽地低头下去，狠狠地咬了一口，"放开！"

她飞快地上了车，喊道："走！"

马车缓缓前行，很快又开始颠簸晃悠起来了，晃掉了她一眶热泪。

到了天黑时分，选秀的队伍在第一处客栈停下休息。

客栈是早就已经包下来的，清了人，除了掌柜和伙计们，就是秀女队伍，等马车都进了院子里，便关了大门。客栈外面，是高宸手下的一支将士负责巡逻，在更远一点的空地，还驻扎着两千人的军队。

毕竟秀女们首先是要献给皇帝享用的，次之配给皇子宗室，断断出不得岔子。

此次江都州县选送的秀女一共三十六名，刚好坐了四桌吃饭。开饭的时候，那个跑了一整天的倒霉秀女，已经软在凳子上，只剩下喘气儿的力气了。因为中午大家都只吃了点干粮，晚上加了好菜，热气腾腾的颇为诱人。

仙蕙没滋没味地往嘴里塞，静默不语。

秀女们也没人敢说话，都是默默吃，吃完也不敢随便走动，继续干坐。直到厉嬷嬷过来说话，"两个人一间屋子，听唱号，叫到号的就赶紧上楼去。"然后扫了那个倒霉的秀女一眼，"你睡柴房。"

那秀女脸色惨白，但怕极了，一个字都不敢说。

145

其余的秀女也是战战兢兢，生怕一不小心，就会落得同样倒霉的下场。因而只要一听到叫号的秀女，都是飞快上楼，不敢有片刻停留。

仙蕙一个人上楼去了房间，看着空荡荡的屋子，叹了口气。

她上了床，满脑子想的都是，哥哥到底信了自己的话几分？回去路上顺不顺利？娘和姐姐是不是哭做一团儿？还有自己，这次能不能顺利回来？但愿老天庇佑吧。

翻来覆去，覆去翻来，折腾到半夜都还是没有睡意。

"呲呲……"寂静的屋子里，忽然响起一阵轻微的动静。

什么声音？仙蕙吓得不敢出声儿，拨开帐子，四下里环顾瞧了瞧，第一圈儿没有瞧见什么，以为是老鼠之类的。可是停了一下，又传来细细的"呲呲"声，不对劲，她光着脚下了床，更大范围地看了一圈儿。

忽然目光一顿，门闩正在一点一点地往旁边挪，有人在偷偷开门！

——吓得她赶紧捂住了嘴巴！

什么人？谋财害命？不不，不对啊，今儿住在这里的都是秀女啊。

且不说秀女们没有钱财可图，单是戒备森严，就不应该有贼人进来才是，而且一点都没惊动外面的守卫，何其古怪啊？难不成，是这客栈的掌柜伙计疯了？可他们到底图什么啊？为什么非得找上自己？

电光石火之间，耳畔忽地浮起荣氏的声音，"你等着！回头有你高兴的时候！"

难道是她？抑或邵彤云？！

不！现在不要管这些，要紧的是，自己该怎么办啊？！

大声喊救命？只怕客栈外面的巡逻守卫还没有冲进来，贼人就已经先杀了进来，他们惊慌之下，肯定是先砍了自己的脑袋再说！

怎么办？自己到底要怎么办啊。

难道，今晚就是自己死期不成？不行，绝不能坐以待毙！

"着火啦！着火啦！"客栈内，有人大声惊呼，"快来救火啊！"

秀女里面，有胆大的探头探脑，有慌张的急匆匆地要下楼，有怯懦的吓得乱哭，顿时一片热闹喧哗。闻讯赶来的厉嬷嬷又气又怒，大声呵斥，"已经有人去救火了，都各自老实在屋里待着！不许乱跑！"

万一慌乱中走失一些秀女，如何是好？再者既然起火，若是烧坏几个秀女的面容岂不糟糕？还有、还有，该不会是出现了贼人之流吧？若是秀女们被贼人轻薄，又该怎么办？真真要命了！

片刻工夫，整个客栈都人仰马翻起来。

高宸住在楼下单独的一间，他对此次上京的江都秀女负有责任，当即披上外套，提了剑，动作利落地冲了出去。这是一所内构庭院的客栈，站下面抬头一看，二楼有间屋子青烟袅袅的，几个小太监正在不停地往里泼水。

146

上

　　无缘无故，屋子里怎么会突然起火？高宸不由剑眉微蹙。

　　好在没一会儿，就有小太监探头喊道："火不大，已经被扑灭了。"又补道："是灯台倒在了床帐上，烧着了帐子。"

　　厉嬷嬷连连跺脚，朝上喊道："那是谁的屋子？"心下不愿出大事，只想往小的方向确认，训斥道："怎么不小心，大冬天打翻火烛是好玩儿的吗？叫人下来！"

　　小太监一脸为难之色，回道："嬷嬷，屋子里面没有人。"

　　没人？厉嬷嬷顿时脸色变得惨白，心里慌了一下神，继而尖声道："什么叫屋子里面没人？快点检查一下，看是不是藏在床脚、衣柜里？赶紧把人找出来啊。"

　　楼上有人得令去找，"是。"

　　转瞬间，忽然响起一声惨叫，"啊！杀人啦，救命！"

　　门口的几个小太监慌张往下跑，后面紧跟着，跑出来一个满手鲜血的小太监，跌跌撞撞往下冲，"有刺客！有刺客……床底下有刺客！"

　　高宸当即声音清亮，喝了一声，"各房的秀女都回屋，不许出来！"提着佩剑，领着自己的护卫队冲上二楼，站在屋外，冷声道："何人？滚出来。"

　　一部分侍卫们进去，搜寻周围可以藏人的地方，一部分将床团团围了起来。

　　高宸等了一瞬，没有废话，"弓弩手，射杀！"

　　"饶命！饶命！"床底下响起叫声，窸窸窣窣，一个精瘦精瘦的中年妇人，灰头土脸地爬了出来，将手里的尖刀交出，然后"扑通"一声跪在地上，"将军饶命！小、小妇人只是拿人钱财，替人消灾……"

　　这种阴私，不是方便让大家都细细听的。

　　高宸当即吩咐副将，"捆了，带下去再审讯。"

　　"是。"副将领命捆了人走。

　　那妇人呜呜咽咽的，说不出话，浑身抖得像是在筛糠一样。

　　厉嬷嬷在后面探了探头，确认没有危险，才敢过来。瞅着"贼人"是个妇人，顿时松了一口气，要是来个陌生男人，回头说不清楚可就麻烦大了。

　　高宸指了侍卫们，"搜！"

　　剩下的侍卫将床底、衣柜、角落，到处检查了个遍，甚至连房梁都没有放过，没有别的贼人，但，也没有秀女的影子。

　　厉嬷嬷的脸色很不好看，"没人？这要怎么办才好？"吩咐另外一个嬷嬷去每个房间清点人数，别人都在，甚至连柴房里的那个秀女也在，就是单单少了仙蕙，顿时脸色更不好看了。

　　高宸目光一凌，……邵仙蕙？怎么刚巧是她不见了。

　　"四郡王。"厉嬷嬷跺脚道，"我知道了，肯定是那臭丫头和她哥哥捣鬼，下午就商议好了要逃跑的，所以故意纵火不见了。"

"嬷嬷。"高宸打断道，"先不要急着下定论。"

厉嬷嬷也是说的气话，心里焦急，情知就算有人要逃走，放火弄个乱子也罢了，没道理再弄个杀人的来。可是心里着急啊，又惋惜，邵家老爷说好将来要给银子，替她女儿一路打点呢。

片刻后，副将过来，上前悄悄地嘀咕了几句。

高宸眸子一亮，好似暗夜里闪烁不定的寒星，"此言当真？"见副将点头，然后挥挥手道："我知道了，你带着其余的人都先下去。"

副将并不多问，自动执行他的命令带人离开。

厉嬷嬷则是一头雾水。

因为火势并不算大，屋子里的烟味儿已经散得差不多了。

高宸招手，领着厉嬷嬷进去说话，关了门道："是那邵仙蕙有个仇家，提前收买了客栈里的佣工妇人，要杀她，应该不是她自己想逃的。"

"仇家？"厉嬷嬷惊诧道。

高宸并没有解释的意思，而是在屋子里转悠了一圈儿，特别是从床边，仔细地观看床上地下的痕迹，似乎找出点什么来。

厉嬷嬷是在宫里混了多年的人，知道什么该问，什么不该问，见他不想说也就没再刨根究底，反正这也不是重点。自个儿思量了下，"那若不是她自己逃走的，怎么会生不见人、死不见尸？就算给她报病故，也得给她家里送一具尸首啊。要不然，实在找不到的话，就干脆说她偷偷跑了。"

高宸摆了摆手，示意对方不要出声儿。

厉嬷嬷顿时抿了嘴。

窗户外面，一阵阵寒风刮过，响起鬼哭狼嚎的呜咽声，凄惨无比。

高宸忽然大步流星往窗户边一走，猛地推开，接着利剑出鞘，朝着推不动的那扇窗扉挥了过去，凌厉道："出来！否则刀剑无情。"

"别，别……！"背后传来娇软的少女声音，声音打颤，"是我，是我在外面，你把剑拿开，我、我这就进来。"

不是别人，正是仙蕙。

厉嬷嬷顿时松了一口气。

这丫头，倒是聪明，要是藏在床底下早被人杀了吧。

高宸探出头往外看去，果然，是她。

月光朦胧，勾勒出一张清丽绝伦的少女脸庞，脸色素白，衬得一双眼睛好似水洗墨色宝石一般，闪着比星辉更耀眼的光芒。她纤细的双手，紧紧地抓着窗框上方，身上只穿了单薄的粉色中衣，在寒风中摇摆不定。

高宸的视线猛地一跳。

上

　　仙蕙被寒风刮得浑身冰凉僵硬，瑟瑟发抖，手脚都麻木了。窗户上的木板又狭窄，一不小心就有可能掉下去，正在艰难地一点点移步，磕巴道："我、我进来……"

　　客栈的窗户并不大，她像小猫似的弯着腰身，这个姿势，刚好露出一大片洁白细腻的脖颈，以及精巧漂亮的锁骨，颇有几分诱人。

　　高宸当即转身，二话不说就要先出门而去。

　　厉嬷嬷瞅着她穿得单薄，不由低斥，"穿成这样，还敢在外面待大半天？真是找死也不挑好地方！"

　　仙蕙本来都快成冰疙瘩了，正在发抖，闻言顿时吓得脚下踩空，身子倾斜，手忙脚乱地一阵扑腾，"啊！救命！救我……"

　　她本能地双手捧住了脸，斜斜栽了下去！

　　正准备半边身子都给摔裂，下一瞬，却掉进了一个沉稳有力的怀抱里。

　　呃……哎？这是？她木呆呆地抬眼，看到半张脸，那有如美玉一般光洁的下颌，泛着清冷寒气。天哪！自己和高宸，搂在一起？她的大脑顿时一片空白，连羞涩都慢了半拍，"不，我下来……"

　　外面小风一吹，冻得她猛地打了一个激灵！

　　仙蕙鼻子痒痒，实在是忍不住，"啊……阿嚏！"身子猛地一缩，情不自禁地紧紧抱住了高宸，一头磕在他的胸膛上，"哎哟，对不住。"她原本苍白的脸，顿时泛起一抹羞窘的涨红，自己这算什么？投怀？送抱？他一定要误会了。

　　于是赶紧松手，推了推他，声音带出哭腔，"我、我不是故意的。"

　　她乱动，弄得两个人的身影都晃了晃。

　　高宸低头看着怀里的麻烦精，忍耐已经到了极限，一字一顿道："你再不消停，我就把你给扔出窗外去！"

　　仙蕙煞白了一张小脸，紧紧抿嘴，一动也不动。

　　厉嬷嬷瞪圆了眼睛，哎……这算什么？哪有秀女被别的男人搂搂抱抱的？急中生智，当即慌张地掀了被子，"四郡王，赶紧把她放在被窝里焐一焐。"

　　高宸出于本能去救人，但是在伸出手的一刹那，他就后悔了，女人是能随便抱的吗？秀女是能随便抱的吗？更不用说，怀里这位还不消停，又搂又抱，又推又攘，简直想把她给直接搿地上！

　　他三步两步，大步流星走到床边，把怀里的"麻烦"扔在了被子上面，然后没有一句多话，便冷着脸，提着佩剑快步推门走了。

　　仙蕙浑身直抖，强忍了羞赧和尴尬，磕磕巴巴道谢，"多、多谢……"

　　外面"噔噔噔"的，响起高宸快速下楼的脚步声。

　　仙蕙浑身都冻得快僵了，牙齿直打架，哆哆嗦嗦蜷成一团儿，暂时顾不上他，况且也没有追上去的道理。她捂在被子里面，又接二连三地打了几个喷嚏，眼泪都快给激出来了。

"你记住。"厉嬷嬷叮嘱她,"今儿是四郡王走了以后,我找到你的。"

仙蕙当然知道事情轻重,自己眼下是秀女,要是传出去被别的男人抱过,只怕脑袋都要搬家,高宸也会吃不了兜着走。因而连连点头,努力让自己说话不磕巴,"我记住了。"

刚说完,牙齿又不自禁地打起架来,根本就止不住。

厉嬷嬷给她加了一床被子,然后问道:"今晚上来了几个贼人?那妇人还有没有同伙?你有没有事?"

意思是,有没有被辱?

"没了。"仙蕙心下明白,哆嗦道,"就一个妇人,我没事。"

厉嬷嬷得了准话才放下心来,起身道:"我去让人给你弄一个汤婆子,再送两个火盆进来,给你熬一碗姜汤喝,今晚上老实躺着焐一焐。"叹了口气,"别把小命儿给折在路上了。"

仙蕙泪流鼻塞,说话瓮声瓮气的,"多谢厉嬷嬷。"

心下谈不上多感激,她不过是看在邵家使银子的分上罢了。

倒是高宸,虽然一向都是讨人嫌的冰山脸,到底承了他的情,今儿要不是他出手抱住了自己,屁股还不摔成八瓣啊?他就好像自己命里的贵人一样,遇着他,总能化险为夷,呃……冰山贵人?

这么想着,忍不住有点好笑。

——继而又是一阵尴尬窘迫。

仙蕙自我安慰道,没事,没事,高宸一向都是好男风的。自己在他眼里,根本只能算是一个物件儿,他不会在意的,不会在意的。嗯,自己也不用放在心上,只当是被物件抱了一下。

等回头空了,给他认真道一声谢就是了。

哎……,不对,回头不用再给他道谢。

否则惹出麻烦来,岂不是没事找事儿啊?算啦,自己就默默地再道个谢吧。

仙蕙在被子里嘟哝道:"多谢,多谢。"然后双手合十,浑身乱抖念叨道:"还有多谢天神菩萨保佑,多谢佛祖,让我又逃过一劫,大难不死必有后福!必有后福!"

不过……那人到底是谁派来的啊?如此歹毒!

楼下屋子里,高宸正在单独和厉嬷嬷说话,"她结了仇家,难说后面还有没有别的杀招,往后还得多防范一些才行。"

她?两人已经熟到如此地步了?厉嬷嬷目光微闪,想起之前在庆王府见到仙蕙,难说高宸之前会不会认识她,往深了想,没准儿是郎有情妾有意呢。

要不然,今儿他怎么抱得那么快、那么准?

"厉嬷嬷?"

"呃。"厉嬷嬷收回心思,连连点头,"是,得多防范。"

高宸目光微闪看向对方,凉凉道:"你要清楚,若是路上死了秀女,你和我都是要担待责任的。更不用说，像今夜这样出了大乱子，万一再牵连到别的秀女，岂不是乱上加乱？到时候，可是不会有好果子吃的。"

厉嬷嬷赶紧垂下眼睑，这四郡王年纪轻轻的，也太会看人眼色揣度人心了。

刚才自己不过是一瞬闪烁，就被他猜出了真意，又不敢分辩，只能低头应道："四郡王说得是。依奴婢看，往后客栈里的人都要检查，断不能让他们留兵刃，夜里再派几个小太监和嬷嬷通宵巡查，宁可多辛苦一些也不要出错。"

高宸虽然不悦，但还不至于跟一个妇人计较，挥了挥手，"你下去安排吧。"

厉嬷嬷起身告辞，"是。"

月光下，高宸独自静坐，脸上好似染上了一层淡淡寒霜。

荣氏母女真是太放肆！

据那亡命妇人交待，她和丈夫都是附近村里的人。她一直在这家客栈里面帮忙洗菜洗碗，做点粗活儿，每个月赚个仨瓜俩枣的，拿回去贴补家用。丈夫则是在江都跟人跑腿儿的，为了省钱，平常都在江都忙活，只有逢年过节才回家。

前些日子，有人七拐八绕地找到了她的丈夫。

说是有人要买一个秀女的性命，名叫邵仙蕙。然后许了一千两银子的定金，并且答应事成之后，再给二千两银子。夫妻俩一合计，与其奔波半生都挣不下几个钱，还不如做一单大的，回头隐姓埋名一走，做个富家翁多逍遥自在啊？因此敲定了这桩掉脑袋的买卖。

高宸的嘴角勾起浅浅弧度，透出一抹讥讽。

邵家东院是从仙芝镇那种小地方来的，到江都拢共不过几个月，所谓仇家，且又是在江都的人，除了荣氏母女还有谁？！今夜的事，回头得跟哥哥好生说道说道，让他知道荣氏母女有多恶毒，免得被这些祸害蒙蔽了双眼。还有更得跟母亲讲清楚，哥哥糊涂，母亲可不糊涂，不能让她们在王府兴风作浪。

邵彤云和哥哥的事本来就说不清，后来自己又亲眼看见邵景钰泼她热油，从娘到儿女，全是蛇蝎一般的歹毒之辈！

偏生那邵彤云，还进了王府给哥哥做侍妾。

还有大嫂，亦是一个不肯安分的人，哥哥身边怎么全是这种妇人？可是要怪，首先就得怪哥哥自个儿没有刚性，不免怒其不争。

假如二哥还活着的话？每当这种时候，高宸心里总是会浮起淡淡的难过。

三月早春，夜里还是带出寒凉之意。

高宸本来睡觉就非常非常轻，再被这么一折腾，闹得整个人都彻底地清醒起来，再没了困劲儿。他披了一件狐皮大氅坐在火盆边，火光映照，满室暖融融的，让他忍不住有一丝心思动荡。

想起方才那一抱，虽然她冻得跟冰疙瘩一样，称不上软香温玉，但终归还是抱了。

希望厉嬷嬷是一个聪明的人，应该交代了她，免得她回头不小心说漏嘴，再惹出麻烦

事儿。不过想起之前几次和她碰面的情景，那副伶牙俐齿的样子，不像是傻的，她心里应该有分寸罢。

可惜了，多半一个贪慕荣华富贵的女人。

不然的话，怎么明知道要进宫，还不想法子回避？一路上，也没有丝毫着急，可见是等着进宫做皇妃娘娘了。

高宸摇摇头，觉得自己真是无聊，她贪慕荣华富贵与自己何干？别说她想着做皇妃娘娘，就是想做王母娘娘，那也和自己毫不相干。

理智是这么说的，可是……当时的情景仍旧历历在目。

清凉月华下，那好似莹玉一般光洁白皙的脸庞，乌黑的双眸，纤细的腰肢，洁白细腻得不像话的肌肤，娇软的声音，还有她无意中对自己的紧紧拥抱。

这一切，像是无形蛛丝，总在眼前若有若无地一晃而过。

仙蕙头昏脑涨地睡了一夜。

次日起来，整个人便烧成了一块火炭儿。可是秀女赶路耽搁不得，厉嬷嬷让大夫给她抓了常用的药，熬了，喝了，还是照样得上马车。昨天被惩罚的秀女也上了车，显然已经被吓怕了，缩在角落，像哑巴似的不吭声儿。

仙蕙没有心思招呼她，也没力气。

一路摇啊，晃啊，中午吃饭，晚上睡觉，熬了五六天烧才慢慢退下去。

厉嬷嬷庆幸叹道："还好捡了一条小命。"

仙蕙则是心虚，原想平平安安、顺顺利利去京城逛一圈儿，不容易啊。不说再遇到行凶歹徒之类的，单说就像这么发烧大病一场，也可能丢了性命。

但愿之后顺利一些吧。

不知道是不是她的祈祷起了作用，之后二十来天的路程，一直平安无事。

在那之后，仙蕙没有再见到高宸。

虽然彼此相隔并不算远，但是他走他的阳关道，她过她的独木桥，两条路根本没有任何交集。似乎之前那一抱，只是人生里面的一个意外，偶然触碰，似那石子投入了湖心一般，转瞬消失无痕。

而眼下到了京城，仙蕙更是早把高宸抛到了脑后，满心琢磨的都是，自己能来京城逛一趟，还能去皇宫，也算值了。

当然了，前提是能平安活着回去。

进城以后，即便秀女经过的道路被清道，仍能听到远处各种起伏不断的叫卖声、吆喝声，单是听声音，就能感受出京城的热闹非凡。可惜厉嬷嬷管得严，秀女们只在进城之前，远远地看了城楼一眼，然后就被喝令严禁掀开车帘。

很快，秀女们都统一送到宫中某处殿宇，等待各地秀女集齐一起参选。

上

  厉嬷嬷管得特别特别严厉，进宫以后，也不让掀开车帘。结果仙蕙想象中的雕梁画栋、琉砖璃瓦，气势恢宏的连绵宫墙，全部都没有看见。下了马车，秀女们四个人住一间小屋子，只准在庭院里活动，根本不允许踏出宫殿大门一步。

  仙蕙望着还不如庆王府大的院子，心中很是失望，暗暗腹诽了厉嬷嬷一番。

  而此刻，厉嬷嬷已经去了中宫向皇后回话。

  吴皇后是一个性子端方板正的妇人，没有太多废话，问道："这一路可还顺利？有没有遇到麻烦？都平安吧？"

  厉嬷嬷回道："路上有几个生病的，不过都好了，总算把人平平安安带到宫里。"

  吴皇后便没有再问，而是道："辛苦你们了。"这句话不是给厉嬷嬷道谢，而是中宫职责，对办皇差的人客气，又问："这次江都是谁负责送秀女进宫？"

  厉嬷嬷回道："是庆王的嫡出幼子，四郡王高宸。"

  吴皇后静了一瞬，问道："哦，高宸比其兄高敦如何？"三年前的秀女大选，是高敦送江都秀女上京，故而有此一问。

  厉嬷嬷斟酌了下说词，"依奴婢浅见，庆王夫妇的聪慧明敏，江都的钟灵毓秀，四郡王身上俱有。比之大郡王，想来还是四郡王更得父母偏疼。"

  吴皇后轻轻点头，看来这个高宸比之高敦，要强出许多。她心思微动，一时之间却权衡不好，足足静默了半个时辰，才细细交代了几句话。

  厉嬷嬷领首道："奴婢明白。"

  吴皇后不再多说，挥挥手，"你也累了，下去罢。"

  "是。"厉嬷嬷躬身告退。

  刚出中宫，便被梅贵妃的宫女喊住，"贵妃娘娘让嬷嬷过去一趟。"

  厉嬷嬷赶忙跟着去了。

  重重宫阙内，珠联蔽月、纱幔飘摇，一个漫不经心的女声响起，"听说江都盛产美人儿，厉嬷嬷辛苦一趟，想必是有大收获了。"她轻笑，"往后，有这么些美人儿伺候皇上，我们也就省心了。"

  语气里，是掩不住的酸溜溜之意。

  厉嬷嬷躬身道："贵妃娘娘天姿国色，寻常庸脂俗粉岂可比拟？那些秀女们，不过是略有几分水秀姿色罢了。"

  "哦？"梅贵妃悠悠问道，"你瞧着，比之本宫如何？"

  "不敢比，不敢比。"

  "是不敢比呢，还是本宫比不过她们？"梅贵妃不依不饶，从珠帘后面缓缓走了出来。她约摸二十来岁的年纪，五官精致、眉眼潋滟，一双丹凤眼微微上挑，有种盛气凌人的气势，以及明艳璀璨的妩媚。

  仿佛皇帝的宠妃天生就该长成这样，才配得上"宠妃"二字。

梅贵妃是六年前选秀进宫的，不过短短几年，便从秀女、贵人、婕妤、妃，一路升到如今的贵妃，而且始终盛宠不衰。

若非膝下无子，只怕皇后的位置都要换一换了。

厉嬷嬷低头躬身，回道："贵妃娘娘放心，都是一些束手束脚的乡野姑娘，莫说长得不如娘娘，便是侥幸能有娘娘几分风采的，气韵也及不上啊。"又说了一箩筐恭维讨好的话，把秀女贬到泥里去。

梅贵妃眼里闪过疑惑光芒，等她走了，吩咐心腹宫女，"厉嬷嬷这人嘴里总是没个实话，你去瞅瞅，看江都来的那一批秀女，有没有太扎眼的？眼睛放亮一点儿！"

"是。"那大宫女当即领命去了。

11 宫闱斗争

仙蕙的烧早退了，病好了。

她原本就不是娇滴滴的千金大小姐，自小在仙芝镇长大，有一股子匪里匪气的泼辣劲儿，因而好了以后，整天就跟没事儿人一样。

这会儿，正搬了椅子在院子里头晒太阳呢。

旁边几个秀女窃窃私语，"就她，胆子可真大，差一点给火烧死。"

有人感慨，"运气好啊。"

另外一个长着杏眼的秀女接话，说道："你们瞧，她的模样儿长得可真好看，只怕回头一选，就能落着一个不低的位分了。"语气里，带出几分希冀和嫉妒。

仙蕙觉得她们脑子都进了水。

皇妃娘娘是那么好当的？像现如今的皇后、妃子什么的，都是吃素的？哪可能随便就让秀女们出头，不掐了出头的就算不错了。

听得她们聒噪，连安安静静晒太阳的心都没有了。

正要起身，外头忽然来了一个穿着体面的宫女，头上别了好几支金钗，手上戴着碧绿通透的翡翠镯子。看样子，应该是宫女里面有头有脸的人物。果不其然，当即就有小宫女迎了上去，奉承道："芍药姐姐，你快坐。"

那个芍药正是梅贵妃身边的心腹宫女，根本不坐，也不理会小宫女们。而是先朝院子里面走来，把秀女们挨个打量了一番。看到仙蕙的时候，眼里闪过一抹惊艳之色，怔了怔，又下死劲儿多看了几眼。

仙蕙被她看得毛毛的，赶紧搬了椅子，回屋去了。

关了门，一直悄悄瞅着外面的动静。

上

那芍药继续四处都看了看,推开门,每个屋子都不放过,直到把新来的江都秀女都看了一遍,方才大摇大摆地离去。

仙蕙嘀咕道:"什么事儿啊?真是的。"

她没有想到的是,很快,事儿就来找她了。

到了下午,便有宫女过来找人,"邵仙蕙是哪一个?贵妃娘娘传召。"

院子里,秀女们顿时嗡嗡议论起来。

有人领着宫女来到仙蕙的屋子,推开门,指了指她,"那个就是邵仙蕙。"正是上午嫉妒仙蕙长得好看的杏眼秀女,一副眼光闪烁不定。见仙蕙愣愣的,上前拉她,"贵妃娘娘找你呢,快去。"

仙蕙像是脚上忘了上油,一顿一顿走出去,还问了一句,"找我?"

小宫女瞪了她一眼,"怎地这么多废话?赶紧走!"

仙蕙无可奈何,不想去?那是找死!在这儿叫天天不应,叫地地不灵,根本就没有人能护着自己。是福是祸,是生是死,都只能跟了出去。

那个找事儿的秀女一溜小跑,追到她跟前,杏眼忽闪忽闪的,附耳道:"要是贵妃娘娘抬举你,可别忘了我们这些姐妹啊。"她急急道:"我叫曹娥。"

仙蕙充耳不闻。

心下抱怨,你叫曹娥有什么用?叫曹操还有可能救一救自己。

仙蕙跟着那宫女一路走,心下苦笑,今儿倒是有机会看一看皇宫了。只是感觉马上就要上断头台,哪里还有心情?满脑子都是一片混沌空白,稀里糊涂的,跟着人到了金碧辉煌的玉粹宫,低着头不敢乱看。

"还不快给贵妃娘娘行礼?"有人呵斥道。

仙蕙低头一看,地面上是光溜溜的青金石镜砖,打磨光滑,却明显硬邦邦的。只是不敢迟疑,赶紧跪下道:"民女邵仙蕙,拜见贵妃娘娘。"

大殿内,一阵如水似的平静无声。

半晌过去,仙蕙不免跪得膝盖都隐隐作痛了。

"叮!"梅贵妃像是喝完了一盏茶,这才慢悠悠道:"起来吧。"她道:"抬起头来,让本宫好生地瞧一瞧。"

仙蕙便好像刀架在了脖子上,缓缓抬头。

梅贵妃忽然静了一瞬,过了片刻,才复杂地笑了起来,"啧啧,真是水灵灵的一朵鲜花啊。哎……"她忽然叹了口气,"本宫年纪大了,不像你们,年纪轻轻的正是大好年华,往后服侍皇上就全靠你们了。"

仙蕙一想起年过半百的皇帝,先在脑子里勾勒出一个祖父模样的轮廓,再想到服侍的意思,顿时一阵恶寒,浑身鸡皮疙瘩都冒了出来。又听对方语气威胁,赶紧"扑通"再次跪了下去,"贵妃娘娘倾国倾城、国色天香,别人怎么能比?民女不胜惶恐。"

"哟嚯，瞧瞧这张小嘴儿甜的。"梅贵妃忽然笑了起来，娇滴滴的，转了一副你好我好大家好的口气，"好妹妹，快起来说话。"又道："本宫没有别的意思，就是想多结识一两个好姐妹，将来大家一起侍奉皇上，也免得孤孤单单的。"

仙蕙又是害怕她突然发难，又是听得恶心，差点快把晌午的饭给吐了出来。

"来人！"梅贵妃声音清脆，"有赏。"

居然没有继续刁难，而是真的赏了仙蕙一支红宝石的金钗，然后让人送她回去。

"哇！贵妃娘娘赏给你的？"那个叫曹娥的秀女简直就是自来熟，主动过来，非得缠着要看梅贵妃的赏赐，一脸艳羡之色，"真好，贵妃娘娘一定是看上你了。"

仙蕙心里觉得十分古怪。

难道说，梅贵妃真的只是想拉拢几个新鲜秀女，帮着她以后固宠？天哪，千千万万不要啊，自己还等着那件事情一出，就赶紧回江都去呢。

"你怎么还不高兴？"曹娥一脸不解，又嘀咕，"得了空，有机会的话，你在贵妃娘娘面前提提我，咱们可都是同一个地方来的。"

仙蕙恨不得把那红宝石金钗摔她脸上，想去赶紧去吧。

事情还没有完。

第二天，梅贵妃又赏赐了仙蕙一对金手镯。

第三天，梅贵妃让芍药送来一套新制的宫装衣裙，华丽鲜艳，芍药还催着仙蕙赶紧穿上试试，看看合不合身，说是，"若不合身，好拿回去改。"

仙蕙哪敢不试？哪敢说不合身。她只能穿上了那套新制的衣裙，玫瑰红织金缠枝纹上衣，再配一袭缕金百蝶穿花云缎裙，顿时满堂华彩！

众人议论纷纷，很快，就没有人不知道江都邵仙蕙的。

仙蕙完全高兴不起来。

心下清楚，只怕自己遭殃的日子很快就要到了。

仙蕙对前途担心不已。

曹娥却是越发兴奋起来，每天都跑过来蹭在一起说话。要不是害怕厉嬷嬷责备，只怕都要跟这屋的秀女换个屋子睡，日日夜夜和仙蕙凑在一起了。

"哎……"她用肩膀推了推仙蕙，"贵妃娘娘是怎么跟你说的？"

仙蕙不理她。

曹娥又道："以后要是皇上封了你位分，我能不能和你住在一起啊？"

仙蕙还是不理她。

"仙蕙……"曹娥的口气十分亲热，带出几分讨好巴结之意，"我挺喜欢你的，我们说话又合得来，往后我们住一起吧？你想想看，好歹我们都是江都来的啊。"

仙蕙本来就提心吊胆的，又被她缠磨了好几天，这些话耳朵都要听起茧子了，不由忍无可忍，烦躁道："有三十六个秀女都是江都来的呢！一个宫也住不下。"

曹娥怔住，继而窘得涨红了脸，愤愤道："你能耐什么啊？还没做上娘娘，倒先摆起娘娘的谱了！"气得摔了门，"稀罕么？都是秀女，有什么了不起的。"

仙蕙顿时觉得耳根子清净了。
——却不知祸从此起。
第二天，仙蕙没有等到梅贵妃的赏赐，却等到了梅贵妃的传召。来领路的宫女，用一种看死人的表情，勾起嘴角道："请吧，仙蕙姑娘。"
到了玉粹宫，梅贵妃漫不经心地比画着手指甲，十指滟滟，好似染血一般。等人进来以后，半晌了，才挑眉问道："听说，你们来的路上客栈失火了。"
仙蕙心里"咯噔"一下。
不好！直觉告诉她，后面肯定不会有什么好事。
"出来吧。"梅贵妃淡淡道。
仙蕙顺着她看的方向，扭头看去，眼里顿时露出惊讶之色，……是曹娥！
梅贵妃往下睨了一眼，"说说，客栈失火是怎么回事？"
曹娥跪在地上，义愤填膺地说道："就在我们离开江都的第一夜，晚上客栈突然无缘无故失火了。这件事情，从江都来的秀女都知道。"指了仙蕙，"失火的屋子，就是她住的屋子，另外一个秀女，因为被厉嬷嬷责罚而去了柴房。"
梅贵妃皱眉，"说要紧的！"
曹娥吓得一哆嗦，赶忙飞快道："当时我就住在邵仙蕙的隔壁，因为失火害怕，一直留意外面的动静，听得清清楚楚……"咽了下口水，"有人喊了，有刺客！后来好像是刺客被人抓住，但、但她……肯定是不清白了。"
仙蕙顿时脑子"嗡"的一下。
梅贵妃见她脸色惨白，心下快意，"邵仙蕙，你怎么说？"之前故意让她惹眼，果然就激起了别的蠢货心里不平，那曹娥告状告得飞快，正在做着扳倒了对手，好踏着尸体上位的美梦呢。
"不是那样的。"仙蕙努力镇定自己，微微颤抖，"当天夜里的确是失火了，有个刺客，不过那个刺客是女的，是一个妇人。"
"你胡说。"曹娥急了，要是扳不倒仙蕙再惹一身臊，让贵妃恼怒怎么办？因而急急指责，"撒谎！哪有刺客是女的？肯定是男人！"
仙蕙恨不得上前扇她一耳光，强忍了怒气，回话道："贵妃娘娘，当天失火抓刺客的时候，厉嬷嬷也在的，她可以作证，那个刺客的确是一个妇人。"
梅贵妃一声轻笑，"传厉嬷嬷。"
今儿的戏，可不是简简单单就能唱完的。
等厉嬷嬷来了，自己可是要唱一出热热闹闹的大戏，才能收工。

静谧如水的大殿内，幽幽静静，间或能听到香炉里面香屑燃烧的"劈啪"声，又小又细又轻，更加增添一种无形笼罩的压力。

厉嬷嬷进来以后就脸色灰败，跪在地上。

仙蕙顿时感觉更加不好，她不是宫里有头有脸的嬷嬷吗？听说，就连皇后娘娘和妃子们见了她，都是客客气气的，怎么突然不言不语就跪下了？而且一脸做错了事，被人拿捏住把柄的模样。

她……可是知道自己和高宸"不妥"的。

仿佛有一张无形的大网，兜头兜脑的，正从万丈高空朝着自己袭来，明明知道掉进了阴谋里面，却无法脱身。

"厉嬷嬷。"梅贵妃又问，"邵仙蕙说，当天客栈失火的时候，进去的刺客是一个妇人？你也在场，她说的可都是实话？"

"是。"厉嬷嬷低头回道。

梅贵妃又道："一个人的话难以尽信，谁知道你有没有收了她的好处，而替她撒了谎？"凤目微微一转，"当时可还有别人在场？"

"有。"厉嬷嬷回道，"江都庆王的嫡出幼子，四郡王高宸当时也在现场，是他的侍卫抓了那个刺客妇人。"

"这么说，她没有撒谎了。"梅贵妃根本没有半分呵斥，反而问道："那么当时除了四郡王和你，还有别人吗？邵仙蕙又是藏在哪里？怎么被找到的？"

厉嬷嬷好似被人掐住了七寸，对方问什么，就一五一十地说什么，"当时侍卫们和其他人都离开了，就奴婢和四郡王在。"看向仙蕙，"她藏身在窗户外面，因此……才侥幸逃过床下刺客的杀害。"

"聪明啊。"梅贵妃拍了拍手，笑道："真是一个机灵伶俐的姑娘。"

仙蕙可高兴不起来，一颗心，就好像被人用细线提着，高高吊起，不知道什么时候弦会绷断了。只盼梅贵妃快点问完，就此了结，——可是大殿里的气氛，明显不是能够轻易化解的。

果不其然，梅贵妃接着又笑问："邵仙蕙，当时夜已经很深，想必你也应该上床睡觉了。而就算你机灵，听得刺客的动静赶紧藏起来，慌乱之中，肯定不可能穿戴得整整齐齐，哪有工夫给你慢慢穿衣服啊？也就是说……"她笑了笑，"本宫不是那种妄自揣测的人，还是让厉嬷嬷来说，当时她身上穿了什么？"

仙蕙听得这话，顿时身体忍不住摇摇欲坠。

厉嬷嬷静默了一瞬。

"怎么？！"梅贵妃冷哼道，"你想编造谎言！别忘了，呵呵……"语气明显停顿了一下，但却没说具体内容，转而道："若是秀女不清白了，再献给皇上，这可是欺君罔上的大罪！"

厉嬷嬷像是给吓着了，软在地上。

而旁边的曹娥则吓得瞪大了眼睛，一脸惊骇之色。

"还不说？！"梅贵妃厉声喝道。

厉嬷嬷慌张道："当时邵仙蕙的确没有穿戴整齐，而是只穿了中衣，她藏在窗户后面吹了冷风，冻僵了。进来的时候没有站稳，差点摔在地上，是……是四郡王伸手抱住了她，这才没有让她摔着的。"言毕，就伏在地上不动了。

仙蕙像是被人掐住了脖子一般难以呼吸，几乎快要晕过去。

"原来如此。"梅贵妃慢声笑了，"看来四郡王也是一个温柔多情的人，知道怜香惜玉啊。"望着仙蕙呵呵地笑，"哎，可惜了。"

大殿里面一片静谧无声的死寂。

仙蕙脑子里面"嗡嗡"的，完了，完了，不仅自己完了，还连累了高宸，自己和他跳进黄河都洗不清了。等等，要是高宸因此有个三长两短的，庆王府岂会放过邵家的人？！至少，绝对不会放过东院的人！

不！不可以！

仙蕙抬头看向笑容得意的梅贵妃，再看向厉嬷嬷，还有曹娥，不明白她们到底是串通好了，还是阴差阳错说出这些的，但，这都没有关系了。

自己不想死，但却更不想让母亲、姐姐和哥嫂他们有事！绝不可以。

难道自己重活一世，就是为了给他们短暂的欢乐，再害得他们全都消亡吗？甚至就连高宸，也是被自己给害了啊。

大殿上，梅贵妃似乎说了什么，有宫人好像应声出去了。

仙蕙却听不清、听不见，心中一片空白，脑子完全不能转动，根本不知道周围的人在做什么。

怎么办？到底要怎么办？她欲哭无泪，心中升起无穷无尽的后悔和害怕，生怕会因此害了亲人们。最后只剩下一个念头，——绝不能走到那一步，就算自己死，也绝不可以害了他们！

对了，如果自己死了！是不是就能以死明志、以证清白，挽回皇帝的颜面了？那些失贞的妇人，不都是一死了之吗？自己现在还不算是皇帝的女人，人死灯灭，皇帝也应该不会再迁怒了吧？

除了死，再也想不出别的解决办法。

不能再拖延下去了。否则的话，只会让事情越闹越大，让高宸跟着自己一起陷入泥潭，继而再惹出泼天祸事来。不要，绝对不要那样的血腥悲剧！

仙蕙怕被人阻拦，低着头，悄悄打量四周的环境。

大殿周围空荡荡的，离自己最近可以用来轻生的，只有一个放在梅贵妃椅子前面的鎏金博山炉，工艺繁复、尖锐多枝，花苞样的形状上面全是尖尖的角，而且这种鎏金香炉里面是铜芯，肯定足够结实。

要死，就得真的死，自己可不是邵彤云那种专门做戏的。

仙蕙毕竟只是十几岁的年轻少女，对生有着无限的眷恋，被迫受死，眼泪有如断线的珠子一样滚落下来。

母亲、姐姐、哥哥嫂嫂、祖母，还有琴姐儿，还有陆涧，还有姐夫宋文庭和尚未见面的小外甥，永别了。

仙蕙哽咽着哭了起来，趁着梅贵妃等人冷眼看她笑话，猛地冲了上去，抱起博山炉往头上狠狠一磕，顿时磕破了头血流满面，软软倒在了地上。

梅贵妃一声惊呼，气急败坏道："快！快传太医，千万不能让她死了！"

玉粹宫顿时一片忙乱嘈杂。

正在喧哗，忽地外面传来一声唱喏，"皇上驾到。"

在一群宫人们的簇拥之下，皇帝缓缓走了进来，约摸半百年纪，因为脸圆圆的，身体发福，明黄色的五爪龙袍穿在他的身上，都少了几分气势。在他身后，还跟着一个年轻俊美的男子，长身玉立，有着一种隐隐的晴雪玉濯光华。

梅贵妃眼里露出一丝惊讶，继而上前请安。

"免礼。"皇帝摆摆手道，"不用回避，他是庆王的四儿子高宸。"

高宸看着一地触目惊心的殷红鲜血，和生死未卜的她，眸光幽深不定。

大殿内，一片让人压抑不已的沉默。

皇帝没有问话，地上又躺着一个不知生死的秀女，谁都没敢吭声儿。

很快，太医闻讯赶来。

一番诊脉后回道："还有气儿。"

"那就好。"梅贵妃露出一脸放心的神色，又担心，又焦急，连声吩咐，"来人，快扶她到后面躺着去。太医，赶紧救治！"她三分演戏，七分是真的着急，大戏还没有唱完，那个小狐媚子可不能死了。

宫人们七手八脚地抬走了仙蕙，太医跟着进去。

"怎么回事？"皇帝问道。

厉嬷嬷和曹娥都不敢吭声儿，特别是曹娥，吓得头都快贴到胸口上去了。

梅贵妃叹了口气，"这丫头，性子也太着急了。"指了地上的曹娥，婉声解释，"原是这个秀女曹娥告状，说刚才那个叫邵仙蕙的秀女，在进京的路上，遇到客栈失火还有刺客，怀疑她已经不清白了。"

皇帝眉头微微皱起，脸色不悦。

梅贵妃又道："结果却是一场误会。"她笑了笑，笑得颇有几分不怀好意，"臣妾方才问过厉嬷嬷了，说是那刺客是个妇人，当时她和四郡王两人都在场，可以作证。"

皇帝看了厉嬷嬷一眼，然后问高宸，"可有此事？"

高宸回道："有。"语调平静，并没有因为梅贵妃的隐隐暗指，而气急败坏，"刺客的确只是一个妇人，并无男子。请皇上放心，臣绝对不敢把失了清白的秀女，送进宫污了皇上的龙眼。"

皇帝闻言点了点头，又问梅贵妃，"那秀女还寻死做什么？"

梅贵妃忙道："那个邵仙蕙当时为了躲避贼人，急急忙忙藏身窗后，结果没有来得及穿上外衫，后来差点从窗台上面跌下，是四郡王救了她。"摇头叹道："孤男寡女的有点说不清，她一着急，就想不开寻了短见。"

高宸低眸，掩盖住了眼里的冷冷寒芒。

无缘无故的，她怎么会出现在梅贵妃的玉粹宫？又怎么会说起客栈的事？分明就是梅贵妃设计陷害她，同时，陷害自己！

皇上年过半百，膝下却没有一个皇子。

最近几年，臣子们大抵都觉得皇上不能再有亲生子嗣，渐渐地，就有了过继皇嗣的呼声。可是不仅皇帝子嗣空虚，往上数两代的皇帝，都是只有一个皇子继承大统，独苗苗传下来的皇位。

要过继，就只能往旁支里挑了。

而和皇室血统最近的两支，一支是燕王，一支是庆王。

论起亲戚情分来，燕王和庆王，跟皇帝都是同一个曾祖父的从兄弟，所以燕王的儿子，和自己几兄弟，就成了过继皇嗣的热门人选。

而梅贵妃，早就暗地里和燕王一派勾结上了。

她不仅想要借此害了自己，还要让整个庆王府都背上不好的名声，从而扶植燕王的儿子上位，到时候就能分她一杯羹了。

倒是挺会做美梦的！

静默中，皇帝淡淡扫了高宸一眼，目光犹豫不定。

"皇上。"高宸先开了口，声音清朗，"当时月黑风高的，秀女邵仙蕙为了躲避刺客，在窗户后面站了许久，人都冻僵了。"不着痕迹改了当时情景，"稍有不慎，就有可能从窗户上跌下去，臣不能见死不救。"

梅贵妃眉头一挑，不好说高宸撒谎，冷声道："那她就是死，也应该死一个清白。四郡王何必去救她？反而让那邵仙蕙说不清楚了。"

高宸淡淡道："嫂溺叔援，权也。"

梅贵妃气恼反驳，"你这是狡辩……"

"皇后娘娘驾到。"

大殿外，太监的唱喏声打断了里面的争执。

吴皇后领着宫人从外面走了进来，她在门口，将高宸和梅贵妃的话听了大半，不由微微皱眉。这个四郡王高宸果然不可小觑，反应这么快，还好自己赶来得及时，不然就白费一番周折了。

161

先上前行了礼，然后道："听说这边有个秀女出了事，所以臣妾过来看看。"

她是中宫皇后，职责所在的确说得过去。

梅贵妃却脸色不善。

吴皇后根本就不理会她，接着说道："皇上，臣妾刚才在门口听着几句，觉得四郡王说得对。嫂溺叔援，不过是事情从权罢了。"笑了笑，"论起来，秀女们都是要侍奉皇上的。若是那秀女服侍了皇上，四郡王啊，按辈分还得尊一声婶婶呢。"

高宸微微欠身，表示谢过。

婶婶？梅贵妃气得柳眉倒竖，照这么说，那小狐媚子一下子就成了长辈？四郡王是侄儿救婶婶，自然也就可以逃避男女授受不亲了。

呸！就知道，吴皇后这个贱人过来肯定没好事，专门过来搅局的！等等，莫非她和庆王一派勾结上了？这么一想，就更不能让对方得逞了。

当即冷声道："可笑！皇后娘娘说话未免太言过其实。小小秀女，连一个名分都还没有，怎么就是郡王们的婶婶了？也不怕折了福！"

吴皇后并不和她争吵，而是道："我不过是打一个比方，贵妃急什么？虽说秀女还没有册封名分，到底是献给皇上的，四郡王敬着一些，也没什么不对啊。"

梅贵妃听她转移话题，当即抢白，"我们现在是说四郡王抱了那秀女，男女授受不亲，皇后娘娘不觉得扯得太远了？"

吴皇后不回答她，转而对皇帝说道："皇上，您坐拥天下、富有四海，普天之下莫非王土，普天之人莫非王臣，心胸自然是和苍穹大海一样宽阔。依臣妾看，既然四郡王和那秀女有缘，又是年轻未婚的宗室子弟。"语气一顿，"何不将那秀女赐婚给他？"

赐婚？！高宸目光一跳，脸色微变，但最终忍住没有说话。

皇帝闻言沉思起来。

若是传出秀女清白已毁的丑闻，肯定让皇室颜面蒙羞，让自己脸面尽失，成为人们茶余饭后的笑柄。若是赏赐一个秀女给宗室子弟，不仅能和风细雨地解决问题，还能显得自己宽宏大度，有做天子的胸襟气量。

"皇上。"吴皇后已经人过中年，比不上梅贵妃年轻貌美，不过笑起来却是端方和蔼，颇有中宫气度。她继续劝道："如此一来，皇上可就成全了一段佳话了。"

梅贵妃顿时急了，"皇上！怎么能赐什么婚啊？那秀女不清不楚，论理就应该以死明志证她清白，还有四郡王……"

皇帝一声断喝，"够了！"比起对宠妃的偏疼，当然还是天子的颜面更重要，"你是不是嫌日子过得太安生，非得找点热闹？"厉声呵斥住了梅贵妃，"什么乌七八糟的话，你也敢说！"

梅贵妃脸色微白，不甘心，却又不能驳皇帝的颜面。

皇帝转头，颔首道："还是皇后的话有道理。"

吴皇后微微笑了，"臣妾能为皇上分忧，不胜欣喜。"

皇帝只想快点解决这个麻烦，当即道："传朕的旨意……"

"皇上且慢。"吴皇后柔声打断，"依臣妾愚见，那秀女既然出了这样的事，难免会有些流言蜚语，于她、于四郡王都不好。眼下既然皇上准备赐婚，何不喜上加喜？再给那秀女多一份恩赐。"

皇帝对这位相伴多年的皇后，虽无宠爱，却颇为信任，知道她不会胡言乱语说些无礼要求，因而问道："恩赐？你说说看。"

吴皇后笑道："既然要成就一对佳人的佳话。单是皇上未免孤单，不如也赏臣妾一份颜面，让臣妾的娘家嫂嫂认了那秀女做义女，算是臣妾的娘家侄女。如此一来，那秀女再嫁给四郡王，岂不更是喜上加喜？双喜临门？"她起身福了福，"还请皇上赏臣妾一份体面。"

皇帝望了她一眼，略有沉默。

看来皇后不仅打算替自己解决问题，更是要替吴家拉拢庆王一脉，这和梅贵妃拉拢燕王一脉，打击庆王党，并没有多大区别。只不过一个手段光明磊落，一个手段龌龊了些，不免有几分心生寒凉。

自己年迈了，她们都觉得自己不会再有儿子了。

全都有着各自的心思和打算，算计不休。

罢了，事情已经到了这个地步，总不好先赞同皇后，再驳了她，那自己岂不是自相矛盾？况且现如今朝局动荡不休，皇后党、贵妃党、还有其他各种势力，他们之间的平衡，也是需要精心布置的。

皇帝没有思量太久，出于帝王心思和权术的考虑，最终下了旨。

"今有庆王第四子高宸，年少未婚。又有吴皇后母族义女邵仙蕙，温良贤淑、蕙质兰心，特赐婚邵仙蕙与高宸为妻。"

吴皇后眼里露出满意的笑容，举止越发端庄大方。

梅贵妃气得差点背过气去，紧紧咬唇，到底不敢违抗皇帝的意思。只能暗恨皇后跳出来搅局，又怀疑她和庆王一派勾结，气得紧紧握拳，明红的蔻丹都折断了一截，方才暂时忍住一口恶气。

宣唱的大总管太监笑道："四郡王，接旨啊。"

"臣……"高宸一瞬静默，跪下领旨，"谢过皇上隆恩，谢过皇后娘娘体恤。"

虽然不愿意牵扯到皇后的拉拢中，但是不能抗旨不遵。况且冷眼瞧着吴皇后，手段明显比梅贵妃高了几个层次。竟然生生让一桩有可能的丑闻，最终演变成了佳话，还让皇帝不得不同意吴家认义女之事。

这位皇后娘娘倒是有点难缠。

皇帝笑道："今儿出了一桩喜上加喜的美事，朕心甚慰。"

"那都是皇上胸襟开阔、宽宏体谅，是臣子们的福泽，也是天下人的福泽。"吴皇后

笑语盈盈，奉承了皇帝几句，"连带臣妾和吴家也跟着沾光了。"

梅贵妃咬着唇，免得自己说出不该说的话。

高宸则往内殿看了一眼，她还活着吗？可别让自己娶一块牌位回去。

赐婚？赐……婚？仙蕙睁开眼，望着厉嬷嬷的嘴一张一合，说什么赐婚，觉得肯定是刚才没有死成，所以产生幻觉了。

啊？自己还没有死？！糟糕了！

她猛地奋力坐了起来，身子摇晃，又一阵头晕目眩栽了回去。

等到再次醒来，睁眼一看，周围已经是烛光摇曳的夜晚景象了。有个小宫女在跟前守着，瞅着她苏醒，赶紧出去叫了厉嬷嬷进来。

仙蕙眨了眨眼，望着她。

"躺着吧。"厉嬷嬷换了柔和口气，目光蔼蔼，看起来都有点不像她了，"你是不是不相信我说的话？"那双精明的眼睛，似乎能看透人心，"你想想，皇上赐婚这么大的事儿，我能骗你吗？我敢撒谎吗？"

仙蕙怔住，好像厉嬷嬷的话也有道理。

她又不是疯了，怎么胡说八道皇帝赐婚？再者，自己能够平平安安地躺在这儿，也足以说明没事了啊。难道说，皇帝真的把自己赐婚给了高宸？！这……这个消息，太过意外叫人接受不来，脑子都不知道该怎么转动了。

"所以啊。"厉嬷嬷坐在床边，给她披了掖被子，"你就安安心心地躺着，好好养伤，等跟着四郡王回了江都，择吉日成亲，就是风风光光的四郡王妃了。"

仙蕙还是不敢相信，虚弱道："嬷嬷，……为什么？我不明白。"

厉嬷嬷便细细地把金銮殿上的事说了。

仙蕙听得怔住，细细思量，额头上又生疼生疼地难受，脑子也不好使。反正大抵明白过来，皇后出面周旋，救了自己和高宸，还让自己做了吴家的义女，然后让皇帝把自己赐婚给高宸。

是啊，高宸可是皇家宗室子弟，倒也说得过去。

道理和逻辑都是对的，但是要接受这是事实，却始终觉得说不出的奇怪。

厉嬷嬷又道："你别担心，四郡王在接了圣旨以后，担心家中不知情，万一再定下别的亲事就不美了。所以，已经让人给江都庆王府报信，哦，还有邵家。"

仙蕙抬眸，半明半醒的状态中，生出一丝说不清的复杂情绪。

他居然这么细心？连自己这边也都考虑到了。

其实认真说起来，高宸不是不好，而是很好。

他年轻，出身天潢贵胄，长得丰神俊朗不必说，文武兼济、有智有谋，所以后来连连打下诸多胜仗。便是性子孤高一点，他身份和地位在那儿摆着，有那资格，这也算不上是缺点。再说他虽然看起来冷冷的，却几次三番出手相救自己，可见心地不错，只是性格上不易

上

接近罢了。

唯一的缺点，大概就是半真半假好男风的传闻了。

但那毕竟只是传闻，实际上，谁也没见他包养过小倌之流。

仙蕙努力地说服自己，高宸很好，嫁给他也很好，是捡着一个大便宜了。

可是心里，却生出控制不住的隐隐难受。

自己就要嫁给高宸了，那陆涧呢？陆涧怎么办？自己应该是要嫁给他的啊！进宫选秀前，自己还让哥哥跟他说等一等，没想到他却再也等不到了。

等自己和高宸被赐婚的消息传开，他知道了，该多伤心啊。

陆涧会以为自己贪慕荣华富贵，还是不能抗旨不得不嫁？他是会为自己不能嫁他伤心，还是忍不住因此闹出事端？不，自己真的不想伤害他。

"你怎么了？"厉嬷嬷瞧着有点糊涂，"你捡了一条小命，又能够嫁给四郡王做正室嫡妃，还委屈了你不成？"继而想着，回头是要跟着一起去江都的。没法子，不离开京城，梅贵妃那边肯定不会饶了自己。再者说了，皇后和吴家还有命于自己，且得和这位四郡王妃、吴家的义女，搞好关系呢。

因而缓和口气，温声道："是不是被吓怕了？没事，没事了啊。"

仙蕙嘴角动了动，但最终，却没有发出一点声音出来。

她怕一开口，就忍不住会哭出声。

"你……"厉嬷嬷正要再细细劝解，外面忽地响起一阵喧哗动静，不由皱眉，"外面出什么事儿了？"

一个小宫女飞快跑了进来，面色惊慌，"不好了！启元殿走水了！"

厉嬷嬷吓得不轻，"启元殿走水？！"

因为启元殿失火，厉嬷嬷出去了一阵，又回来了。

毕竟这事儿她插不上手。

仙蕙正在让小宫女服侍自己喝热汤，喝了整整一碗。

厉嬷嬷在旁边瞧着，不由笑了，"你这丫头，倒省心。"若不然呢，换一个哭哭啼啼的让自己伺候，可是头疼得紧，又道："不过也狠心，居然把自己脑袋砸那么几个血窟窿，真亏你下得去手。"

仙蕙讪讪地笑，不好回答。

当时可是抱了必死之心，生怕力气不够，用了吃奶的劲儿使劲朝脑袋上砸，自己没死真算命大了。哪怕危险已经过去，可是回想，万一有可能因此害了高宸，害了东院的人，也仍旧阵阵心惊后怕。

厉嬷嬷撵了小宫女出去，跟她说道："贵妃娘娘一时受了曹娥的蒙蔽，后来醒悟过来。看在马上选秀的大喜事分上，手下留情，让人廷杖了曹娥十板子，勉强留了她一条性命。只是曹娥随意攀诬指责于你，品行已坏，已经从秀女里面除名，被贬为宫奴，发配到浣衣局去

了。"

仙蕙细细琢磨了一阵，悟了过来。

意思是，梅贵妃没事儿，全部都让曹娥做了替罪羊。

这个不稀罕，要真是梅贵妃为了一个秀女，就被皇帝重重责罚，那她也不可能混成皇帝的宠妃了。稀罕的是，厉嬷嬷是怎么脱身的？就算厉嬷嬷当时"实话实说"，并没有添油加醋，可她……多少也会受点梅贵妃的迁怒吧。

当然了，自己才是最该被迁怒的那个人，只是没资格。

厉嬷嬷生就一双厉害眼睛，最能读人心，"你别怨我，当时贵妃娘娘传我说话，我是不敢造假的，不然死无葬身之地。"

仙蕙忙道："嬷嬷实话实说罢了。"

"对不住了。"厉嬷嬷还是起身福了福，算是道歉。

仙蕙不可能真的处置她，走了过场，就没有再纠缠。依旧疑惑厉嬷嬷的事，又不好问，转而环顾了屋子一圈儿，"嬷嬷，我这是在哪儿？"

厉嬷嬷淡淡笑了，"皇后娘娘寝宫的偏殿。"

啊？！皇后的寝宫偏殿？仙蕙瞪大了眼睛，想起荣氏之前的讥讽自己攀高枝儿，现在还真的攀上了。呵呵，要是她知道自己躺在中宫偏殿，做了皇后娘娘的娘家侄女，又被赐婚给高宸，少说也得呕出三碗鲜血吧？不由讥讽一笑。

厉嬷嬷瞅着她笑了起来，眉眼弯弯，哪怕额头上还裹着一大块棉布，可那甜白瓷一样的脸蛋儿，乌黑眉目，仍旧美得令人惊心！难怪梅贵妃会坐不住，如此美人，放在宫里对她威胁太大了。

"你看看你，父母给了这么一张好脸儿。"厉嬷嬷替她掖了掖被子，"好好养伤，可千万别破相了。"又道："往后你的吃食我都替你看着，该吃什么，不该吃什么，决计不能有一点出错。"

这么好？仙蕙一头雾水地看着她。

厉嬷嬷笑道："皇后娘娘的意思，这次你受了惊吓，让我往后在你身边服侍，算是给你赔罪了。"

服侍？赔罪？仙蕙终于明白过来。

——厉嬷嬷是皇后的人。

梅贵妃被人利用，想要污蔑自己的同时打击高宸，一箭双雕，却不知螳螂捕蝉黄雀在后，吴皇后就是那个黄雀！既然厉嬷嬷是皇后的人，那不难猜了，事后必定是皇后出面保了她，捞了自己人不说，还能彰显一下中宫娘娘的大度呢。

哎……后宫可真不是一般人能待的。

不过所谓的在自己身边服侍，是做皇后的眼线吧？因而淡笑，"辛苦嬷嬷了。"

厉嬷嬷见她没有一惊一乍，也没有刨根究底，显见得是一个聪明的，是一个值得服侍

上

的主子。因而少了几分轻视,多了几分郑重,"容奴婢提前喊一声四郡王妃。还请四郡王妃放心,奴婢在宫中待了几十年,往后跟了您,自然会竭尽所能用心服侍。"

仙蕙明白对方的意思。

厉嬷嬷虽然是吴皇后一派的人,但是跟在自己身边,只要事情不和吴皇后一党有冲突,肯定是全心全意为自己着想。自己身边并没有称心如意的下人,厉嬷嬷又精明有手腕,见多识广,是后宅里头不可多得的人才。

虽是别人眼线,但物尽其用也是不错的。

要知道,自己若是嫁给陆涧不用钩心斗角,可现在要嫁给高宸,庆王府本身就够乱的。更不用说,还有宿敌邵彤云,心怀鬼胎的大郡王妃,身边没有帮衬的人可是不行。

因此温温柔柔地一笑,"说起来,我和嬷嬷是有缘分的,不然怎会早早结识?可见有些事是上天注定,我正瞌睡,皇后娘娘就送来了嬷嬷这个枕头。"

厉嬷嬷见她是一个聪明通透的,又懂事,眼里多了几分满意,说了几句贴心话,然后起身道:"四郡王妃眼下受了伤需要静养,往后说话的时间多的是,先歇着,奴婢晚点再来探望。"

仙蕙也不跟她客气,的确头晕,又昏昏沉沉地睡了过去。

厉嬷嬷出去了,在吴皇后跟前单独说话。

"如何?"吴皇后的脸上,没有了那种在外面的和蔼笑容,而是颇为凝重,"那个邵仙蕙,除了一张漂亮的脸蛋儿,可还长了脑子?"

厉嬷嬷笑道:"比姜婕妤还要伶俐几分,更兼貌美,是一个难得的好主子。"

吴皇后脸上就露出满意的神色,"那就好。"姜婕妤是自己一手扶植起来的,聪明伶俐、心思通透,听厉嬷嬷的口气,那邵仙蕙还更胜一筹。拨着茶,轻轻笑道:"本宫可不想折腾出这么大的动静,扶了一个蠢货。"

蓝天下,京城的一所阔朗宽大宅院里。

这是第一代庆王没有就藩的时候,留下来的祖产。因为本朝每隔几年,就有藩王们赴京觐见的传统,所以京城的庆王府一直有人照看。此次高宸进京之前,早就让人打了招呼,王府内外,都打扫得干干净净的。

此时此刻,他正坐在屋里独自静坐出神。

事情真是太荒唐了。

原本都已经想好应对的法子,偏偏皇后插了一脚,而且插得高明,最后圣旨一下就变成了这样,想改都没办法改。他心思不悦,除了皇后临时添乱以外,还有那个女人也够冒傻气的,居然把她脑袋往博山炉上磕,想着那一脑袋血窟窿的样子,就忍不住想骂她,"在你眼里,我就那么蠢?会蠢到任人宰割坐以待毙?!"

高宸情绪起伏,眸光反而看起来没有平时那么冷了。

几天后，皇帝下旨遣返所有的进京秀女。

高宸对此报以一声轻嘲。

吴家想捏着一个义女的身份，捏着未来的四郡王妃，进而捏着自己，真是打得一手好算盘！皇室宗亲不娶功勋权贵之女，只能娶平民女，也亏得他们绞尽脑汁，居然想了这么一个曲线救国的路子。

如此看来，庆王府是避不开过继皇储的风浪了。

"四郡王。"初七气喘吁吁跑了进来，"镇国公府把邵二小姐接到府上去了，说是请了太医在府上，专门伺候，让邵二小姐把伤养好了再走。因为怕你担心，所以特意让人过来知会一声儿。"

养伤？是想让她和吴家培养感情罢。

高宸心下清明有如镜台，吴家布好了鱼饵，自己这条鱼也该乖乖上钩了。

他去了一趟镇国公府，先对镇国公夫人行了晚辈礼，说得客气，"之前只听太医说她性命无碍，却未亲见，心里到底还是放心不下。"脸上有点局促为难，"不知国公夫人可否有空？陪我进去看一眼。"

镇国公夫人怎么会没空？就怕他不来，见他来了，还主动提出要去看望义女，不免心下大喜，"你担心，也是人之常情，当然还是进去看看才得放心。"

领着人进去，丫头正在给仙蕙的额头换药。

她轻轻闭着眼睛，纤长浓密的睫毛落下一道青色弧线，像是睡了过去。

一张清丽绝伦的小脸素白如瓷，细腻光洁，可惜额头上却有好几处暗红伤疤，大大小小不一，看起来颇有几分吓人。

高宸的眉头微微皱起。

镇国公夫人埋怨丫头真不会挑时候，偏偏赶在这会儿换药，赶忙笑道："仙蕙年轻，伤势好得快，养一段时间伤就好了。"

高宸没有回答她，仍旧看着，不知道在想些什么。

镇国公夫人怕他嫌弃仙蕙容貌，又道："我年轻的时候脸上也曾经受过伤，当时家里人吓得不得了，担心万一落了疤可怎么办？可十几岁那会儿的年纪，哪里会落疤？等好转了，一丝儿痕迹都没有的。"

高宸像是太过担心未婚妻，连别人说话都听不见，径直走了过去，朝着丫头的药碗伸手，"放下罢，我来给她换药。"

丫头怔住，转头去看自家主子。

镇国公夫人当即呵斥，"叫你放下就放下。"

丫头赶忙把药碗递了过去。

高宸侧身背对这边，看不到表情，只看得到手上动作十分温柔，一点点挑起药膏给仙蕙涂抹。虽然姿势有点僵硬，但想来是不常做这种事的缘故，那份脉脉温情，从他的耐心里就可以感受到。

镇国公夫人越看越是满意高兴，不仅没有呵斥他的举动，反而连丫头也撵了出去。

高宸心思复杂地抹着药，看着她那犹如蝉翼一样的漂亮睫毛，正在轻轻颤抖，眼皮底下的眼珠子，似乎也转了转。原本懒得理会，后来忽然心思一动，故意不悦道："醒就醒了，为何还在继续装睡？"

仙蕙一脸尴尬睁开眼睛。

高宸训斥道："博山炉是能往脑袋上招呼的东西吗？还下死劲儿。"语气严厉，可是话却透着亲近熟络，"就没见过你这么冒傻气的！"

仙蕙本来就怕他，现在听他劈头盖脸一顿骂，越发紧张得不行，"我、我……"声音都是抖的，"我当时一着急没想清楚，你别生气啊。"又是浑身别扭，"那个……不用你来，还是让丫头来抹药吧。"

"闭嘴！你给我老实一点儿。"高宸声音不容置疑。

镇国公夫人在旁边含笑打量着，瞧瞧……小两口打情骂俏多亲热啊。

心下喜不自禁，看来皇后娘娘的这一步棋走对了。

高宸和邵仙蕙都是江都的人，又有一点转折亲，多半早就已经熟识，甚至郎有情、妾有意，所以高宸才会不避嫌地抱了她！往后只要捏着这个义女，就等于让高宸有了掣肘，将来皇后娘娘和吴家再努力周旋，成就那件大事，吴家可就要再出一位皇后了！

这种天大的喜事儿，搁在本朝，那可是破天荒的头一遭啊。

仙蕙尴尬不已。

高宸坐在床边，一下又一下，细细密密地给自己涂抹膏药。他那样一个利落干脆的人，今儿慢吞吞的，半晌都抹不完，感觉自己额头上都快糊成墙了。而且因为两人离得很近，他身上淡淡的沉水香味道袭来，兜头兜脑，好似把彼此都裹在了一起。

如此尴尬的气氛，他居然还不准自己装睡？非得让自己睁开眼睛看着，和他一起演戏，简直窘迫得浑身都要僵硬了。

高宸却表情淡淡的，动作平缓，好似做着一件再正常不过的事。

这人脸皮怎地这么厚？仙蕙羞窘了一阵，反而生出一股子虎里虎气，怕……怕什么？他高宸不是有可能好男风吗？看他那动作，就知道是在拿自己当物件儿摆弄。

自己也拿他当一个物件儿好了。

唔……眼前这物件儿瞧着还行，模子不错，线条也不错，外观看着也不错，细节也是无可挑剔。本来底子就好，再配一件玉色的素面丝光外袍，墨绿腰带，打扮得光鲜体面的，——这种货色，放外头肯定能卖一个好价钱。

她一阵胡思乱想，埋汰某人，感觉不那么尴尬了。

高宸瞅着她一双墨玉般的眸子乱转，里面星光闪烁，分明就是在不停打量自己，而且左看右看都看不完，忽地开口，"在看什么？"

仙蕙从漫天神游里回魂，吓了一跳，结巴道："看……看你。"

旁边的镇国公夫人瞧着好笑，不由掩面。

偏生高宸又问，"你一个姑娘家，脸皮还能再厚一点吗？"

仙蕙的脸腾得一下红了。

镇国公夫人实在没有忍住，"扑哧"一声，忍俊不禁笑了出来，"四郡王，可不能这么打趣我的乖女儿啊，姑娘家害臊，等下不好意思了。"要不是顾及孤男寡女不便独处，都想让出空儿，给他们小两口单独相处待着了。

"夫人说的是。"高宸终于抹完了药，起身对镇国公夫人微笑道，"不过仙蕙一向都有点淘气，若有冒犯之处，还望夫人多多包涵。"一副和未婚妻早就相熟的口气，还微微欠了个身，然后才去看她，"我先走了，你安生歇着罢。"

仙蕙已经窘得满面朱霞，又羞又恼，心道怎么会有这样的人？！平时一本正经的，噎人的时候却比谁都还要促狭，转过头，完全不想再多看他一眼。

高宸也不介意，施施然告辞，"有劳夫人，今日晚辈多有打扰了。"

"不打扰，不打扰。"镇国公夫人亲自送他出去，笑着说道："我半辈子只养了几个淘气小子，没有闺女，幸亏如今认下仙蕙，总算是全了我儿女双全的心愿。四郡王只管放心，我们吴家，对仙蕙必定和对待亲生女儿一样。"

高宸淡笑应付，然后礼数周全地欠身离开。

自此以后，他每天都要过来探望一回，亲自给仙蕙换药。反正皇后党的牌子已经揭不掉，无所谓非议，干脆把皇后和吴家这边的人情给做足，让他们满意了。

仙蕙上次被他噎得够呛，虽不敢给他脸色瞧，但之后从来都是绷着小脸儿，从头到尾一本正经，也不看他，也不说话。

高宸何曾把她这点小儿女情绪放在心上？该做什么，还做什么。

对他来说，妻子是传宗接代必须要有的那么一个人。至于鹣鲽情深、琴瑟和鸣，以及红袖添香之类，根本就没有想过。仙蕙虽然不够理想妻子的端庄大方、温婉贤淑，但也不算太糟糕，总好过邵彤云那种没品行的女人。

因此尽管对未婚妻不太满意，但只要品行不出错，一样还是会把她放在妻子的位置上敬着、护着，负起丈夫应有的责任，以及相应范围内的容忍度。所以仙蕙的小情绪不足他挂怀，而之前往江都报信的时候，他也考虑周全，连邵家一并想到了。

高宸从镇国公府离开，回了王府。

他双手背负，安静地站在雕花窗户的一侧。

此时一抹清晨阳光斜斜投映进来，照得他眸光璀璨，那清冷视线正朝着遥远的江都方向，眺望蔚蓝天空——再过五六天，快马加鞭的急信应该就送到了。

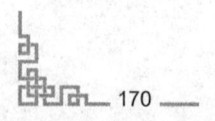

12 心狠手辣

人间四月芳菲尽，山寺桃花始盛开。

邵彤云穿了一身海棠色的妆花织锦春衫，挑了金线，在阳光下烁烁生辉。她原本就生得眉目娇俏、粉面含春，如今做了大郡王的夫人，打扮妩媚华丽，更是比做姑娘的时候多出几分女人味儿。

今儿庆王府的女眷在后花园赏桃花，热热闹闹的。

大郡王妃一直盯着她的肚子，再三提醒，"你这才过了头三个月，当心一些，等下就老老实实坐着看花，喜欢哪一枝让丫头去折，千万别自己乱走动。"细细叮嘱，"再好看的桃花，也比不得你肚子里的孩子要紧。"

邵彤云娇声笑道："表姐，我知道了。"

她嘴里这么说，结果等到花宴一开人多忙乱的时候，又领着丫头溜开，到底还是折了两枝桃花回来，还拿去庆王妃跟前献宝讨好。

庆王妃让丫头拿了下去插瓶，并不热衷，淡淡道："你有身孕，坐吧。"

邵彤云笑着坐下了。

大郡王妃见她不听话，不免气得肝疼。

原先这位表妹还是端庄大方、为人懂事，不知怎么回事，自从她进王府做了侍妾以后，就变得无法无天约束不了了。

起先是撒娇卖痴地霸占丈夫，自己看在她肚子里孩子的分上，加上那件事的确是误了她，所以处处多有忍让。可她还是一点都不识趣，一会儿要逛花园子，一会儿又要吃外头买的小吃，全然不为肚子有半点避忌！弄得自己一个头两个大。

偏偏丈夫不管，每次抱怨，他总道："彤云年纪小，难免是要淘气一些。"

都给人做了侍妾成了妇人，还小什么？大郡王妃心里暗暗发狠，若是表妹生个儿子，自己抱走也罢了，若是她生下来的是个丫头片子，且得跟她讲一讲什么是规矩！

一个小厮急匆匆闯进后花园来。

大郡王妃正在上火，不由呵斥道："浑跑什么？这是你能到的地儿吗？！"

"京中急信！王爷一封，王妃娘娘一封。"

大郡王妃闻言脸色一变，"快给我。"赶紧一把拿了信笺，飞快送到婆婆跟前，"京城送来的急信，母亲快看看。"

庆王妃不知是福是祸，赶紧拆信。

大郡王妃、二郡王妃、三郡王妃，还有舞阳郡主、孝和郡主，以及万次妃、吕夫人等庆王的侍妾，袁姨娘等小一辈郡王的侍妾，以及两位孙女辈的县主，全都眼巴巴地望着那封信，皆是神色紧张。

庆王妃看了信笺，表情怪异，微微张嘴半晌都没说话。

"母亲。"舞阳郡主急了，"好事儿还是坏事儿？你倒是说话啊。"

"好事儿。"庆王妃说得有点慢吞吞的，看向大郡王妃，又看了看邵彤云，"老四在信上说，皇后娘娘的大嫂镇国公夫人，认了仙蕙做义女……"

众人都是大惊失色，表情丰富。

庆王妃补道："皇上还下了旨，将仙蕙赐婚给了老四为妻。"

"啊……"花团锦簇中，不知道是谁轻呼了一声，但很快，众人的目光都朝邵彤云看了过去，也有扫过大郡王妃的。

这下子，女眷们的脸色简直是五彩缤纷了。

大郡王妃愣在当场，不能相信，"母亲，你让我看一看。"

难道自己还撒谎不成？庆王妃面色不悦，但当着大伙儿，还是要给大儿媳留一点脸面的，让丫头把信递了过去。

大郡王妃瞪大了眼睛，一个字一个字地看，看了好几遍，身体猛地软了下来。继而发觉众人都在打量自己，不得不强打精神，露出一个比哭还要难看的笑容，"好事儿，皇上赐婚是好事儿啊。"

完了，完了，有这么一个难缠有仇的妯娌进门，往后还有清净日子过吗？那邵仙蕙可不是一盏省油的灯啊！视线一晃，仿佛看到了以后鸡飞狗跳的日子景象。

而比她更为震惊的人，是邵彤云。

圣旨赐婚？！简直好似被一道闷雷击中，震得她，半晌都回不过神来。

怎么会是这样啊？就在前些天母亲过来看望自己时，还得意万分地说，"都已经安排好了，这次啊，保证叫仙蕙有去无回，再也不让咱们烦心。"当时自己还觉得让仙蕙死得太便宜，太省心，没能让她好好领会自己的痛苦，却没想到……

她没死，还活着回来做四郡王妃了！

邵彤云无论如何，也难以接受这个近乎逆天的消息。

仙蕙可以没死，算她命大，等她回来以后，自己有一千个、一万个办法对付她，但是她怎么可以成了四郡王妃？还是圣旨御赐的！不仅一辈子压在自己的头上，而且还、还霸占了高宸，那是自己心心念念想要嫁的男人啊。

邵彤云心中好似惊涛骇浪一般，云翻雨覆不定。

她将手轻轻放在肚子上，忽然间，改了主意——比起没良心的表姐，仙蕙才是自己最大的敌人！要对付，也应该先联手对付她。

仙蕙一直在镇国公府上住着。

每次当她要告辞的时候，镇国公夫人都说，"你受了伤，若是急着赶路太折腾，太叫人心疼了，不如多休养一阵子。"

上

吴皇后隔三差五地让人赏赐东西出来，真是关怀备至。

足足住了半个月，一直住到仙蕙整天"义母、义母"地不绝口，熟络到可以挽着镇国公夫人的胳膊撒娇，吴家的人这才满意地放行了。

这期间，仙蕙所享用的吃穿用度自不用说，穿金戴银、绫罗绸缎，还有宫里赏赐的稀罕物件，十足的国公府大小姐派头。镇国公夫人每天亦是嘘寒问暖，抽出时间陪她说话，又给她准备了厚厚的嫁妆，让她带回江都。

总之竭尽所能，在这段时间里培养"母女感情"。

临走前，母女俩难舍难分了好一阵，镇国公夫人才把人送上了车。

等出了京城，仙蕙长长松了一口气。

和来的时候不同，这次回去不是秀女的身份，而是准四郡王妃。因而坐了一辆无比宽大豪华的马车，仙蕙可以躺着，两个丫头在前面一左一右坐着，中间放着炭盆，里面烧的是无烟的银霜炭，一车子暖融融的。

相隔不远，在前面的高头大马上面，骑坐着一身英气不凡的四郡王高宸。

仙蕙想过自己要回江都，但却从没想过，会是眼下这种情景——自己成了高宸的未婚妻，还是御赐的，和他小夫妻似的一起单独回去。

——满心的荒唐和不真实感。

除了这些，一路倒是平安，大半个月后顺利地抵达江都邵府。

"四郡王！"远远的，就传来邵元亨略显激动的声音，"这一路风尘仆仆，小女一直仰仗四郡王照顾，多有劳顿，邵某真是不胜惭愧。"在他的引领下，马车队伍从正门直接进去。

一路几道大门全都拆了门槛，通行顺畅，完全是恭迎贵宾的架势。

仙蕙心下轻笑，自己这可是沾了高宸的光，沾了皇后娘娘和皇帝赐婚的光，也能在父亲面前当一回贵客了。一进院子，人还没来得及下马车，沈氏和明蕙就迎了上来，都是激动无比，"仙蕙！你回来了。"

仙蕙下了车，看着母亲和姐姐熟悉的面庞，想起自己九死一生的惊心动魄，满腹辛酸喊了一声，"娘，姐姐。"

母女三人紧紧抱在一起，都是红了眼圈儿。

邵元亨今儿精神奕奕，红光满面笑道："进去说话，都别在外头吹凉风了。"视线打量着二女儿，表情欢喜满意。

她梳着简单的少女双丫发髻，挽了一抹发弧在额头上，缀了一溜雪白珍珠，衬得她肤光胜雪、灵动俏皮，身上穿着京城时兴的箭袖裙子，看起来便有了几分贵气。到底是去京城里历练了一圈儿，做了皇后娘娘的娘家侄女，不一样了。

"爹。"仙蕙上前裣衽，没有多话。

邵元亨不免有几分尴尬，女儿走之前，自己说的那些话实在太狠，只怕她年纪小爱记仇，装在心里了。只是眼下没有空多说，往后再找机会化解吧。他眼下觉得女儿是皇后的娘家侄

女,镇国公夫人义女,未来的四郡王妃,不仅不觉得女儿摆脸色,反而处处想着如何迁就退让。

因此做出高兴的样子,"仙蕙到底是出了一趟远门,能干多了。"

能干?命都差点给葬送了!

仙蕙抿嘴儿不言。

高宸看了她一眼,忽地开口,"你先回去,我和你父亲说几句话。"

仙蕙愕然,以为他是借着未婚男女需要避忌,为自己解围,心中生出小小感激,福了福,"那我先回去了。"

高宸轻轻颔首。

邵元亨也点头道:"去吧,去吧。"交待沈氏,"让仙蕙好好儿歇着。"那巴结讨好的口气,只要不是聋子都能听得出来。

沈氏和明蕙也对高宸福了福,母女几个告辞而去。

她们都想不出高宸要做什么。

邵元亨迎着人进了西院正厅,恭敬让座,"四郡王请,我让人上茶。"

"茶就不用了。"高宸摆手,"劳烦请荣太太过来一趟,我有话说。"

邵元亨一脸迷茫,这……四郡王找荣氏做什么?难道说,是仙蕙那丫头在四郡王面前告状,说了坏话,他这是为仙蕙出气来了?但是不敢有丝毫犹豫,当即吩咐,"叫荣太太赶紧过来。"

"你别多心。"高宸声音淡静,他的眼眸像是夜空中的微闪星光,明亮、璀璨,却透出寒凉之意,"是我有件事要跟荣太太说,仙蕙并不知情。"

邵元亨不敢表示怀疑,连声道:"是,是是。"

很快,门外传来小丫头的通传,"荣太太来了。"

荣氏神色紧张地进了门,她之前被丈夫的大手笔气病了一场,刚养好没多久,又得了仙蕙还活着的消息,并且跟着一连串的打击——皇后娘娘的娘家侄女,镇国公夫人的义女,皇上御赐姻缘,即将嫁给四郡王高宸做嫡妻郡王妃!

把她气得又病了一场。

如今的荣氏已经不复去年的神采飞扬,就算刻意用脂粉遮掩,也掩盖不住眼角眉梢的憔悴和颓败,像是一朵鲜花,给晒干了大半的新鲜水分。就连她身上新制的明紫色妆花褙子,也因为消瘦,穿起来显得空空荡荡的。

"见过四郡王。"她上来行礼,面色显得惶恐不安。

高宸不理她,吩咐初七,"把人带上来。"

什么人?邵元亨和荣氏互相对视一眼,都是迷茫。

一顶早在邵府外面等候的小轿,很快被初七领了进来,然后直接抬进屋子,谁也不知道里面是何人。高宸朝着下人们挥手,示意都退下,然后让初七关上门,两个侍卫把轿子中的人拉了出来,扔在地上。

上

　　那是一个被五花大绑的精瘦妇人，塞了嘴，脸色灰败无比。
　　"你们出去。"高宸抬手，让初七和侍卫们去外面戒严，不让人靠近，然后吩咐邵元亨道："让她张嘴。"冷冷扫了那妇人一眼，轻飘飘道："说实话，讲清楚，想一想你的家里人。"
　　邵元亨捏着脏兮兮的帕子，不知道这妇人究竟是谁，更不知道她又要说点什么。倒是荣氏，瞪大了眼睛，虽然并不认识眼前的妇人，但是有一件提心吊胆的事，让她担心无比，心下隐隐有了猜测。
　　那妇人，正是当天在客栈里行刺仙蕙的人。
　　一五一十，全身瑟瑟发抖，把事情始末原委都说了一遍。
　　高宸又吩咐邵元亨，"塞紧她的嘴。"然后说道："仙蕙才从仙芝镇来到江都，不过短短几个月时间，到底有什么仇家？还请邵大东家和荣太太自己琢磨琢磨，我就不多猜测了。"
　　荣氏脸色惨白，身体更是止不住地摇摇欲坠。
　　邵元亨目光惊骇地看向她，又是震怒，又是后怕，再看看一身寒气的四郡王，想起他和二女儿现在的关系，低头不敢言语。
　　高宸的目光像是雪山融化的冰水，缓缓淌过二人身上，"你们记住，仙蕙现在是庆王府的人，是我高宸未过门的妻子。"
　　"得空再来喝茶，告辞。"他语气淡淡，然后气定神闲地出了门。
　　邵家西院惊心动魄，东院却是一片温情脉脉。
　　仙蕙早就和高宸商量过了，客栈的事，宫中的事，反正都已经掀了篇章过去，不想对家里人说实话再吓唬他们。当时高宸不置可否，表示随意，他不会跟着撒谎，但是也不会去专门拆穿就是了。
　　因而客栈的事闭口不提，皇宫中的那番惊心动魄，也变得简简单单。
　　"……有个秀女和我起了口角，一赌气，就告状到贵妃娘娘跟前。正好皇上和皇后娘娘过来，听我说清楚事情只是一场误会，皇后娘娘夸我伶俐，向皇上提出让镇国公夫人认我为义女，然后把我赐婚给四郡王了。"
　　事情有点过于简单，过于好运，只怕里面还有弯弯绕绕。
　　沈氏和明蕙对视了一眼，半信半疑。
　　仙蕙又夸张地道："你们想不想知道，皇宫是什么样子的？还有皇上、皇后娘娘，我做梦都没有想到，能见着这些真佛呢。"
　　明蕙问道："是吗？那他们长什么样儿？"
　　"呃……"仙蕙打了个结，"我低着头，没敢看皇上长什么样儿。"怕姐姐和母亲对谎言生疑，又补道："不过后来去皇后娘娘的宫里，嗯……说了会儿话，倒是有幸见得皇后娘娘的圣容，很是和蔼的。"
　　沈氏叹道："自然应该如此。"
　　她隐隐觉得，女儿有点言不尽实——不然为何单单回避了贵妃娘娘？只怕这里头还藏

175

着什么凶险，她不愿意说出来罢了。

不过皇宫里都是些什么人啊？那是高高住在天上，凡人一辈子连脚跟儿都看不到的神仙，想管也管不着的。难道自己还能跳起来，把贵妃娘娘给骂一顿啊？这毕竟是皇家的事，多问，没有益处，只要女儿平安回来就好。

远在天边的神仙管不着，但是近在眼前的一尊大佛……丈夫，却不能不管。

沈氏想起儿子的一番话，"娘，不管仙蕙说的是真是假，但是父亲送她去进宫，肯定不是假的。仙蕙虽然有些淘气，可从来不任性，况且她一门心思想要嫁给陆润，怎么会自己跑去参选秀女玩儿？"

自己气得浑身乱颤，恨不得冲到丈夫面前撕碎了他！

邵元亨抛弃妻子还不够，还要再坑害亲生骨肉，到底还是不是人啊？自己当年怎么那么眼瞎，就看上了他，简直就是自戳双目都悔不过来。

儿子拉着自己不让走，苦苦劝道："仙蕙千叮咛、万嘱咐，叫我不要跟你和明蕙说这些，那是她怕你们伤心。娘……现在和父亲闹也没有意义，吵了起来，不是辜负了仙蕙的一片心吗？"

"儿子已经花钱雇了人去京城，打探消息，再等等，仙蕙一定会平安回来的。"

不等又能如何？冲到皇宫里面去抢人吗？！

仙蕙走了多少天，自己就哭了多少天，一直到四郡王派人送回大好消息，东院的人才把心落回原地。罢了，既然已经看穿了丈夫的真面目，心里记下就是，往后该怎么防备就怎么防备，何必撕破脸徒增难堪？

既然小女儿想要瞒着哄自己开心，就让她以为瞒着好了。

"仙蕙……"沈氏将小女儿搂在怀里，什么都没说，泪水却是止不住地落。幸亏小女儿捡了大运平安回来了，若是有个三长两短，不是要把自己的心挖走一块吗？一想到此，和那个薄情人拼命的心都有了。

明蕙亦是含泪看着妹妹，拉着她的手，舍不得放。

傻丫头啊，怎么能什么事都一个人扛？父亲的薄情她死死瞒着，就为怕伤了亲人们的心，舍了自己，骗了父亲一大笔东西给东院。可这个傻丫头就不想想，若是她因此有事，拿了再多的东西，那也叫整个东院的人伤心啊。

眼下皇宫里的事，她肯定没有说实话，母亲似乎也察觉出来了。

罢了，就让她以为大家都不知道吧。

"虎丫头。"明蕙跟着红了眼圈儿，嗔怪妹妹，"真是一个虎里虎气的。"

仙蕙以为她们还是在说自己选秀的事儿，窝在母亲怀里撒娇，"娘，姐姐，往后我再也不敢了。"

"不过……"明蕙微有疑惑，"仙蕙啊，你知道这次选秀的事情不成，怎么回事？"

仙蕙微有迟疑。

上

"仙蕙！"邵景烨的声音，像是及时雨一般在外面响起。

"哥哥。"仙蕙起身，上前高兴迎接道，"你这么快就回来了。"

邵景烨仔仔细细看了小妹好几遍，确认她无事，悬了两个多月的心，方才落回肚子里。他对自己要求甚严，心中的担心自责远比沈氏和明蕙更多，总觉得作为男子，是自己没有早点看穿父亲，没有照顾好小妹。

因为高宸是每到一处，就让人往家里报信大概位置，所以一听说仙蕙可能今天到江都，便立即从铺子上往回赶，连妻子和女儿都没有带回来。

仙蕙摇晃他的手撒娇，"哥哥，你呆了。"

邵景烨心情复杂无比，起伏不定。但却笑着摸了摸妹妹的头，故作轻松道："我不是呆了，是想着你这么淘气，该怎么收拾你一顿才好。"

仙蕙笑嘻嘻道："哥哥才舍不得打我呢。"

邵景烨镇定了心神，拉着小妹，进去一起坐下说话。

眼下初夏，仙蕙回来刚休息两天就是五月五，热热闹闹的端午节。

家家户户都忙着在门上挂菖蒲、艾叶，准备雄黄酒，然后包各式各样的粽子，一片欢天喜地的气氛。邵府的气氛则稍微有点古怪，首先荣氏病了，是真的给高宸吓出毛病了，躺在床上，根本就爬不起来。

西院的人根本不敢欢声笑语，就连准备端午节的东西，都是悄悄摸摸的。

而东院，沈氏正领着两个女儿、儿媳，亲自包粽子。现如今有丫头使唤，包几个意思意思，只当是玩一下凑趣儿。正在忙活，外面突然来了庆王府的人，一个管事妈妈领着两个丫头，进来笑道："给沈太太送粽子来了。"

女婿给岳母家送粽子也算是习俗，这不奇怪。

沈氏笑吟吟让人接了粽子，又回赠了一些，还打发了几两银子算是喜钱。

仙蕙却是一阵怅然。

"你们收拾好了没有？"邵景烨穿了一袭明蓝色的薄缎长袍，领口边上配着月白色的斜纹缎，使得他看起来轻薄凉爽，飘逸无比。

"好了，好了。"明蕙给妹妹腰间也挂上了艾叶，拉她出门，"走吧。"

这是她们姐妹出嫁前，最后一个节日，往后做了别人家的媳妇，就不方便随意走动了。沈氏心疼女儿快要嫁人，便让儿子陪着一起去看赛龙舟，怕人多拥挤，还特意租了一个小小的看台，又领着许多丫头婆子跟随。

江都护城河岸上的看台不少，不但修得高高的，价格也高高的，都是有钱人家才租得起，寻常百姓只能挤在下面河边观看，视线差了很多。

沈氏领着儿女们上了看台，各自落了座，吃着瓜子、点心闲聊，一面吹着江边的清凉水风，周围丫头婆子伺候，下面家丁护院守着，倒也十分惬意。说起来，这还是来江都以后，第一

次这么悠闲自在出来玩儿呢。

只不过，这一天注定悠闲不了。

仙蕙有一搭没一搭地说着话，看着河岸边的热闹，倒是少了几分惆怅和恍惚，慢慢地也来了兴致，侧首笑道："姐姐，我们来打赌好不好？我赌那一艘威风凛凛的蓝色龙舟，一看就很有气势，今儿肯定能够夺得第一。"

明蕙心疼她，顺着她，笑着附和道："那我就赌左边第三红色的那艘龙舟吧。"

仙蕙站在看台边上四下眺望，面前是一条巨大白色长龙般的江水，河水波光粼粼，龙舟五颜六色、绚丽缤纷，两岸挤满了观看赛龙舟的百姓。她随意闲看着，忽然间视线一顿，停留在一个淡翡色的小小身影上，太远了，看不太清楚。

可是凭着直觉，那人……应该就是陆涧。

他也是来观看龙舟赛的吗？是不是和姐夫宋文庭在一起？心思恍恍惚惚，这大概是自己和他最后一次见面了吧？远远地再看一眼，然后他走他的独木桥，自己走自己的阳关道，然后就再也没有关系了。

"仙蕙，你在看什么？"明蕙随口问了一句，唤道，"快过来，别站在栏杆边一直吹凉风，老老实实坐着看，一样看得见的。"

"哎？"仙蕙冲着姐姐一笑，"我知道了，马上就来。"

等她再回头，那个小小的淡翡色身影已经不知所终。

仙蕙心里有点怅然若失，又松了口气。她摇摇头，决定不要再去想陆涧，特别是眼下这种公开的场合，一不小心说岔嘴可就麻烦了。

"开始了！开始了！"

看台下面的人群里传来欢呼声，一传十、十传百，整个两岸观赛的百姓们都热烈欢呼起来，再加上锣鼓喧哗的动静，简直声响动天！

仙蕙回来坐着，跟姐姐一起紧张地看起了比赛。

她今天的运气不错，选的那艘蓝色龙舟最后果然赢了第一，得了开门红，周围的丫头们都是纷纷恭维，欢天喜地讨要赏钱。二小姐马上就要做四郡王妃了，还是皇上御赐的姻缘，皇后娘娘认的侄女儿，镇国公夫人的义女。若是能够讨得二小姐的欢心，跟着做陪嫁去庆王府，那可就走大运了。

因而邵家东院的看台上热热闹闹，欢声笑语不断。

仙蕙笑了起来，"亏了，亏了，刚才和姐姐打赌，忘了下赌注，现如今还要再做散财童子，我这不是倒贴吗？"她不过说笑罢了，现在手里有的是银子，不在乎，"见者有份儿，给你们一人买一朵绢花戴。"

有丫头笑道："二小姐，杏花、梅花的可不行，不说牡丹、芍药那么大，少说也得是月季，纱里头还得掺了金线儿的。"

另一个丫头打趣道："你咋不说掺一块金砖呢？"

上

正在热闹，忽地一个小丫头跑了上来，"沈太太，庆王府那边来人了。"

仙蕙赶忙往下面看去。

果然来了人，而且……还是一大群姹紫嫣红的，好像不只是高宸一个人啊。

正在迷惑，就见周峤笑嘻嘻地跑了上来，"仙蕙，我们过来找你玩儿了。"她性子活泼，不仅第一个率先冲到跟前，还嘟着嘴打趣，"可不得了，这一眨眼的工夫，你就要做我的四舅母了。"

仙蕙不由尴尬得红了脸。

"小峤。"孝和郡主从后面跟了上来，一袭烟霞色的高腰襦裙，脸若银盆、长眉大眼，挂了一层坠金珠面纱，颇有几分贵气。她望向仙蕙微笑，嗔怪周峤，"你看你，把仙蕙都闹红脸了。"笑得温温柔柔的，好似彼此之间从来没有过龃龉。

仙蕙对她有点心防，微微一笑。

话音未落，忽地瞥见高宸最后走了上来，他穿了一身天青烟雨色丝光长袍，颇有几分飘逸之气。

仙蕙和他并不熟稔，还是头一遭见他穿了浅色衣衫，感觉眼前一亮，颇有几分空山新雨后的味道。继而想起上次看他反被打趣，又垂下眼帘，上前福了福，"见过四郡王、孝和郡主，周大小姐。"

沈氏等人也跟着行礼。

高宸轻轻点头，"都坐，不用客气。"

"哎，都说不用客气。"周峤一副自己是主人的姿态，拉着仙蕙坐下，问道："你们在玩儿什么？方才我在下面都听见欢声笑语的。"

仙蕙笑道："我和姐姐赌龙舟谁能第一呢，才赢了一把。"

她俩说着话，孝和郡主和明蕙在旁边坐着，邵大奶奶抱着琴姐儿也坐着，沈氏负责照看众人，吩咐上瓜子点心之类。而高宸和邵景烨，则去了另外一个角落——他和仙蕙已经定了亲，两家算是亲戚，因此不用太过刻意避忌。

仙蕙一面应酬，一面扫了孝和郡主一眼。

按理说周峤活泼喜欢玩儿，过来不稀奇，孝和郡主过来则有点稀罕了。

而且，发觉她和以前对自己冷冰冰的态度，有了不同。细想想，很快顿悟过来，因为自己马上就要做她的四嫂，所以……她特意过来缓和姑嫂关系的吧？毕竟她是庶出，可比不得舞阳郡主那般恣意张扬。

"咱们再来赌一局。"周峤兴致勃勃，指了远处的一艘龙舟，"我就押那艘黄色的龙舟，肯定能赢第一！来来来，你们也押。"

明蕙和邵大奶奶都是笑着捧场，各自押了一艘。

沈氏是长辈，只是含笑看着她们热闹。

周峤又催孝和郡主押了一艘，催仙蕙押了一艘，还朝高宸喊道："四舅舅，你要不要

179

也来玩儿？一两银子押一次！"

高宸是专门护送她们过来的，重在保护安全，哪有心思玩这种无聊小把戏？他起身过来，伸手把荷包摘了下来，放在桌上，"给你们买小玩意儿的。"随即回去了。

周峤嘟了嘴，"真无趣！"不过继而又是一笑，把荷包塞给了仙蕙，然后挤眉弄眼地小声道："我明白了，他这是专门送给你的。"

孝和郡主掩面一笑，"你看你，非要臊得人说不出话才好。"

这种时候，仙蕙根本就不敢去看高宸，尴尬了一阵，笑道："小峤不要胡说。"虽然她有点促狭，可是她年纪小又是晚辈，怎么计较？干脆大大方方打开荷包，把里面的金叶子倒了出来，然后让丫头把荷包还回去，然后道："不如我们把这些金叶子分了，用来做赌资吧。"

周峤顿时抚掌笑道："这个好。"

仙蕙一人一片地分起金叶子，结果单出来一片，想了想，塞给了琴姐儿，"算是你的，回头让你娘给你买糖吃。"

"娘，我要买糖吃。"琴姐儿乐呵呵的，可开心了。

这边热热闹闹，高宸虽然没有刻意去看，但是都听在耳朵里——算她聪明，轻轻巧巧化解了尴尬局面。倒是小峤，嘴上说话一点没个顾忌，回头得和姐姐说一说，再过几年就是待嫁的姑娘了。

"快快！"周峤连连拍桌，"开始了，我的龙舟一定要跑第一啊。"

孝和郡主笑话她，"你怎么知道一定第一？回头输了，可不许耍赖，不许当着大家哭鼻子，不然羞也羞死了。"

"我就第一。"周峤不满叫道，"第一，第一！"

仙蕙微笑不语。

这两位都不是好打发的，想着以后进了庆王府，肯定还得天天和她们打交道，免不了有些烦恼了。只不过，她们这边都是一些鸡毛蒜皮的事，自己做嫂嫂，做长辈，忍让迁就几分也不要紧，又不少一块儿肉。

倒是大郡王妃和邵彤云，这两位……才是叫自己头疼的。

想起庆王府，不由悄悄看了高宸一眼。

大概是夏衫轻薄的缘故，勾勒出他修长如玉的腰身，流利的线条，少了冬日里裘皮大氅的雍容，多了一份英挺的阳刚之气。阳光灼灼下，强烈的异性气息透射出来，多看一眼，都忍不住脸红心跳。

仙蕙赶紧收回小鹿乱撞的心思，再也没敢去看。

而高宸，一直悠闲地和邵景烨闲聊，不时应上几句。

根本就没有偷看未婚妻的心思。

只不过不经意间一低头，看到腰间荷包，想起金叶子，心思一晃……倒是想起彼此最初相遇的场景。

当时自己刚从酒楼出来，就遇见一个迷迷糊糊的丫头，撞了上来，好巧不巧还踩了自己一脚。当时还有点比较急的事，要去办，虽然不高兴，也没打算跟一个小丫头拉扯不完。偏生初七多了几句嘴，周围的人又胡乱起哄笑话她，让她不得不说要赔自己一双新靴子。

邵家娘子刺绣第一？没想到，这句话后面牵扯出诸多瓜葛。

若是没有这个开头的缘由，自己不会给她金叶子惹出麻烦，再替她当众分辩，也不记得她，更不会在她迷路的时候送她回去。而之后陪着姐姐去邵家，看见邵景钰欺负她，再想起荣氏母女的算计，多少有几分怜悯同情。

所以，才会在客栈的时候抱了她。

否则一个素未谋面、毫无瓜葛的女子，掉地上，便掉地上好了，自己根本不可能出手相救。不相救，皇宫的那一起阴谋就牵扯不到自己，皇后不会认义女，皇上不会给赐婚。如此一想，还真是因缘巧合难以预料。

然而，更难以预料的事发生了。

"啊……救命！！"一声惊呼响起。

高宸目光凌厉看了过去，只见所有女眷都站了起来，皆是面色惊慌，一个个畏畏缩缩想往前看，又往后面缩，似乎害怕危险踌躇不前。

沈氏惊慌喊道："快，快让会水的婆子下去救人！"

"快！"仙蕙更是连连跺脚，急声道："快去啊！"

当即有两个婆子冲了下去，守在楼下庆王府的婆子里，也飞奔了两个，现场顿时一片混乱。高宸上前一看，好好的栏杆竟然给撞得缺了一块儿！他脸色微变，挨个人头数了一数，单单不见庶妹孝和郡主，沉声问道："孝和呢？"

周峤已经哭了起来，抽搭道："掉……掉下去了。"

原来是刚才孝和郡主押的龙舟赢了，得了所有的押金，周峤和她笑闹，有点没轻没重地一推——原本也应该没事，四面栏杆，顶多是让孝和郡主被撞一下罢了。谁知道栏杆竟然不经撞，直接撞断，居然让孝和郡主跌了下去！

邵景烨上前正色，招呼女眷们都后退，"前面不安全，你们都退到后面去。"

"你看着她们，别再出事！"高宸交代了一句，顾不上多说，"噔噔噔"赶紧下楼去救人，心下着恼周峤总是惹事，没个消停，只是眼下没工夫训斥。江岸边已经热闹乱成一团儿，他领着侍卫们挤开围观人群，上前抓了一个王府的下人，问道："刚才有人掉了下来，找到没有？"

下人赶忙往前指道："在那儿，他们在那儿……"

河水里，两个狼狈不堪的人影纠缠在了一起。一个穿着淡翡色的年轻男子，怀里抱着一个烟霞色的少女，正在往岸边游。几个会水的婆子护在周围，正在用力将两人往岸边推，嘴里喊道："快快快！再加一把劲儿，就要到了。"

高宸瞅着庶出的妹妹，又是湿答答的，又是被陌生男子搂抱，成何体统？！女儿家的名节，比起性命来说都更重要，要是让一干围观人群看了清楚，传出风言风语，岂不是满天飞？当即朝侍卫呵斥，"赶紧的，让围观的人散开！"

可惜今天观看龙舟赛的百姓实在太多，王府侍卫也推不动众人，只能慢吞吞地一点点挪动，片刻后，总算腾出一片儿空地。

孝和郡主已经被人捞到岸边，昏迷不醒。

高宸二话没说，当即脱下自己的外袍，上前一把抓住庶妹，将她裹了起来。根本来不及细看救人的是谁，吩咐下人道："看好他，等下再做赏赐。"实则是怕消息传开闹出乱子，等空了再做处置，只是委婉的说法罢了。

他将庶妹放平在地上，用力压她的心口让她吐出河水，"快吐，吐干净了。"然后又用力掐她的人中，再次挤压，如此反复进行了几次。

孝和郡主"哇！"一声吐出水来，睁开眼睛，一阵猛烈呛咳，待到惊魂甫定回了神，发觉自己还活着，不由放声大哭。

她把脸紧紧埋在哥哥怀里，哽咽难言，哭得泣不成声。

高宸松了一口气，没死就好，这才抬头看向救人的年轻男子。

"陆涧？"他吃惊道。

陆涧浑身湿漉漉的，狼狈不堪，抹了抹额头上面的湿头发和脸上的河水，然后才行了一礼，"四郡王。"看了看孝和郡主，想着自己救错了人，心下一阵后悔不已，真不该蹚这一趟浑水的，"既然人没事，那我就先回去换身衣裳，告辞了。"

高宸没有想到是他，有点意外，但是认识的人也就不必盯着，颔首道："今日多谢你出手相救舍妹，等得空，再亲自登门道谢。"看向初七，"抬一顶轿子过来，让人护送陆公子回去。"

"是。"初七应了，当即去找轿子。

陆涧知道对方这是不愿声张，毕竟事关孝和郡主的名节，可以理解，保证道："还请四郡王放心，在下知道事情轻重，不会胡言乱语的。"等轿子一来，看都没看孝和郡主一眼，便转身离去。

陆涧心中甚是后悔。

说起来，自己今天真不该过来的。

最开始忽地听说她被选为秀女，进了京，惊骇之余，心下更是悔恨不已，恨自己瞻前顾后，没有早点和她把亲事给定下来。甚至忍不住想，哪怕她嫁给了别人，也比送去皇宫那种见不得人的地方好啊。

如此愧疚担心过了两个多月，喜讯传来，她又平安回来了。

可惜自己还没有来得及高兴，又得了一个残忍的消息，镇国公夫人认了她做义女，皇上赐婚，将她许配给四郡王了。

上

简直就是一道晴天霹雳！

原来她做秀女进宫让自己心痛，嫁给别人，也是一样心痛。

"没缘分啊。"宋文庭叹气，然后陪着自己喝了一下午的闷酒。

原以为，自己喝完了那一顿闷酒就能忘了她。可是越想忘，反而越是想起她一嗔一喜的清丽脸庞，灵动如珠的明眸，一直甜到自己心里的清澈声音。

人生中第一个闯进心房的少女身影，久久挥散不去。

前几天，偶尔听宋文庭提起邵家的人会来看赛龙舟，于是鬼使神差的，就想再过来看她最后一眼，然后斩断情缘。那高高的看台上，有个倚在栏杆边的清丽身影，好像是她，是那个让自己魂牵梦萦的身影。

或许是心有灵犀，她似乎发现了自己，远远地感觉到隔空有目光投了过来。

——这便足够了。

圣旨赐婚，她有她的无奈、苦处，至于将来大好的前程，自己注定和她有缘无分，又何必再苦苦纠缠？不如从此一别两宽，各自心安。

原是心情哀凉打算离开的，偏偏人多，走了半晌也没走多远。

忽然间，邵家的看台上坠了一个人影儿下来！人群里发出惊呼声，"天哪！有人掉河里啦！"仿佛记得，那衣裙颜色正是她所穿的，当时情急，又顾不上细想分辨，脑子一冲动就跑去救人。

——救上来的却不是她。

自己救错了人，不过也幸亏自己救的人不是她，否则她受惊吓不说，自己和四郡王的未婚妻搂搂抱抱，那还了得？！高宸肯定生吞活剥了自己，她也不会好过，情况只会比现在更加麻烦。

不过……现在也很麻烦。

陆涧头疼不已，觉得再也没有比今天更愚蠢的一天了。

另一头，高宸亲自护送孝和郡主回了王府。

然后他接了周峤，返回看台，只说孝和郡主有点身子不适，没有多说详情。但是庆王妃又不是傻子，岂能猜不到有事？因而没有心情再看什么赛龙舟，而是领着王府的女眷们一起回去。

到了庆王妃的松月犀照堂，高宸叫了舞阳郡主、周峤，一起留下。

等丫头关上门，便呵斥道："小峤跪下！"

庆王妃和舞阳郡主都吓了一跳。

周峤情知自己闯祸闯大发了，一面哭，一面老老实实跪了下去。

舞阳郡主忙问："你哭什么？谁欺负你了？"

周峤抽抽搭搭的低着头，不敢说。

"谁敢欺负她！"高宸语气很是不好，目光冷冷扫过外甥女，指责道："你今年马上就十一岁了，不小了，再停两三年就该出阁嫁人，还是这么整天胡闹！"连带姐姐一起迁怒，"姐姐以后还是少疼她几分，才是对她好。"

庆王妃眉头微蹙，并没有开口替女儿维护脸面。

王府里，得有一个人能够镇住场子，才不至于翻了天，况且小儿子若非气极了，绝对不会如此劈头盖脸地训斥。

反倒担心不已，不知道外孙女到底闯了什么大祸。

舞阳郡主的气焰也弱了几分，小声嘀咕，"怎么了嘛？"心里有点发虚，拍了拍周峤，"别哭了，好生听你四舅舅的话。"

都说长兄如父，庆王府的情况则有点略不一样。

庆王进入晚年以后，变成了一个神佛道爷，每天只管烧香炼丹、诵经拜佛，以求长生不老。大郡王高敦则是稀里糊涂的，只对一些玩乐的事情上心，啥事儿都不管，完完全全的撒手掌柜，剩下高齐庶出、高玺年幼。

所以，高宸反倒担当了长子长兄的职责。

他把今儿的惊险说了一遍。

"这还了得？！"庆王妃脸色大变，虽然猜测庶女出了点事，但绝对没有想到如此惊心动魄，当即指着外孙女，训道："你呀，怎么能胡闹到如此地步？！"

舞阳郡主也是脸色微变，气得骂女儿，"你这个惹祸精！"

周峤只是呜呜咽咽地哭个不停。

高宸听得略微心烦，况且哭又解决不了问题，因而皱眉道："大姐，你先带小峤回去，该责罚的不要手软，免得心疼她反倒将来害了她。"挥挥手，"去吧，我和母亲商议一下孝和的事。"

舞阳郡主被兄弟训得一肚子的憋屈，可又不得不听，心下郁闷，只得在周峤身上狠狠拍了几下子，"都怪你！没轻重的东西，看我回去不把你的手心打烂。"

周峤哭哭啼啼地跟着母亲走了。

庆王妃已然有了决断，说道："马上把孝和给嫁了！"

高宸眉头微挑，"这么急？"

庆王妃的目光里有着担心，还有烦恼，"你也说了，今儿孝和落水的时候，是在邵家看台上闹出来的。可是旁人怎么会知道那是孝和？只会猜测是邵家女儿落了水，明蕙不显眼，未来的四郡王妃仙蕙才惹人注意，传来传去，可就成了你的媳妇不清楚了。"

高宸心思一转，旋即明白了母亲的曲折心思。

"所以。"庆王妃叹道，"这件事情就算可以遮掩，也不要遮掩，得马上就把孝和的亲事给定下来，让大家知道是她出了事儿。"

庶女和幼子儿媳，孰轻孰重，一目了然。

上

　　而对于高宸来说，这同样也不是多困难的抉择。他跟孝和郡主本来就感情淡薄，再加上万次妃一向和母亲有龃龉，自然不会舍不得庶妹，更不至于舍己为人——当然是自己和母亲的颜面更要紧，自己的妻子更值得被保护。

　　"若是如此着急，倒也不用太过麻烦。"高宸思量了下，说道，"不如学一学皇后娘娘的法子，丑闻也可以转化成喜事，皆大欢喜。"

　　庆王妃迟疑道："你是说，把孝和嫁给救她的那个人？"

　　高宸点头，"那人并非市井粗鄙之徒，是个秀才，人也长得清清爽爽的，且刚好年轻未婚，原本就是儿子认识的一个朋友。哦，他还有个挚友，叫宋文庭，是仙蕙姐姐的未来夫君。"

　　庆王妃脑子里转了好几圈儿，才理清楚关系，询问道："你是说，刚巧救孝和的那个人，是仙蕙姐夫的朋友？是秀才，人也不错，对吧？"

　　"嗯。"高宸点了点头，眼里带出几分冷冷讥笑，"就算我们把孝和嫁给别人，也难免一样会有风言风语，不如成就一段佳话。"

　　皇后娘娘不就是用的这一招吗？挺好使的。

　　庆王妃颔首道："那行，事不宜迟赶紧定下。"等儿子走了，让丫头叫了大郡王妃过来说话，"今儿孝和落水，被一个秀才给救了。我的意思，既然他们有缘分，就干脆定下这门亲事好了。"

　　大郡王妃微微张嘴，又闭上，稳了稳心神才道："行，儿媳这就去办，让那家人赶紧上门提亲。"笑着问道："不知道是哪一家的公子？这么有福气。"

　　"姓陆，单名一个润字。"庆王妃说了陆家的大概情况，以及住所。

　　大郡王妃心头一跳，"哦，儿媳知道了。"

　　等到听完了婆婆这边的吩咐，一转身，就去找了表妹邵彤云，然后把事情原委说了一遍，疑惑道："以前你跟我抱怨过几句，说是姨父把仙蕙看上的一个穷秀才，准备定给你。我隐约记得，好像叫陆什么的……？"

　　"陆润？！"邵彤云吃惊不已。

　　"还真的是他啊？！"

　　"呵呵。"邵彤云轻笑，继而妙目流转，"若是他，这可就有点意思了。"

　　"怎么说？"大郡王妃忙问。

　　"那用问吗？"邵彤云轻笑，手里一柄海棠花的绡纱团扇轻摇，"你想想，要说陆润去看龙舟不稀罕，大伙儿都看，可他为何单单在邵家看台旁边？又为何会不顾性命去救孝和郡主？这里头的那点弯弯绕绕，不明摆着的嘛。"

　　"你是说……"大郡王妃细想想，顿时又惊又喜，"陆润原本是为了去看仙蕙，才到邵家看台边，然后呢，以为是仙蕙掉了下来，所以……"忍不住笑了起来，"哎呀，原来这陆润心里早已有了仙蕙，现在又要跟孝和定亲，还真是有趣儿啊。"

　　邵彤云一声冷哼，讥笑道："对啊，郎有情妾有意呢。"

185

大郡王妃缓缓琢磨，"仙蕙是皇上御赐的四郡王妃，退肯定退不掉，但若是消息传出……"继而让高宸猜疑她，冷落她，那她四郡王妃的位置，也坐不稳啊。

"表姐。"邵彤云提醒道，"这可是一次大好的机会啊。"

"我知道了。"大郡王妃喜不自禁，得意笑道，"我悄悄透一个风给孝和知道，让她去闹，咱们根本就不用脏了手，坐享其成便是。"

邵彤云眉头微微一蹙，在心里骂了一声蠢货！继而舒缓神色，细细道："若是孝和郡主闹黄了陆家的亲事，反而不美，不如顺其自然，让这门亲事赶紧给订下来。"她的嘴角一勾，"有根刺，一辈子在四郡王心里拔不出来，岂不更好？"

大郡王妃把她这话细细咀嚼，片刻后，终于了悟。

是啊，要是孝和郡主闹黄了和陆家的亲事，闹出陆润和仙蕙有过瓜葛，固然能让高宸心里不痛快，但……又怎么能比得上陆润做了庆王府的女婿，一辈子让高宸难受来得更好啊。

心下越想越觉得这个主意妙，高兴的同时，对心计深沉的表妹更提防了。

大郡王妃面上不显，笑道："行，我这就把陆家的亲事给办妥。"

邵彤云浅笑道："辛苦表姐，往后咱们会省心很多的。"

仙蕙还蒙在鼓里毫不知情。

对于她来说，只知道孝和郡主不慎掉入江中，被人救了，然后高宸平安地把人送了回去，再接了闯祸的周峤离开。回了邵府以后，她让人往庆王府送了一支百年老参，表示慰问之意，听说孝和郡主没事儿就撂开了。

三天后，传来孝和郡主跟陆润定亲的消息。

"砰！"仙蕙手一抖，把个青花瓷的甜品盅给摔碎一地，强力掩饰道："有些烫，赶紧收拾一下。"心下慌乱不明，怎么会……孝和郡主怎么会和陆润定亲？想问，又不便贸然地乱问。

厉嬷嬷瞅了她一眼，没言语。

上前帮着丫头收拾碎瓷片，哪里烫了？分明就是在撒谎。

仙蕙起身道："我出去逛逛。"不让丫头跟，随手捏了一把团扇出去，有一搭没一搭地摇着，心思早飘远了。刚穿过珠帘，正好撞在一个结实的人身上面，根本没有多想，抬头就喊，"哥哥……"

高宸看着她，嘴角微翘，"你喊我一声哥哥也使得。"

仙蕙一双明眸瞪得溜圆，见着他，活像见着鬼了一样！"你、你……"因为心里才想着陆润，心虚之下，甚至忘了害臊，紧张道："你怎么会在这儿？"

厉嬷嬷朝丫头们递了个眼色，都退到内门外。

反正都是定了亲的人，门口有下人守着，腾出点空给人家小两口才是正经。

"我才见了你母亲。"高宸大大方方地进了门，像是主人，在椅子上坐下，还自己倒了一杯茶，"因为孝和赶着要定亲，所以商议了下，打算把我们的亲事也提前，哥哥嫂嫂得赶在前头。"

哥哥嫂嫂？仙蕙脸上发烫，心里发虚，根本不知道该怎么接话。

"你站在门口做什么？"高宸不悦，"我能吃了你吗？"本来想着提前婚期，担心她觉得太赶，受了委屈，才特意过来安慰一番的。

她还不领情。

仙蕙磨磨蹭蹭过来，坐在对面，低着头完全不敢看他。

高宸以为她是害羞也没多想，又解释道："那天孝和不是掉水里了吗？是一个秀才救了她，姻缘天注定，就干脆给他们定了亲。"

原来如此！仙蕙心里大致明白过来。

继而又是一惊，好端端的，陆涧怎么会在邵家看台下面？难道说，那天自己看到的那个人真的是陆涧？可他，为什么要去救孝和郡主啊？难不成，他是误会……掉下去的人是自己？越想心绪越是不平，动荡不已。

"你一惊一乍的做什么？"高宸打量着她，琢磨道，"你不喜欢我过来看你？"

仙蕙心虚啊，紧张啊，潜意识就怕高宸误会自己喜欢陆涧，不喜欢他——虽然现在也谈不上喜欢，但肯定不能说实话啊。

"喜欢、喜欢！我喜欢……"她一着急，话到嘴边卡了壳儿，"你……"舌头打了个卷儿，才吐出后半句，"……过来看我。"

这下轮到高宸怔住了。

半响过后，他的眼里带出一抹笑意，"没想到，你居然是这么直白的一个姑娘。"

仙蕙顿时朱霞满面，羞窘难当。

"不是。"她急着解释，"我不是说我喜欢你，啊不……"越解释，越不合适，又怕高宸猜疑她的心虚，赶忙补道："我也不是说我不喜欢你。"

高宸自动把仙蕙的那些解释，当做女儿家的害羞，不好意思。

他粲然一笑，"你是在说绕口令呢。"

窗外阳光明媚，好似一条条的玉带投射进来，勾勒出他俊美的脸部轮廓，眉似山、眼如水，映照得他宛若珠玉璀璨。特别是那份少见的温暖笑容，带出柔和之意，让他在冰山下露出真实的一面。

仙蕙怔怔的，他笑起来……真的很好看。

他不仅容颜俊美，性格冷静、内敛，做事细致稳重，而且还是天潢贵胄的身份，除了性格冷了一点，简直无可挑剔。

这样的男人，不正是少女们梦寐以求的夫君吗？自己应该喜欢才对啊。

"发什么呆？"高宸难得心里软了一角，口气缓和，"你过来。"伸手指了她的额发，"让我看看你额头上的伤，好得如何了。"

仙蕙摇摇头，后退了两步，"很难看的。"

高宸心情不错，并没有因为被拒绝而生气，反倒耐起性子道："你在宫里的那副惨淡样子我都见了，还能比那更难看吗？"他起身，朝着她走了过去，"听话。"

仙蕙还想后退的，但他有种居高临下、不容置疑的威严，竟然让她生生被"听话"二字给定住，乖乖地站在原地。只会小小声地拒绝，"不，不好看，真的……那些疤痕不好看的。"

高宸勾起嘴角，"我又没说嫌弃你。"甚至还开了一个玩笑，打趣道："你是皇上御赐的四郡王妃，就算难看，我也退不掉的。"

他抬手，修长的手指落在那挽成一道弧线的额发上。

仙蕙吓得一缩，掩耳盗铃地闭上眼睛。

高宸眼里的笑意更浓，看着面前清丽绝伦的少女脸庞，那长长的睫毛，落出一道淡青色的弧线——像是振翅的蝴蝶，轻轻颤动。她肤色白皙莹润，在阳光下，泛出半透明莹玉一般的柔软光泽。

他怔了怔，心里生出一抹从未有过的感觉。

好似春天万物苏醒，春风一呵，忽地给人间大地染上了一抹最初的新绿。

那种奇妙的感觉在心里流淌，很细、很轻、很微弱，却给他带来全新的感受，让他在不适应的好奇中，指尖多停留了片刻。

指感柔软，心中的悸动又浓烈了几分。

仙蕙不明白，他一直点着自己额头做什么？心里只觉得时间缓慢，好像过了半辈子那么长，闭着眼睛，发抖道："你……看完了没有？"

高宸收回心思，不由失笑，自己这是紧张什么？她又不是别人，是自己光明正大的未婚妻，做什么弄得跟调戏良家妇女一样？心下坦然起来，轻轻掀开她的额发，视线落在深浅不一的肉色疤痕上面。

"还疼吗？"他问了一句有点傻的话，有点疼惜。

"不疼了。"仙蕙的额发猛地被掀起，觉得少了点什么，很不舒服，就想抬手把头发放下来，结果一抓，却抓到一只阳刚的男人之手。她顿时脸色绯红，急急松开，睁开眼睛慌张解释，"那个……我不是故意的。"

高宸感受那一瞬不可思议的柔软、滑腻，好似无骨，还有淡淡的馨香，让他出于本能反手握住了她，轻笑道："你和我已经定亲了，故意的，也没关系。"

啊，什么叫故意的也没关系？自己才不是故意的。

仙蕙的脸顿时红到不能再红，好似快要滴血，她羞赧无比，用力抽了一下手又没有抽出去，不免更窘迫了。

"你别……"她不知道要怎么说了，咬着唇，红艳欲滴。

高宸看着她明亮的眼眸，嫣红的脸颊，以及红润诱人的小嘴，身体里的感觉变得更加奇怪了，似乎……有一种想要拥她入怀的冲动。但他骨子里的冷静，及时打断了这种旖旎的念头，松开她的手，然后转身坐了回去。

毕竟还没有成亲，太过头，就不合适了。

他在流云榻上正襟危坐，移开视线，转移话题道："回头我让人找点专门消除疤痕的上好膏药，你多抹抹，年纪轻，过不了多久就会好的。"继而脸色微寒，"至于宫里那位贵妃娘娘，你不用记挂，她将来逃不过陪皇上走一程的道路。"

本朝规矩，皇帝驾崩以后，除了皇后和继任皇帝的生母，所有后妃一律殉葬。

依照高宸平日谨慎冷静的性子，突然间说起宫闱的事，且还涉及到了今上的宠妃梅贵妃，言及对方生死，如此这般显然很是逾越了。

仙蕙却来不及分析和感激，只有羞赧，连头都抬不起来。

耳畔似乎听见高宸在说什么，又叮嘱了什么，最后迷迷糊糊的，连他几时走的都不知道。还是厉嬷嬷进来了，推了一下，"二小姐，你怎么呆在这儿了？"

"哎。"仙蕙醒神，旋即羞窘交加地去了里屋。

厉嬷嬷目光闪烁，方才四郡王在里面待了许久才走，这位又是羞窘难当，莫非发生了什么"好事儿"？可看二人穿戴又是整整齐齐的，里面也没动静，顶多就是这位被四郡王偷香了一口吧？啧啧，没想到四郡王内里还是一个急性子。

过了两天，高宸让人送来一个漂亮的珍珠发箍。

仙蕙的脸又红了一下。

厉嬷嬷看在眼里，不免越发证实了心里之前的猜测，笑着摇了摇头——到底是年轻人，难免有冲动把持不住的时候啊。

13 新婚燕尔

很快，仙蕙和高宸的婚期定了下来。

因为明蕙是姐姐，她和宋文庭的婚期已经定在了六月初二，择最近的，仙蕙和高宸定在了六月十二，相隔不过十天。然后另一头，孝和郡主跟陆涧的婚期也定下来，选在六月二十八。

这一个月里，前前后后统共要办三场姻缘喜事。

要说时间是有些仓促的，但是邵家有钱，庆王府不缺钱也不缺人，全力以赴动作起来自然飞快。至于陆家，则是全听庆王府安排，合八字、聘礼、嫁妆、布置新房，几家的人全都日夜以赴，愣是在一个月里赶出来了。

初二这天，明蕙穿上大红织金的嫁衣准备出阁。

仙蕙心里高兴无比，喜滋滋道："姐姐，你高不高兴？"

明蕙低了头，羞涩得一句话都说不出来。

沈氏笑嗔道："别打趣你姐姐了。"手里握了一卷神秘的东西，撵小女儿道："你出去，我和你姐姐单独说几句话。"

仙蕙不明所以，"干吗撵我啊。"

厉嬷嬷上来拉人，"二小姐，沈太太要和大小姐说点为人妇的私密话，回头你出阁了，也会跟你说的。走走，我们先出去吧。"

仙蕙似懂非懂，恋恋不舍地先出了门。

她回屋独坐，想着姐姐马上出嫁，自己很快也要嫁入庆王府，暂且撇开大郡王妃和邵彤云不说，想到高宸，往后到底要两个人怎么独处啊？在她看来，简直就像是一道巨大的鸿沟，不知如何逾越。

庆王府内，高宸也有着相似的烦恼。

他自幼有点古怪的脾气，不喜欢别人靠近，王府上上下下都知道他的喜好，谁也不敢没事去亲近这位郡王爷。但是前几年，约摸高宸到了十三四岁的时候，有些心思重的丫头耐不住了。打扮得花枝招展的，时常在他她面前晃荡，不是抛个媚眼儿、甜甜一笑，就是借着端茶倒水失手，碰上一碰之类。

这让他有点烦不胜烦。

干脆把屋里所有的丫头全撵了，一个不留。

现如今，在沧澜堂伺候饮食起居的是几个小厮，领头便是初七，另外还有侍笔、侍墨、侍纸、侍砚，就连下人名字，都起得冷冰冰的毫无感情。

可是往后仙蕙进门，肯定不能留这些小厮在屋子里了。

高宸决定先重新适应一下，去找母亲庆王妃讨了一个丫头，唤做玉籽，今年十六岁了。长得粉面桃腮的，面色白净，天生又是一副笑眼弯弯的甜相，而且言语伶俐，平时很讨周围人的欢喜。

庆王妃私下问道："你可是打算先收一个通房丫头？"

小儿子屋里一直都没有丫头，更别说屋里人，眼下马上要成亲了，先找个丫头练练身手，免得在妻子跟前闹笑话也是常理。

高宸闻言一愣，"不是，我就是……"底下的话，他却没有办法跟母亲细说。

"好了，好了。"庆王妃以为是小儿子不好意思，头一回嘛，难免脸皮薄一些，因而岔开话题，"随便你拿去当什么使，都行。若不好，我再给你换几个更好的，我屋里的丫头都由得你挑。"

高宸心情微沉，勉强应付了几句便告退了。

夜里，他把初七等人都撵了出去，单留了玉籽。让她端茶倒水、服侍宽衣，甚至还随

上

意问起了几句闲话,"母亲最近饮食如何?可睡得香?"

玉籽笑道:"王妃最近因为四郡王的婚事,高兴着呢,吃得好、睡得香,比前段瞧着更精神了。"虽然不知道这位郡王爷要人的原因,但总归是好事儿啊。

临走前,姐妹们都私下打趣,"这一去,可是要做新姨娘了。"

这种不着边际的念头,暂且不说,单说就是混个四房的大丫头当当,那也是值得夸耀的莫大体面。反正王妃的屋子里面人才济济,自己再怎么混,都是混不到一等丫头的位置,就被打发出去配人了。

还不如,在四郡王这里争个头一份呢。

因而格外小心谨慎、察言观色,唯恐哪里有细节做得不好,力求精益求精,就连放床帘下来,也伸手悄悄捏着床钩,没敢弄出一点点儿动静来。

"你上来。"高宸面容冷峻,目光看了看床的一侧,"睡这儿。"

玉籽顿时怔住了。

她倒不是不愿意,而是……好事儿也来得太突然了吧?四郡王真的是要自己做通房丫头的?是早看上了自己,还是随便找个丫头练练身手?但不管是哪一样,结果对于自己都是一样啊。

玉籽眼里漾出掩不住的甜甜笑容,以及浅浅羞涩,"哎"了一声,拨开床帐脱鞋爬了上去。"郡王爷……"她红着脸,唤了声亲近的称呼,见对方一直都没有动作,羞赧中,试探着缓缓伸手过去。

"脱衣服。"高宸冷冷地吐出两字。

玉籽吓了一跳,又羞又忙地解衣服,脱了比甲,解了腰带,去掉外衣和裙子,只剩下一套杏黄色的中衣中裤,一个姑娘家,实在做不出那种卖弄风骚的事来,鼓起勇气,小小声问道:"郡王爷……还要脱么?"

"睡吧。"高宸自己扯了薄被,裹在身上,丝毫没有进一步动作的打算。

玉籽不明所以,可是也不敢主动去招惹他。

只得乖乖地听话躺下。

可是这叫她如何睡得着?瞪着一双大大的明亮杏眼,望着床帐,又不敢随意翻身弄出声响来,一直等啊、等啊,等到浑身躺得僵硬,还是没有等到希望中的事儿。

而身旁,已经响起轻微均匀的呼吸声。

玉籽缓缓地转了一下头,不明白,这叫人脱了衣服睡旁边,又不办事,到底算是哪门子的意思啊?或许,是四郡王比较害羞内敛?要不呢,他屋子里一直都没有丫头,更别说通房丫头了。

她不停地给自己打气,吸气,呼气,然后一点点、一点点地伸手摸过去。想象中先扯一扯他的衣衫,然后说不定他一个翻身,就把自己压在了身下,然后……然后就不用自己想了。

——忽然间她顿住了!

191

什么东西？冰冰凉凉的，又冷，又硬，而且好像还很长，她缓缓上下顺着挪动，细细描绘那东西的轮廓，好像……是一柄长长的佩剑。

可怎么会是佩剑啊？！她疑惑不定。

下一瞬，寒光出鞘。

高宸以迅雷不及掩耳之势拔出利剑，直指玉籽！半明半暗的昏暗光线中，他的目光幽冷无比，好似染了一层化不开的雪白寒霜，叫人心惊胆战。

玉籽怔了一下，看清利剑，方才反应过来似的惊呼，"……啊！！"继而嘴被高宸抓了衣服塞住，在他凌厉的目光之下，吓得不敢出声儿。

初七在外面听得动静，喊道："四郡王？出什么事了？"

高宸彻底地醒了过来，没有啰唆，直接用剑柄把玉籽敲晕，然后朝外淡淡道："玉籽打翻了茶杯，没事了。"然后收剑回鞘，看着昏迷不醒的玉籽，想起即将要夜夜面对的夫妻生活，有点头疼起来。

六月十二，宜嫁娶，上上大吉。

仙蕙心情紧张，昨儿是后半夜才睡着的。厉嬷嬷怕她脸色不好看，正让丫头给她滚眼圈儿，虽然她年轻底子好，根本就没有什么黑眼圈儿。然后绞脸、妆容、嫁衣，一点点涂抹成新娘的标准样子，唇红齿白、黑发如云，略有一点夸张却很喜庆。

明蕙在旁边帮着打量，审视了下，笑道："可以了。"

现如今，她已经是出嫁且三日回门的妇人，挽了发髻，明丽中多了一丝妩媚。眼下又是满意，又是舍不得，感慨地望着即将出嫁的小妹，"好好过日子啊。"

希望她不要为那一点点情丝所困。

昨儿提前回娘家，跟母亲一起围着妹妹说了一天，翻来覆去，就是叫她以后不要再想陆涧。不管陆涧好不好，她都已经是高宸的人了，要想，也只能想高宸。不过自己妹妹一向聪明懂事，识大体，应该会明白其中利害关系。

沈氏正在帮小女儿画眉，不是真画，而是添上一笔的出嫁风俗。

"娘。"仙蕙一手握住母亲，一手握住姐姐，郑重道："你们放心，我会和四郡王好好相处的。"陆涧的事，自己心里知道分寸的，不该想的，就不会再去想。今儿出了这个门，往后一辈子都是庆王府的人，是高宸的人，路该怎么走自己知道。

沈氏轻轻搂了一下小女儿，"我的儿，娘可算是放心了。"

她们母女三人打着机锋，旁人都不知情。

只有厉嬷嬷，隐约猜出一二分内里，瞅着仙蕙还算清楚明白，自然也就装糊涂不会多说。而是笑着说了几句喜庆的话，然后道："时辰差不多了，夫人和姑奶奶别舍不得，三日回门，往后的日子还长着呢。"

沈氏这才恋恋不舍，领着明蕙和邵大奶奶出去。

仙蕙歇了一会儿，便在喜娘的引领下去了前面正厅，出嫁前，女儿要给父母双亲磕个头，聆听父母的教诲、指点，然后照例还要大哭一场，表示舍不得离开这个家。可是她心里太高兴了，哭不出来，只干嚎了几声。

倒是把大伙儿给逗笑了。

仙蕙也不介意，的确欢喜啊。

一切都顺顺利利的，东院的人有了自己的财产，荣氏母女败退，姐姐风光出嫁，自己……也算是风光出嫁，只是嫁的是另外一个人罢了。

她摇摇头，打断那些不该有的心思。

"仙蕙。"沈氏拉着她的手，摩挲道，"给人做媳妇了，不比在娘家做姑娘的时候可以任性，遇事要忍耐，要冷静，心里有烦恼回娘家了再说。"

"嗯。"仙蕙微笑应道。

邵元亨则是神色复杂，笑容也不自然，"仙蕙，大喜的日子高兴点儿，去了庆王府好好侍奉四郡王，孝敬王爷王妃，跟妯娌姑子们和和气气地相处。"然后拿了一个盒子递过去，"这是爹给你添的妆，好好收着。"

仙蕙以为是一些贵重首饰之类，并没在意。

等吉时一到，被哥哥背着上了花轿。一路晃晃悠悠往庆王府去的路上，闲着无事打开盒子看了一眼，不由怔住。银票？！一张、两张，三四五……足足二十张，一张一千两银子的银票，总共二万两银子。

这是父亲想要修补父女关系？讨好自己这个四郡王妃？不由一声嗤笑。

她不知道的是，邵元亨除了想要弥补父女感情以外，更是被高宸那一剑给吓得不轻，殷红的鲜血，滚落的人头，让他时时都是噩梦不已。他担心回头荣氏的事被揭穿，女儿会迁怒于他，因此思来想去，提前给了一份厚厚的压箱钱。

仙蕙嗤笑完了，还是挺满意的，谁会嫌银子多咬手啊？再说了，将来去庆王府想要混得如鱼得水，上上下下，要打点要花钱的地方多了。

大郡王妃凭什么无子还混得不错？不就是因为得了邵家的好处，手里有银子。

而比起仙蕙厚厚的私房钱，更瞩目、更耀眼的，是她的嫁妆。

刚到庆王府的大门，噼里啪啦的鞭炮声就响了起来，锣鼓喧天，声声齐鸣，惹得周围看热闹的人挤得人山人海，各自议论纷纷。今儿是成亲的大喜日子，讲究人多，大家随喜道贺，因而庆王府只是清道并不清人。

"看见没有？那四郡王妃的第一抬嫁妆，是皇上御赐的。"

仙蕙在轿子里听得一笑。

皇上御赐的倒是不假，那是皇后娘娘想法子问皇上要的，偌大的箱子，里面只得一对玉佩，取个成双成对的意思。不过真龙天子是多大的脸啊，别说一对玉佩，就是赏一张白纸，那也是君恩，得子子孙孙都供着呢。

外面的人又道："第二抬，是皇后娘娘赏赐的。"

"哎哟，不得了啊。"

"后面三十抬也不得了。"那人也不知道是庆王府哪个门头混的，知道不少，不停地跟周围的人显摆，"四郡王妃是镇国公夫人的义女，知道吧？镇国公夫人送了十抬嫁妆，镇国府的二夫人和三夫人，也各自送了十抬嫁妆。"

"天哪。"有人惊呼，"照这么说，四郡王妃的前三十二抬嫁妆，都是得的贵人赏赐，后面……哎哟，后面这得一共多少嫁妆啊。"

"邵家有钱你不知道？聘礼、嫁妆，那都是水涨船高，庆王府出了一百二十八抬聘礼，邵家自然要对齐一百二十八抬嫁妆。听说因为宫中贵人赏了三十二抬，后面的嫁妆不得不合并箱子，挤得满满当当，都快塞不下了。"

仙蕙在轿子里面听得好笑不已。

不过呢，这些话倒也不假。

因为自己嫁到庆王府，嫁妆是要丰厚一些，总不能嫁妆比聘礼少，那岂不成了邵家卖女儿？不过姐姐那边，上次从父亲手里要了五万两银子，让母亲给一万两与姐姐做压箱钱，足够她在宋家吃一辈子的了。

"新人进门咯！"有人高唱。

下一瞬，顿时锣鼓鞭炮响得更加震天刺耳，还有各种恭贺声、道喜声，以及众人欢天喜地的笑声，凑在一起，周围简直就是嗡嗡一片。

仙蕙眼前是一片绚丽的红，耳边吵吵的，脑子里面都嗡嗡了。

到后面，完全是在喜娘的牵引下，什么跨火盆、踩喜庆，又是抱福瓶，喜娘让做什么，就做什么，脑子根本就跟不上又乱又快的节奏。甚至就连和高宸拜堂的时候，也是迷迷糊糊的，反正都看不见，只记得跪了三跪，然后便被喜娘搀扶进了新房。

刚坐稳，"呼啦啦"涌进了一大批闹新房的人。

"快，看新娘子哦。"有小孩子的呼声，估计是专门请来闹新房的，声音清脆，"看新娘！要喜钱！"一个个的，一个比一个喊得大声，惹得周围的人哄笑不已。

"四郡王！四郡王！！"嘈杂声中，有急切而不合时宜的声音响起。

人群里发出轻轻的惊呼声，笑声忽然停止。

"四郡王。"周围安静下来，传来初七焦急不已的声音，"王爷有事找你，让你快去书房那边说话，人都等着……"

"初七，你怎么这般不知轻重？！"高宸声音低醇，明显的，里面隐含了一丝压抑的怒气，"今儿是什么日子？"他话音一顿，像是怔住，继而飞快道："我知道了，马上就过去。"

仙蕙一头雾水坐在喜床上，根本不知道外面发生了什么。

有人大步流星地朝着这边走了过来。

大红色的喜袍，大红色的靴子，和盖头的红艳艳融合成了一片。

高宸？仙蕙担心，想问问他出了什么事，可又不能开口。

上

"仙蕙。"高宸的声音还算冷静，只是略沉，"若无大事，父王绝对不会在这种时候找我，一定是事出紧急。"最后道了一句，"我先过去看看。"

仙蕙急得要起身。

被厉嬷嬷摁了回去，"坐好，别说话，新娘子没掀开盖头之前，不兴说话下床的。"

怎么会是这样？仙蕙茫然，周围闹新房的人也是迷惑不解。

好在厉嬷嬷沉得住气，身份也镇得住场子，开口道："既然王爷那边有急事，四郡王也出去了，闹洞房的事就往后推一推。大家别急，先出去歇着等着，一会儿郡王爷回来再做通知。"

一阵窸窸窣窣，闹新房的人渐渐都散了出去。

厉嬷嬷关上了门，回来说话，"你别慌，都已经是进了庆王府的门，拜过堂的，这门亲事不会出岔子的。"担心她害怕，上前握了她的手，"没事儿的啊。"

仙蕙在满眼的红色中怔了片刻，才轻轻点头。

"父王！"高宸已经脚步匆匆赶到清风水榭，扫了一眼，父亲在、大哥在，王府的幕僚们也在，众人都是神色凝重。

庆王看着一身大红喜袍的四儿子，脸上神色微松，"你来了。"

大郡王似乎松了一口气。

幕僚们的目光，则全都放在了高宸身上。

一个谋士上前，急道："刚刚才收到的八百里加急，说是闽南的兴化、漳州都有倭寇登岸，烧杀抢夺、无恶不做，两岸百姓深受其害流离失所。"声音义愤填膺，继而又是悲愤无比，"福建总兵于世铳，被人……射杀在了闽江的河水里。"

高宸目光震惊不已，"怎会如此？于世铳生于水上，长于水上，在闽南领兵已经有几十年，和倭寇打交道大大小小，也不下几十次。更不用说，周围还有诸多将士护着统帅，于世铳如何能被倭寇射杀？"

另一个谋士回道："不是被倭寇射杀，而是被人用暗箭在岸上所杀，多半是仇家。"

"放肆！"高宸震怒道，"是谁如此敌我不分，携私怨以乱天下家国大计？！"

"四郡王，眼下不知道那人是谁，暂时也管不了他是谁。"谋士急道，"眼下于世铳一死，群龙无首，整个福建那边都乱了。他手下虽然有几个不错的副将，可惜各不服气，几股绳子根本就拧不到一块儿去！倭寇们不免更加猖狂了。"

庆王开口道："老四，我刚才和大伙儿商议了一下。福建那边太乱，几个副将又都是多年领兵，各有势力，只怕提拔谁都压不住阵。于世铳的儿子又生得晚，太小，更是镇不住场子，只能让王府的人过去统领全局。"

他说这话时，大郡王不自觉回避了下视线。

高宸看在眼里，有点怒其不争，但是也没指望哥哥去领兵，父亲年迈，更是不可能亲

195

自去冒险——自然只剩下自己了。

谋士催促道："四郡王，还要去军营调兵遣将，宜早不宜迟啊。"

"是啊，是啊。"众位幕僚都是意见一致，他们不敢狠催，更不敢下令，都转头把目光投向庆王，等他开口。

庆王是快五十岁的人了，大概从小生活优越、养尊处优，加上一直潜心修道炼丹的缘故，气色倒是不错，颇有几分红光满面的修道之相。要不是身量发福，换上道袍，只怕还有几分仙风道骨。

他捻着长长的胡须，叹道："耽误老四，才娶的媳妇就得先夫妻分离了。"

高宸还没有那么多的儿女情长，仙蕙在他心里，不过是挂了个影儿，再说女人哪有军情大事重要？没有丝毫犹豫，便道："儿子回去辞别一下，即刻动身！"

仙蕙在床上一直坐着，不让说话，也不让下床，真是说不出的难受煎熬。

"四郡王回来了。"有丫头欣喜喊道。

"吱呀"一声，门被关上，似乎只有高宸一个人进来。他走近，说道："别动，等我一下。"去旁边拿了挑盖头的金星秤杆过来，按照仪式的那样挑下盖头，然后自个儿道了一声，"礼成。"

仙蕙眼前顿时霍然一亮。

眼前的他，在满屋子的红色映衬之下，有着和平时不一样的俊美熠耀。长长的剑眉干净利落，双眸幽深如潭，使他犹如万仞崇山一样高不可攀。可是……他看向自己的目光，却又像是霞光映照一般，带出柔和之意。

"怎么了？"她不安问道。

"别怕。"高宸语气平静，试图用微笑来缓和她的紧张，"福建那边出了点事，需要我即刻赶过去一趟。"尽量用平常的口气，"你别担心，就在王府里好好等我便是。"

福建？出事？！仙蕙差点惊呼出声。

"我没有时间细说，马上就走。"高宸虽然很急，但是说话还是尽量放缓速度，免得吓着才娶进门的小娇妻，"等我到了福建有空的时候，会有书信寄回来的。"

"四郡王。"仙蕙说不出是何缘故，他一走，就觉得满心控制不住的不安，完全没有了安全感。也顾不上害臊，伸手便拉住了他，"你、你能不能……"不让他走的话说不出口，可是手也不肯松开。

高宸站起身来，将她的手一点点掰开，"听话，我得走了。"

"四郡王。"仙蕙急得追了出去——分明不久前还在家里做心理建设，要怎么怎么和高宸相处，会有多困难的，没想到分开之际，根本不用多想就是不愿意让他走。可是挽留的话，又不知道该怎么说。

"别怕，没事的。"高宸有些怜惜地看着她，却没有眷恋。犹豫了下，从衣襟里摸出

上

一块羊脂玉佩，"这是我从小带在身上的，一直没离身，你拿着，看着它就好像看着我在身边一样。"

不是没有看到她眼里的不舍，也不是不懂，而是没有时间再耽误了。

"等我回来。"他没有纠缠，转身便大步流星推门而去。

仙蕙捏着玉佩，心里空落落的不知道少了什么。

这一夜，独守空房格外难眠。

次日清早，仙蕙心情低沉，挽了妇人头去给公婆敬茶。

庆王倒是没说什么，喝了茶，然后给了一份新人礼。

庆王妃看着打扮得精致明媚的小儿媳，叹了口气，只是当着人不好说什么，接茶喝了一口，给了一份厚厚的见面礼。瞅着她娇怯怯的样子，又是担心，又是怜悯，这新婚之夜都还没有过呢。

仙蕙起身，又给几位嫂嫂分别见了礼。

大郡王妃原本是个话多爱捧场的人，可她跟仙蕙有过节不说，高宸也不在，再大声说笑便不合适。二郡王妃是孺居，今日没有过来，见面礼都是由庆王妃转交的。三郡王妃是庶出，不能越过嫂嫂卖弄风头，因此场面冷了下来。

庆王妃看着如花似玉的小儿媳，怜惜道："仙蕙，你先回去歇着吧。"

"是。"仙蕙也不知道留下能说什么，福了福告辞而去。

一路上，心里恍恍惚惚，总是不自觉地想起高宸。

对面传来脚步声音，抬头一看，瞅见一个妖媚俏丽的年轻少妇。

"二姐姐。"邵彤云笑着见了礼，她如今是妾，不是以前来王府做客的小姐，身分上头低了一层，裣衽微笑道："给你请安了。"好像并不为自己的尴尬处境难堪，还是一派大大方方的样子。

仙蕙却好像看到了毒蛇一样，本能回避。

"二姐姐。"邵彤云挺着个肚子，见她藏在了厉嬷嬷和玉籽的后面，一脸诧异和不解之色，笑道："你这是怎么了？怎么见了我还躲啊？"

这话说得，好似仙蕙做了亏心事一样。

仙蕙不由冷笑，"我不是躲你，是不想跟邵夫人多打交道而已。"谁知道她在耍什么鬼心思，反正不是来跟自己叙旧的，"还有，你记清楚了。现如今是在庆王府里，你和我都已经不是待嫁姑娘，已经出了阁，自然就要按照婆家的规矩行事。"

邵彤云脸色微微一变。

"你记住。"仙蕙却不打算放过她，更不愿意在她面前示弱，"以后……王府里面没有什么二姐姐，叫我四郡王妃。"

四郡王妃？！邵彤云又气又恨又怒，想到高宸，心口更是隐隐作痛——这本来应该是

自己的位置！却便宜了她，还害得自己做了侍妾。

空气里，像是有看不见的硝烟在弥漫。

"照这么说……"邵彤云现在有五个多月的身孕，夏衫轻薄，肚子已经挺明显，她轻轻勾起嘴角，"四郡王妃，这是要和我划清界限了。"

仙蕙目光不屑，转头对厉嬷嬷道："你与邵夫人说说规矩。"

那意思，一个妾不配跟她多说话。

猖狂！邵彤云气得银牙暗咬，想呵斥，可偏生厉嬷嬷又是皇后娘娘派来的人，实在是训斥不起。眼见仙蕙防范得紧，实在是无处下手，留下来听厉嬷嬷训斥，只会自取其辱，当即一声冷哼领着人走了。

仙蕙眼中的戒备放松下来，问玉籽，"我记得，邵夫人应该是住在留香洲吧？"

"是。"玉籽回道，"她住在留香洲的绛芸轩。"

庆王府各个院子的大致位置，仙蕙还是知道的。

邵彤云一个侍妾，既用不着给王妃请安，这里也不通向后花园，却偏偏在此处偶遇自己，自然是专门等着的了。

肯定没有好事儿！

仙蕙回了沧澜堂，与厉嬷嬷和玉籽说道："以后你们眼睛都放尖点，远远的，看见邵夫人就跟我说一声。"不好直说，委婉道："我和她在娘家有些龃龉，她现在又是双身子的金贵人，还是避开一点的好。"

不然磕了、碰了，算谁的？自己才不要沾惹她呢。

厉嬷嬷心下明白得很，轻轻点头。

玉籽忙道："奴婢省得。"她比厉嬷嬷还要上心，出了门，就把王府新分派来的小丫头叮嘱了一番。不为别的，前段高宸实在是把她给吓怕了。夜夜同睡，夜夜床中间放把剑，不知道哪一夜就会被他误杀，然后人头落地。

因为连着半个月时间都没睡好，人都瘦了。

故而不仅断绝了做通房丫头的梦，还巴不得四郡王妃快点进门——四郡王那边是没法讨好了，往后想要出人头地，就得使劲巴结新进门的四郡王妃。若是得了主母的青眼，至少将来还能配一门好亲事。

仙蕙不知道玉籽的心思，也没空琢磨，见她办事妥帖倒是满意，出手大方地赏了十两银子见面礼。心下琢磨了一阵，高宸一直都是打胜仗的，活得好好的，应该没事，无非就是自己独守空房一段日子。

可是……为难的就是这段日子了。

自己一个刚进门的新媳妇，什么都不熟，和公婆妯娌没有交情，对下人也没有任何积威。偏偏邵彤云和大郡王妃虎视眈眈，希望……不要出什么事才好。因为连着两天都没睡好，早上又起得早，中午便补了一个回笼觉。

198

上

　　下午刚起来梳洗完毕，正在看书，玉籽从外面打起珠帘进来，"四郡王妃，邵夫人过来说话。"

　　仙蕙微微蹙眉。

　　这世上，只有千日做贼的，没有千日防贼的。

　　邵彤云一而再、再而三地找自己，虽然烦不胜烦，但是却不能永远躲她一辈子。自己不能把她捆起来，她要来，拦不住，更无法次次都拒之门外。道理上说不过去，且好像自己心虚怕了她似的，既如此，还不如让她知难而退。

　　因而吩咐道："把院子的门槛拆了，再让人搬两张椅子到庭院中间去。"

　　玉籽不明所以，但一心想要讨主母欢心，并没有多问便去了。

　　仙蕙掸了掸衣服出去，到了庭院，自己坐了一张椅子。另外一张隔得老远，留给邵彤云。门槛都拆了，她别想在沧澜堂找机会绊倒。椅子放在庭院里大家看着的，没有多余的东西，她也甭想要花样，自己今儿就会一会她好了。

　　另一头，邵彤云被玉籽领着进了院子。

　　她穿了一袭杏黄色的半袖碎花纱衫，同色抹胸，配了挑金线珠络纹的绣裙，颇有几分明艳之态。搭着丫头的手，慢吞吞地走了进来。低头一看，门槛拆了？再往里走，过了影壁，居然看见仙蕙让人摆了椅子，坐在庭院中央。

　　场景很是滑稽。

　　邵彤云轻笑，看来她是早有防备啊。

　　仙蕙指向隔了十来步远的椅子，"邵夫人，请坐。"

　　邵彤云缓缓坐下，然后抬眸打量着眼前之人——依然是那张让人讨厌的漂亮脸蛋儿，挽了妇人发髻，少了几分少女青涩，多了几分王府女眷的雍容清贵，还颇有几分郡王妃的气华。

　　呸！这一切本来都是自己的。

　　"有事吗？"仙蕙漫不经心问道。

　　有仇！邵彤云的眼睛几乎要喷出火来，又强忍住了。

　　她慢声笑道："这就是四郡王妃的待客之道？不仅让客人坐在庭院里，还连茶水都没有一杯，哎，还真是有礼有节啊。"

　　仙蕙才不会端吃的东西出来，见她笑，也笑，"邵夫人这话好没道理。论理你一个侍妾，我根本就用不着见你，让管事妈妈出来招呼，那就算是给你脸面了。"目光清亮反问，"你怎地还不知足？"

　　邵彤云额头上青筋直跳，忍了又忍，继而一声冷笑。

　　她上午躲着自己不说，这会儿又远着自己，连屋子都不让自己进，人离开自己足足有八丈远。呸！她以为自己只会直接找事儿？那也太小看自己了。

　　"二姐姐……"邵彤云拿起帕子擦了擦眼，上头抹了东西，泪水滚滚而下，"你我到底是同出一父的姐妹，如今又都在王府，怎么着也该互相照应一下。没想到你居然如此绝情，

199

一点姐妹情分都不念。"

仙蕙见她装模作样的就心烦，冷声道："我就是看在彼此是姐妹的分上，给你留了几分脸面，所以才亲自出来见一见的，够给你体面了。"

"你太过分了！"邵彤云红着眼圈儿，哽咽道，"也不想想当初，你不过是一个乡下来的丫头！我都没有嫌弃你，你现在反倒嫌弃起我来，你还有没有一点良心？我真没想到，你居然会是这样忘恩负义的小人。"

玉籽脸色微变，"邵夫人，你怎么能……"

"玉籽！"仙蕙眼色严厉止住她，"别插嘴。"

荣氏母女的那些花招，自己实在是再熟悉不过了。邵彤云如此口不择言，外人不知道，自己却清楚，她不过是想故意激怒自己罢了。

自己若是回嘴，她自然哭得更加伤心，没准儿就晕过去也有可能。

让她说好了，只当是耳边风没有听见。

邵彤云哭了一阵，见仙蕙始终都不接招，没有办法，只得抽抽搭搭道："二姐姐你既然如此狠心，我……我只当是从不认得你，往后再不来往！"招呼丫头，"走，我们回去！不要在这儿看别人的鼻子眼睛。"

仙蕙轻笑道："你说的，可别回头又反悔了。"

——永不来往才好呢。

邵彤云气得肝疼。

她心中发狠，等着……回头有你哭的时候！然后领着丫头，搭着手，不得不再次铩羽而归，只留下一个愤怒的背影。

仙蕙起身回了屋。

玉籽忍不住道："怎么有这样厚脸皮的人？上午遇见的时候，明知道四郡王妃不想理她，下午居然还来，她也不觉得脸上难堪。"

厉嬷嬷插话道："反常即为妖。"

"我知道。"仙蕙点头，"可是她这劲儿你也瞧见了。我不理她，她都如此，我若是把她迎进门来，难道就有好的吗？静观其变，往后小心应付吧。"

厉嬷嬷一时间也没有好的法子，总不能把门关上吧？那样的话，邵彤云又该说四郡王妃对她有气，怠慢了她之类的话了。

接下来的几天，邵彤云安生下来，没有动静。

仙蕙倒是有点奇怪。

到了下午，玉籽忽地匆匆忙忙跑了回来，脸色慌张道："四郡王妃，外头才传来的消息，说是邵夫人掉到湖里去了。"

"掉湖里？"仙蕙吃惊手一抖，倒是把指尖给戳破了，一滴血落下，把给王妃做的亵衣染了色。只是眼下也顾不得焦急这个，忙问："人呢？救起来没有？"

上

"捞上来了,没死。"

仙蕙松了口气,又隐隐觉得不太对劲。

好端端的,邵彤云怎么掉湖里头?且不说她有了身孕,便是没有,周围的丫头婆子难道是死人?不会看着她啊。

"四郡王妃!"一个小丫头在门口探头探脑,喊道,"王妃娘娘让你过去一趟。"

仙蕙心里"咯噔"一下,凭着直觉,就觉得有阴谋朝着自己袭来!眼下自己一个人在庆王府,没有母亲、姐姐,没有哥哥,没有任何帮忙的亲人,只有自己——原本能帮到自己的丈夫高宸,远在千里之外。

厉嬷嬷上前催促道:"四郡王妃,不管出了什么事,王妃找你都得去啊。"

"我知道。"仙蕙心里空落落的,转身进屋,把高宸留下来的玉佩找了出来,然后系在腰上,这让她感觉安心了不少。然后去了庆王妃松月犀照堂,一进屋,就见大郡王妃红着眼圈儿,在旁边哭诉不已。

庆王妃目光投了过来,微微闪烁。

仙蕙还不知道大郡王妃说了什么,不好分辩,上前福了福,"母亲,你找我过来有事?"说完,便恭顺地垂眼站在一旁。

庆王妃沉声道:"是有点事。"

"仙蕙!"大郡王妃忽然转过头来,看向她,一脸愤怒之色,"你怎么可以做出那样恶毒的事?彤云是你的亲妹妹啊,她肚子里的孩子,是大郡王的亲生骨肉啊,你真是太残忍了。"

"大嫂。"仙蕙声音平静,"我不知道你在说什么。"

"你不知道?"大郡王妃怒不可遏,眼似冒火,"前几天彤云去看望你,你在庭院里面招呼她的,是不是?"

仙蕙平静回道:"是。"

"为了这个,彤云生气和你拌了几句嘴。"大郡王妃红着眼睛,"可就算她言语上有些不妥,你也不该背后中伤她啊!居然说什么,说什么彤云肚子里的孩子,不是大郡王的,你……你怎么可以说出如此恶毒的话?"

仙蕙强忍了怒气,皱眉反问,"大嫂,我几时说过这种话了?"

"你当然不承认了。"大郡王妃冷声道,"可是彤云在进府之前,曾经去过静水庵的事情,她根本就没有对任何人说过,就连我都不知道。那么王府里面,除了你,还能有谁知道这件事啊?那些流言,不是你传的,又是谁传的?"

仙蕙一阵愕然。

邵彤云去过静水庵的事,的确不应该有别人知道,自己也从来没有说过,为何会有那样的流言?莫名其妙,还有可能是谁知道?没有啊!除了自己,就是她。

难不成……是她泄露出去的?

可是道理上面又不通,她自毁名声做什么?一时间,思绪纷乱理不出头绪。

"母亲……"大郡王妃又哭了起来,哽咽不已,"你说说,这种事除了邵家的人知道,还能有谁啊?儿媳可是真的不知道的,就算儿媳知道,也不可能去毁了郡王爷的名声,毁了彤云啊。"她哭得伤心无比,"你是知道的,儿媳膝下一直没有子嗣,就指望彤云肚子里的这一个了。"

庆王妃没有发表意见,看向仙蕙,"你怎么说?"

仙蕙静了静心,如果这个时候再表示怀疑邵彤云,只会显得自己更加无理,只能陈述事实,而不是胡乱猜测别人。于是回道:"母亲,儿媳可以对天发誓,绝对没有跟任何人说过彤云的事。至于为何会有流言,儿媳也不清楚。"

庆王妃心里自有一番思量。

邵家的东院和西院斗得厉害,自己有所耳闻。他们商户人家也不成个体统,听上次舞阳回来说,那邵景钰竟然端了一碗热油,要泼仙蕙的脸,简直无法无天!除了知道的这些,平时还不知道多少你死我活呢。

仙蕙是不是幕后黑手,难以断定。

大郡王妃哭了一阵,又抬头,望向庆王妃伤心道:"据彤云说,她原本是因为流言的事心烦,在湖边独自静一静,哪知道背后忽然有人推了她一把,这才落水的。"目光怨恨看向仙蕙,好似她就是那凶手,"到底是谁下的毒手?自己清楚!"

这种杀人害命的歹毒事儿,就更不能承认了。

但是大郡王妃只是含沙射影的,并没有指名道姓,仙蕙也不便急着分辩,因而只是沉默,心里飞快思量其中的蹊跷之处。

大郡王妃又哭,"可怜呐,落下来一个成形的男胎。"

仙蕙实实在在地大吃一惊。

原本大郡王妃哭来哭去,又说什么流言中伤邵彤云肚里的孩子,自己还没有往最坏的情况去想,以为顶多是邵彤云落水了,因为她有身孕,所以让大郡王妃担心着急,在这儿哭哭啼啼的。

断然没有想到,邵彤云居然已经小产!

事情真的闹大了。

难怪婆婆刚才眼神闪烁不定,对于她来说,邵彤云就算再不好,肚子里的孩子也是好的,是大郡王的骨肉啊。可是……流言是谁传出去的?邵彤云是不是真的被人推了一把?她又是被谁给推的?这一切到底是怎么回事?

"仙蕙!"大郡王妃怨毒喊道,"你伤天害理,就不怕自己遭报应吗?就不怕自己死了以后,下十八层地狱吗?!"

庆王妃听着有些过了,微微皱眉,"行了,不要吵来吵去的。"

仙蕙觉得自己必须得说点什么了。

上

"大嫂。"她强忍了心中怒气，说道："首先，你只是怀疑，并没有人证、物证，可以证明是我传出去的流言，更没有证据证明是我推了彤云。便是官府判案，也得讲一个凭证，不能说怀疑谁就杀了谁。"

"那是你奸诈狡猾！"

"容我把话说完，行吗？"仙蕙的冷静，让大郡王妃的嚣张气焰稍有减弱，继续接着道："其次，我和彤云是有一些不和。但我现在是四郡王妃，她不过是一个妾，对我没有任何威胁，我何必为了她，脏了自己的手？我让她小产了，又有多大好处？"

大郡王妃一声冷笑，"看不顺眼也是有的，心怀狠毒，想要置人于死地也难讲，万一彤云今天没有捞上来呢？她死了，你岂不是眼前清净？"

仙蕙气极反笑，"大嫂口口声声，非要说我想让彤云死，想害了她。"长长地叹了口气，"可是有关彤云流言的事，一旦传出，人人都会怀疑是我做的手脚。我虽然不是什么聪明人，但也不蠢。退一万步说，便是我黑了心肠要害她，千万个法子可以想，何苦非得用最笨的一个？"

大郡王妃张了张嘴，一时间，没有接上话。

"还有，我才刚刚嫁进王府，以前也不过是来王府做客两次，连王府的路都还认不熟。这几天我除了给母亲请安，就没出过门，如何去害了彤云？哦，你又要说我指使别人……"仙蕙转头看向庆王妃，她苦笑，"母亲，我连王府下人的名字都还搞不清，我能指使谁啊？"

这一番话有理有据，合情合理。

庆王妃过了最初痛失孙子的气头，冷静下来一想，越发觉得事情蹊跷古怪。仙蕙便是要害邵彤云，的确也该换个法子，没必要弄得这么脱不了手。

再说了，邵彤云是怎么进得王府的？那是她和大儿媳一起陷害儿子，害仙蕙不成，反倒害了邵彤云自己，王府不要她，她借着身孕才勉强进的门。这一对表姐妹诡计多端，心术不正，难说这次不是有一个阴谋。

只是……若邵彤云用胎儿来布置阴谋，也未免太恶毒！

可她自毁身孕，说不通啊。

难不成，她的身孕早就出了问题？所以借机陷害仙蕙？真是疑云重重。

大郡王妃见婆婆思量起来，对仙蕙的脸色也缓和了不少，知她是信了几分，不由着急道："母亲，仙蕙惯会花言巧语，你不要信她！"

——兔子急了还有三分脾气呢。

仙蕙一忍再忍，实在是忍无可忍，当即看向她道："大嫂，我倒是想问问你。"乱泼污水是吧？谁不会啊？只管胡乱指证便是，"说到底，彤云又不是四郡王的妾，是大郡王的妾。我盯着大伯屋里的妾做什么？要着急，也该是大嫂你着急啊。"

"你放屁！"大郡王妃气得跳了起来。

庆王妃不由看向大儿媳，心下有些思量。

邵彤云进门以后有点恃宠而骄，难讲大儿媳心中不会生怨，一时心狠，连孩子也不想要亦有可能。没了邵彤云的孩子，还可以让别的侍妾生啊。实在不行，把袁姨娘所生的权哥儿认在名下，也是现成的，并非一定要等邵彤云肚子里的——而且是男是女尚且还不知道呢。

而且这个计谋，同时还能把仙蕙给拉下水，一箭双雕！

大郡王妃又惊又怒，看向婆婆，"母亲，你怎么这样看我？难道母亲你怀疑是我做的手脚？"她忽然拔高声调，"母亲，我为什么要去害彤云啊？再说了，我又不知道彤云去过静水庵，哪里编得出那样的流言？"

——吵来吵去，事情又绕回了原点。

庆王妃暂时无法确定谁是真凶，只觉得日子真不清净，颇为心烦。

"是她！"大郡王妃气极了，指了仙蕙，叫道："肯定是她！"

仙蕙尽量控制情绪，声调平平，"大嫂，你吼什么？有理不在声高。"

庆王妃目光明亮地看向小儿媳，冷静、聪慧、不急不躁——若非心地纯良的聪明女子，那就是深藏不露的大奸大恶之人。

忽然间，视线落在她腰间的羊脂玉佩上。

咦？那不是小儿子的东西吗？当年庆王给了他们兄弟一人一块，老大的那块不小心跌碎了，老二去世了，只有他一直把玉佩戴在身上，很是珍爱的。

——居然给了仙蕙。

是因为已经心仪她，还是心里看重她？不论哪种，都侧面说明仙蕙还不错。或许是在上京的路上，让小儿子对她有了更多的了解，所以……小儿子对这门婚事，应该颇为满意的。

庆王妃的心思转了几转，权衡过后，不管事情是不是仙蕙做的，都不愿意为了大儿子的一个妾，无凭无据就去指责小儿子的妻。孰轻孰重，这个不用多想，更何况邵彤云本身就不安分，难说不是她的阴谋。

再说了，仙蕙是皇帝御赐的儿媳，即便真的弄掉了邵彤云的孩子，王府也不可能为了一个侍妾的胎儿，去跟皇帝抬杠，跟吴皇后和镇国公府过不去。既然如此，何必再伤了她的脸面呢？等有了证据，再做定夺也不迟，反正人是跑不掉的。

因而开口道："仙蕙，你先回去吧。"

"母亲……"大郡王妃叫道。

庆王妃瞪了她一眼，挥手让仙蕙走了，然后才道："我劝你，做长媳就该有个长媳的样子，仙蕙不管是好是坏，至少比你更像一个合格的郡王妃！"

大郡王妃闻言气得噎住，说不出话。

14 迷雾重重

仙蕙心里不是不着急的，只不过，刚才在婆婆那里强力压住了。

不然越是慌张，反倒越显得心怀鬼胎。此刻回了沧澜堂，单留了厉嬷嬷，把事情原原本本说了一遍，"嬷嬷，你在宫里见得多、识得广，那些宫妃娘娘们，少不得比王府斗得更加厉害。"她问："你听着，到底哪里不对啊？"

厉嬷嬷脸色肃然，沉默了一小会儿。

"这件事有三种可能。"她很快分析起来，条理清晰，"第一，四郡王妃你在撒谎，背着我偷偷做了这件事；第二，另有其人，借机陷害四郡王妃和邵彤云；第三，邵彤云在撒谎。"

仙蕙点点头，"嬷嬷你继续说。"

厉嬷嬷接着说道："第一种就不说了。若是那样，四郡王妃你也太蠢了，奴婢跟着你倒了霉，那是识人不清，活该！第二种呢，太乱，王府这么多人，没头没脑的暂时不好琢磨。"语气一顿，"咱们先琢磨第三种，有没有可能是邵彤云撒谎？"

"嗯，我也怀疑是她。"

"如果是邵彤云在撒谎。"厉嬷嬷思绪飞快，并不需要停下来慢慢思考，"那么她害了自个儿的身孕，不合逻辑。这里面就有两种可能，其一是她的胎儿坏掉了，借此栽赃你一把，其二……"目光微微闪烁，"她根本就没有怀孕！"

仙蕙闻言吃了一惊。

继而想想，又觉得有那么几分可能。

"宫里女人多，是非多，有关身孕的是非尤其花样百出。"厉嬷嬷是在宫里浸淫多年的人，阴谋诡计见得多，说起这些，就好像闲话家常一样熟络，"假如邵彤云是胎儿坏掉了。她不想白白坏掉，想借机陷害你，于是先故意找你争吵，然后自泼污水，接着坠了湖、落了胎，这一切就顺理成章。"

"那若是她根本就没有怀孕！"仙蕙霍然心惊，思量道，"她为了混进王府假扮孕，倒也说得过去。但是之前，她不可能预料我也能进王府，一直隐瞒身孕，到底打算做什么？"语气心头一亮，"难道说，她原本是针对大郡王妃，准备设局陷害，后来又改了主意陷害我？"

"多半如此。"厉嬷嬷琢磨道，"毕竟邵彤云看起来不像是个蠢货，她若是身孕好好儿的，就该珍惜自己和胎儿，而不是见四郡王妃你一进门，就特意过来怄气。"言辞犀利反问，"难道她就不怕胎儿有个闪失？不怕四郡王妃你害她？看来胎儿早有问题。"

"不止如此。"仙蕙气极反笑，"她不仅把污水泼给了我，还自个儿不出面，唆使大郡王妃上蹿下跳的，心思真是太恶毒了。"

厉嬷嬷微微皱眉，"如果邵彤云的身孕有问题，不管是死胎，还是没怀孕，给她诊脉

205

的大夫都撒了谎。找到这个大夫，或许就有真相答案，但是现在事发，大夫肯定已经找不到了。"

仙蕙无奈点头，"这个是肯定的。"

厉嬷嬷又疑惑道："那个成形的男胎又是怎么回事？若是邵彤云是死胎，这个还好说。若是她根本就没有怀孕，那么……就得从外头买一个才行。"

仙蕙想了一阵，双目微微眯起，"从外头买个小产的胎儿，需要王府的人出入，这个倒是可以查证一下。"

厉嬷嬷看向她——这个主子虽然年轻，反应却不慢。

她赞许地点了点头，然后道："郡王妃不用急，刚才听玉籽说邵夫人落水时，奴婢已经给了银子，让她出去找人打听了。玉籽以前是王妃娘娘屋里的丫头，在王府里混了多年，自有她的一些人情脉络。"

仙蕙的双眸明亮起来。

忽地觉得，之前进京一趟最大的收获，就是得了厉嬷嬷了。

厉嬷嬷却没有露出任何骄傲之色，而是略严肃，给仙蕙倒了一杯茶以后，便在旁边小杌子上静坐，等候玉籽回来。

仙蕙也是静候佳音。

希望，玉籽能打听到有用的消息吧。

绛芸轩里，邵彤云哭得梨花带雨一般。

"郡王爷……"她捧着心口，哽咽难言，"妾身坠入湖中吃点苦没什么，可是那个孩子、孩子……"紧紧抓着大郡王的手，"我的孩子啊。"

大郡王微微皱眉，脸色阴沉。

邵彤云哭一阵，诉一阵，拉着他再缠磨一阵，"仙蕙她……为何如此恨我？她都已经是四郡王妃了，我不过是个妾，她还不放过我，不放过我的孩子。"自己没办法对付仙蕙，让大郡王忌讳才有用，"即便她不念姐妹之情，好歹看在郡王爷和四郡王是兄弟的分上，即便为了你们的手足之情，也不该如此狠心啊。"

她哭，"郡王爷，你能不能说仙蕙几句？让她别再恨我了。"

"胡说。"大郡王微微皱眉，"我一个做大伯的，哪有去管教弟媳的道理？如果这事儿真的和仙蕙有关，堂前教子、枕边教妻，等老四回来，我会跟他提几句的。"

他不知道，邵彤云要的就是这个效果。

比起让别人去中伤仙蕙，哪有比大郡王在高宸面前指责仙蕙，来得更有效的呢？若是同时再让庆王妃也忌讳仙蕙，呵呵……丈夫嫌弃，婆婆厌恶，她就算是四郡王妃，将来的日子也一样不好过！

正说着话，外面丫头传道："荣太太来了。"

邵彤云哽咽喊了一声,"娘……"

荣氏本来还在病中,上次高宸那一剑斩人头实在太过震撼,把她吓破了胆,每天晚上都是噩梦连连,睡不好,人自然而然就憔悴了。今儿听闻女儿小产,出了事,强打精神赶了过来。

大郡王不方便和小妾之母多待,等她见了礼,便出去了。

荣氏坐在床边,看着花容失色哭肿双眼的女儿,急急询问,"怎么回事?好好的孩子怎么会掉了?那可是你的命根子啊。"

邵彤云一边哭,一边哽咽,把"仙蕙制造流言推人下水的阴谋"说了一遍。

荣氏听得瞪大了双眼,怔怔的,好似被人掐住了脖子,半晌才低声尖叫,"她这个不要脸的……"继而想起这事在庆王府,想起高宸的残忍,又生生把咒骂忍住,但却怒气难平,"她、她怎么可以恶毒至此!"

东院的人已经占了大便宜了,自己也没计较,仙蕙又成了御赐的四郡王妃——她们风光得意之际,还要再来踩西院一脚!还要再害了自己的女儿!孩子,孩子,那是女儿后半辈子的依仗啊!

丈夫已然偏心,若是女儿再在王府混不好,将来自己和景钰指望谁去?!

对于她来说,几乎后半辈子的希望全给毁了。

荣氏低声怒道:"我没有害她们,她们……她们也不能再来害我们!"因为愤怒到了极点,原本还算好看的五官都有些扭曲了,颇有几分狰狞,"邵仙蕙,你想把西院的人都作践死,我……绝不让你得逞!"

邵彤云哽咽哭道:"娘,娘……算了,忍一口气吧。"

"再忍,再忍我们全都完了!"

"那有什么办法?"邵彤云哭道,"她是四郡王妃,王府的人都护着她,是不会为了一个侍妾的孩子出头的。就连大郡王,也不管,说什么让我以后再生,可……谁知道将来几时才有孕?又是不是男胎?更不用说,仙蕙她还会不会再次下手?"

她伏在床上痛哭,"娘啊,我这一辈子……算是完了。"

荣氏被这话打击得喘不过气。

邵彤云又追了一段血泪肺腑之言,"娘你别管我了,我是指望不上了,爹他,又一心向着做了四郡王妃的仙蕙,你……你也多忍忍。往后见了东院的人低一低头,好生守着景钰,在西院忍气吞声地过日子吧。"

这番话,彻底让荣氏失去了理智。

她再也听不进去女儿的"劝阻",霍然起身,"你等着,我拼了这条老命,也不会让她好过的!"庆王府熟门熟路,又没人阻拦,直接摸到沧澜堂的院子门口,"进去告诉四郡王妃,我要见她。"

丫头见她面色不善,赶忙进去。片刻后跑了出来,说道:"郡王妃身子不舒服,已经

睡下了，荣太太请回吧。"

荣氏知道自己见不到仙蕙的，没关系，见不到也是一样。

她推开丫头，往旁边的假山上面狠狠一磕，磕得头破血流的，然后软坐在地上大声干嚎，"仙蕙啊！我求求你，求你放过彤云，放过我们吧。你都已经嫁人了，将来也是要做娘的人，好歹积一积德，莫要做那种伤天害理的恶毒事，损了自己的阴德，折了自己的福报……"

荣氏一声还比一声高，生怕别人听不见，越哭越响亮。

守在门口的都是一些小丫头，不过十来岁，平时负责传个话之类，根本没见识过这种泼妇骂街的阵仗，全都慌得不知道怎么办了。

很快，厉嬷嬷带了几个五大三粗的婆子出来，冷冷扫了一眼，"荣太太，四郡王妃请你到里面说话。"然后把人强行"请"了进去，关在一间小屋子里。

荣氏又叫又跳，"你们凭什么关我？放我出去！"

厉嬷嬷在外面冷声道："荣太太，这里是庆王府，不是邵府，沧澜堂也容不得你漫天撒野！"然后呵斥婆子们，"给她收拾干净，看好她，少了一根汗毛唯你们是问！"

片刻后，得了消息的大郡王妃赶了过来。

厉嬷嬷欠身行了礼，然后淡声道："荣太太走路没有站稳，磕在假山上头，四郡王妃让人替她收拾了，正在里面梢间歇息。眼下大郡王妃来了，就把人接回去吧。"朝门后喊了一嗓子，"把荣太太搀扶出来。"

门一开，露出荣氏憔悴挣扎的身影。

大郡王妃定睛一看，小姨额头上面已经贴了纱布，脸上干干净净，正被两个粗壮婆子一左一右押着——哪里是搀扶？分明就是强行挟持！

荣氏哭喊道："她们强押了我……"

"荣太太！"厉嬷嬷打断她，"我们庆王府待人一向都是温和有礼、客套有加，从没有做过仗势欺人之事，有些话，还是想清楚了再说的好。"说着，意味深长地看了大郡王妃一眼，"大郡王妃，你说对吗？"

大郡王妃心下大怒，偏偏抓不到厉嬷嬷的错处，更不能说她不对。无论如何，都不能让荣氏在这儿说王府的不是，反倒忍了气，上前低声，"小姨，别闹了。惹得王爷王妃娘娘生气，她们不讨好，咱们一样要吃不了兜着走。"

外甥女为了她自己在王府的地位，竟然向着一个奴才说话？！荣氏心下暗恨，可是奈何权势不如人，到底不敢跟庆王府对着来。

"走，走走。"大郡王妃忍气招呼丫头，拉扯着荣氏出去。

厉嬷嬷脸色不见缓和，仍是肃穆。

方才荣氏那么不管不顾地一闹，外头人不少，除了沧澜堂的人，指不定还有路过的丫头、粗使的婆子。庆王府内派系众多，人心杂乱，荣氏的这番吵闹哭喊，肯定会被有心人传开的。

她刚折回内屋，玉籽也从外面赶了回来。

上

"如何？"仙蕙问道。

玉籽关上门，过来小声回道："昨天下午，绛芸轩里有个叫小桃的丫头，去了二门上，见了一个叫李贵的小厮，是她哥哥。"犹豫了下，"不过没有特别的，李贵只是给邵夫人买了一食盒的点心，说是胃口不好，想吃外面的零嘴儿什么的。"

"食盒？"厉嬷嬷思量了下，追问道，"有多大？"

玉籽摇摇头，"这就不知道了。"

仙蕙眼里闪过一丝迷惑，"食盒大小有问题吗？"

厉嬷嬷解释道："四郡王妃没有生产过，不清楚。五个月的胎儿并不大，也就一拃多长。只要食盒不是太小，特别是多层的，下面做个暗格完全藏得进去。"

"啊？！"仙蕙想象了下那幅血淋淋的画面，忍不住捂了嘴。

玉籽也是一脸想吐的表情，"这也，太……太恶心了吧。"

仙蕙摇了摇头，甩开那些恶心的画面。静了静心神，又道："不过，就算真的有如嬷嬷所说，盒子里有东西，这会子肯定也收拾干净了。"有些惋惜，"这种事，不当场是抓不住把柄的。"

厉嬷嬷凝重道："而且，还有别的可能。"

仙蕙点头，"是啊，万一邵彤云本来有身孕呢？送食盒，也可能是送别的东西，比如催产药，甚至真的只是吃食而已。"

玉籽有些失望，"那……不是都白打听了。"

"也不算是白打听，总归咱们知道邵彤云在偷偷捣鬼。"仙蕙不想让她觉得无功而返，打击下人的信心不好。开了抽屉，取了二百两银子出来，"你拿着去使，不够了再向我要，有关绛芸轩的消息一律回我。"

玉籽知道这位四郡王妃手里阔绰，没想到这么阔绰，随随便便就是二百两，惊讶之余，保证道："四郡王妃放心，我一定把银子都用在刀刃儿上。"

"去吧。"仙蕙等她走了，又跟厉嬷嬷商议道："他们没送胎儿还罢，若是送了，必定得和外面的人家联系。这件事，你让人送信给我娘，让她找人帮忙打听。"虽然不想麻烦母亲，但是没办法，"毕竟眼下有人盯着我，动作太大，反而容易打草惊蛇。"

厉嬷嬷却道："邵彤云肯定会让荣氏盯着沈太太的，她亲自出面只怕动静也大，所以还是不妥。"没有避讳，而是直接说道："我会另外安排人的。"

仙蕙闻言一愕。

另外安排人？哦，是吴皇后插在江都的人吧。

虽然这让人有点不舒服，但……这种事自己无法抗拒，甚至就连高宸和庆王府也没办法，总不能把吴皇后的人给杀了吧？罢了，现在还没到彼此翻脸的时候，只要能够物尽其用就行了。

她叹了口气，到底要如何查证邵彤云怀孕真假呢？又要怎么揭穿她呢？这一切还没有

209

眉目，到了天黑时分，王府里开始有风言风语传出。

玉籽去了厨房一趟，回来忿忿道："今儿荣太太闹得太不像话，哭着喊着，让大家以为四郡王妃就是凶手了。偏偏那些嚼舌根的，说得好像亲眼见了一样。还说什么，四郡王妃不见荣太太，拒之门外，荣太太差点磕死在沧澜堂门前。"

仙蕙听了，淡声道："嘴长在人身上，捂不住，让他们说去吧。"

到底有些心烦，夜里上床睡觉时，低头看到腰间的羊脂玉佩——高宸到哪儿了？算算时间，应该已经出了江都，正在去往福建的路上吧？说来也是可笑，自己和他虽然成了亲，但却跟没成亲一样。

这也罢了，偏偏他又走得太过匆忙。

仙蕙从来都不知道，居然有一天会这么思念高宸，恨不得他马上就打完仗，然后出现在自己面前。他虽然性子冷，可是却沉稳、冷静、有担当，会让自己这个妻子，躲在他的羽翼庇护之下。

自己并不抗拒嫁给他，除了圣旨不得不遵，跟他本身的各种长处也有关系吧。

仙蕙躺在床上，想着高宸，迷迷糊糊翻了半宿方才睡下。

次日天明，仙蕙依旧去给婆婆请安。

她不是最早到的，庆王几个没名分的侍妾早到了，跟丫头似的，围在庆王妃身边端茶倒水。下首右侧坐了吕夫人，面含微笑，一脸聆听庆王妃说话的样子。左侧坐了大郡王妃，她是主持中馈的王府长媳，素来比别人先到，也是望着庆王妃，但似乎没有说话的精神。

庆王妃正端着一碗热茶在喝，招呼道："坐吧。"

仙蕙应道："哎，多谢母亲。"

大厅里，略有一点沉闷。

庆王妃在和周嬷嬷说着闲篇，几个侍妾小心侍奉，都没敢说话。吕夫人始终微笑不语，大郡王妃勉强打起精神应付，也不言语。仙蕙自然不会贸然多嘴，只等走完过场回去。

过了会儿，万次妃和三郡王妃、孝和郡主一起来了。

庆王的妻妾子女都是颇为众多，大概分为三支。

第一支是庆王妃和她的嫡出子女，高敦、高曦、高宸和舞阳郡主，其中高曦早逝，只留下二郡王妃一个孀居寡妇。第二支是万次妃和高齐、孝和郡主，万次妃颇得庆王的宠爱，加上有儿有女，在王府里很有一些地位。第三支是吕夫人和高玺，她年纪轻，儿子也尚且年幼，今年不过八岁。

至于那几个没有名分的侍妾，不是无宠，就是无出，自然无足轻重。

万次妃一进门便笑，问道："这是怎么了？大家都不说话，闷葫芦似的。"

庆王妃充耳不闻，继续和周嬷嬷说着茶叶的事，"……比去年的浮絮一些。"她自从有了儿媳以后，便推说有晚辈孝敬，将侍妾们的请安改为十天一次，免得每天过来看着添堵，长久不来又乱了规矩。

万次妃略欠了欠身，便坐下。

孝和郡主跟三郡王妃则行了礼，才归位入座。

万次妃长了一张白皙的银盘脸，长眉大眼，孝和郡主的相貌便是继承她，母女两个颇为相像。虽然年近四十，依旧还是保养得风韵犹存，举手投足间，很有几分雍容贵妇的风韵。

她一双眼睛又明又亮，目光似电，在仙蕙身上扫来扫去。

仙蕙垂下眼帘，只做没见。

万次妃却问："仙蕙，你昨儿是不是没有睡好啊？"颇有几分阴阳怪气的味道。

仙蕙抬眸，眼睛亮晶晶地反问，"万次妃为何这样问？"

万次妃抬手掩面，浅笑道："我听说，昨儿荣太太找你了。"她虽然保养得宜，但是做出一副少女娇态，仍然别扭，只是自己不觉得而已，"荣太太还磕破了头，到底是怎么一回事啊？"

仙蕙知道她和庆王妃这一支不合，自己是捎带上了，故作惊讶，"啊？万次妃是怎么知道的？昨儿荣太太在太阳底下晒得头晕，一不小心摔倒，是磕了一下，可是当时周围没有别人啊。"故作疑惑问道："莫非是万次妃身边的丫头，刚巧在沧澜堂门口闲逛不成？呵呵，真是巧啊。"

隐隐暗指，对方有派人在门口盯梢。

万次妃顿时给噎了一下，继而冷笑，"满王府上上下下都传遍了，谁不知道？用得着专门有人路过沧澜堂吗？真是可笑。"

"是吗？"仙蕙不怕得罪她，反正自己是高宸的妻子，庆王妃的嫡亲儿媳，注定了是要跟万次妃等人站在对立面，只要明面上不出错就行。接过话头道："若是下人乱嚼舌根子，万次妃听见了，就该把那人抓起来狠狠教训才是。"她问："万次妃，你到底是听谁说的？抓住没有？"

"你……"万次妃气得脸色都变了，改了话头，喝道："长辈说话，做晚辈就是这样回话的吗？四郡王妃，真是好规矩好家教啊。"

仙蕙闻言大怒，自己的家教轮不着她来教训。

况且她这么鼻子不是鼻子，眼睛不是眼睛的，阴阳怪气，指不定荣氏哭闹的事就是她传出去的。当即起身，走到庆王妃跟前，一脸委屈道："母亲，儿媳是不是说错了什么？若有不妥的地方，还请母亲教诲。"

一脸老实认错的样子，却不理万次妃。摆明了，就是说万次妃只是一个妾室，不配教训她，就算有错，也只能由庆王妃来教训。

庆王妃满意地看了小儿媳一眼，"回去坐吧。"

没说她错，也没说她不错，但是却没有任何教训之语，自然是袒护她了。

万次妃脸色难看，却不好和庆王妃对嘴争吵。

孝和郡主微微皱眉——生母总是这么沉不住气，争几句口舌之利，有什么用？而且还在晚辈面前争输了，连带自己一起跟着没脸。

"哎哟，这是怎么了？"舞阳郡主领着周峤，从外面进来，方才她在门外都听得清楚，当即讥讽道："万次妃好大的规矩，好大的脸面啊。一个次妃，也跟老四媳妇充起长辈来了。"

虽说次妃名头好听，说到底，仍旧只是一个妾室。

万次妃气得浑身发抖！

舞阳郡主这个张狂的贱人，居然还有脸在自己面前嚣张？还敢辱骂自己？！若不是周峤手贱推了女儿，堂堂一个郡主，又怎么配给一个穷酸秀才？王妃急着把女儿配给陆涧，不就是因为出事地点在邵家看台，怕人误会了邵仙蕙吗？这些不得好死的，一看见她们就恨不得全部撕碎！

万次妃咬了咬牙，讥讽道："说到规矩，舞阳郡主你还是多操点心，好好教一教小峤的规矩吧。她爹死得早，你就得多费点心了。"

这一番话，分明就是在骂周峤有人生、没人教，品行不堪。

"你放肆！"舞阳郡主闻言怒极，气得太狠，反而一下子接不上话。

仙蕙见大姑子因为帮忙自己，受了气，不得不站出来道："万次妃，小峤不过是玩闹失手而已，并非有意，哪里就扯得上规矩二字？"

周峤气呼呼的，忙道："是啊，是啊。"

仙蕙又看向孝和郡主，"看台的事，想来四郡王也跟你说了，是那栏杆被去年的雨水浸泡，朽了，不与小峤相干的。"

孝和郡主微微一笑，"说了。"却打太极，并不替周峤分辩一句。

舞阳郡主缓过气来，接话道："仙蕙说得对，不过是孩子玩闹罢了，有些人就斤斤计较地惦记上了，非得给人定个罪名。"一声冷哼，"真是恶毒！"

万次妃脸色一变，"恶毒？你……"

"行了！"庆王妃看着眼前的乱糟糟，打断道："都少说两句。"

万次妃只得打住话头，"既然王妃不让说，那就不说了。"继而缓缓勾起嘴角，看向大郡王妃，"对了，邵夫人不是小产了吗？听说还是被人推下湖的。啧啧……真可怜的，而且落下来的还是一个男胎，是不是真的啊？"

大郡王妃虽然和仙蕙有仇，但毕竟是嫡系一脉，自然不会向着万次妃，不然庆王妃和舞阳郡主先撕了她。因而淡淡"嗯"了一声，没有多话。

万次妃继续道："说起来，邵夫人小产的是大郡王的孩子，要是生下来，王府里可就再添一个男丁了。"她起身，一脸关怀的模样，"既如此，正好今儿大伙儿都在，不如过去瞧瞧吧？问问清楚，到底是谁推邵夫人下水的。"

一面说，一面斜眼看了仙蕙一下。

仙蕙抿嘴不言。

上

万次妃不好和庆王妃、舞阳郡主对着来，对她一个新媳妇却不放过，"怎么了？四郡王妃这是心里有愧？不敢去了？若是心中坦坦荡荡的，去看望一下小产的妹妹，也是人之常情啊。"

话里意思，简直就是说仙蕙是凶手了。

大厅里的气氛顿时僵了起来。

万次妃见仙蕙吃瘪更是得意，咄咄逼人道："四郡王妃，你敢不敢去？"

"有何不敢的？"接话的，不是仙蕙，是忽然从侧门进来的厉嬷嬷，上前扶了仙蕙的手，悄悄用力捏了捏，"四郡王妃，所谓人正不怕影子斜，就依了万次妃，去看看邵夫人吧。"

仙蕙微怔，厉嬷嬷什么意思？自己过去看邵彤云有什么用处？

厉嬷嬷在她耳畔低语了几句。

仙蕙心头一跳，强力压住了脸上的表情。

"走吗？四郡王妃。"万次妃又问。

她心下冷笑，虽然去见邵彤云伤不了老四媳妇，可是她们姐妹死敌，互相恶心吵起来，让自己看一场热闹也是好的。可笑那个厉嬷嬷，以为在皇后娘娘跟前有点脸面，在庆王府就想摆架子，被人一激就为脸面争上了。

仙蕙露出被逼无奈之色，"行，那就去看看邵夫人。"

庆王妃眉头微皱，开口道："舞阳，你也顺道去瞧瞧彤云。"

仙蕙感激地看了婆婆一眼。

自己身上有嫌疑，婆婆还让大姑子陪着自己过去，不管是出于何种原因，总归还是向着自己、护着自己的。因而诚心诚意福了福，"母亲，我们先过去了。"

一行人从松风犀照堂出门，赫赫扬扬。

刚到绛芸轩门口，玉籽就冲上前去叫住门口小丫头，"你过来！今儿主子们都要进去探望邵夫人，你跟着，好好儿地引路。"

那小丫头脱不开身，只得跟上。

进了庭院，玉籽又不顾规矩地先跑了过去，直接找到卧房，喊道："邵夫人，大伙儿都来看你了。"喊完了，人却站在门口盯着不走。

舞阳郡主眼里闪过一丝疑惑。

万次妃也是目光微闪，觉得不太对劲儿，怪怪的，可又说不上是哪儿不对劲儿。三郡王妃跟在婆婆后面，一声不吭，显然不愿意冒失多嘴多问。

而大郡王妃则是最紧张的，搞什么啊？仿佛嗅到了阴谋的味道。

仙蕙嘴角微翘，不动声色。

众人进了邵彤云的卧房，她在床上挣扎起身，眼神意外，"瞧我，都没有来得及换衣服，下来迎接……"

"不用，不用。"仙蕙上前笑道："你才小产，身子肯定难受得紧，别再折腾伤了身子。"

她快步上前，一脸关心妹妹的体贴模样。

众人都以为她是去给邵彤云掖被子，人前装个样子，却没想到，"呼哧"一下，她竟然把被子给掀了起来。然后拔下头上的金簪高高举起，作势要扎，嘴里大声道："你给我滚下来！"

邵彤云吓得不轻，慌乱之间，赶紧从床上夺路而逃！连鞋子都顾不上穿，一个打滚儿，就动作飞快地滑到了地上。

大郡王妃惊呼道："仙蕙！你疯了吗？"再没想到，她居然当着众人都敢撒泼，难道她真以为，在这儿能伤了表妹不成？赶紧上前拉扯，"你快放下。"

仙蕙已经得到了想要的答案，缓缓放下金簪。

万次妃先是吓了一跳，继而又是得意一笑，唯恐天下不乱，"四郡王妃，好好的，怎么就不分青红皂白动起手来？这样可是不好啊。"

邵彤云一脸小白花的娇怯怯模样，躲在表姐身后，委委屈屈地掩面哭道："我早说了，仙蕙恨我，恨不得要杀了我……表姐，救我啊。"

大郡王妃侧身扶着邵彤云，怒道："仙蕙，你太不像话了！"

"是吗？"仙蕙掸了掸衣服，目光深刻地看着邵彤云，"你不是才刚小产吗？肚子呢？恶露呢？这好像有点更不像话吧。"

邵彤云顿时露出惊恐之色，脸色惨白无比。

整个屋子里的人除了厉嬷嬷和仙蕙，全部都怔住了。

"不！"邵彤云连连后退，心中是惊涛骇浪一般的震惊，不不不……仙蕙是怎么知道自己假孕的？又是悔恨滔天，怎么能为了洁净，只弄出一些染血的裤子，身上就忘了染血呢？可是……谁想得到仙蕙会来掀被子啊！

疯子！她是疯子！自己要被她毁了。

绛芸轩内，呈现出一瞬间奇异的宁静。

仙蕙和邵彤云互相对峙，大郡王妃露出震惊复杂的目光，舞阳郡主目光凌厉扫过邵彤云，一脸将要发作的表情。至于万次妃，则是脸色变幻不定，似乎不知道该作何感想了。三郡王妃只看了一眼，便低眸回避。

玉籽原本守在门口的，她反应机灵，当即悄无声息地退了出去。惊魂未定地轻轻抚着心口，天啊，今儿这出戏唱大了啊！

唯一冷静的人，大概就是眼皮都没多眨一下的厉嬷嬷了。

"怎么回事？"大郡王妃第一个尖叫起来，抓着邵彤云质问，"彤云！这到底是怎么一回事？！"她其实已经猜到了，更多的，是压抑不住的怒火！不管不顾掀起邵彤云的衣服，看着那平坦光洁的小腹，"你的肚子呢？"又去扯她的裤子，"你的恶露呢？都到哪儿去了！"

"不要，不要！"邵彤云惊慌之中，死死揪着自己的裤子，连连后退。可是屋里哪有她后退的地方？只得缩在墙根儿，掩耳盗铃地藏在半个花架子后面，好像这样，就能多一些安全感。

"你还跑？"舞阳郡主冲上前去照着她的脸，就是一耳光，"作死！竟然敢假装怀孕，混进庆王府！"朝外面呵斥，"去，请王妃和大郡王过来。"

邵彤云捂着脸，一下子软在了地上。

大郡王妃愤怒不已，指着她骂道："你没有身孕？没有？！"简直气到要发狂，"你居然骗了我这么久，你……"又羞又恼，又气又恨，只想拼命地给表妹加罪名，"你还欺骗了大郡王！欺骗了王妃娘娘！欺骗了整个庆王府！"

除了愤怒和怨恨，更多的是想撇清她自己——既然表妹没有身孕，又设计陷害仙蕙，已经完完全全成了弃子，没用了。

"大嫂。"仙蕙轻声一笑，"最近那些子虚乌有的流言，邵夫人落水，她小产，都是针对我的，对不对？可是你想想，她事先又不能知道我会做四郡王妃，之前那么久就都假装怀孕，又是针对谁？到底想做点什么？"

大郡王妃在被邵彤云欺骗的愤怒中，只顾着上火，忙着撇清她自己，并没有深想其他的细节。被她一提醒，顿时有了醍醐灌顶的了悟——若是仙蕙不进王府，邵彤云假孕、小产，是为了什么？总不能是为了扳倒姨娘们吧？那她就是……

——为了扳倒自己这个嫡妻王妃！

大郡王妃一口气提不上来，差点背过气去。

舞阳郡主揉了揉手，一阵冷笑，"好啊，原来咱们王府里混进了一条毒蛇。"她本来就对荣氏和邵彤云不满，觉得坑了老实的大兄弟，现在揭穿邵彤云怀孕是假的，还当着万次妃等人丢脸，不免更加恼火，"你作死也不找个好地方！"

邵彤云脸色惨白，无法辩解，更是没有办法再强撑撒谎。五月小产后的肚子完全扁平，身下没有一点恶露，这根本就是不可能！

王府有大夫，请一个过来诊脉就知道了。

舞阳郡主越看她越生气，看着大郡王妃也觉得生气，"你是蠢货吗？她没怀孕，瞒了你这么久都不知道？大夫呢？平时给她诊脉的大夫呢？"

大郡王妃脸上无光，气窘交加，"大夫，是邵家专门给她请的。"怕被在场众人笑话她蠢，急急解释，"她说什么从前用惯的大夫熟悉，我也是心疼她，又看在小姨的面子上，才依了她的。"

舞阳郡主气讽道："把你卖了，你还给别人数钱呢。"

大郡王妃也气，又憋屈，自己千防万防，就是没有防过这个表妹——还只当她年幼无知，等着她生完孩子再拿捏，却没想到一早就被人坑了！

她想了想，跳脚道："我叫人去找那大夫！"

舞阳郡主瞪了她一眼，"找得到才有鬼呢。"一回头，看见万次妃表情丰富，眉眼含笑看热闹，冷冷道："看够了吗？看够了，就赶紧回去吧。"

这话说得很不客气。

万次妃当即对嘴，"哟！怎么了？又不是我让邵夫人假装怀孕的，舞阳郡主有气，也不该冲着我撒啊。"

"滚出去！"门外面，想起一声闷雷似的动静，是大郡王高敦。

屋里众人都吓了一跳。

仙蕙也吓得一激灵，赶紧低头。

门外面，高敦黑沉着一张脸，搀扶着庆王妃进来了。

万次妃有些怕他，毕竟高敦是庆王府未来的王位继承人，下一任庆王，在他盛怒的情况下去惹事，显然是不明智的。没敢再多说什么，扯了扯儿媳三郡王妃，悄无声息地让出去走了。

庆王妃一进门，先目光凌厉地打量邵彤云，"你没怀孕？"

邵彤云哪里还敢答话？低着头，恨不得钻到地缝里去。

"没有！"舞阳郡主气得跺脚，把刚才仙蕙怎么吓唬邵彤云，怎么让她慌张地从床上跑下来，一五一十全都说了。然后怒其不争地看向大兄弟，"你怎么回事？旁人不知道她假怀孕，也就罢了。你和她同床共枕那么久，怎么都不知道？！"

高敦一阵难堪的沉默。

仙蕙竖起耳朵，对此也是很好奇啊。

邵彤云到底是怎么瞒天过海？竟然连高敦这个枕边人，都一无所知。

"好了，回头再说这个。"庆王妃护着大儿子的颜面，打断道，"让大夫进来，好好地给她诊一回脉，要打要罚，咱们也得先落实了再说。"看向周嬷嬷，"把她塞回去，衣衫不整的成何体统？！"

周嬷嬷和厉嬷嬷上前，将邵彤云重新塞回被子里，放下床帐。

王府的大夫进了门，是一个年过古稀头发花白的老头子。虽如此，进门也不敢东张西望，一直低着头，目不斜视地给邵彤云诊了脉，然后道："没有小产的脉象，也没有怀过孕的脉象。"

庆王妃挥了挥手，让人出去，然后看向邵彤云厉声道："你好大的胆子！"一想到本来就不愿意让她进门，最后勉强让了，不过是看在她怀了大儿子骨肉的分上，结果却是假的，整个王府的人都被她骗了。

谁会想到，竟然有如此胆大妄为之徒！

更可恨的是，她入了王府还不消停，一直假孕伺机算计别人，扫了扫大郡王妃，这个心术不正的大儿媳不提也罢。再看看仙蕙，刚进门的小儿媳才是冤枉无辜的，之前那些流言，邵彤云落水，不用问也知道是邵彤云自己在捣鬼！

倒是有点疑惑，问道："仙蕙，你是怎么知道她没怀孕的？"

仙蕙怔了怔，又不得不回话，"那些流言不是我说的，只能是她，好端端地她自泼污水做什么？想来必有图谋。"低着头，有点心虚，"再联想她之前不顾身孕，故意跑来找我怄气，就猜她的身孕多半有问题。可是我说这些也没人信，所以……就只好来一出釜底抽薪。"

其实事情远远没有这么简单。

之前凭自己的疑惑，和玉籽打听回来的消息，都只能说邵彤云在要阴谋，并不能确定她到底有没有怀孕——是假孕，还是死胎？这一切都无法验证。

刚才在松风犀照堂的时候，厉嬷嬷举止古怪。

当时自己正在迷惑，她为何突然冒失起来？还非得让自己过来看望邵彤云？可是当着众人又不能多问，厉嬷嬷也不能多说。她悄悄捏了自己一下，简单低语，"假孕，逼她下床。"

这么没头没脑的一句话，来不及求证。

——自己选择了相信厉嬷嬷。

至于厉嬷嬷是怎么知道邵彤云假孕的，自己都不知道，如何向庆王妃解释？只能云山雾罩绕了她一通罢了。

舞阳郡主听得怔住，"就这么简单？！"

仙蕙低头回道，"是啊。"

舞阳郡主一脸惊讶，"你就不怕她是刚巧小产，然后临时起意，再陷害你？万一她在裤子上做了假，你又当如何？"

仙蕙自己都闹不清楚，如何解释？只能感叹厉嬷嬷厉害了。

"好了，不用追究这个了。"在庆王妃看来，小儿媳不过是心思简单纯良，凭着一股子虎里虎气，误打误撞运气好罢了。因为她才受了被冤枉的委屈，看向她，目光多了几分怜悯和疼惜，"这丫头，想来是有上天庇佑着吧。"

这样……也行？舞阳郡主简直无语了。

大郡王妃也是一脸表情复杂，这仙蕙……运气也太好了吧？原本让她洗不清的阴谋诡计，竟然凭着一次好运，就轻而易举把对手给扳倒了。不过也幸亏她运气好，否则的话，自己还被邵彤云蒙在鼓里！

想到此处，眼睛几乎快要喷出火来。

正要骂上几句，外头忽然有丫头禀道："启禀王妃娘娘、郡王爷，外头来了一个妇人，说是邵夫人偷了她的孩子，要她偿命！"

这又唱的是哪一出？除了厉嬷嬷，众人全都一头雾水。

庆王妃沉吟了一下，"带进来。"

因为王府很大，等了片刻，才有一个青衣妇人被带进来，眼圈儿红红的，一进门就跪在地上哭，"王妃娘娘、王爷，请给民妇做主啊。"

舞阳郡主最讨厌这一套嚎叫，不悦道："有话好好说！"

那妇人是早就被人教导过说词的，怕王府的人不耐烦，赶忙道："我说，我说！王府里的邵夫人，小产下来的男胎……"说到此处，是真的愤怒和伤心，忍不住哭道："那就是

民妇的儿子啊！王爷、王妃娘娘，求你们给民妇做主。"

这不是多复杂的事情，她一说，众人都大致明白过来了。

仙蕙心中却是惊奇。

厉孅孅真是神速，不不……应该说是吴皇后的人神速，这么快就查到了邵彤云假胎儿的来历，不仅找到原主，还迅速安排好让人进来闹事。

如此一来，自己手上可是完全干干净净了。

舞阳郡主又问："你的儿子，是怎么送到王府的？"

那妇人哭道："民妇的婆家姓李，亲婆婆死得早，公公又续娶了一个继婆婆，生了一双儿女。儿子李贵在王府的二门上当差，女儿小桃，在邵夫人院子里做小丫头，孩子就是他们送的！"越哭越伤心，"民妇……原本有四个来月身孕，结果继婆婆悄悄做了手脚，就把民妇害得小产了。"

庆王妃听得脸色大变，"竟然……竟然还有如此伤天害理之事！"

眼前这个妇人被继婆婆下药小产，胎儿还被偷了出来，送进王府，然后好成全邵彤云假装小产——简直就是丧尽天良！

那妇人哭得哽咽难言，"我的儿子……我的儿子啊。"

庆王妃做了几十年的王妃，各种妻妾斗争都见过，但斗归斗，如此恶毒的，今儿还真是头一遭见识！若是邵彤云去外头买一个小产胎儿，虽肮脏，也还不是如此骇人听闻，她居然生生害了人家一个孩子！

哦，明白了。

她是为了弄得跟真的一样，然后……就可以成功地瞒天过海！

庆王妃沉吟了一下，"这妇人可怜，先赏她一百两银子，让她好好养身子，将来好再生一个。"又道："让他男人去咱们的庄子上，她也去，都给个差事，往后就从王府领月银过日子。"

那妇人早就得了好处的，眼下一听庆王妃的安排，更是喜不自禁——反正自己已经有了三个儿子，少一个，也没什么大不了的。自己和丈夫能得王府的差事，往后一家子不愁吃、不愁穿，不算亏了。

当即连连磕头谢道："王妃娘娘真是菩萨心肠，大慈大悲，民妇记着你的恩情。"又保证，"民妇既然是王府养着的人了，吃着王府的饭食，知道什么该说，什么不该说，还请王妃娘娘放心。"

庆王妃见她识趣没再多言，挥挥手，"带下去吧。"

"你这条毒蛇！"大郡王妃目光恶狠狠地，盯着邵彤云，"竟然把我对你的疼爱，用来骗我？！骗得我团团转！而且你要着心眼要害我不说，一掉头，又去害仙蕙，真是用心歹毒！"说着，哭了起来，"我……我真是识人不清啊。"

仙蕙知道她这是开始做戏表演了，懒得理会。

上

大郡王妃却望着她，哽咽道："我真糊涂啊，就没想到……嫡亲的表妹也会欺骗我，也会算计我。仙蕙，之前是我受了邵彤云的蒙蔽，所以误会你了。现如今总算真相大白，洗清了你的冤屈啊。"

仙蕙不想理她，抿嘴不言。

大郡王妃擦了擦眼泪，看向庆王妃和高敦，"母亲、郡王爷，你们一定要为仙蕙做主，为她狠狠地处置邵彤云！"

仙蕙闻言大怒。

这种时候，她还不忘给自己添一个狠毒名声。

呸！婆婆和大伯处置屋里小妾，跟自己有何干系？回头邵彤云死了、残了，难道还想算在自己的头上啊？什么为了自己狠狠处置邵彤云？狗屁！

当即开口，"大嫂，我没事儿，不过是被人误会了一两天而已。可怜大嫂你，被邵彤云骗了足足有半年，这得多伤心、多难过，多恨邵彤云啊？"看向庆王妃，一脸真诚之色，"母亲，你一定要给大嫂做主啊。"

大郡王妃张了张嘴，想反驳，又不知道该怎么反驳。

总不能说，自己被邵彤云骗了半年不生气吧？要是不生气，岂能不让人怀疑自己早就知情？这种嫌疑，是一丝一毫都不能沾惹上的。

心下深恨仙蕙嘴角毒辣，死死掐住掌心，强忍了没有开口反驳。

可是又不甘心就这么被她套住，转头又哭，"我怎么就这么命苦啊？命里无子，好不容易才盼来一个，结果还是假的，被人骗了啊。"

舞阳郡主被她哭得烦心，呵斥道："嚎什么？什么命里无子？袁姨娘不是生了权哥儿吗？难道不是你的儿子？会不会说点好听的，满嘴晦气！"

大郡王妃被她噎得不行，又不敢当着婆婆和丈夫回嘴，只能忍气闭嘴。

仙蕙心里偷着乐，只没说话。

庆王妃冷冷看向邵彤云，"你还有什么话说？"那口气，那眼神，仿佛在看一个将死之人，询问最后的遗言，"有话就赶紧说。"

邵彤云一下子就慌了。

"郡王爷！"她从床上爬了下来，连连跪着上前，紧紧抱着高敦的腿，泪如雨下，"我爹要把我嫁给别人，我不愿意……"她摇摇头，泪水飞溅而下，"我只想留在王府，只想留在郡王爷的身边啊。"

陆润？仙蕙闻言，心头猛地一跳。

难道邵彤云不只是要迷惑高敦，还要用陆润来攻击自己？眼下她已经被逼到悬崖边上的绝境，退无可退，会不会和自己拼个玉石俱焚？！

不对，不对！自己和陆润没有定亲，她应该没有任何证据啊。

邵彤云并没有提起陆润。

她卑微无比跪在地上，哭得梨花带雨，学了大郡王妃的那一套，"郡王爷，我已经是你的人了啊。生生死死都是你的人，怎么能再嫁给别人？我没办法，才出此下策进了王府。"哭得情真意切，感人肺腑，"我……我只是想留在郡王爷你身边，一辈子侍奉你。"

仙蕙听着，都忍不住要为她击节赞赏了。

刚才那一瞬的惊吓过后，很快冷静，邵彤云是不会在此刻提起陆涧的，因为那只会让她陷入更多麻烦。若是高敦知道她曾经和陆涧定过亲，不就等于自己的小妾和妹夫说不清吗？这样只会让高敦更加生气，更加恼怒，所以她闭口不提陆涧二字。

眼下她又在这儿转移视线，混淆是非，说得好似这一切都是因为爱慕高敦，有多么多么的无奈，多么多么的不得已。且不说当初，她一心一意要嫁高宸，就说她混进王府以后，这般陷害自己就不是好人！可惜眼下婆婆和大伯在跟前，自己不合适多说，否则显得有点落井下石，人品落了下乘。

"你别扯那么远！"仙蕙不方便，舞阳郡主却没什么不方便的，呵斥道："现在谁管你有多想进王府了？你假怀孕，骗自己的丈夫，骗主母，骗了王府所有的人！这些且不说，你还自己散播流言污蔑仙蕙，又假装落水，假装小产，这些恶毒你以为躲得过去吗？少在这儿转移话题！"

仙蕙心头一喜，回头可得多谢这位言语无忌的大姑子。

她高兴了，邵彤云则是气得简直想吐血！刚才好不容易，才让高敦怒气消散一丁点儿，偏偏又来一个拆台的！而且还不敢得罪。

舞阳郡主毫不客气，啐道："你看我做什么？难道我说得有错？"

心里有气，大兄弟一向迷迷糊糊的，但又不是坏人，怎么能被邵彤云一个侍妾如此要弄？忍不住瞪了高敦一眼，"你呀！好歹也是未来的庆王，怎地这么糊涂，被一个女人哄得团团转。"

这话无疑是火上浇油了。

高敦原本就气怒交加，羞恼无比，被长姐一激，更是下不来台。抓起邵彤云就狠狠扇嘴巴子，"啪！啪啪……"又脆又响，直打得她一张脸肿得像馒头，打得嘴角流血，才把人给扔了回去，"你这个毒妇！"

舞阳郡主还是不依不饶，看着高敦，"记得洗洗手，打了这种女人都沾晦气。"

邵彤云简直杀了她的心都有了，气得浑身乱抖，牙齿打架，可惜却没办法和舞阳郡主拼命。她反手捂着脸，一片火辣辣的疼，还有温热的鲜血流下，自知这副模样肯定惨不忍睹。不敢让高敦恶心，只能低了头，哭道："郡王爷，你就算打死我……我、我也是你的人啊。"

高敦一脚踢开她，"滚！"

邵彤云被他踢中心口，"扑……"一口热血喷出。她伏在地上，心中恨意简直可谓滔天，怨毒地看向仙蕙，"二姐姐，我就要被你……咳咳，害死了。咳，你满意了吗？至亲姐妹，你竟然一点情分都不念，非要逼死我……"

上

"彤云。"仙蕙皱了皱眉,不得不开口分辩,"分明是你用假孕来陷害我,怎么反倒成了我陷害你?你欺骗大伯,意图算计大嫂,又算计我,有什么脸面再来泼污水?"对待将死之人,姿态做得高高儿的,"看在你我姐妹一场的情分上,我不说你一句坏话。公道……自在人心!"

厉嬷嬷赞赏地看了她一眼。

不错,就是应该如此。

"公道?!"邵彤云目光淬了毒,恨不得撕碎了她,"东院的人没有来的时候,我们一家子过得多好。结果你们一来,全都变了样,把我陷害到如此田地,你还有脸跟我说……咳,说公道!"

"行了。"舞阳郡主听得不耐烦了,"谁有工夫听邵家的恩恩怨怨?给我闭嘴!"转头看向高敦,"这样的毒妇,你还留着做什么?留着过年啊?赶紧趁早处置了。"

高敦脸色青紫青紫的,说不出话,显然已经气极了。

庆王妃皱了皱眉,要打要杀,也不能直接在这掐死邵彤云。扫了一眼大儿媳,天天见面都被邵彤云骗得团团转,一点都没察觉,这个蠢货!而且还为虎作伥,叫嚣着小儿媳如何如何恶毒,被人拿着当枪使都不知道。

心下有气,只是眼下顾不上训斥,吩咐大儿媳道:"你找两个妥当的婆子进来,看着她,容后再做处置。"然后叫了大儿子,沉声道:"你跟我走。"

大郡王妃赶忙应了。

高敦心中纵有万千愤怒火气,当着母亲和姐姐,也发作不得。更何况,屋子里还有一个小弟妹——想到之前差点信了邵彤云的话,怀疑过她,这屋子就更待不住了。

庆王妃和高敦出了门。

舞阳郡主留下一声冷哼,跟了上去。

仙蕙心下清楚,反正邵彤云是生是死,都由庆王妃和高敦决定,自己是完全插不上嘴的。总归她都翻不了身了,用不着像市井泼妇一样冲上去再踩几脚,踩她,还脏了自己的鞋呢。

因而当即没有任何留恋,转身就走。

"二姐姐!"邵彤云在她背后喊道,"你以为我再也爬不起来,你就可以安安生生地做四郡王妃吗?"不顾嘴角流血,大笑起来,"我告诉你,咳咳……你、你那是做白日梦,我……绝对不会放过你的。"

大郡王妃上前就是一巴掌,"贱人!还不闭上你的臭嘴!"

人都走了,留下一片大风大浪过后的宁静。

邵彤云捂着已经高高肿起的脸,无力地坐在地上,她清楚,这一次是真的全都玩完了。可是……就这么死,不甘心,也不想死啊!她浑身上下,从骨子里都透出怨恨和恶毒,忽地诡异一笑,"表姐,我有一个可以让仙蕙永世不得翻身的秘密。"

大郡王妃闻言一怔。

221

邵彤云声音蛊惑,"你……想不想听?"

15 步步惊心

松风犀照堂内,庆王妃脸色难堪地问道:"到底怎么回事?旁人不知道邵彤云假孕也就罢了。你这个枕边人,怎么都会不知道?你不是宠着她,三天两头地去她屋里吗?"连连拍着桌子,气问道:"问你话,你怎么会不知道?!"

高敦在母亲面前不敢生气,只有羞愧。

他低了头回话,"早些日子,她的肚子不足三个月还不显,也是常理。后来她说肚子不舒服,怕影响胎儿,所以每次都推让我去别人屋里。平时虽然有见着她,可是儿子不知道她假怀孕,也没疑心过,自然不会去查看她的肚子。"

"你傻啊!"庆王妃怒其不争,指着大儿子的鼻子骂道,"刚怀孕的时候好好的,后面胎象稳定了反而不舒服?她这分明就是回避你!我问你,她说肚子不舒服的时候,是不是已经三个多月,差不多该显肚子了?"

高敦回想了一下,更羞愧了,"是。"

庆王妃气得扭了脸,"糊涂!"

高敦心里也觉得憋屈啊,"她进王府的时候,不是有大夫给她诊过脉吗?明明确认她有喜的啊。"

"呸!"舞阳郡主啐了一口,觉得恶心,"她连偷换胎儿小产的事都想得出来,难道不会提前做点手脚,弄出假怀孕的样子?哦,她不是去了静水庵一趟吗?把静水庵的贼尼姑抓起来,好好审问!"

"早跑了。"庆王妃没好气道。

舞阳郡主噎了一下,想想,倒也没错,哪有做了这种事还留下来的?心里不免越发生气上火,可是再生气,兄弟还是要护着的,"母亲也别都怪老大了,谁会想得到,邵彤云竟然假怀孕混进王府,真是胆大包天!"

庆王妃揉了揉胸口,缓了口气。

高敦感激地看了姐姐一眼,正要说话,外面忽然传来一阵脚步声。

"母亲?"大郡王妃在门外说话,声音颇为焦急,"母亲,儿媳有要紧事,让我进去回话吧。"

高敦正在羞恼之际,又不敢对母亲和姐姐发火,当即喝道:"你给我滚远点儿!"

庆王妃则更沉得住气一些,"进来吧。"

上

大郡王妃神色紧张地进门，大约是因为跑得太慌张，鬓角都有些松散了，金钗歪歪斜斜地下坠。她扶了扶，喘气道："方才彤云寻死觅活……"

"让她赶紧死！"高敦怒道。

大郡王妃往后退了一步，苦着脸道："她不是老老实实地死，她……哭着喊着，说是仙蕙跟她有仇，才进门就要生生逼死她啊。"目光慌张无比，"母亲，这要是流言传出，要怎么办啊？"

庆王妃闻言一怔。

邵彤云要死，得有一个合情合理的说法。但总不能四处宣扬，说庆王府未来的继承人稀里糊涂，连枕边人假孕都不知道吧？至于什么钩心斗角，什么让别人的孩子早产偷梁换柱，庆王府的脸面何在？这些恶毒的污秽事儿，就更不能说了。

邵彤云又年纪轻轻的，突然死了，不管是病死，还是掉河里淹死，外人都会以为是仙蕙逼死了她——邵家东院和西院有仇，这不是秘密。

打老鼠，不能伤了玉瓶儿。

大郡王妃一脸焦急站在旁边，没敢多说，怕说太多反而适得其反。

舞阳郡主眉头微蹙，也在思量。

高敦一双眼睛瞪得好似铜铃，越想越生气，怒不可遏，"我亲手掐死她，赖不到老四媳妇身上！"说着，怒气冲冲地就要出去。

"你站住！"庆王妃呵斥住儿子，"要是传出大伯为了弟媳杀妾，你让王府的脸往哪儿搁？你这糊涂酱、莽张飞，我怎么生了你这样一个混账！"

舞阳郡主瞪了兄弟一眼，"你少说话！"然后又劝，"母亲，你消消气。老大就是性子耿直了些，容易被人骗，又是一根筋的直脾气，这些你都是知道的。他又没坏心，要骂也该骂邵彤云那种毒妇，她才该死。"

庆王妃气得连连捶着胸口，指着大儿子骂道："你看看，你办的糊涂事儿！"又骂大儿媳，"你也糊涂，一对儿糊涂夫妻！"

高敦和大郡王妃都不敢言语。

"可怜仙蕙。"庆王妃摇了摇头，"这件事，的确是委屈她了。"静下心来思量了会儿，看向大儿媳，"把西北角闲置的梨香院收拾出来，把邵彤云送过去养病，派两个壮妇看着她，然后再让大夫给她看病。"

让邵彤云慢慢病死？大郡王妃松了一口气，面上忙道："是，儿媳这就去安排。"

"等等。"庆王妃叫住她，"把话传出去，就说邵彤云是自个儿不小心掉进了湖，小产了，气得恍恍惚惚的，所以妄想了一些胡言乱语，编派到仙蕙的身上。"目光凌厉地看了大儿媳一眼，"你要是再办不好这件事，就不用管这个家了。"

大郡王妃心头一凛，"是，儿媳晓得轻重。"

她出了门，身上已经透出一层薄薄冷汗。

哼！自己被邵彤云骗得够惨的了，才不会护着她，赶紧把这件事洗清，自己也好从里面脱身。暂时留她一条性命，不过是她还有一丁点儿用处罢了。

邵彤云的声音在耳畔萦绕，"表姐，你要好好儿的，活着、立着，我还指望着你替我报仇，替我除掉仙蕙！而我……就算拼了这条命，也一定要把她给拖下水！"

没错，仙蕙……才是邵彤云最大的仇人！

要知道，自己已经和仙蕙结了许多冤仇，她心里肯定恨自己，所以她和邵彤云狗咬狗正好，自己乐得省事儿了。

消息传到沧澜堂，仙蕙听了，一阵无言静默。

厉嬷嬷沉吟道："这也不失为一个缓和的法子。"怕她心里有疙瘩，"首先，王府的脸面不能损，那么邵彤云假孕蒙混过关的事，就不会公诸于众。其次，你刚进门她就忽然死了，外头难免会有风言风语，说是你逼死了她。"

仙蕙摇摇头，"我知道，这样看起来会更自然一点。邵彤云自己不小心坠湖，小产精神失常，然后胡言乱语，再被送去梨香院慢慢养病。拖个一年半载的，等这个风头过去了再病死，动静最小。"

厉嬷嬷见她明白，颔首道："那我就不多劝了。"

"嬷嬷。"仙蕙微微蹙眉，另有担心，"邵彤云现在这样，已然是不能翻身了。可是只要她一天不死，就有一天兴风作浪的可能，我还是放心不下。"

厉嬷嬷打量着她，问道："你有把柄在邵彤云手里？"

仙蕙有些犹豫不定。

厉嬷嬷目光闪动，说道："四郡王妃，这次我是用了皇后娘娘的人，才能如此之快办成事儿。你心里虽然感激我，但还是对我心有忌讳，对吗？"嘴角泛起一抹苦笑，"多的我也不说了，只说一句。"

仙蕙见她神色郑重，也正色道："嬷嬷请讲。"

厉嬷嬷叹气道："我是出了宫的人，皇后娘娘那边再也回不去了。"

仙蕙闻言一愕。

是啊，厉嬷嬷既然已经出了宫，别说自己和高宸还活着，就算都死了，她也不可能再回皇宫了。所以，尽管厉嬷嬷听命皇后，但却只能跟着自己，一辈子的荣华富贵都在自己身上，——她回不去，必然和自己站在一条战线上。

"四郡王妃。"厉嬷嬷点到即止，"现在……你可以说了吗？"

仙蕙点了点头，"可以。"自己需要厉嬷嬷的帮助，既然她可以信任，那么就应该让她详细知道，才能更好地帮到自己，"等我母亲和姐姐过来，一起说吧。"

到了下午，沈氏和明蕙一起赶了过来。

因为事情发生得很快，昨儿荣氏回去也并没有和东院吵闹，她们都是才得到消息。仙蕙尽量缓和说词，"邵彤云假装怀孕，想借着小产，陷害我，不过都已经被揭穿了。王妃让人把她关去梨香院，不过是等日子罢了。"

即便如此，仍旧叫沈氏和明蕙愤怒不已。

沈氏知道邵彤云肯定不安生，但是没有想到，她居然假怀孕，还用虚假的小产来陷害小女儿！简直匪夷所思、丧心病狂，荣氏怎么会生出如此恶毒的女儿？哦，是了，荣氏就是一个恶毒的，母女俩蛇鼠一窝！

仙蕙不想让母亲太过生气，劝道："虚惊一场，倒是陪着看了一场热闹。"

沈氏啐道："我就知道，那个坏种子是不会安分的！"

明蕙心疼地看着妹妹，"没事就好。"有些不放心，"虽说邵彤云现在被看起来，也不知道要拖到哪天，别再生事才好。"

"我就是担心这个。"仙蕙看了看母亲、姐姐，又看了看厉嬷嬷，"我和四郡王虽然已经成亲，可是并无任何感情。有一件事……"顿了顿，"娘，当初我进宫之前，差一点就和陆涧定亲了。"

此言一出，沈氏和明蕙的脸色都变了。

厉嬷嬷则是目光微垂，原来如此。

仙蕙说了邵彤云的那些威胁之语，"我仔细想了想，只有这件事，算是她捏着我的唯一把柄，只怕……她会拿出来兴风作浪。"

"她敢？！"沈氏说了一句气话，继而又抿嘴，邵彤云不仅敢，而且肯定会借此攻击女儿的名声！偏偏这种事又难以说清楚，很容易越描越黑。

明蕙惊吓过后，迟疑道："可是你和陆涧的事，只提过那么几句，并未公开，也没有真正定过亲事啊。非要说定亲，倒是邵彤云和陆涧差点定亲了，若不是她假怀孕混进王府，只怕都已经嫁给陆涧了。"

"姐姐，这些是没错。"仙蕙摇摇头，"可是邵彤云已经是等死之人，我就算拿这个去攻击她，也不过是多砍她一刀罢了。但我和她不一样，我现在……是一点儿瓜葛都不能和陆涧扯上，否则可就麻烦大了。"

自己和高宸没有任何感情，没有孩子，这种误会只会造成一辈子的怨偶。

厉嬷嬷则想得更深一些，眉头紧皱，"若是闹出四郡王妃和陆涧有瓜葛，不仅四郡王会翻脸，孝和郡主肯定也不依。更不用说，还会让王府其他的人也有别的想法，麻烦只会越扯越大，此事绝不可轻视！"

仙蕙点了点头，是了，邵彤云肯定还会让孝和郡主来对付自己。

沈氏和明蕙对视一眼，脸色越发凝重起来。

厉嬷嬷忽然问道："四郡王妃，那你心仪陆涧吗？"

心仪？陆涧？仙蕙目光闪烁，"我……"

沈氏作为母亲，本能地替女儿的感情辩解，"哪里谈得上心仪？陆涧不过来邵家做了

几次客，仙蕙见他，仅只一次而已。"

厉嬷嬷却固执道："四郡王妃你来说。"

仙蕙有一点迷茫和困惑，自己心仪陆涧吗？他人不错，长得好，读书好，性格也挺好的，所以自己愿意和他相伴一生。可是自己只和他说过一次话，其余都是听闻，能有多深厚的感情呢？那也谈不上啊。

她认真地想了一阵，"陆涧不错，是一个适合做夫君的人。"或许，自己有过那么一抹心动吧？但都已经过去了，不重要了，"厉嬷嬷，正所谓使君有妇、罗敷有夫，我对他没有任何别的念头。"

厉嬷嬷的神色稍微缓和了点，"那就好。"好在这位郡王妃脑子清楚，若是一个拎不清的，自己可是要头疼了。

明蕙沉吟了一阵，说道："等我回去，就给你姐夫说说这事儿，让他转告陆涧，往后务必不要说错话了。"

仙蕙想了想，还是不放心，"这件事最好叫陆涧到宋家，姐姐你当面跟他说。姐夫和陆涧多年好友，只怕说得轻了。"她认真道："姐姐，宁愿说得重一些得罪陆涧，也不要轻忽此事。"

明蕙应道："行，我亲自跟陆涧说。"

厉嬷嬷不知道陆涧性格，补道："你告诉陆涧，四郡王妃是皇帝御赐的儿媳，还算有一道免死牌，他可是什么都没有。庆王府若是发狠弄死了他，凭着孝和郡主的身份，再改嫁，说不定还能嫁一个更好的呢。"

*

明蕙回了宋家，让丈夫找了陆涧过来，把该说的和厉嬷嬷的话都跟他说了。

陆涧闻言一阵沉默。

宋文庭则是大惊失色，连忙道："陆贤弟，这不仅关系到四郡王妃和你的声誉，还关系到你们的性命，你可千万不要犯糊涂啊！"

陆涧先回道："放心，我知道轻重的。"然后想了想，"虽然孝和郡主要嫁给我，可她毕竟不是公主，没有公主府，将来还是要住在陆家的。想来我去庆王府，也就是逢年过节、生辰寿诞等时候，况且便是去了，男宾在外面，女客在内院，也不会有机会和四郡王妃碰面的。"

宋文庭松了一口气，"也是。"

明蕙琢磨了下，"你们还是有可能碰面的。"她细细叮咛，"像孝和郡主三日回门的时候，仙蕙作为嫂嫂，到时候肯定在场的。还有以后每年初二回娘家，也有亲戚们碰面的时候，到时候你都记得留心一点儿。"

陆涧一一应了，"我知道，非礼勿言、非礼勿视。"

明蕙见他是个懂事的，放下心来，长长地松了一口气。

上

然而世事难料，几天后，庆王府派了一个管事去往陆家，找到陆父陆母，"听说陆家是借住亲戚家的宅院？我们郡主在家中是小女儿，养得娇气，是吃不了苦的。万次妃心疼她，已经在王爷跟前求了一个恩典，让郡主成亲以后和郡马爷一起，住在王府的云蔚别院。"

这话完全是通知的口气，而非商议。

陆父闻言大惊，"这不妥当吧？哪有男方住在女方家的？岂不是成了招赘。"

"怎么是招赘呢？"那管事笑了笑，带着几分轻慢解释道，"往后郡主生了孩子还是姓陆，又不姓高，你们只管放心好了。"

陆母也是不愿意，"我们已经在凑钱准备买新宅子了。"

那管事的脸沉了下来，"我说，你们怎么就这么别扭呢？难道王府的宅子还委屈了你们？王爷也是一番好意，想让郡马爷不为住所生计奔波，静下心来好好念书，你们有啥不满意的？若是非得拒绝王爷的盛情，行啊，那你们自己去跟王爷说吧。"

陆父陆母哪敢得罪王府的人？他们人又老实嘴笨，不会辩解，很快就在威逼利诱之下妥协了。

等陆涧回来，事情已经无可转圜。

他清俊的脸上浮起一丝愠色，静了静，最终还是忍了下去。

自己本来就不想高攀这门亲事，所娶非人，往后还有说不尽的麻烦，偏偏孝和郡主仗势欺人，居然让自己住到王府去！若是当时看清楚，没有跳下河去救她就好了。

而仙蕙，则是郁闷了整整一下午。

万次妃母女到底在搞什么啊？居然让陆涧住到庆王府来！虽说云蔚别院不是孝和郡主现在的闺阁，在王府的东面边上，但毕竟是在王府里面啊。往后要整天看到孝和郡主不说，陆涧……亦有可能会碰面的。

真是想一想，都觉得头疼脑胀得慌。

可是人家母亲怜惜女儿，也没错，谁让万次妃在庆王面前受宠呢？搬出舞阳郡主住在家的旧例，又说起孝和郡主低嫁可怜，更怕外头会有风言风语让女儿受委屈，杂七杂八就把王爷给说动了。

舞阳郡主为此还抱怨道："她和我这个寡妇能一样吗？当年我嫁也是住在周家，不是住在王府！她倒好，等于招了一个上门女婿。"

可是事情成了定局，就算是舞阳郡主和庆王妃，也不能去驳了庆王的面子。

仙蕙只能无奈地接受这个事实。

唯一让她高兴点儿的，是邵彤云总算安生下来了。人被关在梨香院，没有高敦的宠爱，没有胎儿，再也不能跳出来陷害自己。至于陆涧，他是一个聪明的人，往后就算彼此遇到，也肯定会避忌的。

没办法，只能这么安慰自己了。

这天夜里，仙蕙又是半宿都没有睡安生。

她睡得迷迷糊糊的，觉得自己在做梦，梦里面有点窸窸窣窣的声音，还有轻轻的一记"吱呀……"唔，好像太清晰了些。揉着睡眼睁开醒来，看见一个又高又长的男人身影，站在床前——男人？男人！！

自己屋里怎么会有男人？！仙蕙一声惊呼，"啊……"

她还没喊出口，就被那人猛地捂住了嘴。

这、这这……哪里来的采花大盗？莫不是邵彤云和大郡王妃要陷害自己，专门找了一个外男，要毁了自己的名声？！她不管不顾，对着那人的手狠狠咬了下去！

"你属狗的？"那人嗓音低醇如玉，带着天生让人镇定冷静的清凉，他在床边坐了下来，"还不松口？都已经给你咬破流血了。"

啊？高宸？仙蕙怔住，嘴上的劲儿不知不觉松开。

"你还真下死劲儿。"高宸掏出帕子来，将手上被她咬破的伤口给摁住，并不是怕疼，而是不想弄得到处都是血迹。因见她怯生生的，又道："不怪你，是我突然冒出来吓着你了。"

"四、四郡王？是你？"仙蕙根本还没想到责备上头，她探了个脑袋，借着月光细细地看向他，眉如剑、目若星、线条干净的脸庞俊美英挺，在月光下透出璞玉一般的隐隐光华，清冷沁人心脾。

她低声轻呼，"真的是你！"感觉好似做梦，"这……这怎么可能啊？"

"四郡王妃？"玉籽在外面打着哈欠，脚步声渐渐靠近，嘟哝问道："你是不是起来了？要喝水吗？我给你倒。"

高宸凌厉地扫了一眼。

"不用，不用！"仙蕙忙道，"我不喝水，你回去睡吧。"

"哦。"玉籽停下脚步，道了一声，"那你有事叫我。"脚步声渐渐远去。

仙蕙松了一口气，然后又把高宸仔仔细细看了一遍，"你不是去福建了吗？"她想破脑袋也想不明白，"怎么又回来了？还有，你是从哪里进来的？"低头看见他手上的伤，借着月光，瞅见洁白手帕染了鲜血点点，"很疼吧？对不住了。"

"话篓子。"高宸说了她一句，然后道，"你过来扶我一下，到床上去。"

仙蕙先是猛地红了脸，继而见他不动，想起说让自己"扶"，忽然发觉有点不太对劲儿，赶紧下了床，"四郡王，你怎么了？是身体不舒服吗？"

高宸淡声道："我的腿受伤了。"

仙蕙不由瞪大了眼睛，猫下腰去，担心地四下察看，"哪儿？哪儿受伤？"伸手掀开他的袍子。原本做妻子应该很自然的，可是两人根本就没有同房，新婚后也没有单独相处，——那雪白的绫裤，亮得刺眼，不自禁地手一抖又松开了。

"在大腿上。"高宸语调平静，声音又低又轻，"你先扶我到床上躺着，然后把靴子找个地方藏起来，不要给人看见。"

啊？藏起来？仙蕙听得一头雾水，不明所以。

上

仙蕙搭了一把手，要去搀扶。

高宸却道："你搬不动我，把我受伤的那条腿抬上去就行了。"

"噢。"仙蕙是在小地方长大的姑娘，有二两蛮力，小心翼翼把他的右腿给挪了上去，然后帮着扯开被子，"来，你躺里面。"又把靴子给塞在了床脚下。一切做完，爬上床，看着他小声问道："伤得重吗？是不是疼得厉害啊？"

高宸没有那么弱不禁风，腿上有伤，也是一路千里奔袭回来。只不过大腿上的伤口太长，又结疤不久，怕抬腿上床的时候撕裂，才让她顺手帮了一下。

可是月光下，她像小猫一样蜷缩在旁边，柔软无害。

特别是一双漂亮的大眼睛，忽闪忽闪的，犹如夜空中的璀璨星子一般，让人不自禁地心生愉悦。原本只想平静道一声："不要紧"，却临时改了主意。

他眉色凝重道："我们刚刚走出江都不远，到了昌平，夜里在城外扎营，结果遇到一股流匪偷袭。混乱中，我和人交手便受了伤。"

"流匪？"仙蕙轻声惊呼。

她在脑子里想象了一下当时情景，天哪！高宸可是领着三万兵马去福建的，不是为了给福建增加兵力，而是专门为了护送他。流匪想要在军营里偷袭，功夫再厉害，少说也得几千人以上，才有可能得手吧。

哪有这样的流匪？简直荒唐。

她小声地问："四郡王，你们查清楚了没有？这不像是流匪啊。"

"嗯？"

仙蕙说了自己的一番猜疑。

高宸微微惊讶。

面前小小的妻子，比自己想象中要更加聪明，居然一下子就看出了其中蹊跷，眼里虽然有着惊慌，但也没有寻常妇人的那种无知慌乱。本来只是想看她紧张的样子，提一句而已，现在反倒真的神色凝重起来。

"不是流匪。"他说了实话，免得妻子猜来猜去心生不安，"那批所谓的流匪行动有素，一看就是经过多年训练指挥的兵卒，而且在他们中间，还夹杂了几个身负绝世武功的高手，趁着夜色和军营里交战的混乱，直奔中军大帐而来，意图取我性命！"

仙蕙张大了嘴，又是震惊，又是愤怒，"……什么人？！"

高宸目光清澈凛冽地看向她，没有说话。

仙蕙怔了一下，才明白，他是想看自己能够猜出多少。

对于高宸这样强大而自负的男人来说，不会喜欢妻子太笨，他有自信驾驭一个聪明的女人，自然希望自己能跟上他的步伐。是要在他心里只做一个传宗接代的女人，还是可以并肩同行的伴侣，这一切……都要靠自己努力去争取。

她静下心来，把接触到的一些宫闱之事想了想，再加上之前进京入宫，想来想去只有

一个结论，但却不敢确定。

"是不是……燕王？"

高宸摇头，"不是。"

仙蕙眼里闪过吃惊和失望，还有懊恼。

高宸忽地笑了，"是燕王世子。"然后做了一个他自己都没想到的动作，伸手摸了摸她的头，摸完却是怔住，自己这是在做什么啊？真是莫名其妙。

仙蕙也是怔住了。

高宸有点尴尬，"对了。"从怀里摸出一盒子药膏，转移话题道："伤口在大腿的侧后方，我不方便，你替我擦一擦消炎的药。"

心下觉得刚才有点唐突了。

当时看见她以为猜错的失望，可怜巴巴的样子，便自然而然地想要去安抚她，然后就摸了她的头。可她既不是自己小时候养的宠物，也不是侄儿侄女，是妻子啊，怎么能这样去安抚呢？实在是有点过头了。

仙蕙却根本没有多想，她不是那种特别在乎所谓面子的人，什么郡王妃，就该端坐在某个位置上，永远都是一本正经。反而因为没有猜错答案而感到高兴，特别是高宸摸她的那一下子，和眼里的微笑，大大地鼓舞了她。

就好像得到糖果一样满足的小孩儿，眉眼弯弯，"哎，我给你抹药。"

高宸见她真的没有多心，才松了口气。

仙蕙兴冲冲地打开药盒子，然后要进行下一步，却僵住了。呃……大腿，这个要怎么抹呢？看着已经翻身侧躺的高宸，有点无处下手。

要说最方便，当然是脱了裤子最好用手抹了。

可是仙蕙哪敢给高宸脱裤子啊？她急了一会儿，急中生智，打算从裤腿下面一点点往上卷，这样就不会太尴尬了。

可是刚一靠近他，便觉得有强烈的阳刚气息扑面而来，陌生、突兀，让她心情紧张无比。用力咬了下唇，让自己双手尽量别抖，然后给他褪了袜子，——哎？他好像特别喜欢白色，白绫袜，白绫裤，被大红色的喜被衬得格外耀眼。

仙蕙一点点，往上，再往上，小心翼翼地卷着裤腿。

高宸觉得好似有羽毛在腿上抚过，又轻又柔，还有一点痒痒的，那种感觉真是说不出的奇怪。可是又不好打断她，况且不这样，就得脱裤子——别说她不好意思，自己也会觉得尴尬不已。

仙蕙的手忽然停了一下，她轻呼，"天哪！"

借着月光和外屋微弱的烛光，瞪大眼睛看着，有一道六七寸长的伤口，像是一条猩红色的巨大蜈蚣，趴在他修长的大腿上，显得格外狰狞！这……这得多疼啊。

她咽了咽口水，小声道："我轻轻地抹。"

上

因为屋里光线很暗，她靠得近，说话的温暖气息扑打过去。

高宸的身体忽地颤了一下。

"哎呀，我弄疼你了。"仙蕙赶忙道歉，"对不起。"

她用手指重新挑了药膏，用碰豆腐脑儿的力度给他涂抹上去，然后轻轻揉匀，一面还细细声问道："还疼不疼？疼了你告诉我啊。"

高宸觉得全身好似被电流过了一遍，实在忍无可忍，"行了，不用抹了。"

"可是还没抹完……"仙蕙根本就没有多想，只当是自己抹得不好让他不高兴了，连忙赔罪，"你忍一忍啊，我会更小心更轻的……"

她伸手，再次抹了一点药膏上去。

"我说不用！"高宸反手抓住她，语气里透出一抹不耐和生气，"行了！你给我盖上被子，别抹了。"

"你捏疼我了。"仙蕙声音委屈。

高宸赶紧松手，"还疼吗？对不住。"

仙蕙又沮丧道："刚才我弄疼你，你生气了。"

高宸不知道该怎么说了。看着一头雾水泪盈于睫的她，觉得都是自己失策，就不该让她抹药的，"没有，我没有怪你，是我自己不想抹了。"

他说不出，自己究竟在因为什么生气。

仙蕙摇摇头，像是被欺负了的小猫一样可怜兮兮的。

"你过来。"高宸无法解释，心里想要弥补一下刚才的误会，拉了她，将她搂在自己的怀里，"真的，我真的没有生气。"

仙蕙在他怀里抬头，不确定地问道："真的？"

高宸颔首，"是。"但他很快就发现，自己做了一个更加错误的决定，原本就有点摩擦出火，再搂了一个软香温玉的小猫咪，火苗腾地一下，就熊熊燃烧起来了。

"唔……"仙蕙有点疑惑，问他，"下面是什么东西？"

啊啊啊！

次日清晨，仙蕙心里一直都是想发狂尖叫的声音。

天哪！自己昨天晚上，怎么会问了那么一个愚蠢尴尬的问题？问完以后，高宸沉默没有回答，自己居然还问他，"你是不是还受伤了？肿了吗？让我看看。"

他推开自己，让自己去旁边早点睡觉。

过了片刻，才后知后觉地明白那是什么东西。

搞得一晚上都没敢再看他，半宿睡不着，今早起来一看人不见了，连他什么时候走的都不知道。要不是床上还留下一块染了血的帕子，想起昨天咬了他一口的事，都要以为这是一个荒唐的梦了。

231

心下羞窘交加之余，又疑惑，这人到底从哪儿来去自如的？厉嬷嬷和玉籽都不知道。

仙蕙迷惑不解。

而高宸，已经到了庆王书房的密室里面。

"燕王世子派人行刺？！"庆王又是震惊，又是震怒，重重一巴掌拍在桌子上，"皇上还圣体安康，他们也太着急了，如此卑劣下作的手段都做得出来！"

"父王。"高宸眼里已经没了昨夜的旖旎，只剩冷静严峻，看向父亲、大哥和两名心腹谋士，"我的腿上受了伤，怕再遇到伏击，就先折返回来养伤和商议对策。剩下的大军护送了一辆空马车，继续前往福建，算是声东击西的招数，希望能够迷惑一下燕王世子的人。"

庆王皱眉思量了下，"听你这么一说，如此急躁，的确不像是燕王那个老家伙应有的招数。燕王的儿子众多，燕王世子又是已故的燕王妃所生，现任燕王妃膝下一共有三个儿子，他的形势很不利，难怪如此着急不择手段了。"

"不止如此。"高宸一路回来想了很多，"只怕他还另有打算。"

高敦问道："什么打算？"

"估计是这样。"一名谋士接了话，"虽然是燕王世子派人刺杀四郡王，但出事地点是在昌平，昌平刺史有个儿子，娶了继任燕王妃的女儿。如此推算，事情上报御前，这份罪名肯定会落在燕王另外三子身上。"

庆王沉色道："这是一箭双雕之计。"

"对。"高宸端起茶喝了一口，然后放下，"若非我活捉了一个刺客，又严刑逼供得了消息，只怕也会有此想法。"他摆摆手，"燕王的家务事先不管，现今商议一下，到底要如何向皇上呈报。"

一番密议之后，便是各种各样的机密安排。

高宸从原路返回沧澜堂。

所谓原路，是庆王府早年修筑的一条地下密道。

仙蕙昨晚得了他的吩咐，一早就叫了玉籽和厉嬷嬷，说是自己不舒服，嫌吵，让她们吩咐下人不准打扰。就连玉籽，也特别叮嘱，"记住，没有我的吩咐不许进来，我的这番话也不许传出去。"

玉籽虽然不明所以，但也清楚，不该问的就不要多问，否则死得快。

厉嬷嬷是皇宫里历练出来的人精，更懂得这个道理。

一上午，仙蕙都在为昨夜的窘迫尴尬，以及疑惑高宸到底要从哪里冒出来。正在恍恍惚惚，忽地身后衣橱"吱呀"一响，看清来人，……原来机关在这儿！她忍不住好奇跑过去看，衣橱下面，竟然有一块可以活动的挡板。

"别看了。"高宸淡淡道，"下面有密道。"然后吩咐她，"你叫厉嬷嬷进来。"

仙蕙收回好奇，因为昨夜闹了一个大尴尬，不想和他多单独相处，赶紧去外面找了厉嬷嬷，悄声道了一句，"四郡王要见你。"

上

厉嬷嬷脚步一顿,眼里闪出震惊,继而又面色平静地走了进去。

高宸挥手,让仙蕙到门口去守着,然后将一封密信递给她,"你赶紧让人给皇后娘娘送去,我父王的折子,不日就会送到京城,让她早作对应之策。"

"是。"厉嬷嬷将密信收入怀中,悄声出去。

几天后,两封八百里加急密信送到京城,一封给皇帝,一封给吴皇后。

吴皇后细细看完了信笺,便去求见皇帝,哭诉道:"皇上……我那刚认的娘家侄女年纪轻轻,尚未诞育子嗣,居然就要这么变成小寡妇了。"

皇帝龙颜震怒不已。

福建总兵于世铳死得蹊跷,庆王之子高宸不得不赶赴福建统帅,结果却半路遭遇流匪伏击,坠下山崖,现今下落不明!

究竟是何人所为?此人究竟又有何等图谋?

高宸不过是一个郡王而已,连世子都不是,并没有任何值得人暗杀之处。弄出几千人的流匪,就为伏击高宸,动静之大,绝对不是一般人可以做得到的!昌平驻军……燕王的女婿,燕王……过继皇储。

这一条线并不是很难思量。

"放肆!"皇帝雷霆震怒,怒火中烧——自己还没死呢!那幕后黑手,不仅置江山百姓于不顾,还觊觎帝位,如此窃国之贼该当何罪?凌迟处死都不解恨!

沧澜堂内,仙蕙望着躺在床上看书的高宸,心情有点复杂。

他有事藏在家里不让人知道,这是应该的,自己不会多问。他受伤了,不和自己同房也没什么,可以理解。但是……自从那天晚上给他抹了药,让他生气以后,他就再也不让自己抹药了。

问他,人家回道:"哦,去父王书房那边的时候,让初七抹了。"

呃……他、他他,该不会是真的好男风吧?

以前他和自己不相干,听了,还能当一个笑话乐乐,可现在他是自己的丈夫啊!万一他真的有那种嗜好,啊……自己可要怎么办啊?

对了,他一定是因为厌烦女人,所以那天才忍受不了自己的。

仙蕙心情沮丧无比。

"你怎么了?"高宸放下书来,看着最近一直闷闷不乐的小妻子,坐在窗边,离得自己远远的,不悦道:"为何总是躲着我?你过来。"

为何躲着他?仙蕙如何说得出个缘由来?

总不能说,自己怀疑他对女人没兴趣,喜欢男人吧。

心下磨磨蹭蹭地不想过去,可是又找不出理由,怕他生气。正在纠结之际,玉籽在门外喊了一声,"四郡王妃!"大概是因为隔得远,声音略大,"大郡王妃过来了。"

仙蕙赶紧收起乱七八糟的心思，看了高宸一眼，匆匆出去。

大郡王妃满头珠翠，斜戴了一朵绢花，穿了一身紫红色妆花锦缎褙子，看起来颇为精神。那珠圆玉润的脸上，带了三分笑容，七分客气，"前些日子，得了两盆极品的珊瑚树。大的那盆给母亲送去了。还剩下一盆小的，也很精致，我想着四弟妹你年轻衬颜色，所以让人搬过来给你。"

仙蕙听着有点蹊跷。

不说自己在庆王府是做小儿媳的，好东西轮不着，单说自己和大郡王妃有恩怨，她也不该如此交好才对。若是她是想缓和彼此的关系，才送东西，前些日子邵彤云的事败露时，为什么不送？哼，古里古怪的。

于是扫了那珊瑚树两眼，"……这么贵重。"

大郡王妃见她话里有推辞之意，有点脸上挂不住。但大抵能猜到她的不放心，又笑了笑，解释道："这两株珊瑚树，是外头的人孝敬郡王爷的，他让给母亲送一盆，给你送一盆。"

"大伯？"仙蕙心下更奇怪了，不过神色倒是一松。

大郡王妃笑道："留着吧，不然郡王爷该责备我不会办事儿了。"

仙蕙虽然从心底忌讳高敦，但他是高宸的哥哥，庆王府未来的继承人，不能得罪。思量了下，高敦大约还是为了邵彤云的事，想着高宸回来了，所以赔个不是吧。

因而笑道："那好，大嫂替我多谢大伯了。"

"一家人，说什么谢不谢的。"大郡王妃并不知道高宸回来，心里埋怨丈夫多事儿，还让自己来看别人的脸色，只是不好露出来。她假笑的脸都快僵了，又客套了两句，便领着丫头婆子们离去。

仙蕙让人把珊瑚树摆放在外面，然后进去，"没什么事儿，就是大伯让大嫂给我送来一盆珊瑚树。"

"大哥送你珊瑚树做什么？"高宸纳罕道。

仙蕙言词不清，笑着略过，"许是知道你回来了，送给你的。"

高宸留了一个心眼儿。

第二天，去书房谈完了正事以后，问了兄长一句，"无缘无故的，你怎么想着送仙蕙珊瑚树？"

高敦有点不好意思，"哎，算是赔个不是。"

"不是？"高宸奇道，"什么不是？"

"你不知道？"这下子，轮到高敦吃惊了。

他原本以为，小兄弟一回来，就应该听弟媳说了邵彤云的事。没想到，他居然还完全不知情，既然说到这儿，只得把邵彤云的事儿说了一遍。

高宸这才知道，自己走了以后，家中发生了这么大的事儿。

早就觉得邵彤云是一个心术不正的，但断断没有想到，她居然敢假孕！欺骗了王府所有人不说，还敢做出那种伤天害理的事，再去攻击仙蕙，简直……气得他，脸色阴沉半晌不言语。

高敦讪讪道："好在四弟妹机灵聪慧，揭穿了那个毒妇，没有让她的阴谋得逞。可我这里，到底还是觉得过意不去，所以送盆珊瑚树表示一下歉意。"

高宸皱眉，"我知道了。"再上火，也不能为了妻子指责哥哥，"既然母亲已经都有了安排，就那样吧。"没再多说，复又从密道回了沧澜堂。

仙蕙正在窗边的美人榻上，托腮神游。

高宸推开衣橱的门，看她穿了一身烟霞色的双层纱衣，和那白皙的肤色相衬，好似一朵刚刚绽放的花骨朵儿，显得娇嫩无比。

仙蕙回头，笑道："你回来啦。"

高宸原本想责备她小小年纪装大人，什么事都自己扛。眼下的情景，却叫他的心不知不觉生出一抹柔情，话到嘴边，已经没有了火气，"邵彤云假孕陷害你的事，怎么没有跟我说？"

仙蕙正在琢磨怎么改造他好男风的问题，一时跟不上节拍，怔了怔，"你是从哪儿知道的？哦……大伯告诉你的吧。"

"怎么不跟我说？"高宸又问。

仙蕙不知道他为何执着起来，笑着回道："你都受伤了，又在忙着外面要紧的大事，我和你说后宅的琐碎做什么？我这不是怕打扰你吗？反正邵彤云的事已经解决，事情都过去了。"

高宸看着小妻子，"我没那么忙，以后有事都要跟我说。"

他语气不重，却有一种习惯做决策的专权霸道。

仙蕙琢磨了下，大抵自己在他眼里是个不懂事的小姑娘，所以不放心吧？虽然这种看法让人有点沮丧，可是被人关心和保护，还是让自己心里感到暖暖的，心情顿时变得愉悦轻快。

高宸看见她的眼睛忽地明亮起来，闪闪发光，宛如清晨露珠一般。

——心下微微悸动。

"你知道吗？"仙蕙笑眼弯弯，带了几分小儿女的俏皮，"我娘说了，好媳妇要两头瞒，坏媳妇才两头传。"她的声音清脆如铃，"反正啊，邵彤云的事，母亲和大伯肯定会跟你说的。如果换我来说，万一说得重了，让你误会大伯多不好啊。"

她眸光纯净，里面透着真挚、关心和体贴，像是水晶一般清澈透明。

高宸忽然觉得，自己真是娶对了人，妻子比自己想象的要好得多——这般良善如水一样干净的姑娘，值得被人珍惜。难怪……自己这些天晚上和她一起睡觉，特别安心，再也没有做那个噩梦。

都是因为她不需要防范吧。

"我……我说错了？"仙蕙见他看着自己，又不说话，不自控地有点紧张。

235

"没有。"高宸嘴角微翘，走了过来，"你做得很好，你母亲也教得很好。"望着她犹如初雪一般白净细腻的脸庞，配着烟霞色的衣衫，衬得她，宛若那带着露珠儿的三春桃花。心跳微快，又有了想要把她拥入怀中的冲动。

仙蕙被他看得心慌慌，特别是他站着，高高在上，近在咫尺地俯视自己，好似"嗷呜"一口就要把自己吞下。"那个……"她慌里慌张地找话题，低头看见腰上玉佩，赶忙摘了下来，"这个……还给你。"

"不用。"高宸接了玉佩，又弯腰给她系在身上，"你留着。"

——她配得上这块玉佩。

仙蕙不知道该说什么好了。

"你来。"高宸的身量比她高出不少，低头觉得不便，拉她起来，然后搂在自己身上，目光灼灼地看着那张羞红了的脸，轻笑道："你闭上眼睛。"

仙蕙更慌了，赶紧找借口，"你的腿有伤。"

"不疼了。"

"我……"仙蕙忸怩挣扎着要起来，在他怀里扭来扭去，反倒弄出一点别样的旖旎气氛。那个……之前的尴尬问题又出来了。她越发窘迫，毕竟还是一个未经人事的少女，心里慌，脸上烫，整个人便软绵绵动弹不得了。

高宸搂着她，略感神奇，简直好似一摊水化在自己怀里。

有些事情，根本就不需要有什么经验。

他凭着身体里本能的冲动，便低下头去，控制不住想要吸取那红艳艳的芬芳，以及里面清甜的甘泉。唇齿缠绵不休，带着第一次的笨拙和骨子里的霸道，有点粗鲁地探索她，身体里荡漾出从未有过的奇妙感觉。

只听"砰！"的一声，榻上小几放的茶碗茶壶，被她打翻了一个，顿时在地上摔得粉碎！

玉籽在外面喊道："四郡王妃？什么东西打碎了。"

屋里两人都吓了一跳。

仙蕙趁着他一愣，赶紧退开，像小鱼儿一样滑溜出去。然后慌慌张张逃到门口，鬓角松乱，还不敢出去，"没事，没事，我打翻了一个茶碗。"又补道："别进来！先不用收拾了。"

"是。"玉籽的脚步声渐渐远去。

仙蕙松了口气，回头看了高宸一眼，脸红心跳，没敢再回他身边坐下，而是转身去了旁边的梢间。那是平时饭后小憩的地方，放着几本闲书，她掩耳盗铃地拿了一本，看了半天，才发现书都拿倒了。

而寝阁里，高宸也没有再追出去找她。

别说他现在秘密待在家里，便是公开在家，为着骨子里的那份骄傲，也不可能像个急色鬼一样，又追出去再荒唐一次。

他静静地坐了一会儿。

上

  那软玉温香的触感还在自己怀里,少女身体的芳香,唇齿的清甜,还有她羞红得好似桃花扑水的脸颊,轻轻颤抖的睫毛,以及自己身体里忽地蹿过的那一瞬间奇妙,构成了一幅美妙旖旎的回忆画面。

  像是喝了好茶以后,嘴里还有淡淡余香,值得回味。

  仙蕙在梢间磨蹭到快中午,心情才慢慢平复,大着胆子,跟做贼似的回寝阁看了一眼,——高宸不在屋里,她顿时长长地松了一口气。

  因为高宸回到王府是秘密的,不便别人知道,因此每天都是去书房那边吃饭,顺便和庆王他们商议大事。现在外面,根本就没有人知道高宸受伤,也没人知道他回来,都以为他在福建。而对皇帝和朝臣们递送的消息,则是高宸坠入山崖,失踪不见,现在正忙着四下搜寻他的下落。

  仙蕙觉得他真是技高人胆大,如此一来,燕王那边肯定要惹上大麻烦了。

  "四郡王妃。"厉嬷嬷推门进来,隔着屏风这边递了一个眼色,指了指里面,嘴里问道:"午饭准备摆吗?"

  "不。"仙蕙摆摆手,然后问道:"怎么了?有事?"

  厉嬷嬷这才低声道:"刚得的消息,陆涧不见了。"

  "啊!"仙蕙张大了嘴,没敢惊呼出声儿,然后关上门,急问:"怎么回事?好端端的一个大活人,怎么会不见了?"

  厉嬷嬷却不答这个,只道:"要是三郡王妃不见了,你会如何?"

  仙蕙闻言一愕。

  继而很快明白过来,陆涧……是和自己没有关系的人,他只是孝和郡主未来的郡马爷,自己小姑子的丈夫。他不见了,自己可以吃惊,但却不能表现得太过震惊,更不能表现出焦急和关心!这是大忌,而且高宸现在还在王府里。

  她用力掐住了自己的掌心,定了定神,然后问道:"是吗?王府派人去打听了吧?孝和可真是运气不好,明儿就要成亲,新郎官儿却不见了。这会子,不知道该怎么伤心难过呢。"

  厉嬷嬷又问:"四郡王妃,听说你姐夫宋文庭和陆涧是好友?你可知道他平时结交什么人?有哪些常去的地方?该不会是惹上什么仇家了吧。"

  仙蕙缓了缓神色,然后努力做出一脸疑惑的样子,"我怎么会知道呢?陆涧是我姐夫的朋友,又不是我姐姐的朋友,我哪里知道他们男人喜欢去的地方?要不……我这就让人找我姐姐,问一问我姐夫,或许知道一二。"

  厉嬷嬷松了口气,然后道:"具体陆涧怎么不见的,不清楚,只是玉籽才从上房那边得的消息。"语气一顿,"静一静,消息马上就要闹开了。"

  仙蕙一阵说不清、道不明的不安。

  高宸是晚饭以后才回来的,一进屋,就瞅见小妻子的神色略不自在,还以为她是为了

之前的事，心里尴尬害羞。因而对她点了点头，便没说话，想着缓和一下那种尴尬的气氛，让两个人相处更自然一些。

过了片刻，仙蕙主动走了过来。

高宸有点意外。

"四郡王。"仙蕙目光闪烁，她已经琢磨了一下午了，又和厉嬷嬷商议过，还给自己鼓了一下午的勇气，才敢开口，"有件事我要跟你说。"

只要开了头，自己就不会胆怯后退了。

高宸眼中的笑意渐渐收敛，敏锐地察觉到，似乎小妻子有别的事要跟自己说，见她很是紧张，缓和口气道："你说，我听着呢。"

仙蕙低垂眼帘，不敢看他的眼睛，"之前邵彤云假孕被我揭穿，她气急败坏，说是绝对不会放过我的。"

高宸闻言皱眉，"理她做什么？这事儿回头我让大哥跟母亲说，不管邵彤云什么时候死，又是怎么死的，都会有流言蜚语传出来。所以不用拖很久，只要和你进门这段日子稍微错开，停一段时间就找个大夫给她看看，别耽误大伙儿过中秋。"

仙蕙目光一跳，他是说，中秋前就要处置了邵彤云？心思微转，他果然还是护着自己这个妻子的，替自己着急，所以早点给自己解决大麻烦。

"你就想说这个？"高宸又道，"别管了，她掀不出什么风浪的。"

"不是。"仙蕙咬了咬唇，鼓起勇气道："是我……曾经差一点和陆涧议亲。"

屋子里顿时一片静默。

高宸不知道在想些什么，没有说话。

仙蕙低着头，越发不敢去看他，"当时因为要回避选秀的事，娘先给姐姐定了宋文庭，后来觉得陆涧不错，就想定给我，然后好借此避开进宫选秀。"

"有这样的事？"高宸的声音没有多大起伏，有意外，但还谈不上震惊，静静思量了一瞬，反而问道："既然如此，你怎么后来又没和陆涧定亲？反而去选秀了。"

仙蕙意外地看着他，"你……不生气吗？"

高宸淡淡道："男大当婚、女大当嫁，这有何好生气的？你们又不是私定终身，只是你母亲为了回避选秀，才给你议的亲，不过是父母之命罢了。况且，我早就认识陆涧这个人，人品略知一二，他不是那种偷香窃玉的登徒子。"

仙蕙眼里有着掩不住的吃惊。

片刻后，又缓缓放下心来。

厉嬷嬷说，高宸是自信的男人，甚至自负，与其惶惶不可终日被他疑心，不如干脆坦陈了更好——陆涧对他来说，根本就造不成任何威胁。心下只觉得万分庆幸，还好这件事听了厉嬷嬷的劝解，她是对的。

高宸忽然问道："难道你们私下见过面？"

上

他声音不大,但有一种让人不敢撒谎的威严。

"没有、没有。"仙蕙连连摇头,摆手道,"我当然没有私下见过他,就是怕……怕邵彤云会胡说八道。"

"不用理她。"高宸眉宇间闪过一丝厉色。

邵彤云先是制造误会想赖上自己,后来又和大嫂一起算计仙蕙,接着是假孕给兄长做妾——到这种地步都还不消停,又继续假装小产再次害人!若非妻子身边有厉嬷嬷帮衬着,只怕没那么容易洗清嫌疑。

偏生自己又刚巧不在家,妻子一个人,如何应对?只怕是要吃不少苦头的。

这种兴风作浪、心思狠毒的祸害,绝对不能留!便是哥哥和母亲心软,等自己忙完福建的战事,也要亲手除了她!

他道:"清者自清、浊者自浊,你行得端走得正便是了。"

仙蕙情不自禁地点了点头。

高宸再次问道:"后来你怎么没和陆涧定亲?又去选秀了。"

"是我爹,瞒着我把名字报上去的。"仙蕙没有替父亲隐瞒,也不值得。

高宸思量片刻,才理清楚这前后的因果关系。他沉吟,"就是说,你母亲准备让你和陆涧议亲,然后你爹偷偷报了你的名字参加选秀,你们根本就不知情,所以最后不得不进宫选秀。"

仙蕙点了点头,回道:"我爹说,选秀的名字已经报了上去,要是我不去,那就是抗旨不遵,整个东院都不会有好下场的。"回避了邵家的恩恩怨怨,只道:"我……我被他吓着了。"

高宸眼里寒芒一闪,"原来如此。"

虽然离谱,倒也符合邵元亨唯利是图的性格。

仙蕙小声道:"我怕连累家里的人,都没敢说。后来,我哥哥追来你是知道的,可我已经在秀女车上,能怎么办啊?只能劝他先回去了。"

高宸回想了下,当初倒是误会她了。

仙蕙心中还有一个疑惑,又问:"当初,是你让小峤告诉我消息的吧?这事儿,我早就想谢谢你了,可是一直没有机会。"

高宸只是淡淡点头,没有多说,省得还要解释为何要通风报信。

"真的是你?"仙蕙确认了,心里不由生出感激。

她的眼睛水汪汪的,星光闪烁,好似一只可爱可怜的小梅花鹿。

高宸心头微微一荡。

若是换一个不那么自持的男子,这种时候,说笑一句,"不要紧,现在正是你报答我的机会。"拉了小娇妻入怀,正好趁她心中感激的时候,顺顺利利就成了好事。

可高宸偏偏不愿意在这种时候,趁火打劫。

239

——他有他的骄傲。

　　因而静了一瞬，问道："所以你担心，邵彤云会借这点事泼你污水？"

　　"嗯。"仙蕙颔首，"我和她的恩恩怨怨实在太深，她行事又偏激，难说会弄出什么流言蜚语，便是她现在不方便出来，荣太太那边……"

　　高宸皱眉，荣氏也是一个不安分的疯妇。

　　仙蕙叹了口气，"其实真要说起来，邵彤云才差点和陆涧定亲。当时我爹急着把她嫁出去，大概是见我姐夫不错，就打算直接和陆家定亲。正是因为这个，她急了，就跑去了静水庵一趟。然后不知道吃了什么药，回来没多久，她就说自己怀孕了。"

　　高宸冷声道："听了这些，我都污秽了自己的耳朵。"

　　仙蕙又道："我才听厉嬷嬷说，说是陆涧突然找不到了。我觉得古怪，不知道是不是荣太太在捣鬼，又或者是别的什么人。"不好直接说大郡王妃，反正高宸聪明，他心里会猜得到的，"就怕，事情是冲着我来的。"

　　高宸沉吟不语，这次静默的时间要长一些，但也不是很久。

　　片刻后，他道："你别担心，这件事我来安排一下。"

　　仙蕙又怯怯问道："那陆涧，你以后也不生我的气了？"

　　"生什么气？"高宸拿起扇子，在她头上敲了一下，"在你心里，我就是那么没脑子的人？听别人吹几句耳边风，就信了。"

　　仙蕙赶紧抱住头，后退嘟哝，"我……我怎么知道？你一直都那么凶。"

　　"我凶？什么时候？"高宸看着她亮晶晶的眸子，星子一般璀璨闪烁，听着她嘴里说着自己的坏话，不知道为什么，心底却有着淡淡的欢喜。

　　大约是被她信任，被她眼里的那份欢喜满足，感染了喜悦。

　　"多谢四郡王。"仙蕙眼里绽出明媚笑容，说出这个压在心头很久的秘密，像是揭掉了一块大石头，顿时轻松起来。真好……他没有误会自己，没有误会陆涧，还替自己安排妥当。现在忍不住隐隐觉得，嫁给他，真是赚到了。

　　高宸朝她伸手，"你过来。"

　　仙蕙现在是吃人嘴软，拿人手短，忸忸怩怩走了过去，"那个……谢谢你。"看着他近在咫尺的俊美脸庞，看着他的眼睛——里面的雪山全都融化了。

　　怎么好像忽然变了一个人？都不认识了。

　　她忽地生出捉弄人的淘气劲儿，鬼使神差地，拿起扇子，也在他的头上敲了一下，"这个……就是我给你的谢礼！"

　　仗着明知道他不会追出来，飞快跑了。

　　"哈……"她留下做了小小坏事的笑声，跑得好似狡兔，那个鹅黄色的娇俏玲珑身影，转瞬消失在珠帘外头。

　　惹得玉籽问道："四郡王妃，你高兴什么啊？"

她在外面胡说八道:"刚才在床下捡到二两银子。"

高宸反手摸了摸自己的头,那轻轻一敲,不疼,但是还有残留触感,以及她身上香甜的气息。他摇摇头失笑,自己怎么娶了这样一个疯丫头?还是太小,再过几年大些就稳重了。

夜里,高宸从梦中醒了过来。

自己睡觉很轻,这些天和她同床又一直担心不安,怕再做那个噩梦,继而对她做出吓人的举动。可是这些天一直平安无事,她好像天生无害,并不让自己感到有任何的威胁性,身体也就没有产生本能戒备。

而此刻,忍不住侧首打量起娇小的妻子。

她微微侧身,像小猫一样有点蜷缩,手上还抓着被子的一角,——像是梦到了什么不愉快的,秀气的鼻子皱了皱眉,微微嘟嘴,比起白天做出来的端庄大方,更有一种毫无遮掩的天真孩子气。

高宸伸手,卷了一缕柔软的青丝在指尖缠绕。

陆润的事情,自己不会听信任何流言蜚语,邵彤云折腾也是白折腾,她完全不用担心这些。但……自己同样不会仅凭一番说辞,就完全相信她。自己只相信看到的,听到的,理智分析出来的,而不是任何感情用事。

他轻轻地在心里道,仙蕙……不要撒谎。

16 钩心斗角

次日天明,仙蕙梳洗打扮好出了门。

原本今天是孝和郡主跟陆润成亲的大喜日子,现在新郎官儿不见了,喜事自然也办不成了。她努力地深呼吸了几次,提醒自己,不要去想陆润,不要去想,不管他是生是死,自己再瞎琢磨也帮不上任何忙,只会添乱惹祸!

对不起,陆润……希望天神菩萨都保佑你罢。

仙蕙扶了扶鬓角的赤金珍珠坠子,抿好发丝,然后面色平静地进了上房。和平常一样恭恭谨谨的,只是眉头微蹙,看起来像是在为小姑子的事担心,表情恰到好处。否则若是一点反应都没有,反而奇怪了。

一进大厅,就感受到了让人压抑的气氛。

让她微微惊讶的是,孝和郡主也在!哦,对了,她是看起来柔和大方,实则一向好强好胜的性子。今儿她的婚礼出了事,新郎官也不见了,换个姑娘肯定躲在屋子里大哭不已。她不哭不闹,还和往日一样过来给嫡母请安。

大厅里太安静，仙蕙没说话，朝着庆王妃福了福然后入了座。

庆王妃眉色凝重道："孝和，你别着急。已经派了很多人四下寻找，就连江都边线的关卡，都已通知戒严，一定会把陆涧找到的。"

孝和郡主一身海棠红的金线妆花褙子，不仅戴了金钗，还配些许珠翠，鬓角上斜斜簪了一朵杏色绢花，颇有几分华美之态。她原本并不常做这样的打扮，今儿有一种为了强颜欢笑，故意打扮的味道。

她平静微笑，"有母亲这句话，女儿就放心了。"

仙蕙不由侧目，这位还真是够沉得住气的，叫人不得不佩服。

"仙蕙。"大郡王妃忽然问道，"你不是认得陆涧吗？他平时常去什么地方，又喜欢和什么人来往，有没有头绪？"

众人把目光都投了过来。

仙蕙露出一脸惊讶的神色，"大嫂这是急糊涂了吗？我怎么会认识陆涧？哦，你是说我姐夫和陆涧是朋友吧？"看向庆王妃，"不用大嫂吩咐，昨儿我一听说陆涧找不到了，就让丫头去了我姐姐家，让我姐夫帮着打听了。"

然后又看向万次妃、孝和郡主，"一有消息，我就告诉你们。"

她说话流利，表情自然真实，而且在应有的关心范围内表达担心，根本没有任何情绪起伏。甚至还透出一点淡淡的敷衍味道，正符合和万次妃一支不交好的人情关系，简直无懈可击。

众人都是各自轻轻点头，没有特别反应。

孝和郡主微笑回应，很是敷衍，然后又低头静默不说话了。

真会演戏！大郡王妃脸色微微一僵，不甘心，又道："往常逢年过节的时候，陆涧应该有去过邵家吧？他平时有些什么嗜好，是何品行？你难道不会略知一二？眼下大家急着找到陆涧，若是知道多一些讯息，也好找到人啊。"

仙蕙心下大怒——她哪里是要急着找人，分明就是生拉硬扯，非得把自己和陆涧扯上关系。即便扯不上，也会一点点给别人加深印象，回头若有什么流言蜚语，让人不自觉就往自己身上联想！

强忍了心头怒气，一脸迷惑，"大嫂，陆涧一个外男，我怎么知道他的嗜好啊？你一直揪着这个问题问我，难道……是彤云跟你说了什么？她又要中伤我了？"追了一剂猛药，"你该不是又被她迷惑了吧？"

此言一出，众人眼里都露出猜疑神色。

庆王妃也目光凌厉地看向大儿媳，眉宇间已然薄怒。

大郡王妃断断没有想到，搬起石头没有砸到别人，反而砸到了自己的脚！现在是无论如何，也不能和邵彤云扯上关系的。尤其又急又怒，当即辩解，"你胡说什么？彤云现在被关在梨香院，我又没有见过她，她哪有机会跟我说话？"

242

上

仙蕙一脸关切地安抚，"大嫂你别急，没有就没有啊。"然后又道："眼下大伙儿都焦急孝和的事，担心她，还是不要扯别的了。"干净利落，给大郡王妃描了两笔黑，然后打住话题。

大郡王妃张了张嘴，还要说。

庆王妃呵斥道："孝和遇到了这样的事，你一个做长嫂的，不说帮着她着急、找人和安排，还在这儿和弟妹拌嘴，像什么话？！别说了。"

大郡王妃当着众人被婆婆训斥，下不来台，脸色顿时憋得一片紫涨。

仙蕙斜斜扫了她一眼，勾了勾嘴角。

大郡王妃更是气得肝疼。

她不敢违逆婆婆再说话，只好在心里发狠，等着、且等着……回头有你急得跳脚的时候，叫你哭都来不及！使劲掐了掐掌心，恨得不行。

孝和郡主看着这一片乱，只觉得心烦。

耐着性子，等众人又说了几句不痛不痒关心自己的话，便起身，"母亲，女儿先回去歇息，有了陆涧的消息，让人说一声。"

庆王妃点点头，"你和万次妃、老三媳妇，都一起回去吧。"

一行人，被丫头们簇拥着出了松月犀照堂。

万次妃的脸顿时黑了下来，"出了这么大的事，她们在旁边看笑话也罢了。那老大媳妇居然还跟老四媳妇拌嘴？她就不知道你心里多难过，我们心里多难过，气得我简直想撕了她的嘴！"

"次妃。"孝和郡主斜睨了一眼，"既然知道我心烦，就别吵了。"竟然撇开生母和嫂嫂，领了丫头，"走，我们去园子里逛逛。"

万次妃气得够呛，又拿身份比自己金贵的女儿没有办法，只得朝着媳妇撒气，"还愣着做什么？我们走！"

"是。"三郡王妃低下头去，眉头微蹙。

丈夫的生母就是这种不管不顾的性子，在外面，也不顾脸面吵闹，训斥自己跟训斥丫头一样——她就不想想，唯一的亲子儿媳没有脸面，难道她就体面了？只知道一味地摆婆婆架子，自己正经的婆婆在松月犀照堂呢。

婆媳两个，一个脸上带气，一个心里带气，各有心思地走远了。

另一头，孝和郡主找了一处树荫坐下。

别看她面上平静似水，心里早就气炸了！原本低嫁一个穷秀才，就够受的，结果婚礼前一天，新郎官还突然不见了！刚才被大郡王妃吵得心烦，出来又被生母叨叨得更加心烦，打算在外面透一口气再回去，连丫头都撵得远远儿的。

忽然间，隔墙后面传来细细脚步声。

有人停下来，低声道："你知道吗？"细声细气，好像是一个小丫头，"孝和郡主那

个跑了的新郎官，叫陆涧的，听说……早就有心上人了。"

孝和郡主心口一跳，屏住呼吸。

"天哪。"另一个丫头轻声惊呼，连声问道，"谁啊？谁啊？那我们郡主，岂不是捡了别人不要的二手货？"

孝和郡主气得心口疼，紧紧咬唇。

她又想知道后面的结果，忍住没有呵斥。

"不是别人，正是……"那边声音更小了，"那陆公子的心上人……"不知道是打手势，还是比划什么的，声音断了一截，"不然的话……陆涧怎么会救孝和郡主？你可千万别说出去，不然你我都是个死！"

孝和郡主心急如焚，恨不得立刻揪了那两个丫头过来，细细审问，到底陆涧的心上人是谁？！可是这一道花墙很长很长，等带人绕过去，那边的人肯定早就跑了。

正在焦急，那边的丫头像是半天回神，惊呼道："哎呀，不说了，不说了。回头让四郡王知道，一定会撕烂我们的嘴！"窸窸窣窣的，像是两人脚步飞快走远了。

孝和郡主又惊又怒，却顾不上先生气，而是招手叫来丫头，低声道："你赶紧爬到假山上面去，往对面仔细看，看那两个小蹄子往哪个方向跑的！"

丫头赶紧往假山上爬去，伸长脖子站了一阵，下来道："往留香洲方向去了。"

留香洲？孝和郡主心下冷笑。

刚才那两个小丫头嘀咕了半天，说得含蓄，但意思明白——陆涧有心上人，而且还会让四哥生气。好端端的，四哥为什么会为陆涧生气？非要拉扯关系，也只能把仙蕙拉上了。

那两个小丫头在墙后面说话，说完又跑，分明就是故意说给自己听的，背后必定有人唆使。既然是往留香洲去，那应该就是大嫂的人了。

大嫂她这什么意思？她和仙蕙有仇，就来挑唆自己跟仙蕙斗？说什么陆涧的心上人是仙蕙，证据呢？！孝和郡主先是生气，继而觉得不太对劲儿，坐在石凳上面细细琢磨，陆涧、仙蕙……救人……一些蛛丝马迹在她脑海里面划过。

自己在邵家的看台掉了下去，陆涧为何刚巧会在？他为何要救素未谋面的自己？是不是可以说，他早就和仙蕙有瓜葛，所以才会出现，所以才会误认自己是仙蕙，然后不顾性命救人。

孝和郡主的脸色渐渐变了。

陆涧和仙蕙早就有私情？这让孝和郡主在委屈低嫁的同时，感觉像是吃了一只苍蝇般恶心想吐，而且还吐不出，且得装在肚子里继续恶心下去。

——她不想相信，却又不得不信。

孝和郡主恶心了足有小半个时辰，方才缓过来劲儿。她长长地舒了一口气，目光怨毒地看向留香洲方向——大嫂想挑唆自己去对付仙蕙，然后坐收渔翁之利，如意算盘打得挺美啊。

到时候，自己还抓不住她挑唆的证据。

证据？呵呵……谁说的？大嫂可没有说，就连丫头都没有说"仙蕙"二字，全都是自己猜的——害了仙蕙她赚到了，害了自己她也不赔。

等等，不对啊，大嫂怎么会知道陆涧和仙蕙的私事？她又不是邵家的人。若想知道仙蕙的过往，除非是……邵彤云告诉她的。原来是这个贱人躲在背后操纵，再让大嫂来挑唆自己，等自己跟仙蕙斗得你死我活，她捡便宜。

呸！倒是挺会做白日梦的。

邵彤云这个不得好死的贱人，都已经是在数日子等死的人了，还不消停，竟然还敢来算计自己？真是找死，也不挑一个好的死法。

孝和郡主目露寒芒，把邵彤云、大郡王妃、仙蕙都在心里过了一遍，这些贱人全都该死！两个嫂嫂暂时不好对付，邵彤云是目前最好下手的，但她本来就是要死的，弄死她也没有任何意义。

倒不如……把她发挥出最大的作用。

孝和郡主心里有了一个模糊的想法，暂时还没敲定。

她起身，叫了丫头，"走吧，我们回去。"

回去慢慢琢磨，这一步步的棋子到底要怎么安排？才对自己最有利，才能从其中获取最大的好处。呵呵，大嫂和邵彤云想拿自己当枪使，想得挺美，自己要叫她们得不偿失！

至于陆涧，干脆在外面死了算了。

仙蕙回到沧澜堂，发现高宸正躺在美人榻上看书，姿态悠闲无比。

他不着急？也对，孝和郡主又不是他亲妹子。

"大伙儿都说什么了？"高宸眼皮都没抬一下，漫不经心地问道。

"还能说什么？就是为了孝和的事担心啊。"仙蕙尽量说得平静，免得好似很担心陆涧一样，"只是也没有好的办法，无非是找人，打听了。"

"嗯。"高宸没有多说。

仙蕙吃不准他心里的想法，也不敢多说。

毕竟心里到底还是记挂陆涧生死的。他和别人过得怎么样，自己不管，但是不希望他出事的。因怕说多不合适，扯上和陆涧有瓜葛就麻烦了，说了几句大概情况，便要往梢间去，"你歇着，我去外面。"

"等等。"高宸淡淡道，"母亲给你送了一个丫头过来。"

"母亲送我丫头？"仙蕙不明所以。

高宸眼里目光微闪，"是我让人给你安排的，会一点功夫，让她留在你身边贴身服侍，这样稳妥一些。"又道，"不过，她平日端茶倒水还行，针线女红就不要指望了。"

嗯？专门给自己添一个会功夫的丫头？仙蕙心中一时感慨万千。

之前他说安排一下，自己以为只是说说，没想到……这么短、这么快，他就真的找了一个大活人过来，可见他是上了心的。他真的尽到了所有做丈夫的职责，自己也不能再想其他了。

希望陆涧赶紧找到，跟孝和郡主好好地过日子吧。

高宸朝她递了一个眼色，"你自己出去看。"

仙蕙点点头，知道他这是不方便出去。

到了外面，厉嬷嬷领了一个新来的丫头，面容清秀、身量消瘦，眼睛格外明亮，身上少了几分寻常下人的卑微，多了几分英气。

"你叫什么？"仙蕙问道。

"请四郡王妃赐名。"

没有名字？仙蕙想了想，忽然灵机一动，"叫金叶如何？正好还和玉籽搭配呢。"

自己和高宸相识的那份记忆，当初看起来很生气，现在回想却觉得挺美好的，而且后来要不是因为他的金叶子，也不会有更深一步的缘分了。

金叶欠了欠身，"多谢四郡王妃赐名。"

仙蕙心下颇有几分得意，进去显摆，"我取的名字好不好？"

高宸斜斜看了她一眼，"俗气。"

仙蕙气闷，因为这几天和他混得比较熟了，又瞪他，"我就喜欢俗气的。"眼睛亮晶晶的，藏着一抹狡黠望向他，分明再说，我喜欢你，所以你也俗气。

高宸有点好笑。

这样直白、娇憨，还带点孩子气的小妻子，估计连男女之情是何物都不懂，又如何和陆涧扯得上关系？况且她若真对陆涧有意，就会抗拒和自己亲昵，更不会有那种发自肺腑的喜悦，纯洁宛若露珠儿。

还是小了点儿，像是一株等待呵护的幼苗。

希望有厉嬷嬷和金叶在她身边，一文一武，能在自己不在家的这段时间，多多护着她一些。还有母亲和哥哥那边，自己也叮嘱过了。虽然还是不太放心她，不过军情大事要紧，眼下自己的伤养得差不多，外面的大戏也该开唱了。

——又要小别。

仙蕙见他不说话，低头拣了一块枣泥糕吃，津津有味。

于是在高宸的眼里，妻子越发坐实了孩子气的形象，对她谈不上多深的感情，但是她纯真良善、讨人喜欢，和她在一起感觉挺舒服的。

"慢点吃。"他的口气里，是自己没有察觉到的柔和，"喝点水，别噎着了。"

仙蕙抬头一笑。

心下觉得欠了他的人情，又觉得单独相处局促，干脆出去，"你看书，我去外面弄点针线活计，不打扰你了。"

实际上，是想给他做一个荷包表示感激。

因而一下午都在捣鼓，挑布料，选线，又问玉籽她们搭配得好看不好看，忙忙碌碌的，眼睛里面却泛出欢喜的光芒。

厉嬷嬷看在眼里，放下心来。

只要不是瞎子，都看得出来四郡王妃的小儿女情态。她虽然懵懵懂懂，对四郡王感情还不算深，但却足以证明，她和陆涧并没有真正的情丝纠葛。有的，最多是少女对异性的朦胧好感，时间稍久，自然而然就淡忘了。

仙蕙的针线传自母亲，很是不错。

玉籽几个丫头围在旁边看着，纷纷赞叹，"天呐！这颜色搭配得真是精巧，同一样颜色分了八种，好费功夫啊。不过，就是这样绣出来才逼真呢。"

"四郡王妃真是心灵手巧。"

"人还长得好看，脾气也好。"

"行了。"仙蕙本来心情好，要不是还担心着陆涧，又估计高宸在里面，都想跟她们笑闹一阵了。"你们呀。"她道，"我算是看出来了，想得我的赏钱，没有，今儿什么都没有。"

玉籽故作一脸委屈，"冤枉啊，我们说的可都是真心话。"

屋子里正在笑闹，外面忽地来了一个小丫头，"四郡王妃，陆涧找到了。"

仙蕙手上一抖，针扎在了手指头上，细小的血珠儿滚了出来。她赶忙趁着众人回头的功夫，捏住手指尖，然后不动声色微笑道："那好啊，孝和郡主就可以放心了。"

玉籽等人不明内里，也是念佛，"这下好了。"

众人正在议论纷纷之际，又进来一个气喘吁吁的小丫头，"孝和郡主说今儿是她的大婚吉日，既然新郎官找到，坚持要今天举行婚礼。四郡王妃，王妃娘娘让大伙儿都去松月犀照堂，商议准备办喜事呢。"

"啊？"仙蕙吃了一惊。

看看外面夕阳落山的景色，这……多不吉利啊。

按照规矩，新人都是要午时以前出发的，朝阳上升，带着勃勃生机和喜气，哪有人选在黄昏的时候成亲？心下微微一沉，孝和郡主并不是那种任性的人，她这么不管不顾坚持急着成亲，吉时都不要，是不是可以说明已经放弃了陆涧？隐隐觉得，这两人将来要成一对怨偶了。

松月犀照堂内，庆王妃脸色凝重跟大家说道："今儿孝和受了大委屈，她有些脾气也是难免。既然她坚持要现在成亲，那就依了她吧。反正东西都是现成的，我已吩咐人去布置了，再等半个时辰就行。"

大厅里，气氛不免有点古里古怪的。

仙蕙低垂眼眸，没出声。

等待的工夫，庆王妃的目光淡淡扫过小儿媳——小儿子回来，之前瞒着自己没有说的时候，她脸上一点都不露。年纪小小，倒是沉得住气。后来大儿子又说，她并没有跟小儿子讲邵彤云的事，口不多言，也是难能可贵的品格。

难怪小儿子对她上了心，担心她，特意给她安排一个有用的厉害丫头。

不错，小夫妻恩爱和美自己就放心了。

至于孝和，反正不是自己肚子里爬出来的，爱闹就闹，爱折腾就折腾吧。王爷惯得他们母子几个无法无天，瞎折腾，看有什么好下场等着他们！

很快，新婚仪式开始了。

仙蕙作为孝和郡主的娘家嫂嫂，只需参与最开头的送亲仪式——不过是从孝和郡主现在的闺房，送出王府大门罢了。等下孝和郡主的婚轿会在外面绕几圈儿，然后从王府的另外一头进门，去往云蔚别院。

假如仙蕙和陆涧没有瓜葛，还可以为小姑子找了个上门女婿高兴几分，可是因为有陆涧，实在是高兴不起来。送完了亲，就领着人回了沧澜堂，还想着跟高宸说几句，"可惜你不方便出来，没能参加孝和的亲事……"之类的闲篇。

结果进了寝阁，没有人，只有一封书信等着自己。

高宸又走了。

上面写得清清楚楚，他的伤好了，得赶回去处理福建的事，还有他失踪这么长时间也该找到了，和燕王的大戏更要热闹唱起来。

仙蕙反应过来，忍不住连连跺脚，下午怎么没看出来他要走呢？他也是，不说早点告诉自己，偏生被孝和郡主的事一打断，连句分别的话都没来得及说。

——心里一阵空落落的。

"四郡王妃！"玉籽的声音在外面焦急响起，又不敢进来，大声道，"不好了，云蔚别院那边失火了。"

失火？云蔚别院？仙蕙吃惊不已，当即出了寝阁，"火势大吗？"

"正在救火。"玉籽面色惶急，又抱怨，"今儿怎地这么不顺啊？先是误孝和郡主的大婚吉时，现在云蔚别院又失火，也……也太晦气了吧。"

厉嬷嬷眉头紧皱，吩咐道："救火的事儿咱们帮不上忙，赶紧关了院子门，不许各处的人胡乱走动！"

"是。"玉籽赶紧下去安排。

仙蕙缓缓在椅子里坐下，飞快思量，脑海里划过类似的景象。

那次……姐姐出嫁前后罩房忽然失火，烧了姐姐的嫁妆，自己急匆匆地赶过去查看，差点被邵景钰泼一碗热油毁容！今儿云蔚别院起火，会不会也有什么阴谋，在夜色笼罩下袭来？心里一阵混乱不安。

等了足足有半个时辰，又有打探消息的婆子回来，进了屋子，"四郡王妃，云蔚别院那边没事了，幸亏大伙儿灭火及时，现在火已经灭了。"

仙蕙松了一口气。

她歇了片刻，回屋睡觉，只觉得床忽然变得又宽又大，空出来好大一块儿。加上这一整天发生的事情太多，心情乱乱的，半宿都没有睡好。

次日迷迷糊糊刚起来，就见厉嬷嬷站在床边，神色严肃，好像有什么要紧的事。心下不由吃惊，赶紧揉了揉惺忪睡眼，问道："怎么了？又出事了？"

厉嬷嬷脸色微沉，"邵彤云不见了。"

仙蕙结结实实地吓了一跳，顿时清醒，"邵彤云……怎么会不见了？！"

厉嬷嬷回道："昨儿云蔚别院失火，虽然梨香院隔得近，但是大家东奔西跑乱糟糟的，加上夜色中，谁也没有留意那边出了事儿。等到后来灭了火，众人又是疲惫不已各自睡觉。直到今天早上才有人发现，梨香院看门的婆子昏在门前，进去一看，里面两个丫头也昏倒了。"

她皱眉，"然后，就找不到邵彤云了。"

仙蕙半晌都没有言语。

果然出了事，原本还以为是针对自己和陆涧的，没想到居然是邵彤云跑了。

邵彤云一个大活人，是怎么不见的？真是荒唐！

先不说她怎么迷倒了下人，就算她厉害，有本事下药之类，让下人们都晕倒了。但是王府戒备森严，她跑得出梨香院，也跑不出王府大门啊。

"现在怎么样了？"仙蕙问道。

"原本是不应该闹出来的，王府走失小妾，这不好听。"厉嬷嬷解释道，"可是当时有个不知事的，喊了出来，现在闹得尽人皆知。没办法，王妃娘娘正让大郡王妃带着丫头婆子们，四下寻找呢。"

仙蕙沉吟了一下，"失火，邵彤云走失，这两件事有点太巧了。"

——然而还有更巧的。

到了快晌午的时候，又有丫头来报，"邵夫人找到了！在云蔚别院出王府的侧门路上，是在假山后头找到的，不过……"顿了顿，"人已经被烧死了。"

"啊？"仙蕙有点消化不过来。

丫头咂舌道："听说烧得面目全非，人都焦了，只剩下半截裙子辨出了人，那场面听人说都好恶心啊。现在大家都在传，说肯定邵夫人想趁着救火混乱，从侧门悄悄逃出去的，结果没跑掉，反而被大火烧死了。"

"行。"仙蕙挥手，吩咐玉籽打赏，"给个红封压压惊。"

丫头千恩万谢地退下去了。

厉嬷嬷思量道："这事儿太巧，失火蹊跷，邵彤云走失也蹊跷，现在忽地死了，更是

说不出的奇怪。"抬头看向主母，又摇摇头，"还好昨夜咱们紧闭了沧澜堂大门，应该不会牵扯到四郡王妃身上。"

仙蕙心思一转，当即明白了对方的担心。

人人都知道自己和邵彤云有仇，这事儿……没准会让人怀疑是自己纵火，然后趁机放了邵彤云，再烧死了她！不由一声冷笑，"真是坐在家里，都有麻烦找上门。我倒要看看，她们又要编派我什么！"

然而出乎意料的，之后并没有任何麻烦指向仙蕙。

虽然有怀疑她的流言，私下免不了。但是因为当天夜里沧澜堂紧闭大门，并没有任何人外出，就算有人想泼污水，也实在和她扯不上关系。这也是多亏了厉嬷嬷反应机敏，凭着直觉，做了最恰当的安排。

王府一角，云蔚别院的卧房里。

万次妃正在跟孝和郡主说话，"我早说了，那位宫里出来的厉嬷嬷太厉害，有她在老四媳妇身边，很难找出一丝错缝儿的。"又叹气，"不过那个祸害死了也好，谁让她起了歪心眼儿，居然还想算计你。"

呸！还敢让人说自己女儿捡了二手货。

孝和郡主闲闲翻着书，眼皮也不抬，"都死了，就别提她了。"

万次妃压低声音，"陆涧对你如何？我瞧着他人还不错，哎，已经都这样了，你还是好好地跟他相处吧。只当是招了一个上门女婿，只要人好，对你好，你自己的日子过得舒心就行了。"

孝和郡主淡淡道："嗯，知道了。"

万次妃又道："再说了，当初你被周峤那个死丫头推下去，也多亏了陆涧救你，若不然你就算不喂了鱼，也要多喝几缸子河水的。"

"次妃。"孝和郡主打断，"别提了，行吗？"

"我这是为你好！"万次妃有点不高兴，"就算陆涧曾经和仙蕙差点定亲，可那不是也没定吗？你别一直揪着这个不放，回头再让自己的日子过不好。"

"我累了，想歇一会儿。"孝和郡主扔下书，翻身合眼。

万次妃气得噎住，也拿她没办法，加上想着女儿最近受了诸多委屈，只得无奈地瞪了她背后一眼，然后自己出去了。

孝和郡主猛地睁开眼睛，闪过一丝凌厉。

若不是事情要用到生母帮忙，自己根本就不会和她说任何流言！她还真是蠢，自己说听到别人议论陆涧和仙蕙定亲，她就只揪着这个问题，却不想一想，当时陆涧为何会在邵家看台的附近？为何要救自己？那还不都是因为仙蕙！

蠢！真是蠢死了。

两天后，是孝和郡主回门的大好日子。

上

她如今还是住在王府里面，所谓回门，不过是从云蔚别院到松月犀照堂罢了。虽然距离不算近，需要把大半个王府都穿过一遍，可一样是在王府里面绕圈圈儿，其实想想挺滑稽的。

仙蕙却是笑不出来。

云蔚别院无缘无故失了火，邵彤云又被烧死，虽然事后没有麻烦找上自己，可是心里凭着直觉，总有一种隐隐的不安。不过明白今日千万不能出错，换了喜庆衣裳，海棠红的双层绫衣，下配同色浅一些的裙子，发髻珠钗中规中矩的。

——不素净，但也不出挑。

到了大厅，在自己的位置上静静端坐。

"新姑爷、新姑奶奶回门咯。"有专门主持仪式的人在笑唱，声音响亮。

仙蕙不想看到那一对红艳艳的新人，但却不能不看，否则岂不是成了躲着陆涧？她保持了娘家嫂嫂应有的微笑，跟着众人的目光一起，往前看去。

一对新人，从门外面走了进来。

陆涧穿了一身大红色的刻丝直裰，面如冠玉，修长挺拔，比之从前的清寒单薄多了一份贵气，朗朗犹如玉山上行。孝和郡主则是玫瑰紫的镂金百蝶穿花锦衣，半月水波腰封，配一袭散花如意云烟裙。她上了新人妆，比之平日更加娇艳妩媚、肤色莹润，和丈夫并肩进来，好似一对金童玉女。

任谁见了，都忍不住要夸一声般配。

大郡王妃已然笑道："瞧瞧，大伙儿快瞧瞧啊。这新姑爷年轻俊俏，咱们家的孝和花容月貌，真是天造地设的一对儿啊。"

陆涧微笑，举手投足都很是大方从容。

孝和郡主低垂眼帘，脸颊上浮起一抹应有的娇羞。

可是仙蕙眼尖，却瞧得分明，那笑容根本不能到达她的眼底，那娇羞完全没有任何慌乱，忍不住在心里叹了口气。不是自己见不得别人好，而是……只怕这一对是面和心不和，内里只有他们自己知道了。

大厅里，已经热热闹闹地说笑起来。

仙蕙保持着得体的笑容，不时轻轻点头，好似在听，实则只觉得耳朵边一片嗡嗡作响。她努力控制心绪，却无法融入到那种气氛里面。

"孝和，你说说。"大郡王妃在打趣小姑子，"新姑爷俊俏不俊俏啊？"

孝和郡主只是低着头笑，不说话。

万次妃担心女儿臊了，推了三郡王妃，"拦着老大媳妇一点，什么话都说，等会再让孝和心里急了。"她打量着陆涧，人物真是难得的出众，原先心里的不愿意减少了许多，罢了，只要人不错也是好的。

反正住在王府，女儿的日子还不是跟以前一样舒心自在。

庆王妃正在问陆涧闲篇，笑道："听说你家里还有一对哥嫂？一个妹妹？现如今成了

亲戚，得空让他们来咱们王府逛逛。"

陆涧声音清朗，"多谢王妃娘娘好意。"

仙蕙听到他的声音，不知不觉，心情又紧张了几分。偏生还不能不看他，得和众人一样看着新人，听着说话，如此方才显得不突兀。

庆王妃又跟孝和郡主说道："虽说陆涧暂时住在咱们王府，可是你是做儿媳的，平时也要常回陆家看看，带点东西孝敬公婆。"她也没指望庶女真的听进去，反正不过是走走过场，"你毕竟是陆家的儿媳……"

仙蕙听得啰唆，只盼婆婆早点说完了好散场。

一个小丫头端茶上来。

仙蕙抬手去接，不知怎地，那丫头手一抖没交接好，她端着倾斜的茶杯，眼见滚烫滚烫的茶水要洒落下来！旁边一直不吭声的金叶，反应迅速，抬手狠狠一拍，就把茶盏给拍了出去，"哐当！"，顿时碎了一地。

众人都齐刷刷地看了过来。

仙蕙手上其实已经洒上了一些茶水，烫得挺疼的，但是硬生生忍住没有出声，否则的话，万一陆涧多说一句，或者往自己这边挪一步，那就麻烦大了！她忍着疼痛，朝庆王妃笑道："是我，刚才从丫头手里接茶，没有接好，结果掉在地上了。"

总不能说是金叶打出去的，她就有错了。

庆王妃看了一眼，问道："烫着了吗？"

仙蕙想说不要紧，自己可不想在这个时候出风头。

偏生周峤凑了过来，一声惊呼，"哎呀，都烫红了。"转身吩咐丫头，"还愣着做什么啊？快拿清凉消炎的膏药来。"

大厅里，顿时一阵各种忙乱。

陆涧目光平静无波，心思却似被风吹皱的湖水一般起伏不定。她分明烫着了，手都红了，却想大事化小小事化了。电光石火之间，明白她这是宁愿忍痛，也不想惹出麻烦来，因为她怕自己出言关心……一步错，就步步错。

因而强忍了满腔的关心和心疼，站着没动，也没有多说一个字。

孝和郡主淡淡看了丈夫一眼，收回目光。

他是真的对仙蕙丝毫不关心，自己误会他了？还是隐藏太深？若是前者还罢了，若是后者，那今后可要提起心思防备他了。

万次妃不知道女儿的心思和安排，见缝插针，赶紧挑拨嫡支两房的关系，当即悠悠一笑，"仙蕙啊，你怎么这么运气不好。从前你来咱们王府做客的时候，在大厅里被热茶泼了裙子，今儿又烫着了手，到底怎么回事啊？"

此言一出，众人都是目光闪烁，并且有人看向了大郡王妃。

大郡王妃又惊又怒，这是怎么说？人人都怀疑是自己做的手脚了？偏生这种含沙射影的话，又没有办法辩解，只能忍了肝疼，还得装出一副事不关己的模样。

孝和郡主禾眉微蹙，看向那个丫头训斥道："你平时是怎么当差的？连个茶都端不好，来人，赶紧拖下去打一顿！"

仙蕙忙道："罢了，今儿是妹妹大喜的日子。"挥挥手，"让她下去。"哪怕已经猜到是对方挖的坑，却不能说破。否则大喜的日子为自己打丫头，鬼哭狼嚎，更要传出自己讨厌孝和的流言，回头越发惹上麻烦。

孝和郡主心下一声冷笑，就知道，仙蕙这种时候只能忍气吞声——不管她和陆涧有没有瓜葛，都让自己恶心，活该！面上却是不显，还假装关心问了几句，"四嫂你的手要不要紧？还疼得厉害吗？"

"没事。"仙蕙微笑，心下自有一番复杂思量。

不过她没事，大郡王妃却有点事儿。

回门仪式一散，大郡王妃刚回到留香洲的寝阁，就见丈夫高敦阴沉着脸，朝着丫头们呵斥道："都滚！"然后走上前来，一把揪起她的衣襟，"说！今儿那个打翻茶的小丫头，是不是你安排的？！你就那么看仙蕙不顺眼？非得找她的事儿！"

大郡王妃既生气，又委屈，急了，"凭什么说是我啊？"

"你还不承认？"高敦怒道，"你是主持中馈的王府主母，那些端茶倒水的事儿还不都是你安排的？还有之前，我听说，你非得拉扯仙蕙和陆涧有关系，今儿又是想搞鼓什么阴谋诡计？你给我说清楚。"

大郡王妃不由语迟了一下。

高敦看在眼里，越发觉得今儿也是她在捣鬼，狠狠将她扔在地上，指着她的脸骂道："你给我记住！你无子，之前又和邵彤云鬼鬼祟祟地陷害我，已是失德，莫要逼得我真给你一封休书！"

"我、不是我……"大郡王妃气得伏在地上大哭起来。

高敦愤然出去走远了。

汤妈才敢进来劝解，"大郡王妃，快起来吧。"

"是谁？！到底是谁在陷害我！"大郡王妃并不傻，气哭了一阵，脑子里飞快地转了转，很快有了人选，"你说……会不会是万次妃跟孝和在背后捣鬼？还有彤云死得蹊跷，只怕也是她们下的毒手，然后好栽赃仙蕙的，这两个不得好死的！"

汤妈目光四闪，迟疑道："难说……还真的有可能。"

沧澜堂内，仙蕙和大郡王妃有着同样的猜测，分析道："大嫂虽然和我有过节，但应该不会那么蠢，像今天那样，大家被万次妃挑唆几句就都怀疑她了。"

厉嬷嬷皱眉道："今天真是险之又险，要不是四郡王妃你反应得快，万一惊呼，万一

陆涧再露出一点什么，可就麻烦大了。"

"谁说不是呢。"仙蕙也是头疼，看了看自己已经褪去印记的手，"只得以后多提防一点儿。说起来，今儿要不是金叶反应得快，整碗茶水都要泼到我手上了。要是那样，无论如何我也忍不住要喊出来的。"

说到这个，不免想起高宸为自己妥帖安排的好处。

"四郡王妃。"玉籽在外面出声儿。

"进来吧。"仙蕙并没有解释为何一会儿让进，一会儿不让进。

玉籽自然也不会多问，进门回道："听留香洲那边的人说，大郡王和大郡王妃刚刚吵了一架，大郡王气得去了书房。"

仙蕙思量了一阵，叹道："这下子，大嫂肯定更讨厌更恨我了。"

孝和郡主先是借着大喜的日子，让自己不得不开口为丫头求情，继而又栽赃到大郡王妃的身上，让高敦和她吵架，这样只会让大郡王妃更加厌恶自己。她把两边的人都算计了一番，她却什么事都没有。

——真是好手段！

云蔚别院里，孝和郡主正在书房里面闲闲喝着茶。她自幼喜欢看书，因为郡主的身份和庆王的宠爱，干脆设了一个书房，现如今全部都搬了过来。而陆涧，被她单独丢在了寝阁那边，并没有和新婚妻子在一起。

丫头端了东西进来，"郡主，点心来了。"有些疑惑，最近郡主的饭量大了很多，总是半晌要东西吃，只是不敢多问。

"放下吧。"孝和郡主眼皮都没抬一下，"都出去，你们吵着我看不进去。"

丫头们齐刷刷地告退离去。

孝和郡主上前关了门，然后端着东西到了书房后面。此处有一个小小的临时休息之所，用以看书累了小憩所用，这里是最最安静的地方。她走上前打开一扇书柜门，里面居然藏了一个满脸脏污的女子！五花大绑，还被人塞住了嘴。

那女子目光惊恐万状，连连摇头。

"你怕什么？"孝和郡主淡淡笑了，"我要是想杀你，早就杀了，何必再把你藏起来？"将点心和甜羹放在她的面前，"别出声儿，出声你就是一个死。"然后拔了塞在她嘴里的手帕，悠悠道："吃饱，别饿死了。"

那女子已经饿了整整两天，饥肠辘辘，当即低着头，大口大口吃了起来。

孝和郡主用看狗的目光看向她，心里的气，总算散了一些。等她吃完，然后又给她把嘴塞上了，慢声道："再忍耐几天，我找个机会送你回家，好不好？"

那女子的眼睛猛地一亮，目光闪烁不定，似信非信。

邵家，西院，荣氏已经闹翻了天。

上

"彤云！我的彤云啊……"她坐在地上大哭，"你怎么那么命苦？被人害得去做了妾室不说，还要被人害了命。"

邵元亨刚在外面送了王府的人，一进门，便听到这些，顿时呵斥道："你在胡说八道些什么？彤云自己假装怀孕进了王府，她做妾，怪得了谁？竟然还敢迷倒丫头婆子们往外跑，亏得烧死了，不死，在外头失了清白，整个邵家都难做人！"

荣氏气恨交加，撒泼冲上去拉扯丈夫，"你还是不是人？还是不是人？！居然说出这种没有良心的话！彤云她……她是你的亲生骨肉啊。"

之前女儿假孕被揭穿，关了起来，实在是理亏不敢去王府哭闹。

可是没有想到，还不到一个月，女儿就枉送了性命！

荣氏一面恨丈夫无情，一面怨毒地猜疑，"是了，一定是仙蕙！是仙蕙让人烧死彤云的！她这个毒妇，畜生……"

"啪！"邵元亨一耳光扇了过去，"你想死，自己找根绳子去吊死，别拉着整个邵家的人一起死。"二女儿现在是四郡王妃，高宸又看重她，荣氏再这么胡言乱语的，岂不是要给邵家惹祸？简直就是一个疯子。

"你打我？"原本荣氏畏惧庆王府的势力，不敢去王府闹事，便在家里撒泼，但是断断没有想到，在家里竟然挨了丈夫一耳光。她满目不可置信，尖声道："邵元亨，别忘了你当初是怎么发迹的？！全都是靠着我、靠着荣家。现在你发达了，另有好女儿做郡王妃了，就想翻脸不认人？你的良心都被狗吃了！"

邵元亨气得面色紫涨，"你说什么？我是靠着你和荣家才发达的？可笑……"他气极反笑，"当年岳父借了我二两银子，就成了大恩典了吧？这些年来，二百两、二千两我都还了！"

荣氏气得说不出话。

邵元亨又道："别说我靠着大郡王妃，我找她借了王府的势力不假，可难道没给他们好处吗？"打开荷包，从里面摸出二两银子，狠狠摔在地上，"……还给你！我不欠你什么！"

一摔门，怒气冲冲地愤然离去。

留下荣氏看着二两银子发抖，再想想被火烧死的女儿，离心离德的丈夫，支离破碎的西院，眼一黑，身子一软，便失去知觉倒了下去。

邵家西院闹得人仰马翻，庆王府，却呈现出一片风雨过后的奇异安宁。

邵彤云死便死了，一个妾，还是一个失了宠等死的妾，谁会为她出头啊？仙蕙那边又严防死守，别人抓不到任何把柄，流言也就渐渐淡了。

孝和郡主和陆润住在云蔚别院，日子平静无波。

大郡王妃挨了丈夫一耳光，也不可能闹，还是每天一样主持中馈。只是在丈夫面前更加小心，见到仙蕙目光更加阴沉，却也没敢顶风作案。至于其他人，谁会找死也不挑个好日子，专门赶晦气啊？因而都是静悄悄的。

255

仙蕙每天窝在屋里做针线，除了给婆婆请安，门都不出。

只是偶尔，她忍不住会有些不真实的感觉，邵彤云真的死了吗？那个和自己结了冤仇的妹妹，真的就这么烟消云散了？但愿是吧。

高宸说中秋之前就解决她，还没到中秋，就这么奇怪诡异地解决了。

过了一段宁静日子。

这天下午，厉嬷嬷喜气洋洋地进来回话，"四郡王妃，好事！"未语人先笑，"燕王的嫡次子，也就是现任燕王妃的第一个儿子，以前过继皇储呼声最高的，刚被皇上任命了辽州刺史，让他即日赴任。"

辽州刺史？仙蕙先是一怔，继而高兴起来。

本来的皇室宗亲们，只有亲王、郡王、辅国将军之类，哪有封文官的？而且还封到了边远的辽州，明显就是被皇帝放逐了。

这样看来，高宸的计策起效用了。

他利用遇刺攻击燕王一派，让皇帝起了忌讳，并且下旨放逐了燕王的嫡次子，让敌人受了大大的损失，还要被皇帝猜疑！不仅如此，燕王的嫡次子既然是被兄长冤枉，那么燕王妃和她剩下的两个儿子，肯定会反扑燕王世子的。

燕王一派内斗，庆王一派自然就可以坐收渔翁之利。

次日去给庆王妃请安的时候，特意留了下来，找了借口笑道："我给母亲做的衣裳弄好了。等下你试试，大了，小了，我好回去再改。"等没了人，把这个好消息及时地告诉了婆婆。

吴皇后传来的消息，要比外面公开的更快一些。

庆王妃自然很是高兴。

这几年，过继皇储的呼声一直很高。

燕王的嫡次子，和自家的老四最被人看好，毕竟老大有点庸碌，老三庶出，所以老四就成了别人的目标！听说老四在昌平遇到流匪行刺，还好没事，不然自己就这么一个能干儿子，到时候找谁拼命啊。

因而连连点头，"太好了，皇上圣明啊。"

高宸和庆王、大郡王都对王妃有隐瞒，并没有说受伤的事。

仙蕙被叮嘱过，自然不会蠢到故意让婆婆担心，只是往好里说，"依我看，四郡王一切都安排妥当，咱们只用等他的好消息就是了。"

好消息没等太久，大约又过了十来天，高宸找到了。

听说很惨啊，坠落山崖摔得浑身是伤不说，还把腿给摔断了。幸亏遇到一个好心的村民收留，不然都活不下来。现在好了，人找到了，福建那边的战事打得正激烈，高宸过去刚刚能够镇住场子，统领三军誓杀流寇！

这些外头的消息，仙蕙都是从厉嬷嬷嘴里得知的，倒也方便。

上

燕王、燕王的几个儿子，皇储，这像是一张更大的网，铺天盖地，动一动就是腥风血雨啊。不过眼下的日子却很平静。

一个多月后，终于等到了福建捷报！高宸是去代表朝廷镇压福建流寇，并不是什么恶仗，只要控制住了福建的几个大将，情势一稳，没花多少时间就攻克下来，自然是朝廷这边大获全胜。

这个消息传到庆王府时，顿时一扫之前的种种阴霾，王府上下欢天喜地。

仙蕙一心一意给高宸做荷包和衣裳。

初秋的阳光明媚清朗，带着淡淡金黄，给屋里的摆设物件都笼上一层金光，让人的心情都变得迷蒙起来。她收好了最后一针，揉了揉酸疼的脖子，捏着荷包对着阳光比了比，自觉颇为得意，"这是我做得最好看的一个荷包了。"

"这就是最好看的了？我看一般。"有人在后面打趣。

仙蕙本来就是面对窗户坐的，她又不是很老实，双腿盘坐在美人榻上，猛地听得后面响起声音，还是男人！顿时吓得身子一扭，一手摁空，"啊呀！"然后便被一双沉稳有力的手托起。

"你就不能老成一点儿？"高宸责备道。

仙蕙嘟嘴，"是你吓着我了。"然后下榻，忍不住欣喜仔细地打量他。

大概是才刚从外面回来，风尘仆仆的。

他穿了一袭宝蓝色暗纹锦缎长袍，中间玉版腰带，下面白绫裤、黑底小朝靴，就是这么简单，仍旧掩不住那剑眉星目、朗朗风采。特别是他冷着脸训斥自己的时候，目光清澈凛冽，好似一柄带着冰霜锋芒的利剑。

以前害怕他的这种冷冷锋芒，可现在，自己是他的妻子，这锋芒只会保护自己。

——才不怕呢。

"你还笑？"高宸双目微眯，好笑道，"就没见过比你脸皮更厚的姑娘。"

仙蕙抓住了他的语病，"什么更厚？那你除了我，还见过多少姑娘？都是什么样的？环肥燕瘦？桃红柳绿？哼，我要告诉母亲你欺负我。"

正等他说自己一句，"胡说八道。"

"四郡王妃。"玉籽在外面喊了一声，略显紧张，"有个林姑娘，过来给你请安。"

仙蕙心里"咯噔"一下。

什么林姑娘？难道是高宸从福建带回来的女人？慌张地看了看高宸，他看着自己，表情淡淡，不言语，心里不由更加慌了。

她怯怯不安地问，"你……从福建带回来的？"

高宸看着她，轻轻点头。

仙蕙原本欢喜的小脸儿顿时变了。

高宸看着她那一双水波潋滟的明眸，原本横波流盼、灵动如星，里面装满了欢笑的星子，

现在好似乌云密布，只剩下黑漆漆的一片了。不知怎地，起了捉弄她的心思，谁让她刚才胡说八道的，淡淡道："你去看看，别让人家久等。"

人家？仙蕙心里那个酸啊，都可以拧出一盆子醋了。

她恨恨咬了咬唇，平整神色，心里装着三分戒备和七分怒气出去了。

大厅里，站着一个十六七岁的清秀少女。瓜子脸，细眉细目的，挽着柔软妩媚的堕马髻，别了几支银制首饰和珍珠珠花。配以一身浅绿色的上衣，白底细纱绣裙，清清爽爽、大大方方，好似一枝三月河畔的娇嫩新柳。

她袅袅娜娜地上来，声音清浅，"给四郡王妃请安。"

仙蕙觉得一口气提不上来。

厉嬷嬷见状，淡淡替她说了一句，"请起吧。"

那清秀少女一直看着仙蕙，妙目微转，似乎不敢随便站起身来。

仙蕙本来心里就是酸溜溜的，见她轻视厉嬷嬷，更生出小小火气，慢声道："厉嬷嬷说话，就如同我说话一样的，起来吧。"

——完全是主母跟小妾说话的口气。

"是。"那少女缓缓站了起来。

"叫什么名字？多大了？家里还有什么亲人？"仙蕙负气问道。

"我姓林，闺名岫烟，父母双亡，也没有兄弟姐妹。"说到此，林岫烟眼里闪过一丝泪花，珠泪盈盈，颇有几分弱不胜衣之态。

仙蕙实在是没有对付妾室的经验，只觉心头添堵，好哇，多可怜啊，难怪高宸心软心动了吧？却不知道该怎么继续，只能强作淡定，"行，你先下去。"转头看向厉嬷嬷，"给她……收拾一个住处。"

做主母的，是这么安排小妾的吧？啊啊啊，快要酸死了。

林岫烟眼里却闪过一丝疑惑。

高宸忽然出来了，淡声道："林姑娘，你先回二嫂那边去吧。"

"是。"林岫烟告退出去，门外面，有一个丫头领着她下了台阶，远去了。

"她去二嫂那边做什么？"仙蕙一头雾水，不明白。

"进来。"高宸看了她一眼。

仙蕙赶紧跑了进去，酸酸道："林姑娘，林姑娘，喊得倒是很亲热啊。"

高宸自己动手倒了一杯茶，悠悠喝了起来。

仙蕙见他不说，越发胡乱猜疑，着急道："你说啊，她为什么要去二嫂那边？二嫂是在家居士，一向都很少出来见人的，最爱清静。你……你纳个小新，还要去打扰二嫂啊。"

高宸再也忍不住，"噗"的一笑，"我什么时候纳小新了？"

仙蕙见他还跟自己耍花腔，恨恨道："就算路上没来得及，现在不是行了吗？别以为我不知道，你打什么主意！"

"哦？"高宸笑问，"那你说说，我在打什么主意？"

"你想等我点头，给那林岫烟一个名分！"仙蕙要气坏了，又知道大户人家纳妾是寻常事，主母不能善妒，忍了一口气扭脸不理他。

高宸好笑地打量着她，唔……似乎长高了一点儿，也不那么瘦了。

——看得让人怦然心动。

他上前，将她搂在怀里，吃醋的那位还挣扎了几下。

高宸徐徐说道："于世铳战死的时候，有个姓林的副将替他挡了一箭，虽然没能救了他，不过那副将也战死了。林副将留下一个女儿，妻子早亡，双方家里都没有亲戚可以托付，所以带了回来。"

仙蕙先是吃惊，继而还是心里一酸，"那……那也可以让她嫁个好人家啊。"想生气，礼法又提醒她不能生气，嘟哝道："也不见得非要做你的妾室吧。"

"我几时说了要她做妾室了？"高宸好笑道，"全都是你自己在胡思乱想，还满嘴的胡言乱语，没完没了的。"

"真的？"仙蕙的眼睛亮了亮，但还是不放心，有点酸溜溜的，"那你……真的没别的想法？"

"有。"

"啊？！"仙蕙瞪大了眼睛，气结了。

"想揍你一顿！"高宸伸手，在她脑袋上面敲了一个爆栗，"那林副将是二嫂的远房堂兄，所以安置在二嫂那边，回头给她安排一个好人家嫁了。"这丫头，不知道脑瓜子里面想的什么，好似自己是个急色鬼，见了一个姑娘就走不动道儿了。

仙蕙大惊大喜，捂着头，复又轻松欢喜起来，"真的？你不骗我？"

"不骗你。"高宸看着那双动人的翦水秋瞳，雪白如玉的面孔，嫣粉的脸颊，微微张开状若邀请的嘴唇，身体里的火星"砰"的一下，开始熊熊燃烧起来。

仙蕙后知后觉，这才发觉气氛变得有些旖旎暧昧。

这一次，高宸比之前多了一份青涩的经验。

他先去吻她的脸，亲她的耳珠，含在嘴里，听着她羞涩娇软地"嗯"了一声，身体顿时变得更加嚣张了。于是一手搂住她的纤腰，一手捧着她的头，毫不犹豫地探寻那一处芳香清甜，让人沉醉迷恋。

第二天，高宸精神奕奕，一大早就起来了。

他穿了一身简单寻常的月白色华袍，身量颀长、举止优雅，被俊美容颜一衬，反倒有种别样的矜贵气度。让玉籽备好贺礼，与仙蕙说道："孝和成亲，我没有赶上，等下你梳洗打扮好了，我们过去给她多补一份贺礼。"

丈夫去看妹妹叫自己一起，显得夫妻和睦，这是好事儿。可是……去云蔚别院就不算好事儿了。仙蕙强压了心中的抵触情绪，点头道："哦……好啊。"

高宸凤眼一斜,"你不想去?"

"不是。"仙蕙假装还没有彻底醒过来,揉了揉眼睛,"有些事还没跟你说,等我穿好衣服。"一面穿衣服,一面冷静自己的情绪,然后才道:"你刚走没多久,陆涧就被人找到……"

把孝和郡主坚持要成亲,又失火,又烧死邵彤云,全都一五一十细细说了。

高宸果然听了进去,挑眉道:"邵彤云被烧死了?"

仙蕙点了点头,"听说邵彤云烧得面目全非,只剩下一截衣裳可以分辨。"然后皱眉疑惑,"其实我也不确定,烧死的是不是真的是她。可是我插不上手,都是主持中馈的大嫂在料理,但愿没有出什么岔子罢。"

高宸听出事情有点古怪,"行,我知道了。"他沉吟了下,改了主意,"既然你已经给孝和送过礼,那就先不过去,我单独去给她道一声喜。"

"行。"仙蕙松了一口气,没敢表现得太过轻松欢快。

高宸却是另有一番思量和打算。

到了云蔚别院,孝和郡主含笑亲自迎了出来,"四哥,你回来了。"

其实刚才仙蕙的担心是多余的,陆涧现在忙着准备秋闱,加上不想在王府多待,白天基本都和宋文庭在书院度过。便是仙蕙过来,也见不到他的。

"你新婚大喜,我没赶上。"高宸性子冷峻,但对着家人还是很客气的,"今儿特意过来给你道声喜。"招招手,让玉籽拿了贺礼上来。

"多谢四哥。"孝和郡主笑着接了,迎他进去坐,"其实四嫂已经送过贺礼了,连四哥的那份一起的。今儿四哥再送,倒是让我多得了一份儿。"

高宸淡笑,"自家兄妹,不用如此客气。"

"对了。"孝和郡主忽然问道,"四嫂怎么没有过来?"她掩面一笑,"说起来,四哥刚新婚就去打仗,都没时间陪四嫂,既回来了,正该多陪陪四嫂才对。便是来妹妹这儿说话,一起来,也更热闹啊。"

"谁知道她。"高宸微微皱眉,似乎有点不高兴的样子,故意道,"本来是想要跟她一起过来说话的,可她懒懒的,说是身上不舒服不想动,就没过来。"

——庶妹今天的话有点多,且隐隐引导。

孝和郡主眼里闪过一丝光芒,又笑,"原来是四嫂身子不舒服啊。"她叹了口气,"说起来,我是很想和四嫂亲近的,可一直总没有机会。四嫂进了王府这几个月,一次都没来找过我,不知道是害羞呢,还是别的什么原因。"

"是吗?"高宸目光微闪,似乎闪过一丝思量之色。

"四哥你别误会。"孝和郡主笑着解释,"我不是责备四嫂的意思。就是觉得,都是一家子了,多见面,多说说话也是应该的。"语气一顿,"主要是,我还有一件事想问问四嫂。"

"哦。"高宸道，"什么事？"

"就是……"孝和郡主微微低头，有点赧然，"我和陆涧成亲以后，他一直都是忙于看书做文章，没空理我，也不喜欢和王府的人来往。"语气一顿，"要说喜欢读书，原本是极好的。可若是我能知道他有何嗜好，给他准备点他喜欢的吃食，或者玩意儿，让他放松一下，也好多和他说几句话啊。"

她抬眸，一脸少女的天真无辜，"四哥，听说四嫂的姐夫宋文庭，和陆涧是多年的好友，两人应该很是相熟。所以，我想让四嫂帮我打听打听，陆涧有些什么喜好。"

高宸听得清楚明白。

庶妹的意思，第一，陆涧不喜欢和王府的人来往；第二，仙蕙总是躲着她，不来云蔚别院；第三，陆涧和她不亲近；第四，仙蕙和陆涧有认识的机会。

话里想要暗示引导的用意，不言而喻。

高宸强忍了心头的怒气，装作思量的样子，沉吟了下，"嗯，回头我让仙蕙帮你打听打听，让她告诉你。"

孝和郡主闻言大喜。

仙蕙若是去打听陆涧，就少不了有转折迂回的瓜葛，再加上自己吹的耳边风，四哥那样一个敏锐多疑的人，很快就会上心留意的。眼下不宜一下子说太多，等到时机成熟的时候，再点出陆涧在看台的那些可疑。

到时候，四哥肯定会怀疑仙蕙的。

怀疑的种子，只要种下，慢慢就会生根发芽直至壮大。

不急，先让四哥和仙蕙培养一下感情，有了感情，再遭遇欺瞒和背叛，那只会让四哥的怒火更大、更盛，到时候就是雷霆震怒！

因而没有再多说，闲聊几句，亲自送了兄长出门。

高宸回了沧澜堂以后，一阵脸色阴沉。

孝和今儿说的话，肯定是在怀疑陆涧和仙蕙，然后再故意引导自己也去怀疑，一旦自己中计，仙蕙今后必定有口难辩！如此说来，孝和早就开始起了疑心，那么云蔚别院失火和邵彤云的死，就有点说不清了。

另外，孝和怎么会知道仙蕙在邵家的过往？知情的人只会是邵彤云。可邵彤云又如何传递消息？不说她已经死了，便是活着，关在梨香院足不出户，也没机会去挑唆孝和起疑心。

幕后的人，就只能是大嫂汤氏了。

仙蕙才刚刚进门，就有了一个和她结下死仇的异母妹妹，一个整天算计她的大嫂，一个挑拨是非的小姑子，更不用说，还有王府的其他人搅和其中。她这个新媳妇儿，平常日子自然烦心得很。

自己的妻子，可由不得别人如此欺负算计！

"四郡王？"仙蕙见他一回来就黑着脸，等了半响，不放心地喊了一声，"要不要我

给你倒杯茶？"

"不用。"高宸是个喜怒不形于色的人物，心下火冒三丈，面上还是一层冰霜未化的清冷模样，平静道："明儿开始连着大办三天宴席，我肯定忙乱，正好今儿得空，带你出去逛逛。"

实际上，是想陪小娇妻出去散散心。

"啊？！"仙蕙的眼睛顿时亮了，"真的？"她欣喜道："你不哄我，真的带我出去玩儿？不许撒谎啊。"

高宸拿扇子敲她的头，"我几时撒过谎？"

"疼啊。"仙蕙抱着头后退，可是嘟哝着，眼里的笑意却是掩都掩不住，像小鸟出笼一样欢快，"你等等，我去换身衣裳。"

高宸摇摇头，她跟小孩子似的，就知道由着性子淘气喜欢出去透风。

片刻后，仙蕙打扮好了回来。

高宸惊讶，"你装成小厮做什么？"

仙蕙心里自有一番打算啊。

装成小厮，先试探一下他是不是好男风，把病根找出来。要是他对男装的自己更有兴趣，就是多半有病，得赶紧治，不然一辈子都更喜欢男人就麻烦了。

可是这些不能说，只笑嘻嘻道："好玩啊，方便，等下出门我就叫初九。"

"你叫初九？"高宸凤目微眯，看着她——穿着青衣布衫，头发梳上去，有一种干净利落的爽朗，好似一截青葱嫩笋。她还故意画粗了眉毛，挺直身板，猛一看的确有几分男孩子气，颇有几分英气。

"初九？我兄弟？"初七简直要给自家主母跪下了。

仙蕙笑道："怎么样？我聪明吧。"

初七赶紧忙不迭地拍马屁，"聪明，聪明。"心下咋舌，这四郡王妃胡闹还不算稀奇，稀奇的是，主子那素来一本正经的性子，居然跟着一起胡闹。看来主子是对四郡王妃上了心，入了意，所以才会这么迁就着她的。

"还不进来？"高宸在马车里面呵斥。

仙蕙赶忙进了马车，"来了。"她是从开头认识，就一直被某人冷着脸训斥惯了，脸皮渐厚，也不觉得有多难为情。依旧是掩不住的兴奋之意，以及……小小的试探之心，"等下我们都去哪儿？有什么好玩的。"

说着话，双手却抱住了他的胳膊。

高宸淡声道："我让人在茶楼包了一个雅间，等下坐着听书，你没听过，应该觉得有趣的。我再让初七去买点小零嘴儿，胭脂水粉，听完给你带回去。"

虽然想着带小娇妻出来散心，却不想像陪姐姐那样，胭脂店、珠宝铺、衣料店、各色小吃店统统都逛一遍，那真是有点受不了。

上

"好啊。"仙蕙鼓起最大的勇气，又搂紧了些。

高宸只觉得她特别黏人，想着是出来高兴，也没在意。

仙蕙见他对男装的自己毫无抗拒，心下暗道：坏了！他刚才在家甩开自己，肯定是因为玉籽她们在跟前，不好意思。这会儿马车里面没别人，他不仅不抗拒，随便自己搂搂抱抱，而且好像还挺享受的样子。

想到此，不由起了一身鸡皮疙瘩。

好在茶楼很快就到了，王府的侍卫早就清场腾出一块空地，让主子从后门清清静静地入场，没人打扰，便轻松地上了二楼雅间。

高宸今儿是出门陪娇妻闲逛，穿得随意，一袭月白色金边长袍，腰束玉带，这种清减又耀眼的打扮，寻常人气势压不住，他穿起来却是华贵无比，还透出几分脱俗出尘的清逸之气。

仙蕙托着腮，望着他，哎……多好的年轻人啊。长得好、出身好、为人厉害，简直是百里挑一，怎么偏偏会有那种嗜好呢？在他眼里，男人到底哪里比女人好呢？不由看了看眉清目秀的初七，这位……不会就是通房小厮吧。

初七被自家主母看得毛毛的，不知道她在想什么，但不像是好事儿，赔笑道："四郡王妃，小的去给你买点心回来。"主母开玩笑说是自己兄弟可以，但若是自己真敢把她当兄弟，四郡王还不把自己眼珠子给挖了啊？赶紧走，赶紧走。

仙蕙望着高宸发了会儿呆，很快，便被楼下说书的吸引住了。

这是江都最大最好的说书楼，能在上面说书的人，都长了一张巧嘴，说得那是抑扬顿挫、跌宕起伏，叫人听得欲罢不能。

一个段子说完，全场顿时响起雷鸣般的掌声。

换人的功夫，楼下的茶客各自说着闲话。

"你们知道吗？前不久，王府里面出了一件古怪的事。"有人开了头，与四周的看客们说道，"大郡王有个姨娘，听说原本很是得宠的，也曾风光过一段日子，后来竟然被火给活活烧死了。"

仙蕙听得心头一跳。

怎么回事？虽然王府的人，大都知道邵彤云是被火烧死的，可是对外，说法是邵彤云小产身子弱，血崩不治而亡。难道是有下人嘴不严，传出来了？心下好奇，又竖起耳朵继续听下去。

周围的人七嘴八舌地问："天哪！烧死了一个姨娘？"

"不能够吧，王府里还能活活烧死一个大活人？"

"是啊。"有人催促道，"快说、快说，到底怎么回事？"

"这不好说。"先头那人继续道，"王府新进门的四郡王妃知道吧？听说和那被烧死的邵夫人，是一个爹生的，两人在娘家的时候就有点仇，梁子结大了。这里面的水你们心里有数，我可不敢招祸，就不多说……"

"好！！"看台前面的茶客大声叫好，说书又开始了。

仙蕙的脸色变了又变，一回头，正好看见高宸目光冷冷地扫向下面，他背负双手站立，好似一柄隐隐携带锋芒出鞘的利剑。忍不住有点小小委屈，"四郡王，刚才那些人说的话，你都听见没有？他们胡说八道。"

茶楼的二楼雅间用特制的纱帘遮挡，上面的人可以看到下面，下面却看不清上面。

高宸叫了一个小厮进来，指了指下面，"那几个……"把刚才胡说八道的几个人都点了一下，然后吩咐道："去后面叫侍卫们悄悄进来，全都拿下。"

他声音平静，里面却压抑着一丝凌厉怒气。

"我先送你回去。"高宸语气笃定，带着不允许反驳的上位者权威。

不过仙蕙也没打算反驳。

有人要保护自己，让自己躲在他无懈可击的羽翼之下，有何不好？每个闺阁女子梦中，不就是要有这样一个俊美英挺的丈夫，呵护、关心、挡风遮雨，把自己深深保护起来吗？在这一刻，高宸在心里的分量又重了许多。

而陆涧的影子，自然更加淡出远去了。

"好。"仙蕙上了马车，忍住羞涩去握了他的手，宽而大，掌心里面还带着一层薄薄的茧，像是常年握剑留下来的痕迹——带着杀气，却让被保护的人觉得安心。一路上依靠着他，嘴角微翘，感觉什么都不再害怕了。

高宸却没有小娇妻那么多感激心思，而是心生寒气。

要知道，江都可不比京城高门大户林立，派系众多、各有势力，互相钩心斗角很是常见。江都是父亲庆王的属地，说句大逆不道的话，庆王就是江都的天子！江都的官员和百姓可以不听皇帝的，却不能不听庆王的。

在这样的情势下，竟然有人在茶楼里说王府是非，不要命了吗？不用多想，分明是受人唆使故意的！

是大嫂，还是孝和？抑或是……荣氏？

高宸临时改了主意，吩咐初七，"掉头，去邵家。"没有对仙蕙明说，只道："正好我们出来了，去你家坐坐，算是补上之前耽搁的三日回门。"

仙蕙心中亦是明白，今日之事，很可能和荣氏有关。虽说也难讲会不会是大郡王妃或者孝和郡主唆使，但邵彤云死了，最恨自己的人应该是荣氏。于情于理，都应该回家打探一下消息。

她没有异议，一路心弦紧绷地回了邵家。